中公文庫

やさしい猫

中島京子

中央公論新社

目次

やさしい猫

一　カレーとミルクティー

きみに、話してあげたいことがある。

みんなだいじなことだから、ちゃんと話せるように、書き留めておくことにした。

話したいことは、すごくたくさんある。

今朝、目が覚めると、引っ越しの荷物はもうトラックに積まれて出て行ったあとだった。残っているのは、手に持って出られるものくらい。でも、きのうの夜、こっそり段ボールから出しておいた真っ赤な電気ケトルと白いティーポット、猫の絵のマグカップは、部屋の隅に残っている。

お湯を沸かし、ティーバッグを入れたポットに熱いお湯を少なめに注いで、蓋をしてきっちり三分間蒸らす。ついでにマグカップにもお湯を注いで温めておく。

「ちょっと、マヤ！　荷物はできてんの？」

お母さんが大声を出す。できてるよ、もちろん。でも、これは朝の儀式だからやめるわけにはいかない。

三分経《た》ったら、マグカップのお湯を捨てて、チューブの練乳をたっぷり絞る。そして、ティーポットの中の濃いめの紅茶を、できるだけ高い位置から注ぎ込む。素早くかき回せば、泡の立った甘いミルクティーの完成だ。

「早くしてってば。もう出発しちゃうよ！」

ジーンズにスウェットのお母さんは、いつのまにか横に仁王立ちしてる。わたしは耳にイヤホンを突っ込んだまま、頭をゆらゆらさせて、ミルクティーを口に運ぶ。

そんなに、あわてなくてもいいと思う。

今日は、このボロ家での最後の日なんだから。引っ越してきたのは、わたしが三歳のときで、もう十五年くらい住んでた。最初の夜、二人きりになっちゃったから、仲良くやろうね、と言われたのを覚えてる。

ともかく、物心ついてからずっとこの２Ｋのアパートで暮らしてきた。中学に入って一人部屋が欲しくなってからは、押し入れをリメイクして自分のものにした。

一度だけ、もっと広い部屋に引っ越す話が持ち上がったけど、そのあととんでもないことが起こって立ち消えになった。

そう、この甘ったるいミルクティーも、わたしたち家族のとんでもない事件と、まったく無縁というわけではない。ってことは、きみにとっても重要だってわけ。

お母さんと二人きりになった理由は、想像つくかもしれないけど、お父さんが亡くなったからだ。わたしが三歳のときで、急性の心疾患だったそうだ。

お父さんとの思い出は断片的で、たとえば、団地のベランダの日の当たる場所で、いっしょに座っていたのを覚えてる。なんで、二人でそこにいたのかはわからない。日向ぼっこでもしていたんだろう。

花びらが舞っていて、お父さんはわたしの小さい手を取ってそれをつかまえさせようとした。たぶん、それは春で、きっと桜の花びらが散っていたんだろう。ついでに言うと、お父さんの足がわたしの横にあったこともおぼえている。親指の爪の手前にちょっと毛の生えた、大きなお父さんの足。それを思い出すと、背中の後ろにあったぽってりしたお腹《なか》の感触なんかも蘇《よみがえ》ってくる。お父さんといっしょに遊んだくすぐったい記憶が戻ってくるような気がする。

　自分で聞いた覚えはないけど、お母さんから聞かされて知ってるのは、「マヤは哺乳瓶にもやさしい」ってやつだ。赤ちゃんだったころ、テーブルから落ちた哺乳瓶を見て、大声で泣いたことがある。お父さんが拾い上げると、わたしはその哺乳瓶を撫《な》でたりさすったりして慰《なぐさ》めた。それを見たお父さんは、「マヤはやさしい子だなあ。哺乳瓶にもやさしいよ」と、感心したように言ったらしい。

　それ以来、アニメの感動シーンで泣いたりしてると、「あんた、哺乳瓶にもやさしいから」と、お母さんは言う。自分でもわりと気に入ってて、「ほら、だって、わたし、哺乳瓶にもやさしいからさ」と、誰かにやさしくしたくなったとき、照れ隠しに言ってみたりする。

このあたりのことは、きみに直接関係ある話とは言えないかもしれないけど、物語には背景説明っていうのも必要でしょう。

お父さんが亡くなったあと、少しの間、鶴岡のおばあちゃんの家に居候していたけど、やっぱり二人で暮らそうと決心して、お母さんはわたしを連れて東京に出てきた。そして、見つけたのがこのボロアパートで、わたしの人生の大半のできごとは、ここで起こったってことになる。

ところでなんの話をしていたんだっけ。

そうそう、引っ越しの朝だっていうのに悠長に飲んでる、超甘いミルクティーの話だった。

こっちはきみにもそれなりに関係ある話なんじゃないかと思う。これは、クマさんがわたしに教えてくれた淹《い》れ方で、とにかく、練乳を惜しみなく使うことがポイント。クマさんはそれでも甘みが足りないって、砂糖を足したりしていて、お母さんは、これの飲みすぎでわたしが若くして糖尿病になるんじゃないかって、余計な心配をしている。

ミルクティーに使う練乳は、賞味期限が迫っているのを安売りしているときにまとめて買う。そうしないとけっこう高いから。うちの練乳消費量は半端じゃないので、ちゃんと期限切れになる前に使い終わる。ほんとは、ちょっと期限切れのも使うけど、味は変わらないから、だいじょうぶ。

　クマさんにとって、それは故郷を思い出させるものらしい。朝、ベッドで寝ていると、ミルクティーの甘い匂いで目を覚ましたもんだと、彼は言う。ベッドまでミルクティーが運ばれてくるなんて、おぼっちゃまだったんだね、とからかうと、そうじゃなくて、故郷の家は食堂をやっていたから、朝ごはんを食べにくる客のために、ミルクティーとショート・イーツを出してたんだよ、と言う。

　ショート・イーツ？

　小さい食べ物。すぐ食べられる物。

　その、小さい食べ物も、やがてどんなものか知ることになった。

　でも、話はちゃんと順を追っていかないと、きみの頭がこんがらがってしまう。どこからスタートしたらいいか、ずっと考えていたけど、それはやっぱり、クマさんとミユキさんが出会うところからになるだろう。

　ミユキさんというのは、ちなみにお母さんのことね。ミユキさんはクマさんをクマさんと呼び、クマさんはミユキさんをミユキさんと呼んでる。だから、とりあえず、わたしもミユキさんと書いておく。

あのときはちょっとびっくりした。だって、小学校三年生だったわたしをおばあちゃんにまかせっきりにして、ミユキさんは一人で行ってしまったんだから。

東日本大震災があった年の五月のことだった。

「来週から一週間、被災地の保育園にボランティアに行くことにした」

そう、ミユキさんに突然宣言されて、わたしはあわてた。

「一週間も？　ボランティアってなにしに行くの？」

「もちろん保育士だよ。ほかになにもできないもの。うちの園長さんのところに、SOSが来たの。来られなくなった保育士さんがいて、少ない人数で回しているからたいへんだって。小さい子たちも動揺してるんだって。誰か行けませんかって。行きますって言ってきちゃった」

「そんなの、相談もなしに決めないでよ。うちのことはどうするの？」

「鶴岡のおばあちゃんに来てもらう」

「よその家の子の世話はしても、自分の子は置いてきぼりってこと？」

「しょうがないじゃない。保育士なんだから。マヤより小さい子の世話をするのが仕事なんだもの。テレビ見たでしょう？　心細い思いしている小さい子がいっぱいいるんだよ。マヤは、もう大きいんだから」

保育士をしていると、八歳を異様に大きく感じてしまうらしい。それに、うちは母子家庭だったせいか、子ども扱いされる期間が短かった。小三のころといえば、料理も洗濯も、ちょうど一通りできるようになったころだった。

だからといって、置いて行かれるのはすごく不愉快だった。八歳は八歳なんだから。肉ジャガや味噌《みそ》汁が作れるからって、ボランティアの社会的意義が理解できるわけじゃない。

ミユキさんがどうやってわたしを丸め込んだのかは、忘れてしまったが、おばあちゃんもよく鶴岡からわざわざ出てきてくれたと思う。ミユキさんは鶴岡で育って高校を卒業して仙台の短大で保育士資格を取った。だから、震災のときは仙台時代の友だちのことも心配で、どうしても行きたかったんだろう。

わたしが怒ったので、活動を五日間に短縮すると約束して、ミユキさんは出かけて行った。

ミユキさんが訪れたのは、園児が三十名ほどのこぢんまりした保育園だった。

大地震が起こったのは、お昼寝から起きようという時間で、小さい子たちは布団をかぶって揺れに耐え、追って来る津波を避けて、泣きもせずにいっしょうけんめい避難したのだという。地元の小中学生が気づいてくれて、歩ける子の手を引き、先生たちは乳児をおんぶして高台に逃げ、あの混乱のさなかに全部の園児たちが無事に避難所にたどり着いた。親が迎えに来られない子どものために、保育士さんたちは避難所でも小さい子たちを守り続けた。

　ミユキさんが行ったのは、三月十一日から二ヶ月以上経ってからだったから、保育士さんたちが浸水した園舎を何度も掃除して、どうにかこうにか保育を再開して軌道に乗せたころだった。それまで気を張りつめていた先生たちは、かなり疲れていたし、家が被災して避難所から通っていたり、家族が見つからなかったりという中で仕事を続けている先生もいた。

　ミユキさんは、丸四日間をフルで働いた。保育士同士じゃないとわからない阿吽《あうん》の呼吸で同業者をサポートした。小さい子たちは、手作りの紙人形芝居を観《み》て手を叩《たた》いて喜び、ミユキさんのエプロンを握ったままお昼寝をした。子どもたちを親御さんのもとに帰すと、園長先生宅で夕ごはんとお風呂をもらい、ボランティア仲間のもう一人の保育士といっしょに園舎に寝泊まりした。

　四日目の勤務が終了すると、子どもたちがくっついて口々にお別れを言った。「ミユキせんせい、ありがとう」という字を取り囲むように、赤や黄色や緑や青の小さい掌《てのひら》スタンプがぺたぺた並んだ、寄せ書きならぬ、寄せスタンプをもらった。じつは、このサプライズプレゼントが用意されているのには気づいていたけれど、うれしかったから驚いてみせたらしい。

　ようやく全通した新幹線の駅までは、翌日、日曜日に、園長先生の知り合いが車で送ってくれる手はずになっていた。夕食の後で、園長先生が切り出した。

「今日、これからちょっと、手伝ってもらえる？　明日、あなたがたを送ってくれる人たちに会わせたいんだけど」

　いいですよ、とミユキさんは返事をした。

　手伝う、という言葉の意味はあまり考えず、送ってくれる人というのが複数であるらしいというのもあまり考えず、とにかく、

「はーい、ぜひぜひ」

　と、調子よく答えた。

「お疲れのところ、悪いんだけど、ちょっとだけね。まあ、彼らも、人手が足りないみたいだから。あ、来た、来た、来たわ」

　園長先生の話をさえぎるようにして、庭先にヘッドライトの光が射してきた。

　シルバーのステップワゴンが止まるのが見えた。

　園長先生は立ち上がって縁側から外に出ていき、車のほうに手を振って、なにやら謎の言葉を発した。

「アーユボワーン」

園長先生は、きれいなソプラノで言った。

ミユキさんには、なんのことだかさっぱりわからなかった。聞きなれた庄内弁とは違っても東北の言葉には馴染《なじ》みがあったから、園児のお散歩で出くわす土地のお年寄りとの会話だって、そつなくこなしていたのに、これはまったく理解できなかった。

「ほにほに、ストゥーティー、ストゥーティー。助かるわあ」

助かるわあ、は、わかった。少ししてから、ほにほに、が、土地の言葉で、ほんとうに、であることに思い当たった。でも、真ん中が、園児に読み聞かせる絵本に出てくる魔法の言葉のようだった。

「だいじょうぶですよ。ついでだからね」

男性の声が聞こえて、運転席から人が出てきた。園長先生は、うれしそうに駆け寄って、その男性を歓迎し、庭先に出てきたミユキさんたちを振り返った。

「こちらペレラさん。何回も来てくださってるの。今日もこれから、公民館で仕込みね！　この方、明日駅まで送ってくださるから、お手伝いに行ってもらえます？」

園長先生は、「仕込み」と言って、大鍋をかき回すようなしぐさを、「行ってもらえます？」の後に、力士の手刀《てがたな》のようなポーズを、それぞれにしてみせた。

「仕込みのお手伝い？」

「そう。カレーのね。ペレラさん、スリランカの方なの。もう何回も、炊き出しに来てくださってるの。人手はいくらでもあったほうがいいでしょう。ね。お願いします」

　ミユキさんが事情を呑《の》み込むのには多少時間がかかったが、どうもこれは、翌日、新幹線の駅に送ってもらう条件として、炊き出しを手伝うことになっているようだった。

　園長先生はミユキさんたちが車に乗り込むのを見届けて、

「ストゥーティー、ストゥーティー」

と、謎の言葉をつぶやいた。

　ワゴンの運転席には恰幅《かっぷく》のいい中年男性であるスリランカ人のペレラさんが座り、ミユキさんともう一人のボランティア保育士、マオコさんがすぐ後ろの席に座った。

「二人も来てくれたら、大助かりですよ。仕込みをする公民館まではすぐです」

　ペレラさんは言った。初対面の外国人の運転する車に乗っている緊張が、その日本語の流暢《りゅうちょう》さでふっと緩和された。ミユキさんは彼に話しかけてみることにした。

「あのう、園長先生が最後に言ったの、あれ、スリランカ語ですか？」

ボランティアで東北に保育士をしに来たら、なぜだかスリランカの人たちによるカレーの炊き出しの手伝いもすることになっている、という展開に関しては、意外にもすんなり受け止めることができたミユキさんだったが、園長先生の、謎めいた「ストゥーティー」は、どうしてもわからなくてもやもやしていたらしい。

ペレラさんは、その質問には慣れているという調子で答えた。

「スリランカ語じゃないの。シンハラ語」

「シンハラ語？」

「日本人は、日本人だったら日本語、イタリア人だったらイタリア語話すと思ってるから、スリランカ人はスリランカ語話すと思うでしょ？　でも、スリランカにスリランカ語というのはね、ないの」

「え？　ないの？」

「ないですよ。スリランカは国の名前だけ。スリランカには主に、シンハラ人とタミル人が住んでいます。シンハラ人はシンハラ語、タミル人はタミル語しゃべる」

ほおー、と、後部座席の二人はため息をついた。

「それで、園長先生はなんて言ったんですか？」

「ストゥーティーは、シンハラ語で〈ありがとう〉の意味ね」

ストゥーティー、ストゥーティーと、ミユキさんは小さく繰り返してみた。

「じゃ、もう一つのは？　最初に言った、アーユボワーン」

ミユキさんのボランティア仲間のマオコさんも、果敢に質問したが、ペレラさんは運転席で、くすくすと笑い出した。

「園長先生のは、わかんないね」

「え？　わかんないの？」

ペレラさんの率直な意見に、後部座席の二人もつられて笑った。ペレラさんは頭を掻《か》いた。

「うーん、わかるけど、ちょっと変。園長先生は、〈こんにちは〉って言ってくれたと思うけど、スリランカ人の挨拶は、ふつうはハローかな。それに、先生の発音はぜんぜん違うから」

そのあとペレラさんは、正しい発音をレクチャーしてくれたが、たしかにそれは、園長先生の、「ボワーン」が響く「アーユボワーン」とは、似て非なる言葉だった。

「ペレラさんの発音だと、どちらかというと、ボーのところが伸びる感じよね。園長先生のだと、ボワーンとなってたでしょう。ペレラさんのは、全体的に抑揚がなくて、棒読みっぽい。アーユボーワン」

「そうね。あなたのほうが、シンハラ語に近いですよ」

「アーユボーワン」

「うん。二人ともとても上手。でも、スリランカ人、あまりそれを言わない」

「あ、ハローって言っちゃうから？」

「そう。スリランカ航空のスチュワーデスは、お客さんにそれを言うでしょう」

車内は和《なご》やかな雰囲気になり、いつのまにかミユキさんはペレラさんにあれこれ質問していた。もう、来日してから三十年近くになること、北関東の街でスリランカ料理店を経営していること、被災地での炊き出しはもう五回目になることなど。

「困ったときは、お互いさまでしょう」

と、ペレラさんは言う。

「スリランカでも津波がありました。もう、七年前。あのとき、日本の人がスリランカを助けましたから、お礼の気持ちある。でも、それより、わたし、日本で暮らす人間として、被災した人たちに、早く、温かいものを食べさせたかったね。日本の生活、長いからね。辛くないカレー作れますよ。おばあちゃん、子どもも食べれるよ」

ワゴンはコンクリートの建物の前で停《と》まった。

「着きましたよ」

と、ペレラさんが言った。

公民館では、二十人ほどの人が共同作業をしていた。スリランカ人は五人で、あとは日本人だった。来られなくなった炊き出しボランティアがいた関係で、急遽《きゅうきょ》、ミユキさんとマオコさんがピンチヒッターに立つことになったらしい。

大量の野菜、米、肉が積み上げられていた。ミユキさんはタマネギの担当になり、マスクとエプロンをあてがわれ、黙々とみじん切りを続けることになった。

「だいじょうぶ？」

隣で同じ作業をしていた若いスリランカ男性が声をかけたのは、ミユキさんが目をしょぼしょぼさせていたからだ。

ミユキさんはうなずいてみせ、タマネギの大箱をいくつも開け、ひたすら刻み、そのあとはサラダのための大根を刻んだ。

刻み野菜の山が出来上がると、もうずいぶん遅い時間だったので、ペレラさんは一度、ミユキさんたちを園長先生の家に帰そうとした。でも、炊き出し隊は交代して車の中で仮眠を取って、朝までに作業を完了させるということだったから、保育士二人は園長先生宅に荷物を取りに行き、挨拶をして公民館に戻った。炊き出し隊にはキャンプみたいな楽しさがあって、いっしょにやりたくなってしまったのだ。

明け方になって、カレーは完成した。

ペレラさんが一口すすり込んで、満足げな笑みを漏らした。みんなくたくたに疲れていたけれど、どうしても食べてみたくて、朝ごはん代わりに少しずつ試食した。はじめて食べたスリランカカレーは、鶏肉がやわらかく、さらりとしたスープにコクがあり、野菜とココナッツの甘みを感じるやさしい味だった。

カレーとごはんとサラダを盛りつけたランチボックスがステップワゴンに積み込まれた。公民館前のテントでの配膳とは別の、老人施設へのデリバリー用だ。その車に、ミユキさんたちは便乗し、新幹線の駅まで送ってもらうことになっていた。小さくクラクションを鳴らして運転席から顔を出したのは、ペレラさんではなく、前日、隣でタマネギを切っていた若いスリランカ男性だった。

そのときは、名前も聞かなかったの、と、のちのち、ミユキさんは言った。

運命の出会いなんて、そんなものらしい。

運転席に座った若い男性は、後部座席に二人の保育士を乗せると出発した。ステップワゴンの後ろのほうの席は背を倒されて、白い発泡スチロールのランチボックスに詰められたごはんとサラダとカレーが、ほかのことなどなにも考えられなくなるくらいに、スパイシーな香りを漂わせていた。

その若いスリランカ人が中年男性のペレラさんと違っておとなしかったのは、在日三十年のペレラさんと比べると、日本語がそこまで上手ではなかったからかもしれない。タマネギを涙一つ流さず、器用な包丁さばきでみじん切りにしていた男性は、車を出すとともにラジオをオンにして音楽を流し始めた。そこで、後部座席の女性保育士二人は、ドライバーに遠慮せずに、日本語であれこれ世間話を始めた。

車は公民館を出て、いったん少し東に向かった。三か所の老人施設にランチボックスを配送したら、あとはまっすぐ内陸に向かい、新幹線の駅まで二人を送ってくれる手はずになっていた。

到着した日は遅い時間に着いて窓の外をあまり見なかったし、新幹線の駅から車で山道を通って保育園に行き、四日間をその建物と周辺のみで過ごしたミユキさんは、この日はじめて、保育園よりもさらに海に近かった被災地の姿を見ることになった。

二人はおしゃべりをやめ、押し黙って窓の外に目を移した。土砂に埋まって動かない被災物と、傾いて鉄骨をむき出しにしたコンクリートの建物と、広大な空き地に生え始めた夏草を眺めた。

しばらくの間、車はまっすぐ走り、窓に被災の光景を映し出していたが、老人施設に向かうために左折した。そこから少しして唐突に、車は路肩に寄ってストップした。窓の外に気を取られていた保育士二人は、車内に目を戻した。

運転席のスリランカ人は車を停めると、抱えるようにして両腕をハンドルにあずけ、正面を向いたまま動かなくなった。

後部座席の二人は、顔を見合わせた。

「どうかしましたか？　だいじょうぶ？」

ミユキさんはおずおずと声をかけたけれど、運転席の男は微動だにしなくて、思い余ってマオコさんが、とんとんと肩を叩き、

「だいじょうぶですか？」

と、もう一度、声をかけると、跳ね上がるようにびくっとした。

「だいじょうぶ。だいじょうぶ」

繰り返すと、なにか振り払うように、彼は頭を振った。そして、気を取り直してギアをドライブに入れ直し、まっすぐ老人施設に向かった。

　どうして彼がそこで車を停めたかについて、きみにはいつか、わたしが知っていることも伝えようと思っているけど、いまはまだやめておく。だってまだ、この時点では、ミユキさんはクマさんがクマさんだってことすら知らなかったんだから。そう、もう気づいていると思うけど、この運転席の若いスリランカ人は、クマさんだよ。

　老人施設に到着すると、施設の人はもう外に出て待っていた。先にミユキさんたち二人が降りて、それからクマさんが降りると、何人かいた施設職員の女性はまず、クマさんに駆け寄ったという。

「あら、ペレラさんは？」

　そう、施設の女性は言った。

「いま、ペレラさん、そのところです。みんな、たくさん来て、食べますから」

　クマさんは、そんな感じに言葉をつないで、あとは身振り手振りでなんとかした。

ミユキさんとマオコさんは隣で、

「公民館の前の広場でね」

とか、

「炊き出しやってます。おおぜい来てます」

などと言葉を補って説明した。

そして、職員の女性が、ミユキさんたちにではなく、まず、クマさんに声をかけたことで、スリランカ人のペレラさんがどんなに施設の人たちの信頼を勝ち得ていたかを知った。

「ひょっとして、ペレラさんの息子さん？」

そう施設職員がたずねると、クマさんは笑って、違いますと言った。

「じゃ、お友だち？」

クマさんはちょっと考えて、横倒しにした数字の8を描くように頭を揺らした。

「横倒しにした数字の8を描くように頭を揺らす」というのが、どういうことか、やったことも見たこともない人にはとても難しいと思う。それも、ゆっくりではなく小刻みに揺らすとなると、真似《まね》しようと思ってもなかなかできない。その「頭揺らし」もしくは「首振り」は、ちょっと民芸品の赤べことか、『もののけ姫』に出てくる「こだま」を思わせる。じっさいには、揺らすスピードとか、眉や口の動きと連動して、複雑に意味を変化させるらしいのだけれど、理解するのは至難の業だ。少なくとも、そういう「頭揺らし」文化をもって育ってない人間には難しい。

でも、きみは知っておくべきだと思う。

それは、スリランカ人のイエスだ。

とにかく、クマさんは頭を揺らした。

ペレラさんの友だちか？　とたずねた施設職員は、それがイエスだとは思えず、ノーと判断することもできなくて、質問を変えた。

「ええと、じゃあ、はじめまして、ね。わたしは○○（といって、胸の名札を見せた）。ええと、あなたは？」

「クマラです」

「クマ？」

「クマラです」

「クマさん」

施設職員は、きっぱりと命名し、

「じゃ、クマさん、お弁当、こっちに運んでください」

と、指示を出した。

ミユキさんたちは、クマさんを手伝って施設内にランチボックスを運び込んだ。施設の人とは軽く世間話をし、挨拶を交わして別れ、次の施設に向かった。

三か所の施設を回り、それぞれの施設でクマさんは、

「ペレラさんは？」

と聞かれた。とても人望のあるペレラさんだ。これに対してクマさんは、どこの施設でも、愛想よく身振り手振りを交えて答え、ランチボックスを運んだ。もちろん、ミユキさんとマオコさんも、負けずにせっせと働いた。

仕事を終えるとステップワゴンは一路、新幹線の駅を目指した。

いちばん近い新幹線の駅までは、一時間半くらいかかった。一晩中かかってカレーを作り、三か所の施設にランチボックスを運び、三か所の施設でペレラさんの不在の理由を説明した三人は、その仕事がすべて終わるころには、お互いの働きぶりを称《たた》えあう仲になっていたから、その一時間半は、くつろいだ車旅になった。

打ち解けた三人は、ここにきてはじめて、名乗りあった。まず、マオコさんが自己紹介をし、続いてミユキさんも自分の姓名を言った。

クマさんは躊躇《ちゅうちょ》なく、

「クマラです」

と言った。

「クマラさんは、名前？　苗字？」

「ミョージ？」

「ラストネーム？」

「そう、ラストネーム」

「じゃ、名前は？」

「クマラです」

「あ、それはラストネームでしょ」

「ラストネームは日本と同じ。ラスト、名前です」

「どゆこと？」

「お父さんの、お母さんの、ミドルネーム、いろいろ、クマラです」

「じゃ、クマラは下の名前？」

「下の名前」

「じゃ、ファーストネームじゃないの？」

「ファーストネーム」

「どっち？」

「ファーストネーム」

「じゃ、苗字は？」

「ミョージ？」

「上の名前は？」

「上は、いっぱい、ある」

「言ってみて」

「日本人、びっくりするよ」

「ねえ、ちょっと言ってみて」

「言う？」

「言って」

二人に懇願されて、ついにクマさんは名乗ったのだった。

「マハマラッカラ　パッティキリコララーゲー　ラナシンハ　アキラ　ヘーマンタ　クマラ」

後部座席の女性は一瞬顔を見合わせ、それからケタケタ笑い出した。

「それ全部名前？」

「そう」

「もう一回言って」

「言わーない」

「あ、すねた」

「ごめんなさい。人の名前を笑うなんて、失礼だよ、わたしたち」

「そうだよ。そうだ。だいじな名前なのに。ごめんなさい。あー、でも、もう一回、聞きたい。言って」

「マハマラッカラ　パッティキリコララーゲー　ラナシンハ　アキラ　ヘーマンタ　クマラ」

　こんどは、言いながらクマさんが笑い出したので、後部座席の保育士二名は、心置きなく爆笑した。

「長い！　長すぎる」

「スリランカの名前、長い。長い名前は、子ども、だいじだから」

「みんな長いの？」

「みんな長い。でも、クマラの名前、すごく長い。いつもは、五個。クマラは六個」

「だいじにされたのね」

「そう」

　運転しているクマさんの頭が、ゆらりゆらりと横倒し8の字に揺れるのが見えた。

「どこからどこまでが苗字なの？　なんて聞いたらいいのかなあ。そうだ、お父さんやお母さんと同じなのはどこまでなの？」

「Ｍ・Ｐ・Ｒはいっしょ」

「なんですか？」

「マハマラッカラ　パッティキリコララーゲー　ラナシンハ、まではいっしょ。アキラヘーマンタ、はミドルネーム。クマラが下の名前ね」

「こりゃ、寿限無《じゅげむ》だわ」

「ジュゲム？　なに？」

　そこで、ミユキさんは、落語の「寿限無」をダイジェストで演じてみせた。保育園で園児を前にさんざんやっているから得意なのだ。この短い落語のすごいところは、幼児であろうが外国人であろうが、すぐにわかって、どかんと笑いがとれるところだろう。

　クマさんは運転席で笑い出した。

　ミユキさんが、「寿限無、寿限無」から「長久命の長助」まで、長い名前を言い終えると、運転席のクマさんは大笑いして、

「負けた！」

　と、叫んだ。

「ジュゲム、ジュゲム、ポンポコ、チョウチュウ、わっからない！」

　そう言って、涙を流さんばかりに笑うので、後部座席にいる女性二人は、若干、運転が心配になったほどだった。

　ミユキさんが言うには、聞いたばかりの「寿限無」を再現しようとして、ぜんぜんできなくて笑い転げる運転席のスリランカ人の姿は、「いつも見ている保育園の子」

と、まるで同じだったという。

それから突然勢いづいたクマさんは、

「スリランカ人は、負けるは、嫌い」

と、胸を張り、

「どっちが長い？　日本のしゅうと、スリランカのしゅうと、どっちですか？」

挑戦的な質問を始めた。

「しゅうと？　舅《しゅうと》？」

「キャピタル・シティ」

「あ、首都か。長いって、名前が？」

「名前」

「日本の首都は、東京」

「みじっかい」

クマさんは少しバカにするように言って、左手をひらひら揺らした。

「えー、そう？」

「スリランカ、しゅうとは、知ってる？」

「ちょっと待って。スリランカの首都でしょ。コロンボじゃなかったっけ」

「トウキョウ。コロンボ。比べるとちょっとだけ東京のほうが長くない？」

「長くない。ない。だいじょうばない」

と、クマさんは言った。

クマさんは「だいじょうぶ」の否定は「だいじょうばない」だと、ずいぶん長いことと思っていたし、そうじゃないとわかってからも、好きで使っている。

「コロンボじゃない」

「違うの？」

「スリランカのしゅうとは、スリジャヤワルダナプラコーッテ！」

「え？　なに？　もう一回言って」

「スリジャヤワルダナプラコーッテ！」

クマさんは勝ち誇った声を上げた。

そのあと車の中で三人は、「どっちが長い名前を持っているか合戦」で盛り上がったので、一時間半はあっという間だった。

駅に到着すると、クマさんはおもむろに白いプラスチックバッグに入れたランチボックスを取り出し、ミユキさんとマオコさんに、ぐいと突き出した。

「ペレラさんから。新幹線は、東京行く。遠いです。だから、食べて。おいしいよ」

別れ際、クマさんがちょっと困ったような顔をしたのを、ミユキさんは覚えている。

どのくらい困っていたのかわからないけれど、いまのわたしたちには馴染みのある表情だ。それはクマさんの、別れがたいという気持ちの表れだったかもしれない。

クマさんの困った顔は、『イエスタデイ』という映画の中でジャック役のヒメーシュ・パテルがする顔に似てる。売れないミュージシャンが自動車にはねられたあと、気がつくと自分しかビートルズを知らない世界にいるっていうコメディ映画で、主役をやってた人だ。その映画には、本物のエド・シーランが出ていて、ジャックが「ヘイ・ジュード」を歌うと、すごくいい曲だけど提案がある、タイトルは「ヘイ・デュード」にしろよ、と言う。そのときのジャックの顔は、クマさんの困った顔に似てる。

新幹線の駅で、せめて握手とかハグとかしなかったのかと聞いたら、そんなことしない、とミユキさんは答えた。礼儀正しく、サヨナラを言い合って、長いこと手を振っていただけだと。

長いこと振っていたってことは、それなりに名残り惜しかったんじゃないかと思うけど、ミユキさんは照れ屋だから、そういうことを問いただすと仏頂面をする。

ミユキさんは新幹線を一度仙台で降りた。そこで大宮から来ていたマオコさんと別れ、短大時代の友だちと会って無事を確かめ、再び新幹線に乗った。被災地の様子はいたましかったし、いろいろあって疲れていたけれど、クマさんのことは印象深かったのだろう。帰宅してから、待ちくたびれていたわたしに、名前のことやスリランカの首都のことを話してくれたのを覚えている。

ともあれ、そんな二人が再び出会うのは、それから一年くらい後のことになる。

二　やさしい猫

一年後というと、わたしは小学校四年生になってる。それは重大なことだ。すぐにミユキさんとクマさんの話に入ってもいいけど、自分のこともちょっと書いておく。四年生でクラス替えがあって、隣に、わたしの親友になるナオキくんが座った。ナオキくんは北海道から転校してきた。色白で茶色い髪をしていて、そばかすがあって、眼鏡をかけている、顔色の悪い、体の弱そうな子だった。転校生にはよくあることで、最初のうちはちょっとしたいじめに遭《あ》っていた。でも、ナオキくんは勉強ができることで一目置かれて、地獄を脱した。

いまもわたしの大親友だけど、高校生になってから、ありえないくらい背が伸びて、顔もすっかり縦長になり、小四のときの、あのちっちゃくてかわいい男の子はどこに行ったんだろって感じになってる。

ナオキくんも一人っ子で、両親が共働きだったから、放課後も休日もいっしょにすごすようになった。世界にこんなに気の合う人がいるのかと、びっくりした。二人とも少年ジャンプの『暗殺教室』にハマって、殺《ころ》せんせーと生徒たちの話ならいくらでもできたし。わたしは家にお金がないせいで、ナオキくんは家の方針で、二人とも塾に行かなかった。ナオキくんは、塾なしでもクラスで一番で、わからないところがあると、先生より上手に教えてくれた。

　そのかわり、わたしはこっそりナオキくんの夏休みの宿題を手伝った。あの子、絶望的に絵や工作が苦手だから。わたしはほかに取り柄《え》がないけど、絵を描くのは好き。風景画を違うタッチで描き分けるとか、そういうのは得意なんだ。ナオキくんの家は一戸建てで、ちゃんとした子ども部屋があり、本がいっぱいある。お父さんとお母さんは、事業をやっているけど、ともかく忙しくて不在が多いので、わたしたちは二人でその大きな家を占拠した。ナオキくんの存在はわたしの人生を変えた。

　わたしとナオキくんが、彼の立派な子ども部屋で教養と友情を培っていたころ、ミユキさんとクマさんは、駅前の路地で奇蹟《きせき》的な再会を果たした。

教養ともロマンスとも、とても遠いイメージの、でも、忘れがたい再会だった。

　その日は日曜日で、わたしはナオキくんのところに遊びに行っていた。ミユキさんは土曜日も保育園で働いていることが多いので、日曜日は、ぐったり疲れて朝寝坊する。お昼を適当に食べて、夕方近くに買い物に出る。材料を少し多めに買いだめして、元気なときは、夜わたしと二人で常備菜を作ったりする。

ところがその日は、いつも行くスーパーが改装のために臨時休業をしていたから、ミユキさんはぶらぶら歩いて隣町まで出かけた。季節は春で、散歩日和《びより》だった。

商店街の入り口で、ミユキさんは制服を着た警察官を見かけた。二人組の警察官は、電信柱の横の自転車を覆《おお》い隠すような感じで後ろ向きに立っていたという。

べつに、そんなのは気にも留めずにやり過ごしてもいいようなことだったけど、何を直感で意識したのかわからないが、ミユキさんは、その警察官の方角から目を離すことができなかったらしい。

ミユキさんは休日、眼鏡をかけている。保育園で働くときも買い物に出るときも、制服のようにエプロンをしている。ジーンズにスウェット、エプロン、ひっつめにした髪、眼鏡、という格好で、あまり意味なくボーっとその警察官と自転車を見ていて、

「あっ！」

と、声を上げた。

警察官と警察官の間から顔が見えたのだという。

ミユキさんの、素《す》っ頓狂《とんきょう》な叫び声を聞いて、その顔の持ち主は顔を上げ、ミユキさんと目を合わせた。浅黒い肌、カールした髪、ぶっとい眉の下の大きな目と、ぽて

っとしたくちびる。

「あーあーあーあー」

ミユキさんは何かを思い出そうとして、助走みたいに「あー」を連発した。警察官に挟まれた上に、眼鏡の女が妙な声を上げだすという、とんでもない状況下で、その男は、とてもとても困った顔をした。例の、ヒメーシュ・パテルみたいな顔だ。それを見て、ミユキさんは瞬時に、

「クマさん！　クマさんだよね！」

と、声を上げた。そしてクマさんも、

「ミユキさん？」

と、首をかしげた。

自分の母親ながら不思議なのは、ミユキさんが周囲をまったく気にしないところだ。天然というか、空気を読まない。ミユキさんは、そこに自転車が立てかけてあることも、警察官が二人立っていることも、まるで見えないかのように、歓声を上げた。

「えー？　びっくりしたあ！　久しぶりだよねー。元気にしてたのー？」

見たわけではないが、のちにクマさんが語ったことから想像すると、こんな感じ。

驚いたのは警察官で、青い制服、制帽の二人が、同時にバッと振り向いて言った。

「お知り合いですか？」

「え？」

ミユキさんの供述によれば、そのときになってようやく二人の警察官に気づいたのだそうだ。つまり、彼女は二人の警察官を見ていたのではなく、その間にある、なんだかわからないもの――それはクマさんだと判明するわけだが――に、あらかじめ注意を向けていたのだと、ずっと前から言い張っている。

「お知り合いですか？」

もう一度、警察官は言った。

ミユキさんは、ぽかんとした顔で、

「はい」

と答え、それからまた笑顔で、

「どうしてここにいるの？　うわー、驚いたよ！　近所なの？」

と、ふつうに会話を始めた。クマさんは、警察官とミユキさんを順繰りに見回し、

「寮、あのところに、ある」

と、方角を指さした。

ミユキさんは、

「ほんと？　すごい偶然」

といった感じで、どんどん会話を続けようとしたが、警察官が割って入った。

「お二人は、どういうお知り合い？」

また、関係ないところから質問が来たと思って、ぽかんとした顔をして見せてから、

「東北の震災のときのボランティアで。この人、タマネギ刻むの、うまいんですよ」

と、クマさんを指さした。

このとき、クマさんは例の困った顔をしたはずだ。

「タマネギ？」

と、警察官はつぶやいた。

「去年、震災のボランティアで知り合ったんです。いっしょに炊き出しのカレーを作ったんですよ。そのとき、隣でタマネギ刻んでたんです、この人。ペレラさんていうスリランカの方が、震災後何回も何回も、ごはん作りに行ってて、向こうの人みんなに、すごく感謝されてるんですよ。あ、この人は、ペレラさんじゃなくて、ペレラさんのお友だちのクマラさんです。——ところで、なにかあったんですか？」

警察官の二人は、意表をつかれて黙ったが、一人がしげしげと小さい身分証のようなカードを見つめて、言った。

「これ、名前、違うんじゃないか？」

「なに？」

もう一人が、カードを取り上げた。

「違わない。いちばん下の名前」

顔をゆがめて、クマラさんが言った。

「長すぎる。読めないな」

ミユキさんは警察官の手にしたカードを覗《のぞ》き込んで指摘した。

「最後の、Kから始まるのがクマラさんの名前です。ほら、ここ、クマラって」

「あ、そうか。クマラと読める」

「なにか、あったんですか？」

もう一度、ミユキさんはたずねた。

「いやあ」

と、一人が口ごもり、

「そうですか。震災でボランティアを」

もう一人は感慨深げに言った。それを聞いて、最初の一人が説明する。

「こいつ、宮城なんですよ」

「あ、じゃあ、ご実家は」

「内陸のほうなんで、だいじょうぶだったんですけど、自分も震災のときに手伝いに行ったんです」

「手伝い？」

「あのときは、警察官は全国から派遣されたんです。自分は福島のほうでしたが。そうですか。震災でボランティアを」

それから警察官はおもむろに敬礼し、

「ご協力ありがとうございました」

と言って踵《きびす》を返した。もう一人は少し戸惑った様子だったが、

「職務ですので」

と言って、後を追った。

そこには気の毒なクマさんが残された。

警察官が調べていたのは、クマさんが乗っていた自転車が盗難車ではないかということだった。その疑いはすぐに晴れたのだけれど、外国人だけが持っている証明書のようなカードの提出を求められて、ずいぶん時間がかかってしまっていたのだった。

そのときクマさんは不機嫌だった、とミユキさんはのちに語った。それはまあ、仕方ないだろう。警察官にとっては仕事でも、質問される方は戸惑うし、知り合いに見られるのも愉快ではないだろうし。

「びっくりしたー」

ミユキさんは、立ち去る警察官を目で追いながら、少し口を尖《とが》らしたが、

「じゃ、わたし、買い物に行くから。ご近所なら、また会うかもね！」

とかなんとか言って、すぐに別れたのだそうだ。

だって、そういうとき、どう声をかけたらいいかわからないじゃない、なんかこう、気まずいっていうかさ、とミユキさんは言う。

隣町の商店街は、行くとわりあい楽しい場所だ。鶏肉専門店とか、お魚を目の前で捌《さば》いてくれる店とか、青果店とか、お惣菜《そうざい》を売る店とか、鯛焼《たいや》きのお店なんかもあって、対面で売ってくれる昔っぽい通りなのだ。何もなくても、ここに行くだけで小さな旅行をしたような気持ちになる。

それで、ミユキさんは久しぶりで買い物を楽しんだのだが、一方でなにか忘れ物をしたようなソワソワした気持ちになった。最初のうち、それがなんだかよくわからなかった。ミンチと鶏の胸肉を買い、鯛焼きを買い、トマトとニンジンとジャガイモと林檎《りんご》を買い、安売りの調味料いくつかと、トイレットペーパーまで買ってから、ふっと、なんでもっと話をしなかったんだろうという気持ちがミユキさんを襲った。

久しぶりだったのに。すごい偶然だったのに。あの人、けっこうおもしろい人だったのに。なぜ、お互いの近況も確かめ合わずにそそくさと別れてしまったのか。

それは「後悔」と名づけるほど大きな感情ではなかったし、「もったいない」とも違う、ちょっとした気持ちの泡立ちのようなものだった。大きな荷物を手にしたミユキさんは、すっかり落ち着かなくなった。

話もしないで別れて来るなんて、感じ悪い——。と、ミユキさんは考え始めた。

職務質問に遭っているところを目撃するなんて、たしかに間が悪いけれど、クマさんはちゃんと自分の自転車に乗っていたんだから。友人としては、あの場で警察官に抗議すべきだったのでは。ちょっと、失礼ではないですか、とかなんとか。

でもでも、と、ミユキさんは考える。

そんなふうに出しゃばられたら、かえって迷惑かもしれないし。むしろ、あんなところに居合わせないで欲しかったって、思ってるに違いないし。

だけどねえ、居合わせなきゃよかったのは、むしろ警察官だわよ。職務はどっかほかでやってくれればよかったのに。

ミユキさんは眉間《みけん》にしわをよせた。

ふつうに、この商店街でばったり出くわしたのだったら、二人の会話はどうなるか。

「近所に住んでるの？　びっくりしたー」の次は、どんな展開になるんだろう。たとえば、「ペレラさん、元気？　最近、会ってる？」みたいなことになるだろうし、すると、「元気ですよ。ときどき、お店にカレーを食べに行くんですけど、いつも楽しそうに厨房《ちゅうぼう》に立ってます」みたいなことをクマさんが言うのかもしれないし、「そうだった。ペレラさん、レストランやってるんだよね。ねえ、それってどこなの？」と、とうぜん聞くことになり、「茨城ですよ（栃木だったかもしれない）」「ちょっと遠いね」「そんなことない。つくばエクスプレスで四十五分ですよ（つくばじゃないかもしれない）」「娘がカレー好きなので、行ってみたいな」「こんど、いっしょに行きましょう！」

ここまで考えて、そんなことになるかなぁ、と気弱なミユキさんは考え直し、また、もやもやの堂々巡りを始めた。

ともかく、だ。と、ミユキさんは気持ちを切り替えようとしてみる。また次に会ったら、もう少しふつうに話をしよう。ふつうの世間話を、そうね、たとえば――。

ミユキさんは、もやもやと買い物袋を抱えて商店街の入り口まで戻った。

あまりに考えすぎたので、日も暮れかかってきた。早く帰って食事の支度をしないと、娘が待っているし、明日は仕事だ。

気持ちを切り替えて早足になりかけたところで、なにか気配を感じて顔を上げる。

「また、会った！」

その気配のよってきたるところから、声がした。ミユキさんは、ゆっくりと振り向いた。

そこには、痩《や》せていて、カールした髪を持つ、褐色の肌の男が立っていて、両手を顔の横でパーの形に開き、満面の笑みを浮かべていた。

　ミユキさんは両手に袋を提げたまま、気をつけの姿勢で硬直した。どう考えても、「また会った」というより、「待ち伏せしてた」のほうが正確なのではと思われたが、ミユキさんは、二人の残念な別れ方についてさんざん考えたあとのことだったので、とても素直にびっくりしたらしい。

　しかも、少し前の不機嫌さをみじんもひきずらない、そのげんきんな笑顔に、ミユキさんは安心して笑い出した。

「前から、ここ、住んでる？」

　人懐《ひとなつ》こい笑みを浮かべて、クマさんはたずねた。

「隣町」

　と答えた。次に会ったら、ふつうに話そうと考えていた世間話のあれこれは、驚いたまま、頭からふっとんでいた。

「もし、時間が、あれば、お茶を、飲みますか？　飲みませんか？」

　クマさんは、教科書のフレーズを思い出すみたいにゆっくりそう口に出した。

「いま？」

　ミユキさんはちょっと戸惑った。

「いまはちょっと。娘が、あ、子どもね。小さい女の子が、家で待ってて、ごはん作らなきゃならないから。あ」

最後の「あ」は、躊躇の「あ」だ。じっさいにこう言ったかどうかわからないけど、気持ちとしては「あ」をつけたかったに違いない。このときミユキさんは、小一時間前の二の舞は避けたいと思っていた。ここでさっさと断って別れたら、せっかく脳内で練習した世間話はどうなる！

両手に持った荷物が重すぎて、レジ袋が指に食い込んで痛いので、ミユキさんは袋をいったん地面におろした。安売りだと思って、調味料の類《たぐ》いを買いすぎたのだ。

ミユキさんはふぅ、と息をついてから、「荷物、ちょっと、重いの。運ぶの手伝ってもらえない？」
と言った。

クマさんは、笑顔で頭をゆらゆらさせ、重たいレジ袋を取り上げて彼の自転車の前カゴに入れ、トイレットペーパーを荷台に紐《ひも》で括《くく》りつけると、野菜と果物の入った袋をハンドルに引っ掛けた。

鶏肉と財布を入れたトートバッグだけ持って、ミユキさんは、自転車を押すクマさんの横を歩きながらたずねた。

「クマさんて、学生さん？」

だってね、痩せっぽちだし、すごく年下に見えたの、とミユキさんはのちに語った。

「学生じゃない。会社に、働いてる」

「そうなの！　仕事は何を？」

「自動車の、整備」

「じゃ、メカに強いんだ」

「強いです」

　クマさんはちょっと得意げに胸を張ってみせた。

「日本にはもう長いの？」

「六年くらい。日本語学校に行って、アルバイトして、専門学校に行きました」

「で、いまの会社に就職したの？」

「そう」

「じゃ、いまいくつ？」

「二十四歳」

「ずいぶん若い時に日本に来たんだね。十八歳？」

「そう」

「こっちに親戚がいるの？」

「いない」

「ご両親はスリランカのどちらにいらっしゃるの？」

「スリランカのヒッカドゥワ、きれいなとこです。けどもう、いない」

「いないって、いうのは」

「死んじゃった。いまは、お姉さんだけ。お姉さんは、コロンボにいます」

そうなの、と言って、ミユキさんは下を向いた。この人も、だいじな人を亡くしてるんだ、と思った。

ミユキさんは、家に帰るまでの道すがら、クマさんの経歴とか、ペレラさんはどうしているのかなどを聞き出した。ペレラさんがスリランカ料理店を開いているのは群馬県で、たまに故郷の味が懐かしくなると食べに行くこともある、と話したところで、クマさんは意外なことも言った。

「オレも、スリランカ料理を、作ります」

クマさんの一人称は、誰に習ったのか、最初から「オレ」だった。

「オレのお父さん、お母さんは、レストランしました。スリランカのヒッカドゥワ、ツーリスト多い町」

「レストランをやってらしたの？」

「小さいの。毎日、見たから、オレは、料理は上手です」

ミユキさんは、クマさんの包丁さばきがなかなかうまかったことを思い出した。

「お料理も上手だし、メカにも強いなんて、百人力だね」

「ヒャクニンなに？」

「何でもできてすごいね」

　クマさんは、ちょっと胸を張って頭をゆらゆらさせたが、ミユキさんはこれが「スリランカのイエス」だと知らなかったので、謙遜《けんそん》して「ノー」と言ったのだと思った。アパートの近くの、小さな公園までたどり着いたとき、ミユキさんはクマさんにありがとうと言って、大きな荷物を自転車から下ろしてもらった。

「うちはこの先。もうここまででだいじょうぶ。ありがとう、クマさん。これはお礼」

　ミユキさんは、自転車の前カゴに林檎を二つ入れた。

　このときミユキさんは、家まで送ってきてもらうべきか、ちょっと考えたらしい。会ったのはまだ二回目だったし、自宅を知らせていいものかどうか、躊躇したのだ。クマさんは、ミユキさんが少し戸惑う様子を見せたので、なにか思い当たったようにうなずき、自転車にまたがった。

　のちにクマさんに聞いたところによると、この時点ではミユキさんに「子どもがいる」という情報しかなかったので、家まで押しかけて行ったら、とってもこわい「夫」が登場して、クマさんに殴り掛かるかもしれないと思ったのだそうである。

　どうしてクマさんは、職質に遭ったあと、商店街の入り口でミユキさんを待ってたんだろうと、ときどき考えてみることがある。もちろん、その日を逃したら親しくなるチャンスがないと思ったからなのかもしれない。でも、それだけではないような気がする。

　わたしはクマさんが負けず嫌いだからじゃないかと思ってる。二人の警察官に挟まれて、いじめられてるみたいなところをミユキさんに目撃されたのは、すごく嫌だったに違いない。だから、そんなのに負けてないオレっていうのを、ミユキさんに見せたいと考えたんじゃないか。わたしの知っているクマさんは、そういう人だ。ところで、ミユキさんは、翌週も翌々週も、日曜日に隣町の商店街まで買い物に出かけた。「近所のスーパーより安くていいものがある」と自分を納得させていたが、それが理由ではないと思う。

　クマさんはいつも商店街の入り口にいて、買い物を自転車に乗せて、公園まで送ってくれた。わたしがナオキくんと漫画や恐竜の話題で盛り上がっている間に、二人はそれなりに親交を深めていたのだ。

　ミユキさんはクマさんの会社の寮が近くにあると信じていたけれど、じつはあの日曜日、することのないクマさんは探検に出ていて、たまたまうちの隣町を訪れていたのであって、「あのところ」にあるとざっくり説明した寮は、沿線のかなり先のほうにあった。運命の日曜日のあと、クマさんは、ミユキさんと「また会う」確率にかけて、仕事が終わると毎日自転車で四十分の距離を走ってきていた。

もうこのときには、負けず嫌いのクマさんというよりも、恋をすると止まらなくなるクマさんが出現していたらしく、勤め先の自動車整備工場では「ミユキさん」は、かなり話題になっていたみたいだ。

翌週の日曜日にミユキさんがあらわれたとき、クマさんは「マジック」が起こったと思った。それだけ待ち伏せしてればマジックではないことはあきらかだけれども、恋心は凡庸な現象を奇蹟と読み換える。しかも、ミユキさんはクマさんを見つけるなりうれしそうな笑顔を見せたから、これが魔法じゃなくて何なのか、と思ったらしい。

ミユキさんとクマさんが、どんなふうに距離を縮めていったのか、ほんとうは詳しく知ってるわけじゃないんだ。震災ボランティアで知り合ったクマさんと商店街でよく会うとは聞いてたけれど。

あのころ、わたしはまだ九歳で、「距離を縮める」ってどういうことなのかぜんぜんわかっていなかった。もしかしたら、いまだにわかってないのかも。両想いになるっていうのは、言うほど簡単じゃないからね。だから、ここから先は想像も入るけど、そんなに外れてはいないと思う。

日曜日の再会のあと、ミユキさんはなんとなく弾《はず》んだ気持ちでその週を過ごした。そして、翌週にわたしがナオキくんの家に遊びに行くと、「やはりあの商店街は安くて品がいい」と思いついて、いそいそと隣町まで出かけた。心の中には「また会えるかな」という期待があるのであり、そして、じっさいに、また会えたのであり、それは特別ななにかだと感じられた。そういうのはセレンディピティと言うんだよ。「素《す》敵《てき》な偶然」ってやつね。ルイ・パスツールが言ったように、「観察の領域において、偶然は構えのある心にしか生まれない」わけでねえ、とナオキくんなら言うだろう。

しかし、時によっては、休日保育の仕事が急に入って隣町に行けなかったりする。次の一週間は、気が揉《も》めて仕方がない。そのことを考えて勤務中にうわーっと髪の毛を掻きむしって、子どもたちに驚かれ、ライオンキングの「ハクナマタタ」を歌ってごまかしたりしたに違いない。次の週、クマさんに会えたときは、ほっとしただろう。もうあんな気分になるのは嫌だと、思い切って連絡先を聞いたかもしれない。

わたしがミユキさんと過ごす休日もあったし、クマさんに用事があって会えない日もあったけど、予定の合う日曜日は、商店街で会って、自転車を転がして家の前の公園まで歩いて、そこで別れるというのを二人は続けた。ミユキさんに嫉妬深い「夫」がいないこと、娘の「マヤ」が小四だってこと、落語のほかに得意なのはピアニカだってこと。かなりいろんなことを打ち明けたあとでも、ミユキさんは、クマさんを公園よりこっちに呼ぼうとはしなかった。

クマさんがはじめてボロアパートにあらわれたのは、ミユキさんがクマさんと再会して、三ヶ月くらい経ってからだった。

その日も日曜日だったけど、わたしはミユキさんと家にいた。ミユキさんが家の片づけを始めてしまって、つきあわされたわたしはけっこう機嫌が悪かった。

狭いアパートだから、空間を上手に使わないとすぐに物があふれてしまう。ミユキさんは一念発起して、ベランダに置いた洗濯機に取りつけるランドリーラックを通販で買ったのだが、どこかに欠陥があるらしく、うまいこと組み立てられない。やっとそれらしい形にして設置しようとすると、微妙にサイズが合わない。朝からずっと、お昼も食べずに格闘して、「マヤそっち持って」「マヤこっち叩いてみて」と、いろいろやらされ、あげくに巨大なラックの成れの果てみたいなのが部屋を占領し、母娘はくたくたに疲れ、ふてくされて夕方近くになった。

「買い物行ってくる」

むくりと起きて、ミユキさんが言った。

「マヤはちょっと、この部屋片づけてて」

「いやだよ。マヤも買い物に行く」

「あらそう」

そう言ったあと、ミユキさんはとつぜんラジオ体操みたいに両手をぶんぶん動かし始めた。ラックの組み立てで凝《こ》った肩をほぐそうとしているようにも見えたが、あれは、何か考えるための時間稼ぎだったに違いないと、わたしは思ってる。

「隣町の商店街にいっしょに行く？」

ミユキさんは、ぶんぶん腕を振り回すのをやめて、やたらと真剣にそう言った。

「行く」

とうぜんだろう。隣町の商店街に行くのは久しぶりだし、あそこは近所のスーパーなんかよりずっと楽しいんだし。

「行ったら、クマさんに会うと思うよ」

「クマさん？」

「ほら、お母さんの友だちの」

「アフリカの人？」

「アフリカじゃないわ、マヤちゃん、地理をもっと勉強しなきゃ。スリランカはアフリカじゃないわ」

ミユキさんは腕組みして首を左右に振り、かくして母娘は買い物に出た。

商店街に行く道々、ミユキさんはわたしにあれこれクマさんのことを話した。

まず、スリランカはインドの南にある美しい島なんだってことを叩き込み、クマさんはちゃんと資格を持っている自動車整備士で、日本でいっしょうけんめい勉強して偉いんだとかなんだとかかんだとか。

でも、そんなことをわたしは、聞いちゃいなかった。焼き鳥とかコロッケとか鯛焼きとか、歩きながら食べるもののことで頭はいっぱいだったと思う。

だから、商店街の入り口で、クマさんが親し気に手を振ったとき、ほんとうに、ほんとうに、ほんとうに、びっくりした。どうしてこの人がわたしに挨拶してるんだろう、何が起こったんだろうと、時空がゆがむようなおどろきだった。話に聞いているだけでは、じっさいにどんな人か、まったく想像が追いついていなかったのだ。

「マヤちゃん、やっと会えた！　こんにちは。はじめまして。クマさんだよ」

クマさんはまるで屈託なく笑って、身をかがめてそう言った。クマさんの顔が近くに迫ってきた。ほかのことはあんまり記憶がないけれど、クマさんのまつ毛が、すごく長いってことに気づいた。

「こんにちは」

そう、なんとか口に出して、わたしは緊張のあまり、ミユキさんのエプロンをつかんだ。そのあと、三人で買い物をしたけど、何を買い食いしたかも覚えていない。買い物の間じゅう、ミユキさんとクマさんは何か話していて、最後にはちょっと口《くち》喧嘩《げんか》みたいになったので、それにも驚いた。

「こんどにしよう。今日はちょっと、準備ができてない。家も散らかってるし」

なんてことをミユキさんが言い、

「気にしない」

と、クマさんが言って揉めていた。

「じゃあ、いいよ。マヤに決めてもらう。マヤ、クマさんがランドリーラック組み立てくれるって言うんだけど、どうする？」

いきなりミユキさんにそんなことを言われて、ますます混乱して緊張はマックスになり、商店街で目をぱちぱちさせていたのだが、二人が再び話し始めたのを聞いていたら、少しずつ事情が呑み込めてきた。

わたしにはとつぜんだったこの日のことは、じつはミユキさんとクマさんの間で周到に準備されたはずのものだったらしい。

朝から部屋を片づけていたのは、ミユキさんがクマさんを家に招いて、わたしに紹介するつもりだったからだ。ところがあのいまいましいランドリーラックのせいで、うちはしっちゃかめっちゃかだし、娘への説明も不十分だし、「もう今日はやめよう、またこんどにしよう」とミユキさんは提案し、「なんでだよー。ランドリーラックくらい、オレが組み立てるからさー」みたいなことをクマさんが言って、二人は小さく揉めていたわけだ。

わたしはそのとき九歳なりに知恵を働かせた。

わたしとミユキさんは朝からランドリーラックと格闘していたが、まったくうまくいかなかった。そのために、母娘は険悪になり、狭いアパートは散らかり放題になっていた。あれをもう一度、夜中に二人でやることを考えると、とても憂鬱《ゆううつ》な気持ちになった。しかも、日曜日の次は月曜日が来るので、ミユキさんは朝早くから仕事に行く。わたしだって学校に行く。ミユキさんの毎日はとても忙しい。いつになったら、あの部屋がまともに片づくのかわからないし、また「マヤ、やっといて」と言われるのも、うんざりだ。ミユキさんは欠陥商品を返品してどうのこうのと言っていたけれど、そうするとあそこまで組み立てたものをまたバラして、箱に入れて送り返す作業は誰がどうやってするのか。

打算は緊張に勝利した。

「いいよ」

そのとき、わたしは言った。

「クマさんにやってもらう」

二人は同時にわたしのほうを見た。

「だって、お母さんひとりじゃ、できないでしょ」

それを聞くと、クマさんの顔がぱーっと明るくなった。

「マヤちゃん、クマラに来てって言った。オレの勝ち」

親指でトントンと自分の胸を叩き、頭をゆらゆらさせた。わたしがはじめて「スリランカのイエス」を見た瞬間だ。

荷物が自転車のカゴに載った。

二人は揉めたことを忘れたように話し始めた。わたしはランドリーラック組み立て、あるいは解体作業から解放されたのがうれしくて、ちょっと楽しくなってきた。不思議な知らない人がいっしょに来ていることも気になってはいたのかもしれないけれど、あのときなにを考えていたかあまりよく覚えていないから、たぶん、商店街で買ったものを、なにかしら食べていたのではないかと思う。

クマさんはうちに着くなり、ランドリーラックの惨状を目にし、道具箱の中をくまなくチェックして作業に入った。ミユキさんはごはんの準備にかかり、わたしはテレビを見始めた。

ベランダでのクマさんの作業は、なかなか終わらなかった。途中、小さな舌打ちが聞こえてくるほかは、カンカンという金属音や、ズルッ、バタッという音がするくらいだった。日が暮れてくると、外に置いた自転車から懐中電灯を外してきて、また黙々と仕事を始めた。夏のことで、うちにはクーラーがないし、汗だくだった。気になって、ちらちら見たけれど、クマさんはものすごく真剣だった。

手羽元とゆで卵の醤油《しょうゆ》煮、チャーハン、コーンスープという、うちでは品数の多いお客様メニューが完成しても、ランドリーラックは完成しなかった。

「ねえ、もう、いいって。新しいのに取り換えてもらうから。ごはんにしようよ」

何度目かに、ミユキさんが言ったとき、

「できた！」

という声が上がった。

「できたの？」

わたしとミユキさんは急いでベランダに見に行った。ラックのアームの一方が微妙に屈曲していて、もう一方の足にはブロックのかけらが挟まれていた。どうしてもネジが嵌《はま》らなかった角には、なにか黒い物体が取りつけてある。よく見ると、クマさんの自転車から取り外した懐中電灯ホルダーで、ラックの角が補強してあった。

「だいじょうぶ。使える」

クマさんはステンレスの棚をこぶしで叩いて、しっかり組み立てたことを強調した。じっさい、多少アームが曲がっていようが、足にブロックが当たっていようが、このランドリーラックは、その後八年間くらい、びくともせずにベランダに立っていたことを、つけ加えておく。

蒸しタオルで汗を拭き、さっぱりした様子のクマさんと、母と娘は食卓を囲んだ。もう、それほど緊張はしなかった。わたしがクマさんから「やさしい猫」の話を聞いたのはあのときだ。スリランカのお話を聞かせてと、食事のあとにねだったからだ。

「スリランカってどこにあるの？」

と聞くと、クマさんは地図を描いてくれた。

ここに日本があって、中国があって、インドがあって、その下にある、「宝石みたいな形をした」島。「スリランカ」は、「光り輝く島」っていう意味。

「子どもはどういうお話を聞いてるの？」

お話を聞くのは基本的に大好きだった。クマさんはちょっと困った顔をして考えてから、話し出した。

――大きな森のベンガル菩提樹《ぼだいじゅ》の木のうろに、ねずみの家族が住んでいました。お父さんと、お母さんと、子どもが三匹、仲良く暮らしていたのです。

お父さんはいつも朝になると、家族のためにおいしい食べ物を探しに出かけます。そして夕方には、食べ物や飲み物を持って帰ってくるのです。多くても少なくても、家族みんなで分けあって食べるのでした。

ある日、食べ物を探しに行ったはずのお父さんが、夕方遅くなっても家に帰ってきませんでした。心配になったお母さんは、子どもたちをベンガル菩提樹の木の上に残して、お父さんを探しに行きました。

途中で出会ったのは、森のうさぎです。うさぎさん、わたしの夫を見ませんでしたか？　ああ、見かけたよ、ドンバの木の近くで、猫に出くわすのを見たよ！　お母さんは泣き始めました。お父さんは、猫に食べられてしまったのです。あまりにショックで悲しいので、お母さんは子どもたちにそれを話しませんでした。

　うさぎはねずみの親子に少しだけ果物をくれましたが、翌日からお母さんが家族のために食べ物を探しに行かなければならなくなりました。ところが、お母さんも、ある日、あの猫に出くわして、食べられてしまったのです。

　小さいねずみの子どもたちは、夜どおし、お母さんの帰りを待ちましたが、とうとう帰ってきませんでした。

三匹の子どもたちは泣きました。つかれて、くたびれて、おなかも空いて、泣きながら森にさまよい出ました。すると途中で、あの猫にばったり、出会ったのでした。

　ここまで聞いて、わたしはすっかり悲しくなってしまった。暗すぎる。子どもの話として、これはあまりに暗すぎる。

「ねずみのお父さんもお母さんも猫に食べられちゃったの？」

「そう」

「帰ってこない？」

「こない」

「かわいそうすぎる。子ねずみたちも食べられちゃうなら、続きはもう、いい」

「待て待て、マヤちゃん。続きは違う」

そうしてクマさんは語り続けた。


――三匹の子ねずみたちが泣いているのを見た猫は、たずねました。

「どうして泣いているんだい？」

「いつも食べ物を持って帰って来るお父さんが、ある日とつぜん帰らなくなったの」

「お母さんが探したけど見つからないの」

「お母さんが代わりに食べ物を探しに出かけて、こんどはお母さんが帰らないの」

子ねずみたちは、口々にそう言って泣きました。

猫は、自分がこの子たちの親を食べてしまったことに気づきました。猫は深く後悔しました。猫にも三匹の子どもがいたのです。猫の目に涙が浮かびました。

「ねずみの赤ちゃんたち。わたしといっしょに来るかい？　うちにも三匹の赤ちゃんがいるよ。わたしがみんないっしょに育ててあげるよ。大きくなるまで食べ物を持ってきてあげよう」

子ねずみたちは、涙を拭きました。そして、やさしい猫の家にいっしょに行きました。それからは、ねずみの子どもたちと猫の子どもたちは、兄弟のように仲良く暮らしましたとさ。おしまい。

わたしはものすごくびっくりした。いや、それはないだろう。仲良く暮らさないだろう。猫だよ、親の仇《かたき》の猫の家だよ！

「でも、大きくなったら、猫に食べられちゃうんじゃない？」

わたしは疑問を口に出したが、クマさんは目をつぶって大きく首を左右に振った。ちなみにこれはノーの意味らしい。

「食べない。殺して食べるは、悪いこと」

「そうだけど、だって、猫だよ。ねずみと暮らすのは変でしょう」

「子どもの話。猫もねずみも日本語話すでしょ。それと同じ。変じゃない」

そうかなあ。

わたしが下を向いて黙ってしまったので、クマさんはあわてて違う話を始めた。

——クマラはちいさいとき、お父さんの真似をして床屋に行った。台に腰かけて、

「ひげを剃《そ》ってくれ」

と、横柄《おうへい》な態度で言った。

床屋さんは困った顔をして、それから大人の客にするようにクマラに前掛けをかけ

た。そして、顔いっぱいにシャボンを塗りたくった。クマラは、いばりくさって待っていたが、床屋さんは次から次へとほかの客を相手にしていて、ちっともクマラのひげを剃らない。

「どうして、オレのひげを剃らないのさ」

クマラは焦《じ》れて大声を出した。床屋さんは、隣の客のひげをあたりながら言った。

「生えてくるまで待つよ」

わたしは笑い出した。クマさんは気をよくして、「クマラ」の出てくるおもしろ小《こ》噺《ばなし》みたいなのをいくつか話してくれた。

――クマラがパンを買いに行くと、パン屋さんがわざと小さいパンを選んで渡した。

「小さいよ！」

と文句を言うと、

「小さいほうが食べやすい」

と、取り合わない。そこでクマラは、ほんとうは三枚渡す硬貨を二枚だけ投げつけて走って逃げた。

「待ちなさい！　足りないじゃないか」

パン屋が追いかけてきたので、クマラは振り向いて言ってやった。

「少ないほうが数えやすい」

わたしはケタケタ笑い、クマさんは自信を深めた。ミユキさんもいっしょに笑った。

わたしが眠そうになったのを見て、クマさんは帰ることにした。玄関で、シューズボックスの上の家族写真に目を留めた。ミユキさんは、見送りのために外に出て行った。

この日のことはよく覚えているし、クマさんのしてくれた話もよく思い出す。そのときは、クマラ・シリーズが好きだったのに、いまでもいちばんよく思い出すのは、「やさしい猫」の話だ。いまだにこの話のオチがよくわからない。でも、よくわからないから、気になるのかもしれない。

わたしはミユキさんが押し入れから引っ張り出した布団に転がってウトウトし始めた。あれから何度かわたしは「やさしい猫」の夢を見たので、もしかしたらこの日が、その記念すべき最初の晩だったかも。

そうしてアパートでわたしが眠りかけている間に、表では事件が起こっていた。

夏の夜だった。

クマさんが自転車を押して、ミユキさんは隣を歩いて、二人は近所の公園まで行った。そこで自転車を停めて、ジャングルジムに背中をあずけて、立ち話をした。

クマさんは二十四歳で、ミユキさんは三十二歳だった。ミユキさんが夫を亡くして六年が経っていた。

商店街で再会を果たしてから三ヶ月が過ぎていたから、ミユキさんはクマさんの会社の寮が「ご近所」ではないと、もう知っていた。往復一時間二十分の距離を、クマさんが自転車で走っていることを知っていた。

クマさんも、ミユキさんがシングルマザーだと知っていた。亡くなった夫がアニメの制作会社に勤めていたことも、わたしとミユキさんの苗字の「首藤《しゅとう》」が、お父さんのものであることも。

クマさんは若くてまっすぐだったし、最初から猛プッシュだったみたいだ。会って何回目かには、結婚しようと言ったそうだ。少なくとも、結婚を前提につきあいたいと。そんなこといまは考えられないと、ミユキさんは答えた。でも、会うのをやめたりはしなかったから、やっぱり二人でいるのは楽しかったんだろう。

クマさんはあきらめなかった。

娘がいるから、とミユキさんは言った。娘がいちばんだいじなの。

娘に会いたい、とクマさんは応じた。

会ってどうするの。

仲良くなる。ミユキさんのだいじな人は、オレのだいじな人。

しばらく押し問答をした末に、日曜日の夜に、三人で食事をしよう、ということになったのだった。

かくしてクマさんはやってきて、ミユキさんのだいじな娘と会い、汗だくになってランドリーラックを取りつけて、いっしょに山盛りのチャーハンを食べて、おかしな昔話をして笑わせてくれた。彼は、和やかだった会食の成功を胸に、夏の夜の公園で、二回目のプロポーズをした。

そして、

「あなたの気持ちには応《こた》えられない」

と、ミユキさんに言われた。

わたしがクマさんにはじめて会った日は、クマさんの失恋記念日だった。

ミユキさんは部屋に戻ってくると、夏掛けの薄い布団にもぐりこみ、添い寝して静かにわたしの髪を撫でた。半分眠りかけていたのに、それで少し意識が戻った。扇風機は回っていたけれど、くっついて眠るには暑い季節だった。

離れようとは思わず、目をつぶった。ミユキさんは毎日すごく忙しかったから、母娘のスキンシップの時間はたいせつなのだ。娘にとっても、母にとっても。

「娘は早生まれでいま九歳なの。もうすぐティーンエイジを迎える。これから、体も変化して、大人になって、恋もする。だいじな時期だから、仕事以外の時間を娘以外の人と過ごそうとは思わない。それが誰であっても。日本人でも外国人でも。あなたは若いから、いくらでも出会いがあるもの。そういう出会いをたいせつにするだろうし、すべきだとも思う。でも自分は、誰かとつきあって、別れて、また誰かを探してなんてこと、やる気がない。それに、あなたはいつか、生まれた国に帰るでしょう」

「帰らないじゃないかな。たぶん。お父さん、お母さん、もういない。お姉さん、結婚して、お姉さんの夫はいま、考えてるのは、カナダに行くこと。だから、クマラも、帰らないじゃないかな」

「帰らないかもしれないけど、帰るかもしれないでしょ。クマさんは若いから、選択肢がたくさんある」

「センタクシ？」

「メニー・チョイス。チョイシズ」

「それはあまりないじゃないかな」

「どうして」

「だいじな人はそんなにたくさんたくさんいない。だいじなことはそんなにたくさんたくさんない。だいじなことを選ぶ。それは、そんなに難しくない。だいじではないことを選ばないだけ」

「わたしのだいじなことは――」

「――マヤちゃん」

「友だちじゃだめなの？」

　クマさんは大きく頭を左右に振った。

「あなたの気持ちには応えられない」

　ミユキさんは公園を出た。クマさんは後ろ姿をしばらく見つめ、それから自転車を漕《こ》ぎはじめた。そのあと、クマさんは、商店街にも公園にも現れなくなった。

三　将を射んと欲すれば馬

クマさんこと、マハマラッカラ　パッティキリコララーゲー　ラナシンハ　アキラヘーマンタ　クマラは、スリランカ南部にあるヒッカドゥワという海辺の街で生まれた。

宝石のような、涙の粒のような形をした「光り輝く島」＝スリランカの、ちょうど涙粒のいちばん下のちょっと左くらいが、ヒッカドゥワのある場所だ。最大の都市コロンボからだと、海沿いを走る列車で二、三時間かかる。観光地として知られるようになったその街は、美しいコバルトブルーのビーチで親しまれ、世界中からツーリストを集め、国際的なサーフィンの大会も開かれる。

お父さんとお母さんは、食堂を営んでいた。観光客の集まるビーチからは少し離れた、地元の人のための店だった。走っていけばすぐそこが海、という場所で、六歳年上のお姉さんとクマさんは育った。

住居スペースと食堂はつながっていたから、家はいつも食べ物の匂いがしていた。それでもとくに、甘いミルクティーの香りは、眠い目をこすると枕元にあるカップとともに、クマさんのたいせつな記憶だ。

家の裏にはバナナの木があって、お母さんは毎朝、新鮮なバナナの葉を切る。クマさんとお姉さんが学校に持っていくお弁当の器になるのだ。バナナの葉を切る音と、ミルクティーの香りは、もうちょっと寝ていたい、小さい男の子のクマさんをやさしく起こした。

両親は忙しく働いているから、お母さんが出しておいてくれる朝ごはんを、クマさんは好きなところに持って行って食べた。さっと作った野菜のカレーと、ポルサンボーラと呼ばれる椰子《やし》の実のふりかけが定番だった。米粉で作ったクレープみたいなのとか、そうめんに似たヌードルにそれらをつけて、右手で混ぜながら食べる。店で売っている、コロッケに似たロールスや、ロティと呼ばれるパンが出てくることもあった。

潮の香りのする道を、駆け足で学校へ行った。楽しみはバナナの葉に包まれたお弁当だ。白いごはんと、揚げたゆで卵、ポルサンボーラやカレーなどのおかずが数品。大好物は魚のカレーだった。

スリランカの小学校は、五歳で入学して、五年間通う。中学は四年間のジュニア・

セカンダリーと、二年間のシニア・セカンダリーに分かれていて、ジュニア・セカンダリーまでが義務教育になっている。

クマさんは、シニア・セカンダリーに進んだ。そしてさらにOレベルと呼ばれる進学試験に合格して、高校に行った。運動神経のいいクマさんは、セカンダリー・スクールに通う六年間ずっと、クリケットの選手だった。子どものころは熱狂的にクリケットカード集めをしていたらしい。

でも高校ではクリケットを続けられなくなった。高校に入る直前に、たいへんなことが起こったからだ。

その年の六月に、お姉さんのアヌラーが結婚した。お相手はアヌラーの幼なじみで、奨学金をもらってコロンボの中学に行った、アシャンタだった。アシャンタは、アヌラーと同じ海辺街の出身で、裕福な家庭の子どもではなかったのに、とても優秀だったから、Aレベル試験を突破して大学にまで行き、卒業して新聞記者になった。スリランカの大学進学率は、二十％だ。

そんなすごい秀才が、休みごとにアヌラーに会いにヒッカドゥワに戻ってきた。タミル人のアシャンタとつきあうことに賛成ではなかった両親も、この熱心さには折れた。インド洋に大きな夕陽が沈む中、アシャンタがアヌラーにプロポーズするのを、クマさんは椰子の木の陰から目撃した。

結婚式は二人の故郷であるヒッカドゥワで行われた。家と店とその前の路地を全部使って、お祝いの飾りつけをした。パーティーのお菓子と料理は両親の手作りで、アヌラーは美しい赤いドレスを着た。親戚や友人が大勢やってきて、食べ、飲み、最後はみんなでダンスをした。

二人は、コロンボに小さなアパートを借りて新婚生活を始めた。そして、クリスマスの休暇に、シニア・セカンダリーを卒業したばかりの弟を新居に招待した。スリランカの卒業式は十二月なのだ。

「ポーヤ（満月）の日に、いっしょにお寺に行かないの？」

お母さんは、はじめ少しだけ不満そうにしたけれど、それでも、楽しんでおいでと息子を送り出した。

クリスマスの日の朝、クマさんは列車に乗ってコロンボに暮すお姉さん、アヌラーの家に向かった。お母さんは、クマさんにたくさんの食べ物を包んで持たせた。都会暮らしの娘とその夫に、ふるさとの味を味わってもらいたかったのだろう。

ヒッカドゥワの駅で、コロンボ行きのチョコレート色の車両に乗り込んだ息子を見送って、お父さんとお母さんは寄り添って手を振ってくれた。それが、クマさんが目にした両親の最後の姿になった。

二十五日はクリスマス、翌日は仏教徒がお祝いするポーヤデー（満月の日）とあって、街はイルミネーションに包まれ、あちこちにお祭りらしい雰囲気があった。行きかう人々はみんな気持ちを弾ませていたし、クマさんにとっては、ほぼはじめて見る大都会なので、見るものすべてに心を奪われた。

夜は、小さなクリスマスツリーの飾られたアヌラーとアシャンタのアパートで、音楽をかけ、お母さんの手料理を食べた。食後にはアシャンタが街の人気店で買ってきたクリスマスケーキが出た。

アシャンタは、タミル人でクリスチャンの家庭で育ったが、アヌラーとはシンハラ語で話した。本人はさほど宗教にはこだわらず、その日は教会には行かずに過ごした。

翌日は休日だったから、三人でケラニヤの仏教寺院を訪ねる予定だった。でも、ゆっくりと朝ごはんを食べているとき、アシャンタにかかってきた電話で中止になった。電話は新聞社の同僚からだった。

「南の海岸沿いで、とんでもないことが起こっている。海が膨張して岸に向かってきたと連絡が入った」

アシャンタがテレビをつけた。すさまじい映像が目に飛び込んできた。

二〇〇四年十二月二十六日の朝七時五十八分に、スマトラ沖で地震が発生した。スリランカの沿岸部には、その一時間半後に津波が到達した。

海に出ていた人たちは、波が大きく引いていくのを、見たことのない現象だと思ったという。スリランカを津波が襲うのは、なんと二千二百年ぶりだったのだ。ヒッカドゥワの海岸に津波が押し寄せたとき、クマさんのお父さんとお母さんは、地域のほかの人たちといっしょに線路に向かって逃げ、ゴール行きの列車に駆けのぼった。第一波が去って、ここまでは届かなかったと人々が確認しあったところに第二波が来た。列車は波にのまれて転覆した。

この転覆の犠牲になって亡くなった人は、乗客と避難住民を合わせて千七百名に上ったという。

そのあとのことを、聞いていない。両親の訃報《ふほう》をどんなふうにして知ったのか。ヒッカドゥワにはいつ戻ったのか。戻って家が跡形もなくなっているのを見たときなにを感じたか。そういうことを、聞いていない。津波と列車転覆事故のことを話してくれたとき、クマさんはここまで話すと黙ってなにも言わなくなった。まっすぐ、どこかを見つめたまんま、しばらくじっと動かなくなった。

ミユキさんに向かって「だいじな人はそんなにたくさんいない」と言ったとき、クマさんは、お父さんとお母さんのことを思い浮かべていただろうか。

クマさんは高校二年間を、アヌラーとアシャンタの家で過ごした。行くはずだった高校ではなく、コロンボの学校に進学した。公立で学費はかからなかったが、クリケットを続ける余裕はなくなった。

学校が終わると、コロンボ市内で肉屋さんをしている叔父さんの店に手伝いに行った。お金はもらえなかったが、売れ残りをもらえたので、アヌラーの毎日のやりくりを少し助けることができた。

高校を卒業するころ、アシャンタがクマさんに言った。

「日本に行ったらどうか」

スリランカは就職難で、親の後ろ盾のないクマさんが仕事を見つけるのはたいへんだった。日本では働きながら勉強することができると聞いたし、稼げる額もスリランカよりずっと多い。渡航のための費用や日本語学校の学費はばかにならないが、働き始めれば少しずつ返済できる。

日本へ行くための費用は、アシャンタとアヌラーがかき集めてくれた。肉屋の叔父さんからも借金をして、クマさんは「おしん」の国、日本にやってきた。

日本ではあんまり知られていないことだけど、スリランカで「おしん」は有名だ。

「おしん」は、ＮＨＫ朝の連続テレビ小説で、日本では一九八三年から八四年にかけて放送されて大ヒットした。わたしは知らないけど、ミユキさんは再放送を見ているし、クマさんはスリランカで何度も見たそうだ。はじめて東京にやってきたとき、クマさんは「おしん」みたいな恰好《かっこう》をしている人がいないので驚き、「日本」じゃない国に来たのではないかと目を疑ったらしい。

ところできみはいま、この話はどこへ行くのかなと思っているかもしれない。日本に来てからのことは、ときどき、どこかで触れることにして、そろそろ、クマさんとミユキさんの話に戻ることにするよ。

「あなたの気持ちには応えられない」

と、クマさんに言ってしまってから、ミユキさんは、めっきり元気をなくした。子ども心にも見ていて気の毒なほどだった。でも、これ以上親しくなってからでは、お互い傷も深くなるだろうから、よかったんだと思うことにして、毎日を送っていた。わたしの生活は変わらなかったけれど、一度だけ家に遊びに来たおもしろい人のことは覚えていた。

我が家にはミユキさんが保育園から持ち帰るＡ４のカラフルな紙がある。保護者向けのお知らせや教材が印刷されているものだが、じつはもう用済みの紙で、うちでは半分に切ってメモ用紙にしている。小さいときから、手持ち無沙汰になるとそれにお絵かきするのが習慣で、ある日、何気なく、猫とねずみの絵を描いたことがあった。

「なに描いてるの？」

覗き込んだミユキさんはそこに、自分たちの身に降りかかった悲劇を訴える三匹の子ねずみと、それを聞いている大きな猫のびっくりしている姿を見つけた。

「やさしい猫と、ねずみの子どもたちだよ。ねえ、お母さん。クマさん、また、うちに遊びに来る?」

ミユキさんは驚いて少し言葉に詰まり、

「来ないんじゃないかな」

と言った。

それから間もない九月の頭に、ミユキさんは一本の電話をもらった。夏の夜の公園から、二ヶ月近く経っていた。

「もしもし。ミユキさん? クマラだよ。元気?」

屈託のない明るい声がした。ミユキさんはうれしくなって、元気だよ、元気、元気、元気と、何度も言った。

「次の日曜日、時間がある?」

「次の日曜?」

「原宿で、スリランカフェスティバルやってるから、ミユキさん、マヤちゃん、マヤちゃん友だち、ミユキさん友だち、誰でもいっしょに、行こうかな?」

「スリランカフェスティバル?」

「スリランカの食べ物、いっぱい出る。ライオンビール出る。音楽、ダンスもある。ウィッキーさんも出るよ」

「ウィッキーさん？」

「お祭り。楽しい。行こうね？」

「ちょっと待って」

ミユキさんは、マヤ、マヤ、と声を張り上げた。張り上げなくても、なんでも聞こえる小さいアパートなのに。

「こんどの日曜日、原宿でスリランカのお祭りやるんだって。クマさんが連れてってくれるんだって。あんた、行く？　ナオキくんも誘ってもいいよ」

「行く！　ナオキくんに聞いてみる」

翌日、学校でナオキくんにその話をすると、眼鏡の奥の小さい目をキラキラさせて、力強く、行く！　と言ってくれた。

「スリランカって、ガウタマ・シッダールタが生きてたころに訪ねたことがあるんでしょう？　悟りを開いた菩提樹の分木もあるんだってね。すごい歴史だよね」

「ガウタマ、誰だって？」

「シッダールタ。ブッダだよ。お釈迦様。仏教を始めた人だよ」

「その人って、ほんとにいた人なの？」

「うん。紀元前五世紀くらいかな。そうだよ。たしかスリランカには、ブッダの歯をまつるお寺もあるんだよ！」

「なんでそんなになんでも知ってるの？」

「知ってるんじゃなくて本で読んだんだよ」

ともかく、ナオキくんはスリランカに興味津々だったし、わたしはスリランカの食べ物というのに惹《ひ》かれたし、ミユキさんは、舞い上がって新しいワンピースを買いに行った。クマさんと会えなかった二ヶ月くらいの間、ほんとは、ずいぶん、さみしかったんだと思う。

日曜日、原宿はたいへんな人出だった。まあ、原宿って、そういうとこだけど。

わたしとミユキさんとナオキくんが、ＪＲの表参道口を出ると、ポロシャツを着たクマさんがうれしそうに手を振った。

「ほんとに外国人なんだね！」

ナオキくんがびっくりしたように言った。ミユキさんが、クマさんにナオキくんを紹介した。ナオキくんは、「こんにちは！」と言って、少し、わたしにくっついてきた。わたしがはじめてクマさんに会ったときと同じで、緊張してるのがわかった。ガウタマなんとかのことを知ってたって、ナオキくんはただの小四だからね。

でも、すぐにその緊張はどうでもいいものに変わった。だって、その日、わたしたちは、ものすごい数のスリランカ人を目撃したんだから。全部がスリランカ人かどうかわからないけど、とにかく、すごくいっぱい会っちゃったんだから。

　代々木公園にはその日、すこんと晴れた空の下に「スリランカフェスティバル2012」と書かれた大きなバナーが掲げられていて、テントや幟《のぼり》がいっぱい立っていて、音楽が流れ、いい匂いが漂っていた。

　ミユキさんは眼鏡をコンタクトに変え、髪の毛をお団子にして、買ったばかりのオレンジ色のワンピースを着ていた。ピアスをして、ちょっとお化粧もして、少し、はしゃいでいるみたいに見えた。

　レストランがいくつも出張ブースを出していて、大きな看板に象やトラの絵が描いてあったり、食べ物の絵が描いてあったり、メニューの写真が貼り付けてあったりしてにぎやかだった。

「お腹空いた？」

　ミユキさんは、わたしとナオキくんに聞き、ちょうどお昼ごろだったので、ランチにしようということになった。

　なにかを探すように先を歩いていたクマさんが戻ってきて、あっち、と指さした方向に行くと、ミユキさんが突然大きな声を出した。

「ペレラさん！」

　椰子の木と大きな椰子の実、青い海とそこに浮かぶ島が描かれた看板の下で、しゃかしゃかと鍋を動かしていた、恰幅のいい中年男性が顔を上げた。

ペレラさんというのは、ミユキさんが東日本大震災のボランティアに行ったとき知り合った、あの、ペレラさんだ。群馬県でスリランカ料理店を営んでいるので、この日はイベントのために東京に出てきていたのだった。

「おおお、久しぶりですね！　お子さん？　かわいいねえ。今日のカレーは少し辛いよ。お姉ちゃんとボクには、ビリヤニがいいんじゃない？　ワタラッパン食べる？　スリランカのプリン。甘くておいしいよ！」

ペレラさんは人懐っこい表情で、いろいろ話しかけてくれて、ミユキさんとクマさんにスパイシーなチキンカレーといくつかのお惣菜を、わたしとナオキくんにはビリヤニというピラフみたいなのと、カレー味のジャガイモとインゲン、それに、黒糖のプリンをサービスしてくれた。

赤青黄色の三角の旗が運動会の万国旗みたいに張り巡らされた、テーブルと椅子のある休憩スペースで、わたしは生まれてはじめてスリランカの料理を食べた。クマさんはどっかにいなくなって、椰子の実のジュースを持って戻ってきた。椰子の実ジュースはそんなに好きになれなかったけど、ビリヤニとワタラッパンは気に入った。

「なんだか海外旅行してるみたいだね」

ナオキくんが、脚をぶらぶらさせてジュースを飲みながら言った。ご機嫌なのが伝わってきた。

お腹をいっぱいにしてから、会場を見て回った。椰子の実を積み上げてジュースを売る人、とてもおしゃれなセイロンティー・ショップ、お土産屋さん、天然石を扱っているお店、スパイスを売る人、アーユルヴェーダのサロンの出店、占いの小屋。ミユキさんがアーユルヴェーダサロンでヘッドマッサージをしてもらっている間、わたしとナオキくんとクマさんは、別のフードショップを冷やかしに行った。クマさんはライオンビールを飲み、わたしたちにロールスという、細長い形のコロッケみたいなスナックを分けてくれた。

そう、ナオキくんが言ったとおり、ちょっと別な国を旅行してるみたいな、不思議な気分になった。はじめて見るものでいっぱいで。

買い食いしながらミユキさんのところに戻ると、お団子を解《ほど》いて肩まで髪を垂らしたミユキさんが、少しだけ妙な顔をして座っていた。

アーユルヴェーダサロンでは、鮮やかな民族衣装を着たスリランカ女性が、ヘッドマッサージを終えたミユキさんの体調を診てくれたのだが、言葉がいまひとつ通じなくて、二人ともストレスを溜《た》めていたらしい。アーユルヴェーダのお姉さんは、クマさんが戻ってくると、弾丸を撃ちこむようにベラベラ話しだし、喉を掻き切るような不穏な手つきをした。

「わたし、どっか、具合悪いの？」

ミユキさんは心配そうにたずねた。

「ミユキさん、疲れてるって」

「それは疲れてますよ。毎日忙しいし」

「それは、ここと関係ある」

そう言って、クマさんは喉を叩いた。

「喉？ 歌いすぎ？ まあねえ、毎日、子どもたち相手に大声出してるからね」

「豆のカレーを食べろって。それから、あれは食べないでって。海のネギ」

「海のネギ？ そんなの食べたことない」

「これ、買わないかって」

　クマさんは、アーユルヴェーダのお姉さんの差し出したアロマオイルを指さしたが、ミユキさんは笑って取り合わなかった。

わたしたちはまた四人で歩き始め、大きな舞台で行われている民族舞踊のパフォーマンスを観に行った。

　彫りの深い顔立ちをした、スタイル抜群のスリランカのお姉さんたちが、おそろいのフューシャピンクの衣装を着て、音楽に合わせて跳ねたり回ったり、腰をくねらせたり、手脚を自在に曲《ま》げて踊っていた。獅子舞みたいなお面をつけた人も。

　華やかで、楽しくて、わたしたちはたくさん笑った。クマさんが、ココナッツのアイスを買ってくれた。甘くて、ひんやりしていて、さらっと舌の上で溶けた。

半日遊んで、帰るころには、わたしとナオキくんはすっかりクマさんに懐いていた。とくにナオキくんはリラックスしてクマさんの腕にぶら下がったりして楽しそうだった。ナオキくんの両親はとてもいい人たちだけどちょっと変わってて、あまりナオキくんを子ども扱いしないし、いっしょに遊んだりしない。だからナオキくんは、大人に遊んでもらうのが珍しくて、すごく楽しかったんだと思う。

帰りがけ、クマさんはささやいた。

「だいじょうぶ。友だちにしようね」

そのあと、クマさんとミユキさんは急接近した。「友だち」は、魔法の言葉だと思う。そしてクマさんは、わたしとナオキくんの友だちにもなってくれた。

クマさんの工場は日曜と祭日が休みで、土曜日もときどきシフトから外れる日があったから、そんなときは昼間からやってきた。ミユキさんは仕事があったから、わたしやナオキくんと夕方まで遊んで、夜はミユキさんと三人でごはんを食べた。

クマさんとナオキくんとわたしは、よくキャッチボールをした。ナオキくんがすごくいいグローブを持ってたから。もともと、お父さんとやるためにペアで買ってもらったのに、一回もやったことがなかったらしい。わたしもナオキくんも外遊びはあまり得意なタイプじゃなくて、キャッチボールはすごく下手《へた》くそだったけど、元クリケット選手のクマさんが教えてくれたから、かなりマシになった。クリケットは投げ方がちょっと変わってて、クマさんは走りながら地面に叩きつけるみたいに投げるそのやり方も見せてくれたけど、わたしたちには、肘《ひじ》を使ってやわらかくぽおんと上に向かって放る投げ方を指導してくれた。どの方向に投げてもキャッチしてくれる相手がいると、なんだか上手《うま》くなった気がするものだ。

一度、同じアパートに住むおばさんが突然、ミユキさんとわたしがいるところにやってきて、すごくこわい顔をして、

「あなたのところにガイジンが来ている」

と言ったことがあった。

「あ、はい。友だちで」

ミユキさんがそう答えると、おばさんはものすごく腹を立てて、

「あなたがいないときに、おたくのお子さんと表で遊んでいましたよ！」

と、怒鳴った。

「はあ。あの、ときどき、面倒見てもらっています。わたしが忙しいときなんかに」

「ちょっとねえ、あなた」

おばさんはますます怒って、肩で息をしていて心配になるほどだった。

「そんな、悠長なことでどうしますかっ。何かあったらどうするの。あなた、お母さ

んなんですよ」

「はあ。あの、何かとは？」

おばさんはほんとうに頭に来て、こんなバカと口きくだけ無駄だよという顔をして、ぶつぶつ言いながら帰っていった。

「あなたのところにガイジンが来ている」と怒鳴り込んできたおばさんの話には、じつは、後日譚《たん》がある。

ナオキくんのお父さんがアメリカに出張して、お土産を買ってきてくれた。いつもお世話になってるからと、クマさんにもロサンゼルス・ドジャースのベースボールキャップとＴシャツを買ってくれた。どうしてなのと、ナオキくんに聞いたら、出張先がロサンゼルスだったから空港で買ったんだろ、という話だった。

クマさんは野球よりクリケットが好きだし、野球だったら読売ジャイアンツのファンなんだけど、でも、そのキャップとＴシャツは気に入ってしょっちゅう着てた。ある日、クマさんと遊んでいたら、物陰からあのおばさんがじーっと見ていたことがあって、わたしとナオキくんは震え上がった。クマさんはちょっと肩をすくめただけで、そのまま遊び続けた。

すると、どことなく、おばさんの固まった表情が変化して、解凍されたみたいになっていき、全部は溶けなかったけど半解凍くらいな感じで家に引っ込んだ。

　そしてまた別の日に、保育園から帰ってきたミユキさんを道端で捕まえて、

「あの人、アメリカの人なの？　だったら、まあ、いいわよ。そんならそうと、早くおっしゃいよ！」

　と言うと、大股で去って行ったらしい。

　ミユキさんには何のことやらわからなかったが、ナオキくんが解説した。

「あの人、外国人が嫌いなんだよ。だけど、アメリカ人は好きなんだよ」

「ああ、いるね、そういう人」

　クマさんが相槌《あいづち》を打った。

「それは偏見でしょう！　クマさんはスリランカの人で、いい人で、子どもたちの面倒見てくれてるんだから。このまま誤解させとくのはよくない。クマさん、スリランカって書いてあるTシャツ着なよ！」

「持ってないよ」

　ミユキさんはぷりぷり怒ってたけど、当人のクマさんは、どうでもいい、という顔をしてた。知らないおばさんのために、わざわざ新しいTシャツを買う必要はないと思ったんだろう。

　クマさんが「友だちにしようね（友だちでいようね）」と言ったとき、どれくらい本気だったのかと、聞いたことがある。クマさんは不敵に笑って、眉毛をひくひくっ

と動かした。どうもぜんぜん本気ではなく、ミユキさんをあきらめたことは一度もなかったらしい。

　クマさんはいつミユキさんの「友だち」から「恋人」に昇格したんだろう。玄関の家族写真を、ミユキさんが引き出しにしまったのはいつだっただろう。

　あの年はお父さんの七回忌があった。お父さんのお墓は福岡のおじいちゃん、おばあちゃんのところにある。首藤家の、先祖代々のお墓に、お父さんは眠ってる。一周忌と三回忌には行ったけど、なかなか行ける距離じゃない。でも、七回忌には福岡に行った。少なくとも、あのころまでは、家族写真はシューズボックスの上にあった。

　ミユキさんとクマさんは、ふつうのカップルみたいに二人で食事したり、旅行に行ったりなんて、したことはないはずだ。いつもコブつきデートだった。

　わたしとナオキくんが、コブつきばっかりで嫌じゃなかったのか、と聞いたとき、クマさんは含み笑いをしながら、すごく不思議な言葉を発した。

「ショーイン　トッスレバンマー」

　謎のシンハラ語（と思われたもの）が、「将を射んと欲すれば馬」という日本語だと知ったときは驚愕《きょうがく》した。

　ミユキさんに振られたクマさんが、あまりにはげしくがっかりして、仕事も手につかない様子だったので、自動車工場の仲間が心配して、「女にモテる」と評判の、安藤さんという古くからいる修理工に、アドバイスしてやってくれと頼んだらしい。

「そりゃ、クマちゃんよ」

安藤さんは言った。

「日本の女は、そうぐいぐい押しちゃ、どんどん引くわ。それに子どもがいるんじゃなあ。作戦変更だな。将を射んと欲すれば先《ま》ず馬を射よってやつよ」

わたしたちがはじめて会った年の秋には、クマさんはミユキさんの勧める「いちびこ保育園」の運動会にやってきた。

もちろん、ミユキさんが招待したからで、わたしも物心ついたときから毎年行ってた。クマさんは、保護者と保育士がいっしょにやる大人競技の「玉入れ」を食い入るように見つめ、

「ミユキさんの投げたボールは、ぜんぜん、バスケットに入らないね」

と、クールに批評してうるさがられ、その次の年には、なぜだかミユキさんの代理として競技に参加してた。クリケットの元ボウラー（ピッチャーみたいなもん）が、生来の負けず嫌いを発揮して、本気出して投げるからかなりな確率で入ってしまい、白組（だったかな）は圧勝した。わたしが知ってる限りでは、クマさんは小さい子たちにおもしろがられたり、逆にこわがられて大泣きされたりしてたけど、毎年行ってるうちにけっこう人気者になっていたようだ。

クマさんはしょっちゅうやってきて、夕ごはんをいっしょに食べたり、嘘《うそ》交じりのスリランカおもしろ話を聞かせてくれたり、ボードゲームで遠慮会釈なく勝ったりした。たまに三人でカラオケに行ったり。そんなふうにして、いつのまにかミユキさんの生活に、そして母娘の生活に入り込んでた。

だけど、あんなことがなかったら、わたしたちの関係はもうちょっと違うものだったかもしれない。

わたしは小学校六年生になり、もう完全に、一家の主婦みたいになっていた。ミユキさんは仕事が終わるとくたくたに疲れていて家に帰ると寝てしまうことも多かった。休日も、出かけないで家でゴロゴロしていることが多く、クマさんが来てもいっしょに昼寝したりしていた。だから、家事全般はおもにわたしがやっていた。

いまから考えると、ミユキさんは、はたから見るよりもずっとしんどかったんだと思う。冬のある日、学校から帰って、宿題を終えて、食事の支度をしながらミユキさんを待っていると、自転車のブレーキの音がした。カーテンを開けて下を見るとクマさんがいた。わたしはベランダに出て、手を振った。

「はい、マヤちゃん。クマラだよ」

クマさんは、そう言って手を挙げた。

「どうしたの、こんな時間に」

いつも、来るのは休日だったから、おどろいた。午後の八時ごろで、まだミユキさんは家に帰っていなかった。

このころミユキさんは、遅番シフトで仕事をしていた。わたしが学校に行った後に園に出かけ、帰りは八時半くらい。だから家の晩ごはんはいつも遅かった。

「ミユキさん、病院、入った」

クマさんが、とても困った顔をした。

「病院？」

「園で、倒れた。どうしては、わからない。救急車で病院に行った。園長先生に連絡があった。オレに園長先生が電話した」

アパートの脇の街灯の支柱に自転車を立てかけ、鍵をかけると、クマさんは早足で二階に上ってきた。わたしは玄関のドアを開けた。

「でも、だいじょうぶと言ったよ。心配しないで。検査をするために、入院するけど、明日、いっしょに会いに行こうね？」

「今日は？　いまから行こう」

「今日は、寝てる。だから、明日と、園長先生が言ったよ。園長先生に電話する？」

わたしはうなずいた。クマさんが園長先生に電話して、わたしに携帯を渡した。

園長先生によると、ミユキさんは朝から具合が悪そうだった。たしかにこの時期、ずっとつらそうで、シフトを遅番に変わったのも、朝起きられないからだったはずだ。それでも、いつものように仕事はこなして、小さい子のほとんどを送り出して、園舎の片づけをしていた時間に、急にふらついて倒れた。悪いことに頭を打ってしまい、意識がなくなったので救急車を呼んだ。病院に着くころに意識は取り戻したが、頭蓋骨に損傷があるかもしれないので、精密検査が必要で入院することになった。

「担当の先生から電話連絡があったの。ＩＣＵってわかる？　集中治療室っていうところにいるので、面会時間が限られているのと、担当の先生とお話できる時間も見つけるのが難しい。だから、明日の夕方六時に面談時間を予約しておきました。クマさんがいっしょに行ってくれると言ってるけど、マヤちゃん、だいじょうぶ？」

その日、クマさんは、ボロアパートに泊まった。

そう、このアパートに、はじめてクマさんを泊めたのは、ミユキさんじゃなくて、わたしだった。

その晩、ミユキさんと食べるはずだったカレーを、わたしはクマさんと食べた。パンチのない「日本のカレー」は、好んでは食べないと言ってたけど、その日は、

「おいしい。マヤちゃん、料理じょうず」

と、何回も言ってくれた。

でも、わたしは、そのとき、食べ物の味なんかわからなかったと思う。ミユキさんがどうなってしまったのかが心配で、気が動転してて、食事どころじゃなかった。食べ終わったお皿を洗って、いっしょにテレビを見た。なにを見たんだか、ぜんぜん覚えていない。

「マヤちゃん、オレ、今日、ここに朝までいようかな」

クマさんが、真剣な表情でたずねた。

夜遅くなって、もういいかげんテレビも嫌になって、いつもだったら寝る時間をとっくに過ぎていた。

わたしはこっくりうなずいた。とてもその夜を、一人きりで過ごせるとは思えなかったからだ。わたしの布団とミユキさんの布団を並べて敷いた。わたしは歯磨きをして、パジャマに着替えて布団に入った。クマさんは、ミユキさんの布団の、掛け布団の上に寝っ転がって、横向きになって肘をついて手で頭を支えて、スリランカの象の話をしてくれた。スリランカでは、象がタクシー会社を経営していて、車の代わりにみんな象に乗ってるっていう、得意のホラ話で、もう何度も聞いてたやつだ。

いつもみたいには笑えなかったけど、聞いているうちに頭の中に「街まで行くんですね。ＯＫ！　お安くしときますよ」と言ったりする象の姿が浮かんできて、ぜったい眠れないと思っていたのに、気がつくと眠りに落ちていた。

その翌日のことだ。甘い、ミルクティーの香りで目を覚ましたのは。

「おはよう、マヤちゃん。起きて。オレ、もう会社に行くよ」

目をこすると、マグカップを持ったクマさんが横で腹ばいになっていた。

クマさんは、わたしが寝ている間に、コンビニに行って練乳を調達してきたらしい。

ミルクティーは甘くて、濃かった。わたしはパジャマのまま、布団の上でそのミルクティーを飲んだ。

わたしは起きて、前の日の残りのカレーをちょっと食べた。

「病院は、六時。場所は、わかる？」

わたしは首をきっぱり左右に振った。

クマさんは、沿線の駅の名前を紙に書いて、そこに五時四十分に来るように言った。

わたしたちはそこで待ち合わせて、いっしょに病院に行くのだという。

「オレの仕事は五時に終わるから、ここに迎えに来たら、間に合わないでしょう」

こんどは、しっかりうなずいた。ちょっと緊張するけど、やるしかなかった。

「心配しないで。気をつけてね。じゃ、あとでね」

クマさんは自転車に乗って帰って行った。たぶん、寮には戻らずそのまま工場に行ったんだろう。

その日一日、学校ではうわの空で過ごした。ナオキくんには事情を話したけど、先生には言わなかった。

家に帰って、園長先生に言われたもの、ミユキさんのパジャマとか下着とかをトートバッグに入れて、お財布を持って駅に急いだ。ものすごく心細いまま電車に乗った。知らない駅の知らない駅前ロータリーでクマさんを待っている間、わたしはひどいことばっかり想像した。お父さんが亡くなったときのことを、小さいころに聞かされたことがあって、突然倒れて救急車で病院に運ばれて、そのまま帰らなかったという話だったからだ。

クマさんが駅から出てきた。

「自転車じゃないの？」

「自転車じゃない。ここから、バスに乗る」

わたしたちは二人で路線バスに乗った。ちょうど道路が混み始める時間帯で、バスはなかなか進まなかった。少し走って、赤信号で止まるたびに不安になった。

病院前でバスを降り、受付窓口に行った。

窓口の女性が顔を上げ、わたしたちを見ると、ぎょっとしたような表情をみせた。

「すみません。ここはＩＣＵですので、ご家族以外の面会は禁止です」

病院の蛍光灯がリノリウムの床を緑色に照らしていて、なにもかもが冷たい感じだったのを思い出す。家族以外の面会は禁止だと言った窓口の女性は、続けて、

「そちらのお嬢さんは、中学生ですか？」

とたずねた。わたしが、違いますと小さい声で答えると、持っていたファイルをぱたんと音をさせて閉じた。

「ここはＩＣＵですので、面会は中学生以上の方になります」

なにを言われたのかわからなくて混乱した。お母さんに会いに来たのに。園長先生は予約しておいたと言ったのに。

この子は家族です、お母さんと二人で暮らしていますと、クマさんが畳《たた》みかけると、女性は一度立ち上がって、誰かに相談しに行ったけれど、戻ってきて同じセリフを繰り返した。ここはＩＣＵですので。

クマさんが、担当の先生との面談予約のことを話したけれど、その先生は緊急で手術をやっているから今日は会えないとか、そんなようなことを言われた。

わたしはわけがわからなくなって、頭の中が飽和状態になって、気がついたら、

「お母さんに会いたい」

と言って泣いていた。

窓口の女性が顔をゆがめた。

「マヤちゃんは、今年、中学生でしょう？」

そう、声がして、クマさんの両手が肩にかかったので、すすり上げながら上を向く

と、クマさんはわたしではなくて、窓口の女性をじっと見ている。

その女性は、頭の中でパズルを解くような顔をし、少ししてあきらめたみたいに、

「中学生の方は面会可能です。ご家族以外はご遠慮ください」

と言って、病室を教えてくれた。

「だいじょうぶ。マヤちゃん。行って。オレは、ここで待ってる」

クマさんが肩をそっと押した。病院のひんやりした廊下を、ひとりで歩いていると、自分の靴の音がとても大きく聞こえた。わたしはときどき、クマさんのほうを振り返った。

病室にたどり着いて中に入ると、薄いピンク色の寝具のかかったベッドに、ミユキさんは寝ていて、

「ごめんね、マヤ」

と言った。

ミユキさんの入院は幸いなことに、四日で終わって五日目には戻ってきた。頭蓋骨や頸椎《けいつい》に損傷はなく、日常生活の復帰は可能ということだった。脳にも影響はなかった。ただし、気になるのが血液検査の結果で、なにかの数値が異様に高く、甲状腺に異常があり、そのせいで引き起こされる貧血と過労が原因の昏倒《こんとう》ではないかという診断で、甲状腺の専門病院を紹介された。

ミユキさんのいなかった四日間、クマさんは毎日、仕事が終わるとアパートに来て泊まり、朝早く、工場に出勤して行った。

毎朝、ミルクティーを淹れてくれた。スリランカにいたころは、大きな缶に入った粉ミルクを使っていたが、日本では手に入りにくいので、練乳を使うようになったんだそうだ。

「カップにミルク入れて、濃いの紅茶を、上のほうから。ちょっと泡が出る」

おおざっぱなクマさんが、丁寧にカップやポットを温めるのを見て、少し意外だったのを思い出す。

このころ、ミユキさんの体調は最悪で、駅の階段を上るのもつらいくらいだったらしい。それなのに、ものすごくがんばっていたのが、昏倒と入院で一気にテンションが切れた。甲状腺専門病院で、橋本病という診断が下った。甲状腺の機能が低下する病気で、薬を飲めばふつうの生活が送れると聞かされたけれど、ミユキさんは限界まで我慢し続けてしまっていたらしく、症状が重くて、すぐにはらくにならなかった。休んだほうがいいと園長先生にも言われ、休んでは出勤し、また少し休みというのを繰り返して、園に迷惑をかけられないと、退職して治療に専念することになった。

あの年、わたしは中学生になった。クマさんはしょっちゅう来て泊まっていくようになり、それからしばらくして、アパートの狭い部屋の住人は三人になった。会社の寮費を払い続けるのはやめて、こっちに来ちゃえば、とミユキさんが言ったのだ。

外国人が住んだら追い出されるのではとクマさんは心配したけれど、十年前、地方から出てきたシングルマザーを受け入れてくれた大家さんは、ちょっとした家賃値上げで同居を認めてくれた。

わたしたちの朝はミルクティーで始まるようになった。

四　三回目のプロポーズ

中学に入っていろんなことが変わった。

クマさんが移ってきたのも大きかったけど、最大の変化は、ナオキくんが中高一貫の進学校に行っちゃったことだ。友人関係は変わらなかったけど、きょうだいみたいにころころ過ごす毎日ではなくなった。

わたしはもちろん、地元の公立中学に行った。うちの中学の美術部は、わりとしっかり活動する部で、デザインコンクールの準備とか同人誌の発行とか文化祭のポスター作りとか忙しかったから、放課後の時間は埋まったけど、小学校のころのあの濃密な時間を、いまもときどき思い出す。

あのころ、無理やり自分の空間を作った。２Ｋの部屋というのはね、玄関を入るとすぐキッチン、奥にユニットバスとトイレがあって、キッチンの右側に、三畳と六畳の和室が続いてる。三畳のほうにテーブルがあって、六畳のほうはリビング兼寝室、みたいに使ってたけど、クマさんが来たから、わたしは三畳のほうにあった押し入れを片づけて、自分の部屋にした。襖《ふすま》は取っ払って、上の段の左に衣装ケースや収納ボックスを重ねて、右側はデスクっぽくして奥に本棚も作り、下は寝室スペース。上と下両方に照明をつけ、下の段にはカーテンをつけた。

ミユキさんはしばらくの間、失業給付をもらっていた。それから、ときどき、アルバイトをしていた。そんな時期が二、三ヶ月続いたんだったかな。少しして、夜間保育の仕事を見つけて復帰した。家に帰るのが十一時ごろになる仕事なので、クマさんは不満そうだったけど、夜間のほうが、体力の消耗が少ないと、ミユキさんは説得した。お給料がいいというのも、夜間の仕事を選んだ理由だったらしい。

「マヤも中学生だから、ずっといっしょにいなくてもいいし、進学のこと考えると、少しでもお金貯《た》めなきゃいけないからね」

このころ、晩ごはんは、ミユキさんが作ってから出かけたり、わたしが作ったり、適当。休みの日の朝は、クマさんがエッグホッパーを作ってくれたりした。ホッパーはスリランカのクレープみたいなもの。クマさんといっしょに引っ越してきたホッパー用の、小ぶりの中華鍋みたいなコロンとした鍋も、あれからずっと家にある。

せっかくだから、ちょっとだけまた、ナオキくんのことを書いておこうかな。きみにもそれなりに参考になると思うから。

中一の冬に、告白して振られた。

よくある話だけど、バレンタインデーに好きな男の子に告白するっていうのが流行《はや》っちゃって、周りじゅうがへんなふうに盛り上がって、マヤの本命ってこの学校にいないんじゃないの？　こないだ駅でばったり会って話してたあの子はなんなの、誰なの？　とか言われたりしてるうちに、こんなに仲のいいナオキくんっていうのは、もしかしたら本命というやつなんじゃないかと思っちゃったんだよ！　あのころは恋について、あまりにも無知だったよ。

それでまあ、チョコとかふつうに用意して、呼び出して、会って、

「よかったら、つきあってください」

とかなんとか言ったわけだ。

それが「告白のやり方」ってやつだと思ってたわけね。みんな、やるもんだと。

繊細なナオキくんは、さっと血の気が引いたようになった。そんな顔しなくてもいいだろう。はじめての告白だよ！

「これは、友チョコだよね」

小さい声で、ナオキくんが言った。そうであってくれ、友チョコであってくれ、そうじゃないと困るんだ、という声だった。

「ナオキくん、好きな子、いるんだ？　できちゃったんだ？」

小六のときにはいなかったもんね、というニュアンスを込めて、そう聞いた。ううう、と苦しそうな音を、ナオキくんは出っ張り始めた喉仏のあたりからひねり出した。

「マヤの知ってる子？」

ナオキくんは、ぷるぷると首を振った。

二重に衝撃だった。一つは、ナオキくんに好きな子がいるってこと。もう一つは、その子のことをなにも話してくれなかったこと。小学校の間は、秘密なんかなかったからね、二人の間には。

「僕たちは友だちだよね」

ナオキくんに念を押されて、仕方なく、うんと言ったけど、切なかった。

それで、ナオキくんとちょっと距離ができてしまった。その距離が埋まるのは、少し先のことになる。

スリランカにお正月が来るのは、一月ではなく、中国みたいに二月でもなく、四月なのだそうだ。四月の十三日か十四日に、太陽が魚座から牡羊《おひつじ》座に入る。それが新年だ。毎年、スリランカの偉い占星術師が年越しの時間を決めるらしい。

その後、どんなふうに過ごすかも、占いによって細かく決められるというのだけど、単身、日本にやってきたクマさんは、そこまでのこだわりはないみたいだった。でも、新年だからやっぱり特別なことがしたいと言い出して、わたしが中二になったばかりの四月の真ん中の日曜日、三人で電車に乗って鎌倉に出かけた。ミユキさんの具合はだいぶよくなっていたし、気分転換にも日帰り旅行は最適だった。

鎌倉は、クマさんが、ずっとずっと行きたかったところだったらしい。海辺街育ちのクマさんは、やっぱりちょっと海が見たかったみたいだし、それよりなにより、どうしても見たかったのは、大仏だった。

鎌倉駅で江ノ電に乗り換え、長谷で降りた。そこから高徳院に行くまでの道のりで、クマさんは子どもみたいにはしゃいだ。お寺に入る時、自分を驚かせるために、右手で目隠しをして中に入った。わたしに左手を引かせて、大仏の真ん前まで来たとわかると、右手をぱっと目から放し、

「おおおおお！」

と、感嘆の声を上げ、両手を合わせて何度も何度もお辞儀を繰り返した。

大仏の中まで入って参拝してから、わたしたちは、どこかにあるはずだとクマさんのいう石碑を探した。

大仏に向かって左手の木陰にひっそりと、人の顔のレリーフをつけた赤い石碑があって、こんなふうに書いてあった。

ジャヤワルデネ前スリランカ大統領

人はただ愛によってのみ
憎しみを越えられる
人は憎しみによっては
憎しみを越えられない

法句経五

ミユキさんは裏に回って、解説をものすごく真剣に読み、スマホで写真を撮った。高徳院のあとに、長谷寺の観音様も観た。そのあと三人でソフトクリームを食べた。それからわたしたちは、また江ノ電の駅に戻って、江の島に出かけた。

四月のことで、まだ海水浴客は出ていなかったけれど、海には黒いウェットスーツのサーファーたちがいて、白い波の間を漂っていた。

「クマさん、サーフィンできる？」

そうたずねると、クマさんはちょっと考えて、頭をゆらゆら動かした。イエスだ。

「できるの？　波に乗れるの？」

クマさんはおもしろそうに笑ってもう一度頭を揺らした。

「やって！　やってみせて！」

わたしは大きな声を出し、クマさんは、江の島に渡る大きな橋の欄干《らんかん》にもたれかかって、カラスみたいなサーファーたちを眺めた。それから、また少し考えて、

「やらない」

と、答えた。なんで、なんでと畳みかけると、横でミユキさんが、たしなめた。

「いいじゃない。お金かかるのよ」

「お金がかかる」は、我が家では「これ以上ねだってもダメ」サインだったから、わたしは黙って肩をすくめた。クマさんはあいかわらずにこにこしていた。もしかしたら、ミユキさんは、クマさんにヒッカドゥワの津波を思い出させて、つらい思いをさせると思ったのかもしれない。

江の島に渡り、参道の土産物屋をひやかしながら歩いていると、クマさんを見失った。どこに行ったんだろうと思って立ち止まり、来た道を戻りかけると、目の前にひょっこりあらわれて、手招きをする。

ほぼ、隙間なく並んでいる店と店の間に、人がようやく一人通れるような石畳の路地があって、クマさんは参道をひょいと曲がると、その路地を入っていった。路地の先の石段を下りると、ボートが置かれた小さな入り江があった。プライベートビーチ

みたいで誰もいない。波の音と海鳥の啼《な》く声だけが聞こえた。

「マヤちゃん、ちょっと待ってて」

クマさんはわたしをボートの傍《そば》に留《とど》まらせ、ミユキさんの手を引いて、入り江の左端から沖へ突き出た堤防を歩いて行った。

夕陽《ゆうひ》が富士山の方向で空を染め始めた。

クマさんは小さな箱をミユキさんに手渡した。

「オレと結婚してください」

と、クマさんは言った。

三回目のプロポーズだった。

ミユキさんは、ビロードの張られた小箱を開けた。中には小さいアメジストをつけた古い指輪が入っていた。アヌラーが嫁《とつ》ぐと決まったとき、お姉さんのアヌラーから譲り受けた。クマさんが日本に発《た》つときに、お母さんが持たせたものだった。

「いまとなっては、お母さんの形見ね。それほど高価なものではないと思うけど、お金に困ったら売ることもできる。そうでないなら、あなたが持っていて。たいせつな人ができたときにあげたらいい」

わたしは裏返しになったボートに背をあずけて、夕陽の中の二人を見ていた。クマさんが、アシャンタとアヌラーを椰子の木陰から見ていたみたいに。

ミユキさんがうなずき、クマさんがミユキさんを抱き寄せるのが見えた。外国の人って、やっぱり、ロマンチストなのかなと、二人を見つめながら考えた。

「ありがとう。結婚します」

そう、ミユキさんは答えたという。

「ただ、少しだけ時間をもらえる？　いろんなことを整理しなきゃならなくて。あの、たとえば、名前とか、戸籍とか」

ボートのところからは見えなかったけど、もしかしたらクマさんは、ミユキさんの口をキスでふさいでしまったかもしれない。だって、せっかく素敵なプロポーズなのに、ミユキさんは口数が多すぎる。

二人はしばらく抱き合っていて、それから、堤防に腰を下ろした。クマさんがミユキさんの背に手をまわして体を引き寄せ、ミユキさんがクマさんの肩に頭をあずけるのが見えた。潮は満ちてきて、陽の落ちた四月の夕方は少し肌寒かったけど、そのまずっと見ていたいような気がした。

やがて二人は立ち上がり、手をつないでゆっくりこちらに歩いてきた。

「待たせてごめんね、マヤ」

ミユキさんがわたしの頬に触れたとき、薬指の指輪に気づいた。二人の顔を交互に見ているわたしの気持ちを察して、クマさんが、小さい声で言った。

「婚約しました」

中二の夏に、四年ぶりで、福岡のおじいちゃん、おばあちゃんのところに出かけた。首藤家の墓にお参りして、おじいちゃんとお祭りを観に行った。

きっちり精進料理ばかり作るおばあちゃんのお盆は、食べ盛りの中学生にはちょっと味気なかったけど、青い空にもくもくと上がる白い雲を眺め、蟬《せみ》の声を聞いて田舎道を歩く夏休みは、ジブリ映画の中の理想の夏みたいな感じで、お父さんが生きていたらわたしは毎年、こんなふうに夏を過ごしたんだろうかと考えた。

ミユキさんは来訪の目的を事前に手紙で知らせていたから、おじいちゃんもおばあちゃんもとくに驚いた様子ではなかった。

わたしたちが来たと聞いて、可南子叔母さんといとこの悠くんが訪ねてきた。ちっちゃかった悠くんの背がずいぶん伸びて、わたしとあまり変わらなくなっていた。みんなでおばあちゃんの手料理を食べて、わたしと悠くんはちょっとゲームで遊んだ。可南子さんたちが帰って行き、田舎の大きなお風呂にミユキさんと二人で入って、それから天井の高い日本間に布団を敷いてもらって、蚊取り線香の匂いを嗅ぎながら眠った。

朝、帰る前に、おばあちゃんが言った。

「いつまっでん幸次んことば引きずっとったら前に進めんけん、いつか決断するて思うとったばい。ばってん、ほんとによかと？」

「はい」

と、ミユキさんは笑った。

おばあちゃんは言おうかどうしようか決心がつかないみたいに、ブラウスの胸元を握ったり放したりしていた。

「外国ん人なんやろう？　こげん言い方しとなかばってん、信用してよかとね？」

「はい。それは」

「騙《だま》されとーとじゃなかね？　そげんやったら、幸次もかわいそうやけん」

おじいちゃんが横で渋い顔をした。ミユキさんは、にっこりしてお辞儀をし、わたしの腕を引っ張って歩き出した。

飛行機の中で、わたしはミユキさんに尋ねた。

「おばあちゃん、さっきへんなこと言ってたね。どうしてお父さんがかわいそうなの？　お母さんが再婚するから、じゃないよね？」

ミユキさんとわたしは、飛行機に隣同士で座って、「てら岡」の鯖寿司《さばずし》を食べ、お茶を飲み、デザートの「博多通りもん」に取りかかったところだった。

「マヤは、あれ、聞くの、はじめて？　わたしがクマさんに騙されてるってやつ」

「お母さんがクマさんに騙されるの？　何を騙されるの？」

「クマさんが外国人だって話すと、『騙されてるんじゃないの？』って言う人、いるよ」

と、ミユキさんは言った。

「園の同僚にも、大学の友だちにも言われた。でね、『外国人とつきあったことあるの？　騙されたの？』って聞くと、みんな『ないけど、友だちの友だちがね』って言う」

「友だちの友だちが、どうしたの？」

「結婚したら相手がすぐにいなくなって連絡取れなくなったとか、銀行預金を全部、外国の親戚に送られてしまったとか」

「ほんとなの？」

「さあ、わかんない。マヤは、『友だちの友だちの話なんだけどさ』って言われたら、どの程度、ほんとだと思う？」

「どうかな。ちょっと嘘っぽいと思う」

「お母さんの友だちで、結婚したら夫が暴力振るう人だったから別れたの、いる」

「外国人と結婚したの？」

「ううん、日本人。それからね、結婚しようって言われてから、その人に奥さんがいたのがわかった友だちもいた」

「そっちは外国人？」

「ううん、日本人。でも、マヤに『日本人とは結婚するな。騙されるから』とは言わないよ。外国人にも変な人はいるだろうけど、だいじなのは、ナニ人と結婚するかじゃなくて、誰と結婚するかでしょ」

「あの、クマさんだからね」

「そうなんだよ。クマさんは、人を騙せるタイプじゃないからね」

ミユキさんは、ちょっと照れて笑った。そして、その話はそれでおしまいになった。

苗字のことなんだけど、結局、わたしは「首藤」のままで、ミユキさんだけ「奥山」に戻ることになった。手続きしなければ「首藤」のままでいられるって話だったし、わりと気に入ってるしね。

ミユキさんにはお父さんとの思い出がたくさんあるけど、わたしにはほとんどないから、お父さんからもらった名前を変えたくなかった。べつに苗字を同じにしなくても、ミユキさんとわたしの関係はまったく変わらないし。

お父さんのお墓に報告したら、ミユキさんは少し気持ちが落ち着いたみたいだった。ミユキさんが夫を亡くしたのは二十六歳のときだ。まだ若かったし、もっと早く再婚したってよかったはずなのに、わたしのためにひとりでいて、体も悪くして、なんだか、ちょっとかわいそうだった。この年、ミユキさんは三十六歳になっていた。十年、ひとりでがんばったんだから、クマさんと幸せになってほしいと、わたしは思った。わたしはいずれ、家を出るからね。

　だけど、ミユキさんの結婚にはもう一つ、難関があった。難関っていうか、なんて言うんだろう、めんどくさいやつ。

　あの夏は、めずらしくあっちへ行ったり、こっちへ行ったりした。あっちとは福岡で、こっちとは山形だ。鶴岡のおばあちゃんにも、報告しなくちゃならない。福岡へはミユキさんとわたしだけだったけど、鶴岡のおばあちゃんちに行ったのは、三人だ。

　山形新幹線の中、やたらとはしゃいでいるクマさんの横で、ミユキさんはめずらしくこわい顔をしていた。鶴岡のおばあちゃんとミユキさんは、じつは、ちょっと相性がよくない。性格が似てるのか、会うとしょっちゅう喧嘩になる。だから、夫を亡くして小さいわたしを抱えて実家に帰ったときも、長いこといっしょにいないで、東京に出てきてしまったわけだ。

「だいじょうぶ。戦略があるから」

　ミユキさんは、ぶつぶつつぶやいた。

「こっちの味方はジャヤワルデネさんよ。ああいう話に、ばーちゃん、弱いから」

　そう言って、ぐびっと缶ビールを飲み、裂きイカを食いちぎるミユキさんを見て、わたしとクマさんは顔を見合わせた。

「ジャヤ、誰？」

「鎌倉で、石碑を見たでしょう？」

「あ、ジャヤワルダナ？」

クマさんが驚いたように言った。

「誰、それ」

「スリランカのずっと前のプレジデント」

「プレジデントって？」

「大統領よ。マヤ、だいじょうぶなの？　英語も社会科も頭に入ってないね」

中二のわたしは機嫌を損ねたが、ミユキさんはぜんぜん気にせず続けた。

「第二次世界大戦が終わったとき、日本はいろんな国から恨まれてたの。太平洋のいろんなとこに戦争仕掛けて、中国とかアメリカとかイギリスとかいろんな国と戦って、負けたからね。戦後は、連合国軍というのが来て、日本を占領したの。戦争が終わって六年後に、サンフランシスコ講和会議っていうのがあったの。連合国軍の統治をやめて、日本にまた自治を認めるかどうか、日本に世界の仲間入りをさせるかどうか、いろんな国の代表が話し合ったのね。その会議に、ジャヤワルデネさんはスリランカ代表として出てたわけ」

「セイロン。まだスリランカじゃない」

クマさんが静かに訂正した。

「とにかく、日本はとても憎まれていたわけね。だから、日本に自分で自分の国を統治させるな、分割して、北半分はソ連、南半分はアメリカの植民地にしたらいい、みたいな話もあったわけよ。ドイツもそうだったの、知ってる？　ナチスとかヒトラーとか知ってるでしょ。植民地とは違うけど、戦後は、西と東に分けられたの」

　ふうん、とわたしは相槌を打った。

「ジャヤワルデネさんは会議で演説をしたの。『人は愛によってのみ憎しみを越えられる。憎しみでは、憎しみを越えられない』って。憎しみで日本を分割しようとするのではなく、日本に寛容さを示すべきだって。そして、アジアの将来のために、日本の独立を認めようと、会議の出席者を説得したの」

「じゃあ、ジャヤワルデネさんがいなかったら、もしかしたら日本は南北に分けられてたかもしれないってこと？」

「そう。それにジャヤワルデネさんは、日本が早く立ち直れるようにと、重い賠償金を放棄することも宣言したんだって」

「じゃ、スリランカのジャヤワルデネ大統領は、日本にとっては恩人ってこと？」

「そう。どうよ、これ、ばーちゃんにウケると思わない？」

ミユキさんは、一本の缶ビールで少し酔っているみたいだった。

「この話で、スリランカの人がいかにいい人たちかを力説してから本題に入る」

本題というのは、クマさんとの結婚話だけれど、そのとき、わたしもクマさんも、なんでそんなめんどくさい話から始めなきゃいけないのか、さっぱりわからなかった。もちろん、ジャヤワルデネさんが立派な方だというのはわかったけど。

それで、クマさんは、

「オレ、大統領じゃないけど」

とか言いながら、また窓の外を見てはしゃぎだした。はじめて見る景色がおもしろくて仕方がないようだった。

ミユキさんは決死隊みたいな表情、クマさんは物見遊山《ものみゆさん》気分、わたしはまあ、どっちでもないみたいな感じで、鶴岡のおばあちゃんの住む古い小さい木造の家に到着した。そして、おばあちゃんが、ミユキさんそっくりのこわい顔をして出てきたのを見て、ミユキさんがどうして「本題」に入る前の「戦略」を練っていたのか理解した。

ミユキさんの「戦略」は、まったく役に立たなかった。おばあちゃんは、ミユキさんにもクマさんにも何も言わせないで、こう言ったのだった。

「あたしは認めね。この人とは結婚できねろや。あきらめてもらうもんだ」

わたしは驚いて何がなんだかわからなくなり、ミユキさんの顔は怒りのためにさっと赤くなった。

言葉がわからなかったクマさんだけが、どうしてだかうれしそうにしていた。

「なにそれ。いきなり、失礼でしょう。べつに認めてくださいなんて頼んでない。三十六のシングルマザーが、いまさらお母さんに許してもらわないと結婚できないと思ってるわけじゃない。何も言わないのも変だから知らせてあげただけ。なんてこと言うの。連れてくるんじゃなかった」

まくしたてるミユキさんを見て、ようやくクマさんはびっくりした。

せっかく結婚の報告をしに鶴岡までやってきたのに、おばあちゃんが「認めね」とか言うもんだから、ものすごい険悪ムードが立ちこめた里帰りになり、ミユキさんは荷物も置かずに帰ると言い出した。

クマさんはいつのまにかいなくなり、どうやら狭い庭だとかぼろぼろの縁側だとか、古い日本家屋を見るのが楽しくて、周囲を探検していたらしい。わたしは長旅で疲れていたし、帰るのはいやだ、ごはんを食べさせてくれとごねた。

「悪っけのう、マヤちゃん。お腹すいたやのう。用意はでぎでっさけの」

ミユキさんは荷物を持ってすごい形相で虚空をにらんでいた。でも、わたしが手を引っ張ると、口をとんがらせながら家に入った。クマさんも、わたしが呼びに行った。

「いいねー」

相変わらず、なんだかうれしそうな顔のクマさんが言った。

「何がいいの？」

「ぜんぶ。ここの場所」

「どうして」

「『おしん』みたい」

たしかに『おしん』は山形の話で、クマさんはそれだけで舞い上がっていた。

茶の間に通されると、麦茶とぬた餅が運ばれてきた。ぬた餅っていうのは、ずんだ餅と同じもので、枝豆で作ったおはぎみたいなもの。おばあちゃんの得意料理だ。品よく小さく作ったぬた餅を食べて、扇風機の風にあたって寝転がっていると、さあ、これから本番ですよというふうに、次から次へと食べ物が運ばれてきた。

刻んだ夏野菜で作った「だし」をたっぷりかけた冷たいお蕎麦《そば》のあとは、揚げたてのサクサクしたとんかつ、枝豆、かぼちゃの冷製スープが出てきて、お腹がいっぱいなのに、鶏五目ごはんのおにぎりも食べてしまった。きっとおばあちゃんは朝から準備していたに違いない。

結局、その日、わたしたちは予定どおり、おばあちゃんの家に泊まった。翌日はクマさんの希望で庄内映画村オープンセットを観に行くことになっていたからだ。

朝になると、不思議なことに、おばあちゃんが、いっしょに行くと言った。

仏頂面のミユキさん、有頂天のクマさん、とりすましたおばあちゃん、ちょっとうんざりしてるわたし、というメンバーで、観光に出かけた。クマさんは、最上川を見るだけで胸がいっぱいになってしまって、おしんが筏《いかだ》でこの川を……みたいなことを言っては感極まっていた。

そのクマさんの情熱的な『おしん』ネタにつきあっていたのは、ふてくされたミユキさんではなくておばあちゃんのほうで、もちろん少女編から完結編まで『おしん』は完璧に頭に入っているし、なんなら泉ピン子の真似までできるおばあちゃんは、クマさんには最強の話し相手だった。

『おしん』の室内セットが移築されている庄内映画村でも興奮しきりのクマさんだったが、いちばん好きになったのは、山に囲まれ、どこまで行っても緑と青と白のグラデーションでできてる風景だったようだ。せっかくだからと、出羽三山の中ではいちばん標高の低い羽黒山でハイキングもした。

背の高い杉の木が鬱蒼《うっそう》と生い茂る中、石段をこつこつ降りていくと、ひんやりした山の空気が肌をつつむ。まるでそこに生えた大木の一本みたいに、自然に同化した五重塔がひっそりと立ってる。

その日は酒田でお寿司を食べて、おばあちゃんの家に帰った。クマさんはすっかりくたびれて、お風呂に入ったらすぐ寝てしまい、わたしも寝る部屋に追いやられたけど、茶の間でミユキさんとおばあちゃんが話しているので眠れなかった。

「いい人だがどうだがは関係ねえなや。スラリンガの人との結婚だば無理だろや」

「スリランカだよっ！」

「外国人と結婚したら、あんたとマヤが不幸さなる」

「ちょっといいかげんにしてよ。いま、いつだと思ってんの？　二十一世紀だよ。わたしが働いてる園だって、外国籍の子とか、両親のどっちかが外国の人とか、いっぱいいるんだよ。お母さんの頭、どうかしてる。『おしん』の時代のまんまだね」

「どげ思わいだって構わね。世の中は、『おしん』の時代と変わってねえし。服とかだば変わっけど、人間の頭の中だばそげ変わらねろや」

「なんで変わってない世の中のせいで、わたしがあきらめなきゃいけないの。ばっかばかしい。ショックだよ。自分の親がこんな偏見の持ち主だとは」

「あたしだけでね。日本人だば、みんなそうだろや」

「日本人はって、いつから日本代表になっちゃったのよ。さっきから言ってるろや。そげだ偏見のない人もえっぺいるなや」

「えっぺはいねろや」

「いるがら！　ばーちゃんの意見を聞いでるわげでね。報告さ来ただけださげ。わがった。いい。話してもしょうがね。もう、ここさは来ね」

「あたしはあんたがまた不幸さなるどこ、見たくねなや」

「あー、頭さ来たっ！　あたしがいづ不幸になったなや？　いっつも幸せだっけし、もう、かまわねでくれ！」

ザッと襖を開け、ぴしゃっと閉める音、廊下をお風呂場に向かうミユキさんのドスドスした足音が聞こえた。クマさんは、そんな中でもしっかり寝ていた。

ミユキさんと鶴岡のおばあちゃんは、喧嘩になるとどっちも引かなくなる。喧嘩が最高潮に達すると、ミユキさんの口から方言が出る。

翌朝、おばあちゃんが用意してくれた朝ごはんを食べずに、ミユキさんはわたしとクマさんを引っ立てるようにして駅に向かった。おばあちゃんはわたしに、新幹線で食べなさいと言って、だだちゃ豆を炊き込んだおこわを持たせてくれたけど、食べたのはわたしとクマさんだけで、ミユキさんは意地になって口にしなかった。

「結局、ジャヤワルデネさんの話、おばあちゃんにしなかったよね」

そうわたしが言うと、ミユキさんはこっちをにらんで八つ当たりした。

かまわず結婚の話を進めようとミユキさんは言ったけど、おばあちゃんの気持ちが変わるまで待とうとクマさんは言った。でも、ミユキさんは、おばあちゃんに、半年くらい、まったく連絡をしなかった。

鶴岡のおばあちゃんとミユキさんが根負けしたのは、その年の暮れのことだった。

おばあちゃんとミユキさんは、憎み合ってるわけじゃない。しょっちゅうお互いの悪口を言いながら、おばあちゃんはさくらんぼとかお餅とかいろいろ送ってくれたし、ミユキさんもわりとよく電話してた。ミユキさんが大学生のときにおじいちゃんが亡くなって、おばあちゃんはそれ以来ずっと、保険の外交員をしてる。働き者で、元気がよくて、この母娘はよく似ている。

それなのに、二人揃《そろ》うと、張り合って、喧嘩になる。いつもはすぐに忘れてしまうのだけど、今回ばかりはミユキさんの粘り勝ちで、富貴豆《ふきまめ》が送られてきても、ラ・フランスのアイスクリームが届いても沈黙を貫いたので、とうとう、おばあちゃんから手紙がやってきた。

「こっちで年越しをしませんか。スリランカの彼に、日本のお正月を見せてあげたくないですか」

と、書いてあった。

毎年、冬は鶴岡に帰ってたから、もしかしたら来ないんじゃないかと思って、おばあちゃんは心配になったに違いない。

ミユキさんはわたしに手紙を見せた。

「行こうよ。正月、東京にいてもつまんないもん。クマさんも喜ぶと思うよ」

「そうかな。また、嫌なこと言わないかな」

「言わないよ。わざわざスリランカの彼を連れて来いって書いてきてるんだから」

ミユキさんのかわりに、わたしがおばあちゃんに電話した。受話器の向こうのおばあちゃんは、ホッとしたみたいだった。

あの年は暖冬だったけど、ちょうどわたしたちが着く前の日の深夜から、鶴岡は雪が降った。郡山を通るあたりから車窓も雪景色になり、クマさんは口を開けたまま、窓に張りついてしまった。鶴岡の駅からタクシーで家に向かう間、クマさんの頭は『おしん』でいっぱいになった。

一面の雪景色をはじめて見たクマさんは、感動で泣いてしまいそうだった。出入り口のところだけお願いとおばあちゃんに頼まれて、おじいちゃんのゴム長を履いて外に出たクマさんは、いつまで経っても戻ってこずに、うれしそうに雪かきしていた。

三十日に鶴岡に行って、大晦日《おおみそか》と元日を過ごし、二日に帰京した。

納豆餅はとうとう食べられなかったクマさんだったが、野菜や魚の天ぷらは、けっこう気に入ってて、わたしはちょっとほっとした。はたはたの焼いたのは、カレーにしたらもっとうまそう、と思ったみたいだったけど。

おばあちゃんはなにかとクマさんを気づかってやさしく、一度も「嫌なこと」は言わなかった。元日の夜、わたしとクマさんが寝たあとに、炬燵《こたつ》で母娘はちょっとだけ話したらしい。おばあちゃんが、いつ結婚式をするのかとたずねて、ミユキさんは二度目だから派手なことは考えてないけど、お披露目のパーティーは、友だちを呼んでやろうと思ってると答えたそうだ。

「そしたら、来る？」

　ミユキさんが聞くと、

「あたりめだろ」

　と、おばあちゃんは答えた。

「あんたが幸せだばそれでいい。早く幸せさなってくれの」

　と言うので、ミユキさんはまたちょっとムッとしかけたけど――夫が死んで不幸、みたいに言われるのが、ミユキさんは大嫌いなので――そこはぐっと我慢した。

　帰りの新幹線の中で、結婚パーティーをいつにするか、という話になって、年度末と四月はなにかと気ぜわしいし、五月の連休明けか、ミユキさんの誕生日のある六月でジューンブライドとかなんとか言って、盛り上がった。おばあちゃんが、「早く幸せになってほしい」と言ったと聞いて、クマさんはホッとしたような、迷いが晴れたような、うれしそうな顔になった。

　窓の外を眺めながら、だんだん雪景色が見られなくなっていくのを、クマさんが、

「雪がとけちゃったね」

と表現したとき、それはなんだか、奥山家の母娘の騒動を言っているみたいで、ちょっとおかしかった。

だって、奥山母娘の雪どけはクマさんにとって歓迎すべきことだったはずなのに、神秘的な雪が消えて現実が姿を現したのをみて、目の前のクマさんはあきらかにがっかりしてたから。それで、わたしとミユキさんはくすくす笑った。二〇一七年の正月のことだった。

五　疑惑

あの年のことは、忘れない。どうしたって忘れようがない。

おばあちゃんが軟化して結婚が決まったあの年のはじめから春ごろまでは、狭いアパートでちんまり生きてるわたしたちはみんな、ほんとに、心の底から、ハッピーだった。あの年、わたしは中三になった。絵画コンクールの締め切りが五月で、かなり真剣に賞を目指してがんばってた。

六月にお披露目パーティーをしましょうみたいなことが漠然と決まっていたけど、とくになにか大げさな準備をすることもなかった。あったといえば、ミユキさんの高校の友だちが集まって、婚約祝いをしたことくらいだろうか。

高校の友だちで、東京に住んでいるのは三人くらいだけど、仲のよかった人が出張で何日か上京するのに合わせてみんなで飲もうということになったらしい。

そのときに、いい機会だからみんなにクマさんを紹介したいとミユキさんが言って、仲良しのグループだから、すごく盛り上がって、都内の小さなイタリアンレストランの個室を借り切ってくれた。わたしも小さい時から何度か会っている人ばかりだったし、イタリアンに惹かれて、くっついて行った。三月のはじめくらいだったと思う。

クマさんはちょっと緊張してた。

わたしたち三人が入っていくと、もうみんな集まっていて、いきなりクラッカーがパンパン鳴って、威勢よくシャンパンの開く音もした。

「おめでとう!」

と、みんなが言った。出張で来ていた一人以外は、パートナーをそれぞれ伴っていた。夫の代わりに、わたしより二つ下の女の子を連れてきている人もいて、総勢七人のところに、うちが行って、全部で十人。

「おー、ほんとに外国人なんだね、彼は」

「ナイストゥミーチュー」

「若いな! 彼、いくつ?」

「彫り深い! シュッとしててかっこいい」

「ミユキ、イケメンに弱いから」

なぜだか、クマさんの見た目に注目が集まり、それまであんまり考えたことがなかったけど、わりかしかっこいいかもしれないと、そのときはじめて認識した。

複数の人が「ナイストゥミーチュー」と言うので、クマさんはちょっと困ってた。

「日本語でだいじょうぶ。はじめまして」

とクマさんが答えると、感激して、

「わー、すごい、日本語うまい。ベリーグッド、ジャパニーズ」

と言って親指を突き出したりする。

いい人たちなんだけど、ちょっとズレてる感じ。いっしょに行ったのが居酒屋だったりすると、「お箸が使えてすごい」とか「お刺身食べられるんだ」とか言われそうなので、イタリアンでよかったなーと、わたしはひそかに思った。

繰り返すけど、基本的にはやさしい人たちで、祝福してくれていた。クマさんにも気を遣って、いろいろ質問したりして。アットホームないいお祝いだったんだけど、クラス会っぽい集まりの会話って、クラス会と関係ない人には、どんどんつまんなくなるわけね。お酒が入って楽しくなってくると、思い出話全開になってくる。そのうち、きみにもわかるよ。

それに、クマさんの日本語能力はかなり高いと思うけど、ときどき庄内弁もまじる同級生同士の話題には、わたしだってついていけないくらいだから、案の定、取り残された。でも、それも、想定の範囲内だったはずなんだけど、想定外だったのは、取り分けってやつだ。

ミユキさんとクマさんが真ん中に並んで座って、わたしはクマさんの隣、まわりをぐるりと囲むように友だちが座っていて、なぜかミユキさんのまわりに男の人が多く、クマさんの近くには女性が集まった。

　クマさんの正面の女性はせっせとクマさんに料理を取ってくれた。それはまあいいとして、ミユキさんも習慣的に料理を小皿に取り分けて、まわりの男の人に渡した。ワァワァ盛り上がっているミユキさんと周囲はあまり気がついてなかったけど、途中からクマさんはその「取り分け」に意識が行ってしまって、とても落ち着かなくなった。同級生たちは昔話を始めていて、わたしは責任上、二つ下の女の子と話していた。それでも、正面の女性はイケメンのクマさんに積極的に話しかけてくれてたんだけど、クマさんの視線はミユキさんの「取り分け」にチラチラ注がれていた。

二時間の飲み放題プランが終わり、場所を変えて二次会をということになった。ところがクマさんは表情を硬くして、行かないという。ミユキさんは説得を試みたが、

「帰ろう」

と言うなり、クマさんはミユキさんの手を引いてずんずん歩き出した。

「ちょ、ちょっと待ってよ。わかった。帰る、帰る。でも、挨拶くらいしてよ」

そうミユキさんが言い、クマさんは渋々戻り、わたしたちはみなさんにお礼を言った。なんとなく事情を察した友人たちは、

「そうだよなあ、婚約中カップルなんだから、二人の時間が必要だよな」

「思い出話ばっかりして、ごめんなさい」

「結婚パーティー楽しみにしてる」

など、それぞれにフォローの言葉を口にして、手を振ってくれた。

クマさんはとても不機嫌で、帰りの道中、ずっと「ワケ」について怒っていた。

「ミユキさん、オレと結婚するでしょう。そしたら、ワケはしないでほしい」

「ワケ？」

「ミユキさんは、ワケをしたでしょう。サラダとかヌードルとか」

「ワケ？」

「結婚する人がワケは、おかしいでしょう」

「取り分けのことだよ」

本気で困っているミユキさんに、わたしはこっそり教えてあげた。

「取り分け？　わたしがサラダを取り分けたのが嫌だったの？」

「そうだよ！　男の友だち、いっぱい来た。みんなにワケワケして。意味わかんない」

クマさんは鼻を膨らませた。

「マヤもどっちかっていうと、ワケワケは嫌だな。古臭い女って感じする」

「何よ、あんたまで」

「マヤちゃん嫌と言った。クマラの勝ち」

「グループの中の女の人だけが取り分けるの、男尊女卑っぽくて、マヤは嫌」

「そうだよ！　ミユキさんはオレにだけワケワケすればいいだろう」

「クマさんも自分で取りなよ」

「ああ、わかった！」

ミユキさんはぶーたれた顔で宣言した。

「もう、ワケワケはいたしませんっ！」


いつだっただろう。

小さな変化に気づいたのは。

あいかわらず、ミユキさんは遅番の働き方を続けていたから、夕食はクマさんが帰ってきたらわたしと二人でとることが多かった。そのあと、クマさんは駅までミユキさんを迎えに行く。

もう結婚するんだから、遅番の仕事はやめてほしいみたいなことを、クマさんが何度か言っていたのを覚えてる。でも、ミユキさんは、もうちょっと続けたいと言っていた。わたしが高校に入るとお金がかかるからというのが、いちばん大きな理由だった。でも、結婚するから、お金のことはもう少し自分に頼ってくれればいいみたいなことを、クマさんは言ってた。

「じゃあ、結婚するまで」とか「マヤが高校に入るまで」とか、そんなことをミユキさんが言ったり、二人で働いているんだから、ちょっと貯金してみんなで旅行しようとか、せっかくだから少し広いところに引っ越そう、マヤも高校生になるんだし、という話が出たのもあのころだ。

いずれにしても、「結婚したら」「結婚するんだから」って話を絶えずしていて、揉めていてもなんとなく楽しそうだったのが、三月ごろまでだったかもしれない。

たぶん、四月には、あまりそういう話が出なくなってたはずだ。でも、わたしはあんまり気づいてなかった。

ちょっとだけ気になったのは、クマさんの帰りが遅くなる日が増えたことだ。「遅くなるから、先に食べてて」というメールが来ると、わたしはさっさとごはんを済ませる。ミユキさんのお迎えには間に合うように戻るので、二人は駅でいつものように合流して家に帰って来る。

思い出してみると、あのころ、何かが始まっていたんだと思う。

絵画コンクールの締め切りのために、わたしは絵の仕上げに入っていて、部活もけっこう遅くなる日が続いていた。わたしが家に帰ってから夕食の支度をするのは負担だろうと、ミユキさんが食事の準備をしてから仕事に出てくれるようになった。そして、ひとりで夕食をとる日も多くなった。

夜、ミユキさんは戻るとビールをちょっと飲み、クマさんも飲みながら食事をしてた。そして、いっしょにテレビ見たり、その日あったことを話したりする。けっこう遅い時間になるから、わたしはパジャマで押し入れの寝室にひきこもってることが多かった。だって中学生だし、そのための自室だからね。ひとりの時間が持てるのは、むしろ歓迎だったわけ。

もう、わたしがお守りの必要な小さい子じゃなくなったから、クマさんも仕事帰りに友だちと会ったりしたいのかもしれないなと、思ってた。そのわりに、外で飲んでくるようなこともなかったんだけど。

いつものように、押し入れの寝室に灯《あか》りをつけて、漫画を読むとか宿題やるとか、なにかしていたら、二人の会話が耳に入ってきた。もちろん、狭いアパートだから、たいてい会話は聞こえるんだけど、気になる内容だったので覚えている。

「延期？」

ミユキさんの声は、ちょっとだけとんがっていた。二人はあまり喧嘩しなかったから、押し入れの中でちょっと驚いた。

「六月に挙式じゃないの？」

「六月はちょっと、難しい」

「なんで？」

ううう、と、苦しそうな音を出してから、クマさんは、あきらめたみたいに言った。

「ミユキさんには、ちょっとわからないかもしれないけど、スリランカ人には、だいじなことだから、ちょっと待って」

「だいじなことって、何？」

「──占い」

「占い？」

「スリランカでは、だいじなことはみんな占いで決める。占ってもらったら、六月はやめろと言われた」

わたしは押し入れから顔を出した。

「そんなの、いまさら言わないでよ。もう会場だってキープしてるし、友だちにも知らせてあるんだし」

「ごめん」

「そんなに占いがだいじなら、まず、占い師に聞いてから、結婚パーティーの予定を決めればよかったじゃない」

「ごめん。最近、知った、その占い師」

「だけどなー。いままで、クマさん、占いがだいじとか、言わなかったじゃない」

「そうだけど、スリランカ人にとって、結婚はいちばんだいじなことだから」

「まあ、ナニ人でも、だいじだと思うけど。で、その占い師は、なんて言ったの？」

「六月は、運勢がよくない。星があんまり、いいところにいないから、結婚は延期した方がいいと言ってた」

「だいたい、どうして、その占い師を知ったのよ。なんで、占ってもらおうなんて思ったの？ そんなことといままで一度も」

「友だちが紹介した。すごくよく当たる占い師。ほんとに当たる。その占い師がダメと言ったときに結婚したら、ぜったい結婚がうまくいかない。ほんと」

わたしは押し入れから四つん這《ば》いになって這いだし、二人のいるテレビの部屋まで行ってみた。クマさんは、かわいそうなくらい必死で、ミユキさんは眉間にしわを寄せ、口をとんがらせていた。

「べつに、キャンセル料かかるホテル予約してるとかいうんじゃないから、予定は変えられなくはないけど、こんな近くなって、しかも占いがって言われてもね」

「ミユキさん、かわいそう。でも、ちょっと後にするだけだから。オレも早く結婚したいけど、ちょっと先にして。そのほうが、ぜんぶ、うまくいくから」

拝み倒すようなクマさんの態度に、スリランカ人にとって占いってどれだけすごいんだろと、わたしは素直に驚いた。

「どれくらい延期すればいいの？」

不満顔のまま、ミユキさんが聞く。

「うーん、たとえば、九月？　九月のはじめがいい。やっぱり、九月の終わりがいい。星がいいところに来るから」

ミユキさんは仏頂面のままうなずき、クマさんは放心したように天井を仰いだ。

「占いによる結婚延期」騒ぎがあって二ヶ月ほど経ったある日、わたしはちょっと不思議な光景に出くわした。

夏休みに入ったばっかりだった。学校が休みになるのを待ちかねて出かけたんだから、それはよく覚えている。絵画コンクールの出品作を、届けに行ったのだ。

一次審査に通って、すごくうれしかった。その年の、中学生部門のテーマは「ハピネス」っていう抽象的なもので、けっこう悩んだけど、前の年の夏の思い出をちりばめるようにして描いた。福岡の入道雲とか、鶴岡の縁側とか、だだちゃ豆とかね。自分のことはあまり描きたくなかったけど、人物を入れたかったから、ミユキさんとクマさんの婚約もモチーフの一つにした。二人の結婚のことが、いつも頭にあったし、「ハピネス」っていったら、やっぱりそれが自然に思い浮かんだから。

一次は写真審査で、絵を撮影してデータで送った。それに通ったらほんものの作品を郵送もしくは持参という規定だった。郵送してもよかったんだけど、破損しないか心配だったし、主催は全国にいくつもお店のあるホームセンターで、作品の届け先は都内の本社だったから、持っていくことに決めた。

ＪＲの渋谷駅で降りて、印刷した地図を見ながらかなり歩いた。１０９やハンズのある方じゃなくて、行ったことのない坂をけっこう上った。もしかしたらＪＲより、私鉄か地下鉄のどこかの駅のほうが近かったんじゃないかと思うけど、はじめて行く場所で、ぜんぜん馴染みのないところだった。

大きな会社の新築のビルにようやくたどり着いて、びくびくしながら受付の制服のお姉さんに目的を告げ、作品を預けると、気が抜けたようになってしまって、外に出てからちょっと迷子になった。

そうして心許《こころもと》なくうろうろしている都心の一角で、わたしはクマさんの姿を見かけたように思ったのだった。

ホームセンターの本社があったのは幹線道路沿いで、わりに新しいビルの立ち並ぶあたりだったけれど、そのときわたしが迷い込んだ場所は、寂《さび》れた商店街だった。幹線道路からその商店街に入る角のところは、かなり広いスペースが白い鉄板で囲われていて、大手建設会社の名前が書かれていたから、たぶん、そのあたりは再開発とかなんとか呼ばれる、大規模な建設計画の対象になっていたのじゃないかと思う。

商店街のほうは、あまり開いている店もなく、間隔を開けて並ぶ細い鉄柱に書かれた通りの名前が、ああここはかつて商店街だったんだなと思わせるような場所だった。ともあれ、そこを歩いていると、白いタオルを頭に巻いた、とび職みたいな感じの男の人が数人、地べたに座って缶コーヒーを飲んでいるのに出くわした。

煙草《たばこ》を吸っている人もいたから、休憩時間だったんだろう。そこではどうも、一軒の、そんなに広くも背が高くもない、周囲と同じくらいの二階建ての、おそらくは店舗が一階にあっただろうと思われる建物の、解体工事が行われているようだった。

彼らと同じように、白いＴシャツに、幅広で裾《すそ》の詰まったニッカズボンを穿《は》いて、タオルをバンダナみたいに頭に巻いた人がもう一人、どこかからあらわれて、電柱にもたれかかった。

五、六人いて、たぶん、四人くらいが、外国の人のようだった。ちょっとクマさんに似ているなあと思って、目を留めていたら、座っていた男の人の一人が、やあとかこんにちはとか、なんかそんなことを言って手を振った。あんまり何も考えずに、ちょっと笑って手を振り返した。

通り過ぎざまに、電柱にもたれていた男の人が、ちょっと不自然に手を顔の横に挙げて、奥のほうに入っていった。

あ、クマさんだ！

そう思った。毎日いっしょにいる人を、見間違えるはずがない。

でも、クマさんはわたしたちの住んでる街からずっと西北のほうの、自動車整備工場でその日も働いているはずだった。

知らない場所で迷子になったのが不安で、幻のそっくりさんを見たんだろうか。

そのあと、なんとかして自力で渋谷駅までたどり着いて、電車に乗って家に帰った。

あれはなんだったんだろう。クマさん、どうしてあんなところにいたんだろうと、帰る道々、不思議に思ったけれど、家に戻ると、コンクール作品を出してきた達成感と疲労で寝てしまい、そのことはあまり考えなくなった。

夜、クマさんが戻ってきて顔を合わせたとき、クマさんはいつものクマさんで、とくに変わった様子もなかったから、もしかして渋谷にいたんじゃないかなんて、聞くのもばかばかしいような気がした。

でも、なんだろう。

一方で、クマさんそっくりの人を見かけたってことを言わないでおこう、とも思ったんだ、あのとき。理由はわからないけど。なぜだか、言っちゃいけないことみたいな気がして。言ったらクマさんが悲しむような気がして。

押し入れベッドに引っ込んでたら、ミユキさんがビール飲みながら、

「マヤ、今日、コンクールの絵を届けに行ったの？　どうだった？」

と、声をかけてきた。

「うん、行ったよ」

そう、わたしは答えた。

「で、どうだったのよ？」

「どうってことないよ。受付で、お姉さんに渡して、受け取り票みたいの、もらった。審査結果は九月にウェブサイトで発表されますだって。受賞者には事前に連絡が行きますとか言ってた」

「ドキドキするねえ」

「そんなでもないよ」

「あらまあ、マヤちゃん、冷静ですね」

「ふつうだよ」

クマさんは、なにも言わなかったし、わたしも、クマさんのことは言わなかった。

言わないまま数日が過ぎると、暑い中、知らない街を、不安を抱えて歩いてたあの日のことが、みんな少し奇妙な夢みたいに思えてきた。頭に白いタオルを巻いて、ニッカズボンを穿いて、白いＴシャツの袖を肩まで捲《まく》り上げていたクマさんそっくりの男の人のことなんかも、見たのかどうか、記憶があいまいになってきた。

「なんかちょっと変なのよね」

と、ミユキさんが言った。

七月も終わりかけていて、わたしとミユキさんは二人でショッピングに出かけていた。バーゲンセールが終わってしまう前にと、大あわてで出てきて、クマさんはいっしょじゃなかった。もともと人の多いところは好きじゃないし、女子との買い物なんか疲れるし、ついてこないのは珍しいことじゃなかったけど、そのころ、クマさんは休日も単独行動をとることが多かった。

お得意さんに無理を言われてどうしても整備の仕事を入れなきゃならなくなったとか、同郷の友だちに相談があると言われて会ってくるとか、そのときどきでいろんな理由がついていた。でも、以前はあまりないことだったから、たしかに「ちょっと変」な感じがしなくはなかった。

ミユキさんとわたしは、デパートの屋上のフードコートで、遅めのランチをとった。アイスコーヒーにストローを突っ込んで、ミユキさんは意味もなくかき回した。

「お盆にはまた鶴岡に行こうねって、前は楽しみにしてたんだけど、忙しいから行けなくなったって言うの。行くならマヤと二人で行ってくれればって」

それから少し黙って、

「あんまり、娘に聞かせる話じゃないか」

と、言った。

だけど、わたしとミユキさんの関係は、一般的な母娘とちょっと違う。ずっと二人で生きてきたから、ミユキさんはときどきふざけて「戦友」と呼んだ。小さいときから、ミユキさんの愚痴を聞いて育ったし、泣くのだって慰めた。ミユキさんは弱い人ではないけど、でも、泣きたいときもある。そんなとき、わたししかいなかったから、とうぜん、娘の前で弱音も吐いた。だって、そうじゃなかったら、無理すぎるでしょ、ひとりで何もかも抱えちゃったら。

それで、またぽつぽつ話し出した。

「いつも、クマさんは、夜、駅に迎えにくるでしょ。たいてい、家から出てくるでしょ。それがこの間ね、ホームの反対側の車両から降りてきたの。それで走って駅の外に出て、いつもみたいに待ってたの。それに」

ミユキさんは言葉を切った。

「それに、どうしたの？」

ミユキさんが黙ったので、問いかけると少し困った顔をした。

「誰かと話してた。電車を降りる前」

「誰か？」

「うん。外国の、女の人。スリランカの人なのかなあ」

「クマさんに聞かなかったの？」

「うん。なんとなく、聞きそびれた。そうだね、あのとき、さらっと聞いちゃえば、モヤモヤしなくて済んだのにね」

「そうだよ、聞いちゃえばよかったのに」

　そう言いつつ、この「なんとなく、聞きそびれる」ところに、ミユキさんとわたしの共通の弱点を感じてしまった。ああ、親子して、だいじなことを上手にやれないタイプなんだなあって。

「同郷の友だちとかだったらさ、会って話すこともあるよね。それに、たまたま帰る方向がおんなじだっていうのも、あり得ないことじゃないし。聞こうかと思ったんだけど、知らない人にヤキモチ焼いてるみたいなのもどうかと思っちゃったしさ」

「あー。そうだね。そういうのって時間が経っちゃうとさらに聞きづらくなるよね。何月何日の何時のことですが、あなた、あのとき誰といっしょでしたか？　みたいなことは、聞けないよね」

「そうなのよ。どんどん聞けなくなって。ま、いいよ。忘れちゃおう。たいしたことではないんだ」

　ミユキさんは、アイスコーヒーをすすって、何も言わなくなった。でも、じつは、「たいしたことではない」とばかりも思ってなかったみたいだ。それこそ「娘に聞かせる話じゃない」と思って黙っただけで。

後で知ったんだけど、ミユキさんは、じつはとても悶々《もんもん》としていて、それはお金に関することだったので、言いたくなかったらしい。

いっしょに暮らすようになってから、二人はきちんと話し合って、生活費のための口座を決めた。それはもともと、水道光熱費なんかの引き落とし先になってたミユキさんの口座で、そこにクマさんが毎月定額を入れてくれてた。クマさんは律義に、いつも決めた額より多めに入れていた。

それがしばらく前から、クマさんからの入金額が一定しなくなった。もともと、決めた額より多めに入れてくれることもあったわけだから、多少、その額が下回ったにしても、文句を言うほどのことではないし、と、ミユキさんは考えていた。お金の文句っていうものは、だいいち、とても言いにくい。

ミユキさんは、最初の夫と死に別れてからずっと、がんばってひとりでやりくりして娘を育ててきた。体の具合がよかったときは、休日保育や、ちょっとしたパートなんかを掛け持ちしてまで、暮らしていくためのお金を稼ぎだしてきた。だから、困ったら自分の腕でなんとかするのが、習性みたいになってしまっていて、経済的に誰かを頼るっていう発想が、あまりない。

でも、クマさんがやってきたのは、大きな病気をした後だったし、仕事を一時辞めて治療に専念するなんて決断は、クマさんがいなければできなかったはずだ。

それだけに、「今月は少なかったじゃないの」とか、「いくら入れてくれないと困る」みたいなことを、言えなかったんだろう。それにもう一つ、「何に使ったの？」問題もある。家にお金を入れないのなら、そのぶんのお金は、どこに行ってるのか。

あの、電車に乗ってたきれいな女の人は何者なんだろうってことも、ミユキさんの心の霧にぶんぶん水分を補給しつづけてしまった。彫りが深くて目鼻立ちのはっきりした外国の女の人って、そう思って見ると、とにかくめちゃくちゃ美人に見えるもんなんだよね。なんでそれをわたしが確信してるかっていう話は、そうね、機会があったら、きみにも話してあげる。

ともかく、クマさんのいままでと違う行動は、ミユキさんの胸にさざ波を立て続けていた。だから、それがだんだんと積もり積もって大きな波になり、堤防を決壊させるのは時間の問題だったとも言える。

クマさんがもう一度、結婚の延期を申し出たとき、ミユキさんは爆発した。

「わかんない。九月には結婚するって言ったじゃない。なんでなのよ」

クマさんは、ものすごく苦しそうな顔をして、それを言い出した。だいいち、言い出したのがもう、九月に入ってからだった。

それより前から、「結婚」の二文字は二人の会話の中で出ていて、そのたびにクマさんははぐらかしていた。最初の予定が六月で、それを占い師に反対されたから九月にしたいとクマさんが言ったのが五月だった。九月に結婚するとしたら、七月や八月には、それなりに準備するものだろう。でも、二人はなにもしていなかった。

友だちと、鶴岡のおばあちゃん、クマさんの同郷の友だちなんかを招待して、小さなお披露目会をしたいと、ミユキさんはずっと言ってた。婚姻届については、たぶん、ミユキさんのイメージの中では、そのパーティーの席で、「今朝、二人で区役所に届けてきました！」と報告するみたいなことになってたんだと思われる。

結局、あの夏は、鶴岡にも行かないで東京で過ごした。比較的冷夏で過ごしやすかったのはよかったけど、家の中の空気はあんまりよくなかった。ミユキさんは、気を遣って言いたいことを言わずにいるか、重要な問題からちょっと離れたことで不満をぶつけるかしていて、クマさんはなんとなくいつも逃げ腰だったり、たまりかねてイライラした返事をしたりしていた。

あの日も二人は夕食の後、ささいなことで言い争いをして、ミユキさんが、

「結婚だって、結局いつにすんのよ？」

と大きな声を出し、クマさんが、

「もうちょっと先にしよう」

と言ったのだった。

「どういうことなの？　また占い師に何か言われたの？　どうしてそんなに急に、占い師の言うことばっかりきくようになったの？　もしかして、結婚、もう、したくなくなっちゃったんじゃないの？」

　おっとりしたミユキさんが珍しく詰問《きつもん》調になった。それを聞いてクマさんは、はっきりと顔をゆがめた。

　そして、「もう結婚したくないのか」という大直球の質問に対して、おどろいたことに、クマさんは苦し気な面持ちを解かないまま、きちんとした否定の言葉を言わずに黙っていたのだった。

　狭いアパートの夏が、凍りついた。

　そんなわけないだろう、結婚はしたいに決まってるじゃないかと、クマさんが言うに違いないと思っていたミユキさん（そしてわたし）には、その沈黙は衝撃で、胸を抉《えぐ》られる感じがした。

　ミユキさんは、自分で自分のことをいじめるみたいな言い方で、もう一回聞いた。

「結婚、もう、嫌になっちゃったんだね？」

「そうじゃない。そんなこと言ってない」

　クマさんの声にいつものやさしい響きがなくて、なんでわからないんだという、悲鳴みたいなのが感じられて、わたしたちはびっくりした。

「クマさん、なにか、わたしに言ってないことがあるんじゃない？　なにか、隠してない？　このとこ、ずっと、変だよ」

ミユキさんは、とうとう決意したという口調で言った。ずっと、ずっと、聞きたかったことだった。

「隠し事とか、しないでよ。そっちのほうが、不安になる。電車の中で、わたしの知らない女の人といっしょにいたのを見た。スリランカの人だよね。あれは誰なの？　それに」

　ミユキさんの頭にはたぶん、お金のことが浮かんでいたはずだ。でも、言うのを一瞬、ためらった。そのぶん、クマさんが逆ギレみたいにして、大きな声を出した。

「誰？　わからない。スリランカの女の人？　ミユキさん、そんなこと考えてた？」

　その言葉が、ちょっとイラついた、軽蔑《けいべつ》しているみたいな響きを伴っていたのも、クマさんには珍しいことだった。

「不安になるよ。何も言ってくれないんだもん。わたしは自分の友だちだって紹介してるじゃない。クマさんの同僚とか友だちとか、会ったことないし、わたし、クマさんのこと、ちゃんとわかってるのかどうか、心配になるよ。クマさんが信頼する占い師にだって、わたしは会ってない。誰なのよ」

「オレは、毎日、ミユキさんのこと考えてる。マヤちゃんのこと考えてる。毎日、毎日、毎日、考えてるよ。誰？　女の人？　ミユキさん、なに考えてるの？」

「なに考えてるか知りたいのはこっちだよ。はっきり答えて。どうして九月に結婚できなくなったのよ？」

　クマさんは、大きな目を右から左にぎょろっと動かしながら、決意と怒りが同時に噴出したみたいなしゃべり方で、言った。

「失業した」

　その言葉が一瞬理解できなかった。前に投げたボールが後ろから返ってきて頭に当たったみたいな感じだった。

「マヤちゃん、もう寝て。遅い時間だろ」

　クマさんがそんなことを大きな声で言うのははじめてで、その場にいたわたしはすごくびっくりして、おどおどしながら押し入れベッドに引っ込んだけど、とうぜんのことながら二人の会話は聞こえ続けた。

「どういうこと？　しつぎょう？　会社、辞めたの？」

　ミユキさんの頭は完全に混乱してた。

「辞めてない。社長が、もう、止《や》めると言って、工場は、閉まっちゃったんだよ」

「いつ？」

　長い、沈黙があった。もう一回、ミユキさんはたずねた。

「いつのこと？」

「四月」

喉の奥から絞り出すように、クマさんは答えた。

「四月？」

四月？　わたしも頭の中で、その言葉を繰り返した。四月？　それって、だって、五ヶ月も前ってこと？　五ヶ月もの間、クマさんはそれ、黙ってたってこと？

わたしの脳裏に、白いTシャツを着て白いタオルを頭に巻いて、ニッカズボンを穿いたクマさんの姿が蘇ってきた。あれは、七月のことだった。海の日が過ぎて、学校が休みになったばっかりのころ。あの日、クマさんは自動車整備工場には行っていなかったんだと、思ったとたんに心臓がすごい勢いで脈を打ち始めた。

「そんなの、もう、ずっとずっと前じゃない！　なんで言ってくれなかったのよ！」

早鐘を打ち始めた心臓に、ミユキさんの悲鳴がずきんと突き刺さるようだった。

嫌がって耳をふさごうとするクマさんが見える気がした。どう言ったらいいんだろう。その声は、その言い方はダメだ、ミユキさん、危険信号だよ。と、思ったけど、どうすることもできなかった。

ミユキさんの声がワントーン上がって、堤防が決壊したのを感じた。ああいうミユキさんは、あんまり見ない。鶴岡のおばあちゃんと、喧嘩するときくらいだ。

「もう五ヶ月も前じゃない。もしかして、結婚を延期しようって言ったの、そのせいなの？　ねえ、もしかして、占い師がどうのこうのっていうのは、嘘なの？」

それからまた長い沈黙が続いて、それから、またミユキさんがしゃべりはじめて、止まらなくなった。

「嘘、つかないでよ。そんなの、あんまりだよ。失業したからって、困ってるからって、そんなの話すのがあたりまえじゃない。そんなことも話せないで、結婚なんかできるわけないじゃないの」

ミユキさんの言うのは正論だったけど、わたしは押し入れベッドの中でおろおろした。どこかが、いつものミユキさんと違ってた。声はうわずってたし、抑制がきいてなくて、ミユキさんぽくなかった。

「どうして占い師が言ったなんて、子どもだましみたいな嘘ついたの？　どうして、そんなだいじなこと言わないで、どうでもいいようなことを言ってごまかしてたの？　わたしを騙せると思った？　ずっと不安だったよ。なんか変だ、なんか違うって思ってたもん。言ってくれてないことがあるんじゃないかって、思ってたよ。だけど、嘘までつかれてるとは思ってなかった。どうしてそんなことしたのよ。わたしがどれだけ」

といって、ミユキさんは声を詰まらせた。

「友だちとか、知り合いとかに、なんて言われたか知ってる？　あんた、騙されるよって。騙されてるんじゃないかって。騙されるってどういうことよ！　そんなはずないじゃない。クマさんがわたしを騙すなんて、そんなこと、あるはずないじゃないって、ずっと、みんなに、言ってきたよ。何度も何度も、言ってきたのに。嘘とか、つかないでほしかったよ！　五ヶ月も、嘘つき続けてたなんて、あり得ない。ひどいよ。信じられなくなるよ。信じられなくなっちゃったら、わたしたちの関係なんて、終わっちゃうじゃない！」

ミユキさんが一方的にクマさんを責めていたから、どんなふうにクマさんがそれに反応したのか、わたしには見えなかったけど、半端なく苦しんでただろうってことだけは、わかる。ミユキさんが、知り合いに「騙されてるんじゃないか」と言われてたことをクマさんにしゃべってしまったのも、あのときがはじめてだったはずだ。

重苦しい沈黙の後、クマさんが言った。

「もうちょっと、待って」

「なにを待つの？」

「なにもかも、前みたいになる。オレが、なんとかするから。もう少し、待って」

「なんとかするって、なにを？　前みたいになるって、なにが？」

「ミユキさんと、オレと、マヤちゃんと、また、前みたいに。心配しないで、だいじょうぶだから」

「心配しないわけないし、だいじょうぶなわけないじゃない。失業して、五ヶ月間、なにしてたの？　お金入れてくれてたよね。あれはどうやって稼いだの？」

「いろいろ、アルバイト、それは、しょうがないだろう」

「それも黙ってたんだよね。ずっと、会社に行ってると思ってたよ」

「怒るから、言いたくなかった」

「怒らないよっ！　怒るわけないじゃん！　なんでそんなこと思うのよ」

「いま、怒ってるだろう」

「あたりまえじゃない。なんにも話してくれないからだよ！　言わない方が心配するとは、思わなかったわけ？　そのうえ、占い師とか。スリランカではだいじなことは占いで決めるからだって。よく言うよ。あれ、全部、嘘だったんじゃない。全部、全部、嘘だったんじゃない！」

「どこ行くのよ！」

ミユキさんの非難する声が聞こえていて、それからしばらくして様子が変わった。

ミユキさんが大声を出した。

「いま、二人、いっしょにいるのは、あまりよくない。ちょっと出かける」

「どこへ！」

「いま二人、いい状態じゃない。ちょっと外に行く。そのほうがいい」

「勝手にして！」

その夜、クマさんは出て行ってしまって、家に帰ってこなかった。

翌日になって、ミユキさんのLINEに、

「なにもかも、だいじょうぶになるから。もう少し待って。そうしたら帰るから」

というメッセージが入った。

その後、「だまそうと思ってなかった」というのと「少し時間がほしい」というメッセージが来て、連絡がなくなった。ミユキさんは、何度かメッセージを送ったけれど、既読にはなっても、電話はなく、こちらからの電話に出ることもなかった。

ミユキさんにとって、それはものすごく唐突だったから、簡単には頭の中を整理できなかったんだと思う。クマさんがひとりで五ヶ月考えてたぶんを、ミユキさんは一気にやらなきゃならない。聞きたいことは山ほどあったのに、クマさんはいない。それだけでも、ミユキさんが不満を募《つの》らせるにはじゅうぶんすぎるほどだった。

翌々日の真夜中に、クマさんは家に戻ってきたけれど、疲れ切った顔つきで、あの大きな目に生気がなかった。

「どうしたの。どこにいたのよ」

ミユキさんが言い募ると、クマさんは所在なさそうにして、こんどはだいじょうぶだと思ったけど、採用にならなかった、と言った。東京ではなくて、どこか地方の会社だったらしい。

「ねえ、なんでもかんでも、ひとりで勝手に決めようとするの、やめてよ」

「オレの仕事のことだから」

「あなたが地方に行ったら、わたしとマヤはどうするの？　ついてくの？　それとも残るの？」

「だけど、ほかになかった。もう時間がない。在留カードの期限も切れかけてる」

「こんなの、おかしいよ。なんにもちゃんと話してくれない。五ヶ月もだいじなこと言ってくれなくて、いまだって、なんの相談もしてくれないじゃない。こんなんじゃ、わたしたち、結婚なんて」

「結婚できない。オレは、ミユキさんとマヤちゃん、幸せにできない」

二人が、同時に息を吞む音までが聞こえてきた。そして、わたしに聞かせないためか、二人は外に出て行った。

六　ハピネス

　あのあと、どんな話し合いがあったのか、詳しくは知らない。翌日は二人を残して学校に行き、戻るとミユキさんがぽつんとテレビのある部屋に座ってた。仕事を、休んでしまったのだった。

「クマさんは？」

「しばらく距離を置こうってことになった」

「どういう意味？」

「いま、結婚できる状態じゃないし」

「どうして」

「仕事見つけるってムキになって。お母さんも、なんか、信頼関係が揺らいだっていうか。だって、このままじゃ」

　そのとき、ミユキさんの薬指に、指輪がないことに気づいて、ハッとした。

「まさか！　返しちゃったの？」

「クマさんがお金に困ったときのためにって、お姉さんがくれたものだから」

ミユキさんは黙って目を落とした。クマさんが、いなくなった。

あれは九月のことで、わたしには、絵画コンクールの事務局から電話が来た。

「首藤さんの作品が、佳作に選ばれました。授賞式は、二十三日の秋分の日で、本社ビル一階のレクチャールームで行われます。入賞作品は展示されますので――」

電話を受けて、心の中にぱっと花が咲いたみたいな気がしたけど、でも、受話器を置いて、誰かに話そうとしても、部屋には誰もいなかった。ミユキさんはまだ帰ってきていなかったし、そこにはクマさんがいなかったから。クマさんに、「佳作に選ばれたんだよ」と言いたかった。きっと、「カサク？」って、ちょっと困ったみたいな顔して聞くから。そのクマさんの顔を見られないのが、とてもさみしかった。

クマさんのいないボロアパートは、あいかわらず狭かったけど、それでもぜったいに足りなかった。あるべきものがない空間だった。

秋分の日に、ミユキさんと授賞式に出かけた。美術部の友だちや顧問の柏木《かしわぎ》先生も来てくれて、大騒ぎだった。だけど、「ハピネス」とタイトルのついたその絵の中にいるクマさんは、わたしたちの傍にはいなかった。

ホームセンターの本社ビルであった授賞式のあと、ミユキさんと渋谷駅に戻る途中で、わたしは以前、この近くで、白いタオルを頭に巻いたクマさんを見かけたと話した。

あたりは、七月に見たときとも様変わりして、なんだか違うところみたいにみえた。白いタオルを巻いていたクマさんは、二階建ての建物の解体工事をしている人たちといっしょだった。というか、クマさん自身が、解体工事をしていたんだろう。あのとき、声をかけていたら、あるいは、家に戻ってからそのことを話していたら、もっと前に、クマさんの事情に気づくことができたんだろうか。

ミユキさんはふさぎ込んで、ぼんやりしてしまった。もともと、朝はわたしのほうが早く学校に行ってしまうし、ミユキさんの帰りは十一時過ぎなので、親子の会話の時間も少なくなってた。クマさんがつないでくれてたみたいなとこもあったのに、仕事から帰ってひとりで缶ビールを開けてるミユキさんを見てるのはつらかった。

ある日、そんなミユキさんが、小さく、あっと声を上げた。

「なに？」

わたしは押し入れから声をかけた。

「スタンプが来た」

押し入れから這い出して見に行くと、ミユキさんのＬＩＮＥにハートを抱きしめた熊のスタンプが届いていた。

「クマさん？」

「うん」

「どこにいるのって聞いて」

どこにいるの。

そう、ミユキさんが文字を打つと、

友だちのところ。

と、返ってきた。

戻ってきて。

次にミユキさんがそう返すと、しばらく時間が空いて、そしてまた熊のスタンプが来た。それには「おやすみ」という文字がついていた。

ミユキさんは、じっと携帯を見つめていたけれど、ちょっと決意したみたいな顔で「おやすみ」というスタンプを返した。

「友だちって誰だろ。あの女の人かな」

そう、ぽつんとつぶやくと、缶ビールにまた口をつけて話し出した。

「ねえ、マヤ。お母さんね、クマさんに悪いことしてたかもしれないな」

遅い時間だったけど、寝ろと言われなかったので、わたしはミユキさんの隣に座りなおした。ミユキさんはしゅんとしていて、なんだか小さく見えた。

ミユキさんがもう一本、缶ビールを開けた。それは珍しいことだった。

「クマさんのことをね、人に紹介するときにね、本人がいるとこでも、いないとこでもさ、クマさん、すごい偉い人だ、みたいに言ってたんだよね」

ミユキさんはぽつりぽつり、話した。

「日本語は上手で、冗談とかだって言えちゃうし、ちゃんとした専門学校出てるし、就職先もしっかりした自動車工場で、みたいなさ。ばーちゃん相手にもね。ばーちゃんのこと、偏見があるって責めちゃったけど、偏見持ってるの、わたしだよ。そのこと、クマさん、知ってたんだよ」

なんのことかよくわからなくて、わたしの頭はすごく混乱した。クマさんが日本に来て、いっしょうけんめい勉強して、がんばって専門学校を出て、自動車整備工場に就職したのはほんとのことだったし、それはクマさん自身も誇りにしてたから、どこが悪いのか、わからなかった。

「外国人とつきあってるって言うと、だいじょうぶなの？　とか、騙されてるんじゃないの？　とか、そういうふうに言う人はけっこういてね。うっとうしくて。すごく嫌だったの」

わたしは冷蔵庫から麦茶を出してきて、ミユキさんのビールにつきあった。

「だんだん構えるようになっちゃって。クマさんはそんなんじゃない。クマさんはすごいんだって。どっかでさ、クマさんはすごいからいいんだ、特別なんだ、ほかの人とは違うみたいに、思ってたとこもあるの」

なにかがちょっとわかりかけた気もしたけど、わたしはなんにも言わなかった。

「お母さんね、クマさんに、立派ですごくなきゃダメだって、そうじゃなきゃ困るって、自分でも気づかないうちに、思わせちゃってたのかも。スーパーマンじゃないんだからさ、仕事がなくなることだってあるよね。会社が潰れるとか、リストラに遭うとか、本人のせいではないよね。でもさ、どうしてそれ、言ってくれなかったのかって考えたらね、言えなくしてたの、わたしなんじゃないかって、思い当たったの。特別じゃなきゃダメ、仕事のない人なんかダメって思わせてたのかなって」

ミユキさんは、ふだんそれほどお酒を飲まないんだけど、そのときは台所の奥から鶴岡のおばあちゃんに何年か前にもらった梅酒を引っ張り出してきて、氷を入れて飲みはじめた。梅酒に入っている青梅は、わたしも小さいころからお腹が痛くなったときなんかに食べてたので、瓶の底からお箸でつまみ出して、つきあいでかじりながら話を聞いてた。そうしたら、わりにおいしかったのでいくつも食べてしまい、頭の芯がゆるんできた。

「どうしよおおお。クマさん、もう、帰って来ないかもしれないいいいい」

急に高い声を出してそう言ったと思ったら、ミユキさんは蟹《かに》がつぶれたみたいなすごい顔をして、子どものように、ふぇーんと泣き出した。わたしは手を伸ばして、ミユキさんの背をさすった。

「お母さん、あんなこと、言わなきゃよかった。嘘つきとか、騙したとか、信じられないとか言っちゃった。クマさん、もう帰ってきてくれないかもしれないよおお」

人が、おいおい泣くっていうのを、あんまり見たことがなかったけど、見た。見てたら悲しくなってきて、わたしも泣いた。

母娘はその日、酔っぱらって泣きながら眠り、翌日頭が痛かった。先に起きたわたしは、ミユキさんが仕事に間に合うように、目覚ましをかけてから学校に行った。

部活は夏で引退していたので、帰って来る時間も早い。もうそれどころじゃないって感じだったけど、わたしの頭には受験勉強ってやつもよぎった。あんまりやる気もなかったけど、参考書でも探しに行くかと思って、駅前の本屋さんに出かけた。ぶらぶらしていたら、肩に手が触れた。

「久しぶりじゃん」

振り向いたら、そこにナオキくんがいた。

「あ、ナオキくんだ」

「なに、言ってんだよ。どうかしたの？　ぼうっとしてるよ、マヤちゃん」

わたしたちは本屋さんを出て、マクドナルドに入った。わたしはナオキくんに事情をぶちまけた。ナオキくんがマックシェイクをおごってくれた。ナオキくんはとても冷静に、ふんふんとうなずきながら聞いてくれた。

「クマっちも悪いんだよ。あいつ、負けず嫌いで、ええかっこしいだからさー」

と、声変わりしたナオキくんが言った。

「クマっち？」

聞いたことのないその呼称に少し驚く。眼鏡のナオキくんは、しかし、ちょっと見ない間にかなり縦に長くなっていた。

「そうじゃん。クマっち、けっこう、ええかっこしいじゃん。マヤちゃんちはさ、お母さんと二人、女ばっかりだからね。オレは男だからーみたいな、わりと、古いタイプだね。オレが守る的な？　あいつ、本質的にはマッチョだよ、マッチョ。オレは男だからーみたいな、わりと、古いタイプだね。だから、失業したって弱みが見せられなくて、必死でバイトして金稼いで、フル回転で就活やってたんじゃない？　できればさ、バレないうちに、するっと就職先決めて、オレ転職したよーとか言っちゃって、何事もなかったように、いままでの生活を続けようと思ってたわけよ。クマっちの考えそうなことだよ」

そう解説すると、ナオキくんは、シュバシュバと、シェイクをすすった。

「そうかも」

「そうだよ。そういう奴《やつ》じゃん、あいつ」

「どうすればいいんだろねえ」

「そうねえ」

一瞬黙って窓の外を向いたナオキくんは、くるりと頭を回して、わたしの顔を見た。

「探しに行けば？」

「探しに？」

「クマっち、ちょっとめんどくさい男だからさ、いまさら、ごめんねって帰って来にくいわけでしょ。迎えに行ってやれば？」

「でも、どうやって？　どこにいるか、わかんないんだよ」

「探せば、見つかるんじゃね？」

そう言うと、ナオキくんはポケットからスマートフォンを取り出して、なにやら検索をかけ始めた。

「お、すげ。一発で出た！」

ナオキくんは鼻をぴくぴく動かした。

「なにが？　なにが？」

「スリランカカレー〈ポルキリ〉だって。二位かあ。すごくない？」

「なんの話してんの？」

　ナオキくんがスマホを渡してくれたので、見るとそこには、民族衣装を着てにっこり笑ったペレラさんが写っていた。

「群馬県、スリランカレストラン、でググったんだよ。そしたら県内カレーランキングのページが出た。二位のスリランカカレー〈ポルキリ〉をクリックしたら、この人が出たよ。なんか知ってんじゃない？」

　この人のところに転がり込んでる可能性もありじゃん、昔からの友だちなんでしょ、とナオキくんは言い、お母さんと話して、連絡をとってみなよと、たいへん有益なアドバイスをくれた。

　わたしはちょっと興奮したまま家に帰った。さすがナオキくん。困ったときには頼りになるよ。

　ミユキさんが帰宅すると、わたしはさっそくその日のことを話した。

「ね。探しに行こうよ。まずは、ペレラさんとこだよ。きっと在日スリランカ人のネットワークがあるはずだから、協力してくれるんじゃないのってナオキくんが」

　レンジでチンした親子丼を食べながら、ミユキさんは曇った眼鏡をずらして、わたしを見た。

「ペレラさん？」

「二人共通の知り合いなんだしさ、聞いてみようよ。お母さんには探せなくても、ペレラさんには探せるかもしれないでしょ」

「そうかな」

「もう、こんなの嫌でしょ。クマさんも帰りづらくなってるんじゃないの？」

「そうかな」

「そうだよ！　明日、ペレラさんに電話してみよう！」

それで、ミユキさんはペレラさんに連絡し、事情を詳しく説明するために、わたしたち母娘は次の日曜日にペレラさんのお店を訪ねた。

湘南新宿ラインで、二時間くらいかかった。大きな街の、駅に近いところに店はあったので、すぐに見つけることができた。わりと広いお店に何組かお客さんはいたけれど、ペレラさんはそれを従業員にまかせっきりにして、わたしたちの話を聞いてくれた。

「あれ！　失業した？　工場が閉まっちゃったの？　そりゃたいへんだな。うわ、黙ってた、ずっと？　そりゃ、奥さんもつらいよなあ。え？　出てっちゃったの？　そりゃひどいね。はあ、連絡はあるの？　スタンプ？　なにやってんだ、あいつは」

たいへん同情的な相槌を打つ合間にも、シンハラ語でお店の人にオーダーを出し、わたしとミユキさんの前にはとてもいい香りのカレーやサラダやビリヤニが並べられた。ミユキさんは食べるどころじゃないようだったけど、ペレラさんのカレーはもちろんおいしかった。

奥さん、奥さん、と、ペレラさんがミユキさんを呼ぶので、ミユキさんが途中で、

「結婚はまだなんです」

と言うと、ペレラさんは少し驚いた。

「あれ、もう、知り合って長いでしょう？　とっくに結婚してると思ってたよ」

「子どもが小さかったり、わたしが病気したり、いろいろあったので、正式な結婚はしていなかったんです。でも、今年の六月にはする予定でした」

「そしたら、まだしてない？」

「クマさんが、延期しようって」

ペレラさんは困ったようにため息をつき、お店の人に頼んでミルクティーを持って来させた。

「考えなきゃいけないときはね、これがいちばんですよ」

そう言って、ミルクティーを口に含むと、ペレラさんは少し身を乗り出して、言った。

「在留カードはどうなってるんだろう？」

「在留カード？」

ペレラさんは、胸のポケットから小さな身分証明書を取り出した。

「日本にいる外国人はみんなこれを持ってるの。わたしのはね、ここね、在留資格、「永住者」となってる。永住資格取る前は、「日本人の配偶者等」と書いてあった。わたしの奥さん、日本人だからね。クマラくんは、結婚してないなら、自動車整備工だから、「技術・人文知識・国際業務」。そうするとね、ほら、わたしのはね、「就労制限なし」、と書いてあるでしょう？　クマラくんのにはね、「在留資格に基づく就労のみ可」、と書いてあるはずなんだ、もし結婚してないなら」

なにを言われたんだかさっぱりわからなくて、わたしは混乱した。ペレラさんはミルクティーをすすった。

「クマラくんは、いつ失業したと言った？」

「四月だったと思います」

「うーん。バカだね、クマラくんは。早く結婚しなきゃだめじゃないの」

「はあ。でも、なんだか、オレがなんとかするから、九月まで待ってくれとか言って」

「オレがなんとかすると言った？」

「心配しないでも、前みたいになるとか、だいじょうぶだとか言って」

「就職するという意味かな？」

「そうだと思います」

「でも、もう九月終わりそうだよね」

ペレラさんは眉間にしわを寄せてもう一度言った。

「バカだねえ、クマラくんは」

ペレラさんの解説や推測、ナオキくんの考察などを全部合わせてみると、クマさんが陥っている事態が、少しはっきりした。

クマさんは四月に失業した。

でも、六月に結婚を控えて楽しみにしているミユキさんにそのことを言えず、なんとかして再就職先を探して辻褄《つじつま》を合わせようと考えた。

九月、と期限を切ったのは、「在留カード」の期限じゃないかと、ペレラさんは言った。それは、在留資格によって日本に滞在できる期限なのだが、期限切れまでに就職先を見つけて、新しい「在留カード」を発行してもらえれば、クマさんは「前みたいに」「だいじょうぶに」なる、と考えた。五ヶ月もあるから、その間には仕事が見つかると思っていたに違いない。

問題は、たぶん、簡単には仕事が見つからなかったことだ。期限が迫り、追い詰められて、クマさんは、いよいよ本当のことが言いづらくなった。負けず嫌いで、ええかっこしいで、バカだから。やさしい、がんばり屋でもあるから。だけど、負けず嫌いでバカでいい人であることの報《むく》いがどれほどのものか、本人もわたしたちも、ぜんぜんわかってなかった。

「在留カードってパスポートと違うの？」

おそるおそる、わたしは聞いてみた。ペレラさんは大きく首を左右に振った。

「違うのよ。パスポートは自分の国が発行する。わたしならスリランカ、マヤちゃんなら日本の国が発行して、外国に行ってもいいですよ、その人はわたしの国の人と証明しますよ、という書類ね。在留カードは日本の法務大臣が外国人に発行する。日本にいていいですよ、と証明するの。だから、もし、パスポートの期限が来年まであっても、在留カードの期限が今月切れたら、外国人は日本にいられないんだよ」

「じゃあ、もしクマさんの在留カードが期限切れになったら、日本にいられない？」

そう聞くと、ペレラさんは難しい顔をして口ひげに手をやった。それからまた、お店の人を呼んで、テーブルの上を片づけさせた。かなりの料理が残っていたから、ちょっと申し訳ない気がしたけど、

「持って帰るよね？」

と、ペレラさんは言って、お土産にするように指示を出した。

ペレラさんの好意で、わたしとミユキさんにも温かくて甘いミルクティーが運ばれてきた。

「心配することはない。クマラくんは、見つかりますよ」

ペレラさんはそう請け合った。

「そしてね。早く結婚することだよ。結婚すれば、クマラくんの在留資格は、日本人の配偶者等になる。就労制限がなくなるから、仕事も探せるでしょう」

きょとんとしている母娘に、ペレラさんはもう一度、胸ポケットから在留カードを取り出して見せてくれた。

「クマラくんが、いまの在留資格のままだと、その資格に基づく仕事しかできないの。自動車整備の仕事しかできない。スリランカレストランでは働けないの。だから、仕事を探すのもたいへんなんだよ。日本人と結婚すると、その制限がなくなる。在留期間も延びる。いまは、クマラくんは何年に一回、更新してるの？」

ミユキさんは少し考えて答えた。

「更新に行くのは、年に一回だと思います」

「人によるけど、日配なら、三年とかね」

ニッパイ、というのが「日本人の配偶者等」という在留資格のことだと、そのときは知らなかった。いまは知ってるけど。

「ただ、クマさんが」

ミユキさんはちょっと首をひねった。

「在留カードの期限がもう切れる、みたいなことを言ってたんですけど」

わたしは、パスポートの期限がまだあっても在留カードの期限が切れると日本にいられない、というペレラさんの話を思い出して不安になった。でも、ペレラさんは、意外となんでもないことのように言った。

「ああ、それもねえ、心配することはない。早くクマラくんと結婚しなさい。なにもかも解決するから。失業はクマラくんのせいじゃないし、仕事探してオーバーステイになっただけでしょ。結婚してれば、だいじょうぶ。日本人の奥さんと子どもを残して帰りなさいとは言われないよ。わたしの友だち、そういう人、いっぱい、いっぱい、いっぱいいる。問題ないですよ。連絡するから、安心して。かわいそうに。こんなかわいい奥さんと娘さんを心配させて。クマラくんを見つけたら、叱っとかなきゃね」

ペレラさんは、クマさんの若い時のことも話してくれた。はじめて聞いた話ではなかったけど、詳しいことは知らなかった。

クマさんはスリランカの高校を卒業して、まず、この街にやってきた。入学した日本語学校が、北関東のこの街にあったからだ。

借金を返さなきゃならなかったから、クマさんは日本語学校に行く傍ら、お弁当工場やら居酒屋の皿洗いやら、いろんなバイトを掛け持ちした。同郷のペレラさんのお店〈ポルキリ〉があることを知って、懐かしさに食べに来たのが始まりで、店で働いていたこともあったんだそうだ。

一年間の日本語学校を終えて、クマさんは都内の自動車専門学校に進学した。その学校は、新聞奨学生制度を奨励していたので、クマさんは学校の近くの販売店の二階に下宿して、二年間、新聞配達をしながら学校に通った。

「ものすごく、たいへんだったらしい」

と、ペレラさんが言ったのが、どういう意味かはわからなかったけど、朝二時に起きて朝刊を配り、配り終わったら学校に行って、また午後三時に夕刊を配りに行く生活は、日本人学生にだってつらそうだから、留学生のクマさんには、さらにしんどかっただろうと思う。あまりそのころの話をしたがらないのも、そのせいだろう。

卒業の年、なかなか就職先が見つからなくて困っていたクマさんを、ペレラさんは覚えていると言ってた。とにかく粘って粘って、あの自動車整備工場の仕事を見つけてきた。その経験があるから、なんとかなると思ってるんじゃないかとも。

「心配しないで。なにも問題ないよ」

ペレラさんは、ミユキさんとわたしにたくさんお土産を持たせてくれた。おかげで次の日も、その次の日も、ちょっとしたスリランカ料理祭りになった。

ミユキさんはずっと、クマさんを追い詰めた自分のことを責めていた。優等生の、特別な外国人じゃなきゃダメだとクマさんに思わせたのは自分だ、あの人ひとりで五ヶ月も悩んでたんだ、と言って。

数日後に、ペレラさんから電話があった。

「クマラくんが見つかった。帰るように言ったよ。ほら、心配ないでしょう？」

クマさんが戻ってきたのは、土曜日の夕方だった。ミユキさんは、前の日の金曜日に深夜保育を引き受けて、そのかわり午後に休みをもらっていた。近くまで来ているというので、公園まで迎えに行くと、なんとも言えないしょんぼりした表情のクマさんがあらわれた。

ミユキさんはクマさんに会ったらなんて言おうというのを、その前の一週間くらい、すごい勢いでシミュレーションしていた。でも、会ったら言葉が出て来なくて、ジャングルジムを背にしたクマさんに、ぜんぜん痛くないパンチやキックをしていた。

わたしが小学校四年生だったら、きっとミユキさんの真似をしていっしょに痛くないパンチとキックを繰り出しただろう。なにか言うより、そのほうが楽だったから。でも、中三は小四ではないので、わたしはとなりにあるブランコの周りの柵に腰かけて、二人を見ていた。

しばらくサンドバッグになっていたクマさんが、こちらに近づいてきた。

「おめでと」

クマさんは言った。そしてお尻のポケットからスマホを取り出して、なにか検索してわたしに見せた。

「毎日、見た」

例の絵画コンクールのホームページに、佳作になった絵が載っていた。

(バカだねえ、クマラくんは)。

わたしは泣きそうなのを悟られないように怒った顔をしたけど、楽しかった夏のことや、鎌倉や、ジャヤワルデネさんや、病院や、キャッチボールや、エッグホッパーや、いろんなことを思い出した。

三人で家に帰って、ホットプレートで焼きそばを作って食べた。クマさんが好きなのは、豚肉とシーフードミックスが入って、ピリ辛の焼肉ソースをたっぷり使って焼いて、目玉焼きを載せたやつだ。

食事を終えて、みんなが静かになると、

「結婚しよう!」

と、ミユキさんが言った。

クマさんは、苦し気に顔をしかめた。

「仕事は、見つからなかった。いまは、もう、探すも、できない。それに」

「在留カードの期限が、切れた?」

クマさんは、ハッとして顔を上げ、最大級の困った顔をした。

「そうなんだね？」

ミユキさんは、笑顔で言った。

「結婚したら、わたしの配偶者っていう在留資格が取れるよ。ペレラさんが教えてくれたの。配偶者ビザがもらえれば、ほかの職にも就《つ》けるから、仕事は見つかりやすいって。もちろん、自動車の仕事があればいいけど」

クマさんは、目を落とした。

「いままで、守ってくれたよ、わたしとマヤのこと。病気したとき、クマさんがいなかったら、どうなってたかわかんないもん。そんなにいつも、オレが、オレがってがんばらなくていいんだよ。いなかった間、いろいろ考えた。意地張るの、よそう。ずっといっしょにいよう。それがいちばん、だいじなことだよ。結婚しよう」

わたしはちょっと照れ隠しに近くにあった漫画をぺらぺらめくったけど、内心はかなり感動してた。そうか。プロポーズって、こういうふうにするのかって。

「いまのクマさんの問題は、結婚すればぜんぶ解決するってペレラさんが言ってた。そうだって、知ってたでしょ。どうして、結婚、急ごうとしなかったの？」

クマさんが、ますます困った顔をした。

「ごめん。責めてるわけじゃないんだ。わたしのせいだもん。在留資格のこと、まるでわかってなかったし、仕事がなくなるなんて、考えてなかった。そんな人相手に、言い出せなかったんでしょう？ でもね、クマさんがいない間に考えたよ。ほら、結婚のとき、牧師さんが言うじゃない。『健《すこ》やかなるときも、病めるときも、富めるときも、貧しきときも』って。この先だって、なにがあるか、わたしの仕事だってどうなるか、わかんない。でも、なにかあっても、いっしょにいようよ。こりごりだよ、離れてるの。こんな、しんどいと思わなかったよ。あ、ごめん、また責めてたわ」

ミユキさんがへなちょこな顔で笑うと、クマさんの大きな目がうるんできた。

「ミユキさんのせいじゃない。オレのせい。ぜんぶ、クソの始末のせい」

クマさんは下を向き、わたしとミユキさんは顔を見合わせた。

それからクマさんは、ぽつりぽつりと話し始めた。

そうなんだけど。きみにうまく話せる気がしないんだ。だいじなことだとは思うんだけど。

「クソの始末」っていうのは、「おまえらガイジンができることなんてせいぜいそれくらいだ」と、自動車専門学校を卒業する年に就職活動をしてて言われたこと。言われたというより、そう言い続ける人が近くにいたこと。それから、新聞配達をしていて、ポストの前に立っていたらそれだけで警察を呼ばれたこと。契約になかったのに集金に行かされて、玄関に出てきた人から、顔に消臭剤だかなんかを吹きつけられたこと。接客のバイトをしていたときに、ガイジンには注文しないと言われたこと。そういう、いろんな、クマさんが日本に来てから遭っちゃった嫌なこと。わたしとミユキさんにはほとんど話そうとしなかったことの数々。でもたぶん、そのときも、話したのはほんの少しだったし、いま挙げた例の中には、ペレラさんに聞いたことも入っている。

　きみに上手に伝えるのが難しいのは、こうやって書いてても、クマさんがそんな目に遭ったって考えるのがつらいからなんだ。思い浮かべるだけで、嫌なんだよ、すごく。でも、遭ってるんだよ。もしかしたら、もっと嫌な目にも。

　でね。クマさんは、若い時から、そういう嫌な体験を自分の実績で乗り越えてきたと思うんだ。少なくとも、それがクマさんの乗り越え方だったと思うんだ。ひとりで、がんばって、見返す、みたいな。プライド、みたいなものかな、と思う。

「ひとりでがんばらなくてもよくない？」

　ミユキさんは冷蔵庫で冷やしておいた、切って剝いた梨を出してきて、一切れ口に入れると、クマさんにもすすめた。

「ひとりじゃできないことって、あるんじゃないの？　みんなで、なんとかできれば、いいじゃない。そういうのって、ほっとする。いっしょにいれば、なんとかなるって思えるよ。クマさんはわたしにそういうふうに思わせてくれたはじめての人なんだよ。

クマさんも、そう思いなよ。だから今度こそちゃんと」

ミユキさんは、梨のつゆがついた指をエプロンで拭うと、クマさんの頬に触れた。

「結婚しましょう」

少し考え、クマさんは決心してうなずき、胸ポケットから指輪を取り出した。


こうしてクマさんとミユキさんは、ようやく、ようやく、結婚したんだよ！

ほんとうは、すぐに結婚できたわけじゃなかった。区役所で「外国籍の方は、出身国が出す独身証明書が必要なんですよ」と言われて、大あわてでペレラさんに電話して、長々説明してもらって、それからスリランカの肉屋の叔父さんに連絡して。クマさんの場合、両親は亡くなってるし、お姉さんのアヌラーはアシャンタといっしょにカナダに移住してた（そのころはね）。だから、肉屋の叔父さんが裁判所で宣誓してクマさんは独身だって証明してもらってどうのこうのって、詳しくは書かないけど、大ごとだった。両親の死亡証明書とか、いろんな書類が必要で。いちばんたいへんだったのは、コロンボにいる肉屋の叔父さんだよ。叔父さんが結婚するわけじゃないのに。

結局、六月にするはずだった結婚は、半年近く延びて十二月になったけど、でも、考えてみれば、たった半年の延期だもの、大騒ぎするようなことじゃないでしょ。

あまりにドタバタしたので、いろんな人を招いてのパーティーは、年が明けてからゆっくりやってもいいよねということになった。正式に結婚して、在留資格の件も問題なくなって、クマさんの新しい就職先が決まってからのほうがいいし、それにマヤの受験が終わってからのほうがいいかも。

　とまあ、こんな感じだったんだけど、結婚のための書類がすべて整ったころ、ペレラさんに三人でお礼に行くことにした。

　それがいつのまにか、お呼ばれする話にかわって、お店が休みの日に、ペレラさんの店で小さなお祝い会をしてくれることになった。ペレラさんの日本人の奥さんと、専門学校に行ってる二人の娘さんたちにも会える。

　そうこうするうち、東京まで来るよりは、近いから日帰りできると、鶴岡からおばあちゃんが飛び入り参加することになった。そしてついには、ナオキくんも！

　クマさん探しの件で協力してもらってから、ナオキくんとはしょっちゅう電話して、ちょっと昔みたいな関係が復活した。

「僕も行く権利があると思う。それにスリランカのカレーを食べたいしさ」

　と、ナオキくんが言ったのだ。

　お祝い会に参加したのは、東京からは、クマさん、ミユキさん、ナオキくん、わたしの四人。それに、クマさんの友だちのサウィマンとナヤナ夫妻が、赤ちゃん連れでやってきた。このナヤナさんが、クマさんと電車の中で話していた人だと判明した。

ペレラさんの娘さんたちは、両親のいいとこをもらった美人姉妹だった。はじめて、クマさんのお姉さんのアヌラー、義理のお兄さんのアシャンタと話した。もちろん、クマさんのスマートフォンの通信アプリで。カナダ生まれのマヒンダは赤ちゃんで、クマさんに似ているラニルはお兄ちゃんだけど、まだ指をしゃぶってた。

ナオキくんが、カナダのアヌラーやアシャンタと英語で話しててびっくりした。

「マヤのボーイフレンドだねって言うから、残念ながら違いますがベストフレンドなんですって答えといたよ」

だって。「残念ながら違いますが」って、英語でどう言うんだろ。

完全にスリランカな雰囲気で、おばあちゃんは最初びっくりしてたけど、もともと社交的な人だから、意外に馴染んでた。

婚姻届の証人欄に鶴岡のおばあちゃんとペレラさんが署名した。外国人でも日本に住んでいる成人ならオッケーなんだって。

そして十二月の十一日の朝、二人はいっしょに区役所に、婚姻届を出しに行った。

わたしは学校に行っていて目撃してはいないけど、帰宅するとクマさんが久しぶりにうれしそうにしていて、窓口の人に、

「おめでとうございます」

と言われたと笑った。

新しい戸籍謄本ができると、クマさんはミユキさんの夫としての在留資格をもらうために東京入国管理局に行った。出がけに少しグズグズしていたので、ミユキさんがいっしょに行こうかと言ったら、

「いいよ。ひとりで行く。ぜんぜん楽しいとこじゃないから」

と、クマさんは答えた。

「行ってらっしゃい。わたしたちの未来のためにがんばってきて」

ミユキさんは笑って送り出したけど、このときわたしたちは誰ひとり、未来のことなんか、まるっきりわかっていなかった。

七　菩提樹の木の上で

クマさんが在留資格の手続きに出向いた日は、十二月二十五日の朝だった。婚姻届を出してから新しい戸籍ができるまで時間がかかったから、年内ギリギリだった。役所でもらってきた、できたての戸籍謄本の「婚姻」欄にあるクマさんの長い名前を見て、ミユキさんは目を細め、ゆっくり深呼吸をして、クマさんにそれを手渡した。出かける前、クマさんはちょっと複雑な表情をした。クリスマスにはいい思い出がない、と言う。クマさんが両親の顔を最後に見たのはクリスマスの朝で、翌日の大津波で亡くなったのだった。

「お父さんとお母さん、喜んでくれるよ」

ミユキさんはそう、やさしく背を押した。

「明日から、マヤも冬休みだし、今日はクリスマスケーキで、お祝いだね」

「じゃ、オレ、ケーキ買ってくる」

クマさんも笑顔になって言った。

わたしたちはいっしょに家を出て、クマさんは駅に、わたしは学校に向かった。お天気がよくて、比較的暖かい日だった。

ともかくその日は、クリスマスパーティーをすることしか考えてなくて、終業式は上の空で、わたしは献立を考えてた。

クマさんは家に戻ってきて以来、仕事にはほとんど行っていなくて、そのかわり、ごはん当番をしていた。そして、わたしにチキンカレーの作り方を教えてくれたことがあった。市販のルーを使わない、でも、家にある材料でできるやつ。

その日、クマさんの帰りが意外に遅かったから、ひとりで準備して驚かせようと思って、スリランカのチキンカレーと、ココナッツのふりかけを作ることにした。

カレーは、ニンニクとタマネギとトマトと青唐辛子をココナッツオイルで炒《いた》めて、煎《い》ったスパイスと塩をまぶした鶏肉を入れ、お水を入れて煮込む。ふりかけは、クマさんがアメ横で大量に買ったココナッツフレークを一掴《ひとつか》みお湯で戻して、お味噌汁の出汁《だし》パックの中身と混ぜ、擂《す》り鉢《ばち》でゴリゴリ擂って、チリパウダーと塩とレモンで味つけをする。クマさんの考案したレシピで、ふるさとの味に「似たもの」になるらしい。

狭いアパート中が、燻《いぶ》されたみたいに、スパイスの匂いでいっぱいになった。

そしてわたしは、そのスパイスの香りの充満した部屋で、ひとりで待ってた。ベンガル菩提樹の木の上で、お父さんを待つ子ねずみみたいにね。ある日、ケーキを買いに行ったお父さんが、夜遅くなっても帰って来ませんでした——。

料理は出来上がってしまったし、使ったお鍋やなにかもすっかり洗ってしまった。三人分のお皿やコップや、フォークとスプーンも出して並べた。テレビをつけたり、受験用の問題集をちょこっと解いたり、考えつく限りの時間潰しをしてみたけれど、クマさんは戻らない。

心配になって、クマさんの携帯に電話したら、電源が切られていた。不安はどんどん増してきた。どうしようもなくなってきて、わたしはミユキさんに電話したけど、ミユキさんも出なかった。仕事中のミユキさんの携帯は、ロッカーに入れてあるはずだった。わたしはあきらめて電話を切った。

それからどれくらい待っただろう。ミユキさんから電話が入った。

「ごめん、ごめん。電話くれた？　クマさん、届出してくれたって？」

ミユキさんが明るい声で言った。わたしはなにをどう言ったらいいかわからなくて、しばらく黙ってしまった。

「どうしたの、マヤ。なにかあった？」

「……クマさん、帰ってない」

「え？」

「朝、出てって、まだ帰らないの」

「だって、もう、こんな時間なのに？　なんだろう。どうしたんだろうね。手続きに手間取ったのかなあ？　それにしても遅すぎるよね。電話してみたの？」

「携帯、切ってある」

「なにそれ。どうなってんだろう。心配だね。ところでマヤ、食事はしたの？」

「してないよ！　クリスマスパーティーするんでしょ」

「そうか。そうだね。とにかく、お母さん、大急ぎで帰る。クマさん、帰ってきたら、先に食べ始めて。おなかすくでしょ」

ミユキさんは、駅から、走るようにして戻ってきたけれど、待っていたのは娘と、娘の作った冷え切ったスリランカ風チキンカレーだけだった。

その日、クマさんは戻ってこなかった。

連絡もないままに、わたしたちは朝を迎えた。

昼になって、おなかがすいていると気づき、前の晩に手をつけなかったカレーを温めて食べた。温め直しのそのカレーは、あんまりおいしくなかった。味見をしたときはうまくいってたはずなのに、クマさんの作るのとは、ぜんぜん違う味がした。学校が冬休みに入ったから、わたしは出かけなくてよかったけれど、ミユキさんはいつもの時間に出勤した。

問題集をやってみようと思ったけど、まったく進まなかった。その日はただ、不安でなにも手につかなかった。

夜になって、ミユキさんが青い顔して帰ってきた。それで、もう一回、クマさんに教わったカレーを温めて二人で食べた。食べながら、ミユキさんが話し出した。

「クマさんから、電話があった」

わたしはスプーンを止めた。

「警察に、捕まったんだって」

ヒッとか、ヒェッとかみたいな、変な音が喉から飛び出した。

「けいさつ？」

「うん。警察に、捕まった。逮捕された」

「クマさん、なにしたの？」

「なにもしてない。なにかの間違いじゃないかと思うんだけど」

「誰かに間違えられたの？」

「わかんない。そうじゃないみたい」

「警察から電話があったの？」

「違う。入管というところから電話してるって言ってた。在留資格のための相談に行った役所だよね。だから、そこからかけてるんじゃないかと思うんだけど、でも、クマさん、警察に捕まったって」

「入管に行ったら、警察につかまるってことがあるの？」

「よくわかんない。明日また、電話くれると思う。知り合いからテレホンカード借りてかけてるとか言ってた」

「携帯じゃなくて？」

ミユキさんが首を左右に振った。

クマさんは、十二月二十五日の朝、家を出て、わたしと別れ、電車に乗った。

ＪＲの品川駅に降りたのは九時ちょっと過ぎで、仕事納めも近い師走のターミナル駅はとても混雑していた。

黒いリュックにだいじな戸籍謄本を入れ、人混みの中で無くさないように前に抱えて、クマさんは港南口方面に歩いていた。品川駅は広く、港南口までは遠い。港南口を出たらバスに乗って、東京入国管理局、通称・入管に、在留資格の相談に行くつもりだった。駅の外に出たあたりで、青い制服の警察官が二人、クマさんの方をチラチラと見ているのに気づいた。

下を向き、リュックをもう一度しっかり抱えて通りすぎた。この国にきて十年以上経つけれど、警察官にいい思い出はなかった。目を伏せて、バス停を目指したクマさんの両脇に音もなく近づいてきた警察官たちの、一人がクマさんの肩に手をかけた。

「ちょっといいかな」

クマさんを軽いパニックが襲った。

「すみません、いまから入管に行きます」

「抱えてるバッグの中、ちょっと見せて」

クマさんは仕方なく中を見せた。警察官はリュックを検査して、それから言った。

「在留カード持ってるね。見せて」

クマさんの心臓はバクバク脈打って、きっと目も泳いでいたことだろう。

「持ってるよね。持ってないの？」

「持ってます」

「はい、見せて」

「すみません、いまから入管に行きますから、どうか、行かせてください」

「見せられない理由があるの？」

「入管に、相談に行くところなんです。在留資格の相談です。いまから」

「それ、わかったから。行く前に見せて。見せてくれたら行っていいよ」

クマさんはあきらめてお財布から期限の切れた在留カードを出した。

「不法残留。入管法違反だね」

　二人の警察官は目を見合わせた。

「署まで来てもらうよ」

「お願いします、入管に」

「どうせ行くことになるんだから」

　めんどくさそうに一人が言った。


「逮捕？」

　ミユキさんが電話で事情を知らせると、ペレラさんは驚いて大きな声になった。

「だけど、クマラくんは入管に相談に行ったんでしょう？　どうして警察に？」

「わたしもわからないんです。彼の話では、入管に行く途中の品川駅で職務質問に遭って、在留カードを見せろと言われて」

「どうして警察はそんなところにいるの？　品川は入管に行く人、いっぱいいるよ。その中には、クマラくんみたいに、オーバーステイをちゃんと入管に報告して相談したい人がいるでしょう。わざと、そういう人を狙って、入管に行く前に捕まえるの？　それはちょっと、ひどいんじゃない？」

　ペレラさんはものすごく憤慨《ふんがい》して、シンハラ語でなにか叫んだ。従業員の誰かに聞かせるためだったかもしれない。でも、結婚してる証明は持ってたでしょう？」

「かわいそうに、クマラくん。とりあえず、婚姻の事実の記載のある戸籍謄本は持って出ました」

「はい。とりあえず、婚姻の事実の記載のある戸籍謄本は持って出ました」

「それなら、だいじょうぶじゃないかなあ。電話は入管からかかってきたんだね？」

「はい。しばらく帰れそうにないって」

「ああ、もう、年末で休みに入るんだろう。運が悪かったなあ。でも、入管できちんと話を聞いてもらえれば、クマラくんの場合はすぐ家に戻れるんじゃないかなあ」

ペレラさんにも確信はないようで、電話の会話は途切れがちになった。

「なにかあったらまた電話して。奥さんもあまり落ち込まないで。時期が悪いよ。年明けにはなんとかなるだろう。それにしてもクマラくんはかわいそうだねえ」

ペレラさんは、何度も言った。

小さなアパートの中で母娘は、言葉もなく座り込んだ。「逮捕」というのは、水彩画にうっかり墨汁をぶちまけたみたいに、ふつうの生活から色を奪うような言葉だ。

クマさんは逮捕された日、留置場で一晩過ごしたらしい。スマホは没収されて電源を切られてしまったので、わたしたちに電話できなかったし、こちらからの電話もつながらなかった。次の日に、クマさんは警察から東京入管に引き渡され、入管の収容所から電話をかけてきたのだった。

ミユキさんは翌日も翌々日も仕事があったので、放心したような状態で出かけて行った。クマさんからは、毎日電話がかかってきた。入管で担当の人から、いろんなことを聞かれるのだけれど、日本に来てからの経緯を根掘り葉掘り問いただされて、オーバーステイを責められ、いますぐスリランカに帰れと言われる、という話だった。

年越しの鶴岡行きはキャンセルになった。おばあちゃんに電話するとき、ミユキさんはすごくこわばった顔をしていた。

「クマさんがね、入国管理局っていうところに、結婚の報告に行ったんだけど、在留資格の期限が切れてるからって、家に帰してもらえなくなっちゃって」

ミユキさんは、自分の知っていることを、できるだけおだやかなイメージにして、おばあちゃんに伝えた。「逮捕」だとか「留置場」だとか「収容」だとか言ったら、おばあちゃんは気を失っただろう。

「帰してもらえわいねって、どういうことだな？」

「入管の施設に、なんていうか、留め置き、みたいな感じになってて」

「いつまでや？」

「わかんない。なにかの間違いだとは思うんだけど。とにかく、年始の休みが明けたら会いに行こうと思ってる」

「年末年始は会わいねなが？」

「うん、入管も休みで」

「そいだばあんたたち、東京さいても落ち着かねろや。鶴岡さ来いばいいあんね？」

「でも、もし、なにかあったら、すぐ駆けつけたいから、東京にいる」

ミユキさんは恨みがましい声を出した。

「ほら見たことかと、思ってる？　外国人と結婚したら不幸になるって。言った通りだろうって思ってる？」

おばあちゃんはぶっきらぼうに答えた。

「そげなふうに思うわけねぇろや。あの子はいい子だもの。あんたよりずっとやさしい子だなや。豆送ったってアイスクリーム送ったって、あんたはうんともすんとも言ってこねども、あの子はいっつもやさしいはがきくれるしの」

それを聞いて、わたしとミユキさんは、ほんとうにびっくりした。

クマさんが鶴岡のおばあちゃんにはがきを送ってたなんて知らなかった。日本語で、「ありがとうございます」と書いてあり、「元気です」とか「ふうき豆はおいしいです。れいとうして、少しずつ食べます」とか、近況なんかが綴《つづ》ってあったという。おばあちゃんが軟化した理由は、ミユキさんの北風作戦じゃなくて、クマさんの太陽作戦に屈したからだったらしい。

年が明けて四日に、ミユキさんとわたしはクマさんが収容されているという東京入管を訪ねた。ＪＲ品川駅を通ったとき、どこでクマさんは捕まったんだろうと、背中にひんやりしたものが流れた。

バスは品川駅を離れ、やたら道幅が広い、東京湾に近いエリアにやってきた。「東京入国管理局前」のバス停で降りると、そびえ立つような大きな建物がある。

その建物に迷い込んでうろうろし、入り口を間違えたようだとまた外に出て、「ＭＥＮＫＡＩ面会受付」と貼り紙のしてある建物に入り直し、受付の係の人に面会したいと告げると申請書を書きなさいと言われ、まごまごしながら書類を出して待った。「ＭＥＮＫＡＩ」の建物の中は、装飾がなくて不愛想だった。殺風景な駅の待合室みたいな感じで、黒人の男の子とお父さん、中東系の女性が二人、日本語で話しているおじさんが二人、そして、アジア系の顔をした女の人が離れて座っていた。

受付番号を呼ばれ、エレベーターで七階に行くように言われた。七階にも受付があった。順番が来ると、荷物をロッカーに入れて、面会の部屋に通された。空港の保安検査みたいな機械を通り抜けた先に、番号を書いたドアが並んでいた。

白いドアに番号だけが書かれた小部屋が並ぶのを見たら、現実感がなくなって、自分が映画の中にでも入り込んでしまったみたいな気分になった。

ドアを開けた。狭いその空間には、パイプ椅子が二つ、横に並んでいて、アクリル板で仕切られたあちら側にも椅子があった。十分くらい待たされたと思う。わたしはその間、アクリル板を支える白い桟《さん》に誰かが彫った「Let him free!」の文字を見ていた。

アクリル板の向こう側のドアが開き、係員に案内されてクマさんが入ってきた。見るからにやつれて、出かけた朝のシャツを着ていた。洗濯はしたのかもしれないけど、アイロンはかかってなかった。

「ごめん」

と言ったきり、クマさんは言葉に詰まったみたいで、続きが出てこないまま、触《さわ》れると思ってるみたいに手を伸ばした。

「だいじょうぶなの？　ちゃんと寝たり、食べたりしてるの？」

クマさんはとても困った顔をした。

「食事は」

言いかけて、誰もいないのに声をひそめ、

「まずい。味がない。油の味」

と続けた。

「どうしてこんなことに」

ミユキさんが力なく言い、クマさんは苦しそうに、また、

「ごめん」

　と言った。

「謝らなくていい。あなたのせいじゃないもの。早く自由にしてあげたい」

　そう言うと、ミユキさんは目の前のアクリル板に、顔を近づけた。クマさんの指が、髪を撫でたそうに動いた。

　Letは使役動詞。Makeと間違えやすいので区別しましょう。Letは「させてあげる」、Makeは「強《し》いてやらせる」という意味です——。変なときに参考書の文章が蘇ってきた。動詞が最初に来るのは命令形。～しなさい。Let him free! 彼を自由にさせてあげなさい。とつぜん、桟に彫られた英語の意味がわかった。彼を自由にして！

「どうしたら出してあげられるの？」

「わからない。すぐには出られない。休みの前に、二回、インタビューした。どうして日本に来たか。学校はどこに行って、会社はどこ。いままでなにをしていたか。ミユキさんといつ知り合ったか。いっしょに暮らしたのはいつ。結婚はいつ。何度も何度も同じこと聞かれた。オーバーステイ、だめ、絶対に許さない、帰国しなさい。何度も、何度も、何度も言われた」

「そんな！」

「もう一回、インタビューある。そのときは、ミユキさんも呼んでいいと言われた」

「わたしも？」

ミユキさんが驚いて目を見開いた。

「オーバーステイだけど、日本に家族いる人は、日本に滞在できる。その許可のためには、結婚のこと、二人のこと、マヤちゃんのこと、もっと偉い人に話して、許可してもらう。もう一回、インタビューしてくださいと、お願いしたよ。そのとき、ミユキさんも来て、話してほしい」

「いいよ、いいよ。来る。いつなの？」

「まだ、わからない。すぐではないかも」

「事前に知らせてくれるんでしょう？　そしたら、休み取って来るよ。それより、クマさん、まだ家には帰れないの？」

「帰れないみたい」

「そのインタビューが終わるまで？」

「インタビュー終わって、偉い人が『日本に滞在していいです』と言ったら、帰れると思う」

「早くインタビューしてくれないかな」

「二週間、三週間、わからない」

「そんなに？　そんなに帰れないの？」

クマさんは困って下を向いた。

重要な話が終わったから、クマさんは話題を変えようとしてこちらを向いた。

「マヤちゃん、ごめん。ケーキ買って帰れなかった」

「小さい子じゃないんだし、待ってたのはケーキじゃないよ！」

こういうときの子ども扱いは、本気で頭にくる。クマさんは情けない顔をした。

「帰るときは、大きいケーキ買う」

「だから、ケーキじゃないってば！」

「ごめん。じゃ、ケーキはやめる」

「やめなくていいからっ」

ミユキさんとクマさんは、ようやく少し笑い、わたしもちょっとだけ、口の端が上を向いた。

時間が来て、クマさんは係の人といっしょに向こう側のドアから出て行った。ずっと手を振っていて、姿が見えなくなってから、ぴょこんと顔だけまた出した。

たった三十分の面会だったけど、出てきたときより戻るときのほうが、クマさんが少しだけ元気になってた気がした。

その小さい部屋を出るときに、「Let him free!」をそっと触ってみた。

翌日の朝、ミユキさんが言った。

「これから面会に行くけど、クマさんが、あんた受験生だから来ないでいいって。お母さんは今日、仕事始めだから、面会終わったらそのまま園に行くし」

ミユキさんはあわただしく出かけてしまった。

なにそれ。

一応、問題集とか開いてみたけど、腹が立って、モヤモヤして、勉強なんて手につかない。なに、急に「受験生」とか。

考えてたら、勉強どころじゃなくなって、行くしかないって、家を出た。ちょっとだけ後ろめたいから単語帳とか持って。

前の日にやった通りに、品川駅からバスに乗って「入管前」で降りて、面会棟では保険証と生徒手帳を見せた。昨日とは別の番号の部屋で待ってたら、でかい目をさらに大きくしてクマさんがやってきた。

「マヤちゃん、なにしてるの?」

「なにしてるのじゃないよ! 受験生だから来なくていいとか言っちゃって。マヤは年明けてから受験生になったんじゃないんだよ! ずーっとそうだったんだよ。なに、急に、おやじヅラしてんの。占いがどうとか言って渋谷で働いてたときも、結婚できないとか言っていなくなっちゃったときも、マヤはずーっと、ずーっと受験生だったの。勉強なんかできなかったよ、あたりまえじゃん！　家庭がめちゃくちゃなんだからさ。いきなり、なに言っちゃってんのよ、受験生だから来なくていいなんて」

クマさんは半分口を開けて聞いていて、わたしがまくしたて終わると、言った。

「ありがと、マヤちゃん、来てくれて」

「ありがとじゃない。マヤは怒ってんの」

「うん、わかってるよ。ミユキさんも怒ればいいのに、怒らない。オレは、オレのことを怒ってる。毎日、毎日。工場閉まったとき、すぐミユキさんに話せばよかった。そしてすぐに結婚して入管にいっしょに行けばよかった。日本人といっしょなら警察は職質しなかったかもしれない。それにあのころなら、オーバーステイじゃなかった。悪かった。全部、オレがバカ。ごめんな」

クマさんはアクリル板に掌を当てた。わたしもちょっと考えて、アクリル越しに手を重ねた。

それからしばらくわたしたちは、食べられなかったクリスマスケーキのこととか、クマさんが出てきたらまた鎌倉に行こうとか、鶴岡のおばあちゃんがどうしてるとか、そんな話を続けた。

面会時間が終了し、クマさんの後ろのドアが開いた。

「来週から学校だから、しばらく来ないよ」

と言うと、クマさんはうなずき、

「マヤちゃん、がんばって勉強して」

と言って、少しだけ笑った。

このあとのことは、書こうかどうしようか迷ったけど、きっときみには話すことになると思うから、書いておくね。

七階から降りてきて、すごく喉が渇いていることに気づいた。ほんとはお昼も食べてなかった。それで、受付の人にコンビニの場所を教えてもらった。

大きな方の建物に入っていくと、そこにファミリーマートがあった。水と紙パックのミルクとドーナツを買って、イートインコーナーに座った。三時ごろだったけど、けっこう人が多かった。

「ここ、空いてる?」

単語帳広げてドーナツを食べてたら、声がした。うなずきながら、声の方を見た。

茶色のくせっ毛をツーブロックにして、きりっとした太い眉の下にきれいな二重の目がある、モデルか外国のサッカー選手かなにかだとしか思えない白人の男の子が立ってた。

「英単語?　受験生?」

わたしはうなずくのがせいいっぱいだった。こんなかっこいい子と話したことない。しかも、完璧な日本語を話してる。

「韓国？　中国？」

続けてその子が言った。なんのことかわからなかったけど、口に出してみた。

「日本」

「え？　日本人？」

「そう」

「なんで日本人がこんなところにいるの？」

その男の子は笑いながら、隣の椅子をさっと引くと、ことんと腰を下ろした。

「お父さんが」

説明するのが面倒だったので、そう言いかけると、男の子が先回りした。

「あ、お父さんが韓国か中国なのか」

「スリランカ」

「え？　スリランカ？」

「そう。お母さんの二番目の夫がね」

「あ、そっかー」

ちょっとあり得ないくらいキラキラした笑顔のその男の子は、すごくリラックスした態度で前々から友だちだったみたいに会話を続けた。

「お父さんの更新についてきたの？」

聞かれてわたしは、違うと言った。

「え、じゃあ」

男の子の顔がくもり、少し躊躇した。

「面会に来たの？　収容かよ！　あれはキツイよね。うちも親父《おやじ》と兄貴が収容されたことあって、マジ、キツかった」

その言葉が耳に入ってきたとき、胸の奥に、なにかがふーっと波打つのを感じた。

クマさんが入管施設に収容されたことを、わたしはナオキくんにすら打ち明けられなかった。びっくりされると思うと、うまく言えない。捕まっちゃったとか、そういうの、言えないんだよ。収容とか、在留ナントカとか、知らない人には上手に説明できなくて、つらくて、苦しくて。

男の子が「親父と兄貴が」って言ったとき、ふっと力が抜けた。こんな経験する人、わたし以外にいたんだって思って。

「どこから来たの？」

「オレ？　川口。てか、親はトルコから。クルド人だけどね」

「クルド人？」

「トルコにはいろんな民族がいるんだよ。うちの両親はクルド人なんだ。ね、名前教えて。オレは、ハヤトっていうの」

「ハヤト？　日本人みたいな名前だね」

「日本生まれだからね。日本にもクルドにもある名前らしいよ。ね、きみは？」

「マヤ」

「それ、クルドにもある名前だよ！」

「ほんと？」

「ほんと。いる、いる」

なんだか自分の名前が褒められたような気がしてうれしかったし、その男の子は、笑うとすごくやさしい目になった。

男の子のスマホが振動した。

「あ、オレ、行かなきゃ。インスタとか交換できる？　ＬＩＮＥでもいいよ」

このときほど、スマホを持ってないのを口惜《くや》しく思ったことはなくて、高校行ったら絶対バイトして買おうと思った。

でも、そのときは、ハヤトともう一度会えるとは、思ってもみなかった。

八　審判

ミユキさんが呼び出されて入管に行ったのは、二月二日のことだった。その日は東京に雪が降った。

金曜日だった。「口頭審理」と呼ばれる、入管の特別審理官によるインタビューは、朝十時にスタートすることになっていた。すごく緊張するだろうから、とてもそのあとに仕事に行く気にはならないだろうと、ミユキさんは園長先生に話して有休を取っていた。

「オーバーステイになってしまったのは、夫が仕事を探していたからです。勤め先の工場が倒産してしまい、失業した夫は、家族のために必死で就職活動をしていて、期限を過ぎてしまいました。故意ではありませんでしたが、結果的にルールを違反することになり、みなさまにご迷惑をおかけしてしまい、申し訳ありませんでした。在留資格が取れたら、ルール違反をしたり、人様に迷惑をかけたりすることは絶対にせず、夫婦で力を合わせてせいいっぱい生きていこうと思っています」

前の日、ミユキさんは鏡の前で何度か練習をしていた。

「こんな感じでいいかな？」

「いんじゃない？」

ミユキさんがあまりにも真剣なので、わたしはちょっとカッコ悪いなと思っていて、茶化《ちゃか》すみたいな返事をしたので、ミユキさんは仏頂面になった。

朝、いつものように、わたしは先に学校に行ってしまったから、ミユキさんの出かける姿は見ていない。クマさんが捕まってしまってから、しょっちゅう、わたしの頭の中に響いていたのは、スリランカの童話「やさしい猫」だ。

――ある日、食べ物を探しに行ったはずのお父さんが、夕方遅くなっても家に帰ってきませんでした。

クマさんはほんとうに帰ってこなかった。夕方、学校から帰ってひとり、ミユキさんの帰りを待ってたら、その先を思い出して、背中がゾクッとした。

――心配になったお母さんは、子どもたちをベンガル菩提樹の木の上に残して、お父さんを探しに行きました。

ミユキさんはなかなか帰って来なかった。ねずみのお母さんはその後――。

童話の続きは、考えないようにした。

夜の九時を過ぎて、ようやくミユキさんが帰宅した。お化粧の落ちた生気のない顔をして、わたしの小学校の卒業式で着た、紺のウールのワンピースを着ていた。

冷えた食事を温めようとすると、いらないと首を振って、

「温かいお茶をもらえる？」

と、少しかすれた声で言った。

「どうだったの？」

湯呑《ゆの》みを手渡すとミユキさんは力なく受け取った。

「わからない。こんなことはじめてで。なにがどうなってるのか、わからない」

「いままでどこにいたの？」

「入管」

「こんな時間まで？」

「朝十時にはじまって、お昼休憩はさんで、八時までやってた」

「やってたってなにを？」

「だから、尋問みたいなやつ」

「インタビュー？」

「あれをそう呼ぶのかな。テレビドラマの、警察の取り調べみたいだったよ」

お茶を受け取ると、少し口に入れて、それから両手で湯呑みを挟んだまま、ミユキ

さんはなにも言わなくなった。

頭の中では、十時間に及ぶ入管でのやりとりが、ぐるぐる渦巻くように蘇っていたに違いない。

ミユキさんは十時のインタビューに間に合うように家を出た。面会に行くのと同じ行き方で入国管理局まで行き、面会とは別の正面入り口に入って六階の審判部門というところを訪ねた。「審判」という文字が、ミユキさんを居心地悪くさせた。

身分証明書のコピーなどを取られて、待合室で待たされた。小柄で痩せた中年の男性と、若い外国人がやってきた。

「奥山さん？」

と、中年男性に尋ねられて、はい、と頭を下げた。

「私が今日の審理を担当する××です。こちらは通訳の×××さん」

そう簡単に説明すると、男性は前に立って歩き始めた。廊下を歩いてエレベーターに行く途中で、首から提げる入館証のようなものを手渡された。

エレベーターに乗って、七階に行き、おおぜいの職員がデスクワークをしている脇を肩身狭く通った。そこを抜けると、「取調室」というのが並んでいて、いつのまにかついてきていたもう一人の職員が、鍵を取り出して、そのうちの一つの部屋を開けた。蝶番《ちょうつがい》の鳴る音がした。

鍵を開けた職員は中には入らなかった。ミユキさんと、審理担当と名乗った中年男性と、通訳のスリランカ青年が中に入ると、職員はドアを閉めた。

鍵のかかる音がした。

その部屋にはパソコンとプリンターの置かれた机と、四つの椅子があった。

窓のない部屋に、ドアが二つある。

一つはミユキさんが入ってきたドアで、その横のインターホンを取り上げて、審理官がどこかに連絡をした。

「そちらにかけて」

ミユキさんは、反対側の壁にあるドアに近いほうに座らされた。ミユキさんの正面に通訳、その隣に審理官が腰をかけた。

少しすると、ミユキさんの近くのドアがガチャガチャと音を立てて開いた。

職員に促されて入ってきたクマさんは、ミユキさんを見ると顔をゆがめた。うれしいのと悲しいのとが、いっしょになったみたいな表情だったとミユキさんは言う。

クマさんを連れてきた職員はすぐに部屋を出て、また鍵をかける音が聞こえた。

閉じ込められた、とミユキさんは思った。

クマさんはミユキさんの右隣り、審理官の正面に座ったけれど、椅子は少し離れていて、もちろん、二人が肩を寄せたり、触れたりすることはできなかった。

「さて、いいかな。それではこれから口頭審理をはじめます」

審理官は話しながら目の前のノートパソコンを開き、

「本日、立会人は妻である奥山ミユキさん、代理人はなしということでいいですね」

と言うと、視線をはっきりミユキさんに向けた。

「立会人は勝手に発言しないこと。収容者と立会人は目を合わせたり合図を送り合ったりしないこと。本職の指示に従うこと。指示に従わない場合は退席してもらうこともある。わかったね？」

若い外国人がシンハラ語に通訳した。クマさんもシンハラ語で応え、それをまた通訳が日本語にする。クマさんが何か話すたびに、審理官は目の前のパソコンに文字を打ち込む。

通訳の日本語は上手だったけれど、クマさんだって同じくらい話せるはずだとミユキさんは思う。でも、クマさんは日本語を話さなかった。シンハラ語しか話さないクマさんが、ちょっと不思議な感じだった。

途中から審理官は、クマさんが日本語をわかると気づいて、自分の言葉を訳させるのを省いた。そして、クマさんの名前や国籍や住所を確認した。それから、オーバーステイになっていることを指摘して、こんなふうにたずねた。

「在留期限である二〇一七年九月二十九日を超えて不法残留していることに間違いはありませんね」

「間違いありません」

外国人がクマさんの言葉を通訳した。

「あなたが基本的に退去強制されるべき立場にあること、手続きの結果、退去強制の決定となった場合、送還先はスリランカであること、出国した日から五年間、日本への上陸ができなくなることは、入国審査官から説明を受けて理解していますね」

クマさんは力なく答え、通訳が、

「理解しています」

と、言った。

五年？　五年も入国禁止？

ミユキさんははじかれたように顔を上げ、右側のクマさんの横顔を見たが、クマさんはあきらめたように下を向いていた。

「口頭審理を請求した理由は、妻と日本で暮らしたいからに相違ありませんね？」

「相違ありません」

「そのほかに日本への在留を希望する理由、スリランカに帰国することのできない事情はありませんね」

「ありません」

「それでは」

資料を片手にパソコンに文字を打ち込んでいた審理官は、ここで少し間を置き、脚を組み替えた。

「ええと、どうして日本に来たのかから、もう一度話してもらいましょうか」

審理官の質問はひどく細かかった。日本に来て最初に行った学校のこと、アルバイトのこと、自動車専門学校のこと、新聞奨学金のこと、自動車整備工場への就職のことに至るまでに、二時間以上が経過した。

話が二人の出会いに差し掛かると、審理官の質問の調子が鋭くなった。

「震災のボランティアって言っても、たかが半日でしょう？　それで一年後に偶然再会って、そんなことあるのかなあ。ちょっと嘘くさいよね。もっと前から目をつけてたんじゃないのかなあ」

「目をつけるって、どういうことですか？」

口を開くと審理官ににらまれたので、ミユキさんはあわてて下を向いた。

「まあ、それはいいとしても、再会したあと、すぐに交際はじめて、すぐに結婚申し込んでるよね。どうして？　結婚したかった？　相手のこと、ほとんどわからないのに？」

「とてもやさしい人で、好きになって、結婚したいと思いました。愛していました」

「あ、ちょっと、そういうのは信じられないな。だって、二、三回会っただけで結婚しようって、ふつう言わないでしょう。焦ってた？　ビザが欲しかった？」

「ビザはそのとき持っていました」

「でも、日本人の配偶者のビザが欲しかったってことはないの？」

「妻のことを好きになって、いっしょに暮らしたいと思いました」

審理官はつまらなそうな顔をして、それから目をぴたっとミユキさんに向けた。

「あなたは、最初のプロポーズは断ってるよね。どうして二度目はＯＫしたの？」

急に話を振られて、ミユキさんは心臓が飛び出しそうになった。

「ＯＫしたのは、三度目のプロポーズで」

小さい声で、ようやく口にした言葉にかぶせるように、審理官が声を上げた。

「えー？　それは供述調書にも審査調書にも載ってないなあ。どういうこと？　通訳して。どういうこと？　あなた二度目でＯＫしてもらったって言ってるじゃない」

「最初のうちは、何度か結婚してほしいと言ったが、いつも振られていた。それらすべてを最初のプロポーズと考えていて、二度のインタビューでそう話しました」

「奥さんのほうは三度目と言ってるよ？」

「妻の家ではじめて妻の娘に会った日にしたプロポーズを、妻は二度目だと言っていると思います」

「なんだよ。じゃ、やっぱり三度目があるわけ。そういうところで嘘をつかれると、ほかの供述も信用性なくなるなあ」

審理官はもう一度、ミユキさんに聞いた。

「で、なんで三回目はＯＫしたの？」

ミユキさんは深呼吸した。

「夫とは三年ほど、いい友人関係を続けていました。娘のことも、とてもかわいがってくれました。そのころ、わたしが病気をしたんです。橋本病っていう甲状腺の病気で、完治のない病気なので、いまも治療は続いています。あのときはほんとに、起き上がれなくて仕事にも行けないような状況でした。夫は、ずっとサポートしてくれて、娘の面倒もよく見てくれました。そうした中でだんだん、わたしも夫の誠実さに惹かれていきました。最初の夫に先立たれてから、娘を育てるのでせいいっぱいで、もう結婚はないなと思っていたんですけど、この人とだったら、家族になれるかもしれないと思いました。ちょうど、そんなとき、三度目のプロポーズを受けたんです」

審理官はぱたぱたとまたパソコンを打ち、うんうんとしきりにうなずいた。

「うん、わかった。あ、そういうことね」

そして、また、ミユキさんを見た。

「シングルマザーでしたよね？　で、病気もした、と。たいへんだ。生活苦しかったよね。彼には生活費も助けてもらった？」

「治療に専念するために仕事を辞めなければならなかった時期もあったので、彼のサポートは、ありがたかったです」

「お金が必要だったわけだよね？」

「え？」

「二人の結婚の重要なポイントは、経済だよね。お金のための結婚ってことかな」

「いや、そうでは、ない、です」

「金だけじゃない、と」

「お金だけじゃないというか、まあ、お金もありがたかったけど、でも、それよりなにより、信頼関係というか、愛情？」

「はい、わかりました。じゃあ、ご主人のほうに聞こう。プロポーズしたの、二〇一六年四月って言ってるよね。あなたの勤め先が倒産する一年前ですよね。あなた、このころ、会社がもう危ないって、知ってたんじゃないの？」

このあたりから、ミユキさんは自分たちが蜘蛛《くも》の巣にひっかかった蛾《が》みたいな気がしてきたのだという。

「会社の経営状態のことは、あまりよく知りませんでした。去年の四月に、とつぜん社長が工場を閉めると言いました。そのときはとても驚きました」

「ほんとかなあ。そこも嘘っぽいんだよね。だいたいわかるでしょう、自分の働いてる会社なんだから。あー、これ、ヤバいな、失業するかもしれないなって。そうしたら、生活費のためにいっしょにいた彼女から別れを切り出されるかもしれない、早めに手を打とう、結婚しておこうと、あなた、思ったんじゃない？」

ミユキさんの頭は混乱しはじめた。

生活費のためにいっしょにいた彼女って、わたしのこと？

「あのう、わたし、生活費のためにいっしょにいたわけでは」

「最初に言ったよ。立会人は勝手に発言しちゃだめ。聞かれたら答える。わかった？」

ミユキさんはおどおどしてうなずいた。

「会社は傾く。失業したら彼女に別れようって言われるかもしれない。だから、そうなるまえに結婚しておこうと思った？」

「プロポーズと会社のことは関係ありません。妻の病気が少しよくなって、ずっと好きだった気持ちを、妻が受け入れてくれると思ったので、結婚しようと言いました」

「プロポーズしてから、結婚までずいぶん時間かかってるけど、それはどうして？」

「あのう」

ミユキさんは思い切ってもう一度声を上げた。

「わたしに質問してもらえませんか？　その件は、わたしの母とのことがあって」

「お母さん？　はい、じゃ、一回だけね。例外的に不規則発言、認めましょう。お母さん、どうした？」

「母が、昔風の人で、外国人との結婚にあまり賛成ではなくて、それで」

「お母さんが反対して、なかなか進まなかったと。そうこうするうちに、あなた失業するわけだよね」

審理官はまたクマさんの方を向いた。

「ここすごく気になる。どうして奥さんに、あ、まだ奥さんじゃないのか。なんで彼女に、失業したって言えなかったの？」

クマさんが苦し気に下を向いた。

「ね。失業したなんて言ったら、嫌われると思ったからでしょう？」

失業をなぜ黙っていたのかと聞かれてうつむいたクマさんの横顔を、ミユキさんはそっと眺めた。

「六月の結婚を楽しみにしている彼女を失望させたくなかった。彼女を心配させたくなかったのです」

通訳の男性がクマさんの言葉を訳した。

「物は言いよう。ほんと、物は言いようだよね。ようは、彼女に知られたくなかった。

頼りにならない男だと思われたくなかったわけでしょう？」

クマさんが弱々しくなにか言い、通訳の男性が日本語にした。

「そういう気持ちは、どこかにあったかもしれません」

「だよね？　はい、じゃ、奥さんに聞こうかな。あなたがたは、彼が失業したことが原因で、いったん破局してますね」

「別居というか、はい。少し、距離を置いて考えようということになりました」

「彼、仕事なくなってしまったら、結婚するメリットないからだよね？」

「え？」

「経済的なサポートなくなるわけだから、いっしょにいる意味ないよね？　それで別れたってことだよね？」

「いえ、そういうことじゃなくて、やっぱり、失業のことを話してくれなかったので、信頼関係がゆらいだというか」

「ああ、ああ、そっち。そう。そうだよね。嘘つかれたんだもんね？　騙されたってことだもんね。裏切られた気がした？」

「うーん、嘘はつかないでほしかったなあというのはありましたし、それまでそういうことなかったのでショックでした」

「裏切られたショックで、別れた、と」

「別れたっていうか、別れたってほどはっきりしてないんですけど、冷静になって考える期間を置こうと思って。でも、彼がいなくなってみたら、それまでしてくれたこととか、娘と三人で作ってきた時間とか、すごくたいせつだって気がついて」

審理官は腕時計に目をやった。

「そういうところの駆け引きは、やっぱり外国人は慣れてるよね。うまいんだよ」

審理官が不思議なことを言った。

駆け引き？

「そうやって、いったん離れれば、あなたのほうから結婚したいって言ってくるって、わかっててやってるわけよ。そこは駆け引きだし、戦略だよね？」

戦略？

「ちょっと、なにを言ってるかわからない」

思わず、クマさんが日本語で言った。

「わからないなら発言しなくていいから。聞かれたことだけ答えてって、言ってるでしょう。それから発言はシンハラ語でね」

クマさんが太ももの上で強く拳を握るのを、ミユキさんは目撃した。

「いま、ぼく、奥さんのほうに聞いてるからね。あなた、いったん別れたのに、結婚することにしたのはなぜなの？」

「やっぱり、彼のことが大事だって」

「そうじゃなくて、ビザでしょう？　正直に言いなさいよ。だって、彼がオーバーステイになってから結婚してる。配偶者ビザを彼にあげようと思ったんじゃないの？」

「それはたしかにそうです。友だちが、結婚すれば、彼の在留資格は問題なくなるって教えてくれたから」

「たしかにそうです、と。整理すると、彼は失業しました、と。そのことを言わずにいました、と。嘘をついた上、頼りがいがない、収入のない男性、しかも在留資格もない人間と、いっしょに暮らせないよ、それは。で、別れた、と。しかし友だちに、結婚すれば在留資格取れるよと言われた、と。で、結婚したと。こういうことだね」

言われていることが、自分の経験したこととまるっきり違うとは思わないのだけれど、なにか決定的に、自分の思いとはかけ離れている。そう思って、ミユキさんは黙っていた。

「それであなたね」

もう、ミユキさんに聞くことはないというように、審理官は視線を移した。

「オーバーステイも問題だけど、資格外活動してますよね。失業してから、建設現場で解体の仕事とか、いくつか仕事してる。これ、絶対だめ。入管法違反だから」

審理官は責め続ける。

「それからあなた、品川で職質に遭ったとき、入管に出頭申告しようとしてたって、二番目の調書で言ってる。これも、嘘だよね？」

「嘘ではないです。入管にオーバーステイのことも話して相談するつもりでした」

「出頭申告って言葉はどこで覚えたの？　収容仲間の誰かに教えてもらった？　出頭申告する気なら、ちゃんと書類準備するもんなのよ。あなたなんにも持ってなかったじゃない。警察に捕まらなかったら、ずっとオーバーステイでいるつもりだったんじゃないの？」

「違います。ほんとうに、入管で全部話して相談しようと思っていました」

ミユキさんは自分を抑えられなくなってきた。なぜ、この審理官は、クマさんを嘘つきの犯罪者みたいに扱うんだろう。なんで、自分たちの話すことを少しずつ、ゆがめていってしまうんだろう。こらえきれなくなって、ミユキさんは（ミユキさんによれば）この日、最大の間違いを犯した。

「ちょっと待ってください。どうして、この人を悪い人って決めてしまうんですか？　なんだかあらかじめ、嘘つきって決めてかかって質問してるみたいです。入管ですべて正直に話して相談しようとしてたのに、どうして品川駅で警察はこの人を捕まえたんですか？　どうしていつも外国人だってだけで、警察は職務質問するんですか？　この人、何度もそういう目に遭ってます。わたしたち知り合って、一年後に再会したときだって、自分で買った自分の自転車に乗ってたのに、警察官が二人して囲んで、盗んだんじゃないか、在留カード見せろって、そう言ってたんです」

眉間にしわを寄せて不愉快そうに聞いていた審理官は、とつぜん目を見開いて、聞き捨てならないことを聞いたという表情になった。

「待って！　聞いてない。調書にそんなこと書いてない。なんなの？　あなたがた再会のとき、職質受けてたの？　それ、どういうこと？　なんで調書にないの？　なんで嘘つくの？　なんで隠すの？　供述がね、すごい変遷するんだよ、あなたのは。信頼できない。出会いのところ、もう一回、ちゃんと最初から話して」

そんなふうにして、口頭審理は延々続いた。しかも最後には、審理官がパソコンで作成した調書を口頭で読み上げる。それをシンハラ語の通訳がクマさんに聞かせて、

「間違いありません」

と言わせる、儀式みたいなのがあった。自分の調書を読み上げられたときは、ミユキさんはもうヘロヘロだった。

休憩を挟んだ十時間に及ぶ審理で、胸には矢が何本も刺さっていた。

「典型的だよ、あなたのケースは。ほんと、典型的。何度も見てます、こういうの」

「欧米系以外の、アジアとか中東、アフリカ、南米なんかから来る外国人の結婚は、九割以上、配偶者ビザ目的だから」

「彼を信じたくなっちゃってるんだろうけど、ぼくの経験上、一つ嘘ついてると、十や二十、出てくるのよ、嘘っていうのは」

「だって、別れてさ、いなくなってたとき、彼がなにしてたのか、知らないでしょ？　どこにいたのかすら、わからないでしょ？　友だちのところにいた？　そう言ってるだけでしょ。その目で確かめたわけじゃないよね？」

「その友だちの夫婦の在留資格どうなってるのかな。だけど、ほんとにその人たち、夫婦なの？」

「日本の女性はやさしいから、騙されてしまうんですよ。ぼくらの仕事は、そういう人の目を覚まさせることでもある」

　ミユキさんは一度だけ、反論してみた。

「わたしは十五年間、保育士をしていて、毎年数名から多い時は十人以上の、外国にルーツのある子どもを見ていますが、嘘をつく子に国籍や人種の偏《かたよ》りはありません。日本人でも外国人でも変わりません」

　審理官は少し驚いて黙ったが、口をゆがめて言った。

「大人になると変わるんじゃないの？」

　係員が疲弊したクマさんをまず連れて出ていき、それからミユキさんが解放された。外に出るともう暗くなっていて、ミユキさんは自分の体をひどく重く感じた。

バスで品川に出て、あまりに疲れていたので、駅の中でコーヒーを飲んだ。それから体を引きずるようにしてＪＲに乗った。

すると、反対側の座席に、スリランカ人通訳が座っているのに気づいた。ミユキさんは軽く会釈をした。

乗り換えのためにＪＲを降りて、私鉄のホームまで行き、駅のベンチに座り込んだ。うつろな視線の先を、さっき見かけたスリランカ人通訳が横切った。ミユキさんはハッとした。

最初は早足で行きすぎようとした通訳の青年は、なにを思ったか近づいてきて、ミユキさんの二つ隣の椅子に座った。

「たいへんでしたね」

ミユキさんは頭を下げた。

「口頭審理に来た人と話したりしちゃ、ほんとはいけないんです。通訳って守秘義務もあるし。でも、ぼく、あの審理官、嫌いなんです。意地悪いですよね。入管だって、全部があんな人じゃないですよ」

ミユキさんはあっけにとられた。

「あの人の通訳、やりたくないんですけど、人が見つからなくてどうしてもって言われて。それにぼく、もう、今日で最後なんです。三月には卒業で、国に帰るし、秋からはオーストラリアの大学に行くんですよ」

「学生さんなんですか？」

「大学院生です。修士」

「すごい」

「でも、今日は、収容者さんが日本語わかる人だったからマシでしたよ。あの審理官の言葉を全部シンハラ語に訳して、同じ国の人に聞かせるの、すごい苦痛なんです。欧米系以外の外国人と日本人との結婚は九割以上配偶者ビザ目的だなんて、そんなのを訳すの、いやですよ、ほんとに」

学生さんは口を尖らせた。

「前に、オーバーステイしてる同郷のスリランカ人を雇ったせいで在留資格を取り上げられた人の通訳したんです。やさしい、会社の社長さんで永住者でした。何十年も日本で暮らして、いっぱい税金だって払ってきた人なんです。永住者の資格取るのだって長いことかかったはずなのに、一瞬で取り上げられて、さっさと国に帰れ、ですよ。すごいよね。その人は故郷では英雄なのに、ここでは犯罪者扱い。ぼくみたいにいつまでも学校に行ってる奴は、国ではバカにされます。でも、入管で通訳すると『先生』とか呼ばれちゃう」

ミユキさんは困って下を向いた。

「あれ、スカッとしたな。嘘つきに国籍や人種の偏りはありませんって。あんなことあそこで言った日本人、はじめて見た」

電車が入ってきて、彼は立ち上がった。

「でもね、一個だけアドバイスです。次回は、聞かれたことだけに答えたほうがいいです。印象をよくしたほうが有利です」

通訳の青年は会釈して遠い車両のほうに歩いて行った。

ミユキさんはぼんやりして、「次回ってなんだろう」と考え始めた。今日のが最後の審査で、在留資格がもらえるかどうかが決まるような話だったけれど、まだ次があるんだろうか。

それから急にものすごい不安に襲われた。

「聞かれたことだけに答えたほうがいいです。印象をよくしたほうが有利です」

なんで通訳の人はそんなことを言ったのか。つまり、ミユキさんの印象は、めちゃくちゃ悪かったってことじゃないのか！

ともかく、ミユキさんはそのあと、へとへとになって家にたどり着いた。入管でなにを聞かれたか詳しく話してくれたのは、少し先の話で、この日は疲れ切ってなんにも言わずに寝てしまったのだった。

　ミユキさんが出かけて行ったのは、「口頭審理」と呼ばれるもので、なんのためにこれをするかっていうと、「在留特別許可」をもらうためだ。法律の言葉で「在留特別許可」とは、日本にいていいですよっていうお墨つきのこと。

　クマさんはオーバーステイで国外退去処分になるはずだけど、日本人の配偶者がいるから、家族を引き裂くわけにいかないという理由で、在留を認めてもらえる可能性がある。入管の三回のインタビューをもとに、二人の結婚が「偽装」なんかじゃなくて、「真摯《しんし》な結婚」だと認めてもらえれば、法務大臣が「在留特別許可」を出してくれる。その決定は「裁決」と呼ばれていて、クマさんの場合、「口頭審理」の三週間後に「裁決告知」された。

　その日のことは、よく覚えてる。二月二十三日だった。忘れようと思っても忘れられないのは、この日が都立高校の受験日だったからだ。

　集合が八時三十分で、志望校はうちからだと五十分くらいかかったから、いつもよりずっと早く家を出た。ミユキさんは早起きしてお弁当を作ってくれた。がんばってねと送り出されたけど、ミユキさんの頭の中は、たぶんそれどころじゃなかったんじゃないかと思う。

　わたしが髪の毛を掻きむしったり、鉛筆転がしたり、机の落書きを指でなぞったりしていたころ、ミユキさんは東京入管七階の面会室で、クマさんに会っていた。

面会室にあらわれたクマさんは、生気のない顔で首を大きく左右に振り、ミユキさんは殴られたみたいな衝撃を受けた。

「どういうこと？　ダメだったの？」

「ダメだった。あなたに在留特別許可は出ません、と言われた」

「そんな！　だって、日本人と結婚している人には、それ、出してもらえるって」

「ソシキ？　決定しました。だから、変えられない、と言われた」

「そ、しき？　組織？　ねえ、それ、言ったの、こないだの審理官？」

「違う。たぶん、もっと偉い人」

「なんて名前？」

「わからない」

「わたしのせいだ。聞かれてもいないことを言ったから。ダメって言われたのに」

ミユキさんは悔しくて、くちびるをぎりぎり嚙《か》んだ。

「わたしが失敗しちゃったんだ。ねえ、もう一回、審査してもらえないかな」

「でも、これが最後と言ったよ。送還先はスリランカ、五年間はジョウリクできない」

「そんなの、嘘でしょう？　だって、結婚してるんだよ！」

「不満だったら、裁判の権利あると」

「裁判？」

クマさんは両手で顔を覆ってしまった。

「裁判って。だって、だって、オーバーステイって、ほんの二、三ヶ月じゃない？それだって仕事探してたからだし、それに、結婚のための書類とか取り寄せて、役所に届けて、新しい戸籍謄本もらうのにだって時間かかるって、知らなかったから」

ミユキさんはだんだん興奮してきた。

「わたしたち、婚姻届出したのは最近だけど、もうずっと結婚生活してるよね？　もう何年もいっしょに暮らしてるよね？　おかしいよ。認めてもらえるはずよ。わたしがヘンなこと言っちゃったせいで心証を悪くしたんだよ。きっと、もう一回、審査してもらえるよ。わたし、頼んでみる！」

そう言うと、ミユキさんは面会時間を使い切らないうちに、外に出ようとした。クマさんは、急いで、コンコンと、アクリル板を叩いた。そして二人は、アクリル板越しに掌を合わせた。

ミユキさんは面会の部屋を出てエレベーターで一階に降り、正面玄関から入りなおして六階まで行った。

審判部門のフロアに入ると、息を整え、声を上げた。そこにはついたてのようなものがあって、中にいる人が見えなかった。

「あのう」

ミユキさんは、おなかから声を出した。

「あのう、わたし、今日、裁決告知を受けたスリランカ人のクマラというものの妻ですけれど、ご担当の方に会わせていただけないでしょうか？」

反応はなく、困惑したままそこに棒立ちしていると、女性職員が一人出てきた。不審げな目を向けるその女性に、ミユキさんは言葉を繰り返した。

「担当の人って言われても、とくにそういう者はいないので」

「今朝、退去強制令に関する裁決告知を受けた者の妻です。告知をされたのは、前回お会いした口頭審理ご担当の審理官とは別の方だと思います。告知をされたご担当の方にお会いしたいんです。お取り次ぎいただけないでしょうか？」

「そういうのは、こちらでは」

取り次ぎませんと言おうとした女性の後ろのほうで、男の人の声がした。

「いいよ。ぼくが対応する」

そして眼鏡をかけた細身の男性があらわれた。

「こちらにどうぞ。ぼくは主任審査官の上原と言います。今朝、裁決の告知をしたのは、ぼくです」

ミユキさんはふぅっと息をついた。そして、その人に従って個室に向かった。

「どうぞ」

殺風景な小部屋に入ると、主任審査官と名乗った男性はミユキさんにパイプ椅子をすすめた。

「ご主人は入管法二十四条四号ロ、不法滞在に該当します。かつ、出国命令対象者に該当しない旨の認定を受けました。つまりは、退去強制令の対象となります。ご主人は入管法四十九条一項に基づいて異議申出をされましたが、法務大臣の権限の委任を受けた東京入管局長は、異議の申出に理由がない旨の裁決をし、本日、主任審査官であるぼくが、ご本人に告知しました。したがって、ご主人は退去強制令書を発付される処分となります」

上原、という名前の主任審査官は、そう、ミユキさんの目を見て言った。

「裁決に不服があれば、六ヶ月以内に裁判をする権利があります」

「裁判なんて――。そんなことより、もう一回、審査をしていただけませんか？」

「それはできません。厳正な審査の結果、あなたの夫には退去強制令が出たんです」

「でも、わたしたち、よくわかってなくて、もう一度審査してもらえたら、次は」

「なにか新しい事実がありますか？　あなたが妊娠しているのがわかったとか？」

「妊娠？　いいえ、していません」

「新しい事実もないのに、今日決まった裁決を覆《くつがえ》すなんてことはできません」

「でも、結婚してて、それが真実の結婚だと認められたら、日本にいられると」

「裁決に不服なら、裁判を起こすしかない。入管ではなく、弁護士に相談してください」

「だけど」

「ともかく、入管での審理は終了し、結論が出た。それはもう覆りません」

「でも」

「どうしても日本にいたいなら、弁護士に相談することです。悪いけど、これ以上は」

主任審査官はミユキさんを部屋から出し、自分は席に戻ってしまった。ミユキさんは頭の中がとっちらかったまま、ふらふらになって帰宅するしかなかった。

退去強制？　強制送還？

五年間の入国禁止？

わたしが家に帰ったとき、ミユキさんは放心して座り込んでいた。

「あ、マヤ、お帰り」

顔を見たとたんに、ひどいことが起きたって、わかった。

「クマさん、在留資格ダメだって。このままだと国外退去になる。五年間は」

で、そのミユキさんの蒼《あお》い顔を見ながら、わたしがなんて言ったかっていうとね。

じつは教えたくないんだけど。

かなり、書きたくないんだけど。

ま、書くけどね。こう言ったの。

「なんなの、この家。ふつうじゃないよ。在留ナントカとか、収容とか、退去命令とか。ありえないでしょ、ふつうの家では。ふつうの家ではさ、子どもが帰ってきたら、お母さんは、入試どうだったのって聞くんだよ！　マヤのことはどうでもいいわけ？　おばあちゃんの言ったとおりだよ。外国人なんかと結婚しなきゃよかったんだ！」

九　大仏

よく、「心にもないことを言う」とか、いうでしょ。人は「心にもないこと」なんて、言うのかな。だいたい「心にあること」を言うもんなんじゃないのかな。

ただね、心にあっても「言わないこと」っていうのはあるんだよ。そうして「言わない」うちは、それは「ないこと」にもできるんじゃないかな。言わないでいるうちに、そんな感情が心から消えてしまえば、「なかったこと」にできそうな気がする。だからね、ほんとの気持ちかどうかあやふやだったり、言ったら確実に誰かを傷つけるってわかってる言葉は、もし心にあっても、口には出さないほうがいいよ。

「外国人なんかと結婚しなきゃよかったんだ！」

と言って、すごい勢いで外に飛び出して、公園に行ってジャングルジムに上って、ずっと泣いてた。近所の人とか、びっくりしてたと思う。でも、知るもんかって感じ。これもあんまり言いたくないんだけど、クマさんに対して、モヤっとした気持ちは秋ごろから持ってたんだ。

　戻ってきて、十二月に結婚するまで、クマさんはだいたい家にいた。在留資格が切れていると就職活動してもどこも雇ってくれないし、ビザがないのに働いてるのがバレると、配偶者ビザの取得にもケチがつくからってことで、就活もバイトもやめてた。どうしてそうしなきゃいけないかは、わかってたけど、毎日、家にいるおっさんって、けっこう、うっとうしいんだよ。それに、クマさんは以前の、陽気で楽しいクマさんじゃなくなって、むっつりしてたしね。

　かわいそうだったよ、クマさん。それに、ミユキさんもね。でも。でもね。

　そういうふうに、思えなくなるときだって、あるんだよ。試験も、めちゃくちゃだったし、いろいろ、抱えててさ。コンクールのことだって、もっと喜んでくれたってよかったじゃんとかさ。高校のことだってさ。もっとさ。もっと。

　ミユキさんは公園にやってきた。

「ごめん、マヤ。マヤが大人になるまでは、マヤのことをいちばんに考えるって、お母さん、決めてたのに。こんなことになっちゃって。ごめんね。降りてきて。お願い」

　このころのことは、あんまり思い出したくない。ミユキさんは、気の毒だったと思う。気を遣って、腫れ物に触るみたいな感じになっちゃって。クマさんのことがあるから、それだけでいっぱいいっぱいだったはずだけど、そういう態度をわたしに見せられなくなっちゃったから。

　それでもミユキさんは毎日のように入管に出かけた。朝いちばんでクマさんと面会して、なんとかするからと励まし、そのあとすぐに審判部門に行って、上原さんという主任審査官を呼び出しては、もう一回、審査してくださいと、食い下がった。

「何回、来られても同じです。審査は覆りません。退去強制令は決定事項です」

「お願いします。あのときは、ちゃんとお伝えできてなかったんです」

「そう言われても困ります。何度も言いますが、裁判する権利はあります。相談するのは弁護士で、入管じゃありませんよ」

「でも、うちはそんなお金ないんです」

「それは、そちらの事情でしょう。いずれにしても相談先が違います」

「あの人、家に戻れないんですか？」

「退去強制令書による収容なので、送還可能になるまでは収容となります」

「送還まで収容？　ずっと？」

　ミユキさんは驚愕した。

「自費での出国を決めれば、一時的に家に帰れる可能性もあります。航空券や所持金などの証明が必要です。再入国が可能になるのは五年後になります」

「そんな、それはできません」

主任審査官はうんざりし、追い払う理由が必要だと思ったのか、こう言った。

「とりあえず、仮放免を申請してみては。退去強制令の対象であることは変わりませんが、収容が解かれ、家に戻れる可能性があります。あくまで可能性ですが。係が別なので、そちらで聞いてください」

「仮放免？」

「もういいですか。ぼくも仕事があるので」

仮放免というのが何なのかよくわからなかったけれど、とりあえず収容よりはマシだと思ったミユキさんは、申請書類をもらって帰って熟読した。

わたしの受験は、失敗に終わった。

ほんとに思い出したくないよ、あのころのことは。うちは貧乏なので、受験は都立一択で、だから高望みしないで受かるところを受けるってことになってたんだけど、落っこったからね。最悪。

合格発表は三月一日。絶望のどん底。なーんにもする気力なし。とにかく二次募集を受けなきゃってことになり、翌週に試験、恥を忍んで告白するとそれも不合格！

そりゃそうだよ、頭がぼーっとしてて、なに書いたかさっぱり覚えてなかったもの。

高校行かない、就職する！　バカなこと言わないで！　バカじゃない、うち貧乏だからちょうどいいじゃない！　いい加減にしてよ！　みたいな修羅場をくぐり。

　この年、東京都は歴史的な都立高定員割れが起きて、三次募集の選択肢がいっぱいあった。それで、ミユキさんに泣き落とされて三度目の受験、受験日も合格発表も卒業式終わってから。という、怒濤《どとう》の三月を過ごしていたから、クマさんのことは考えられなかったの。面会どころじゃない。

　入学が決まったのが三月末だから、制服を作ったりして、もう入学式はすぐそこ。春休みってものは存在したけど、クマさんに会いに行く気にはならなかった。

「マヤちゃんにこんな姿を見せたくない。面会には来なくていい」

　ええかっこしいのクマさんはそう言ってたし。だけど、クマさんはクマさんで、ほんとにたいへんな日々を過ごしていたらしい。だって「収容」って、なにがなんだか、わからないでしょう？　クマさんだって、自分がそんなことになって、はじめて実態を知ることになった。

　東京入管の収容所は、あの湾岸の大きな建物の七階にある。ＪＲの品川駅よりも、もっと近いのは、りんかい線と東京モノレールが乗り入れている天王洲アイル駅だってことは、意外に知られていない。

　天王洲アイルっていえば、ドラマの撮影とかしてるとこでしょ。レインボーブリッジも近い、ウォーターフロントおしゃれエリアから徒歩圏内に、いろんな国から来た外国人がさまざまな理由で「収容」されてる一角があるなんてこと、知ってる人のほうが少ないんじゃないかと思う。

品川の東京入管には、五百人以上の外国人が収容されていた。オーバーステイのほか、パスポートを偽造して入国するとか、就労ビザなしで働くことなんかが、収容の理由、「入管法違反」だ。

念のために言っとくけど、入管の収容所は、外国人犯罪者のための刑務所では、ない。刑務所と入管は、ぜんぜん、性質の違うものだ。入管の収容所っていうのは、母国に帰るまでの間、寝泊まりするところなんだよ、本来は。

「入管法違反」ということになると、入管で審査を受けて、クマさんみたいに「退去強制令」っていうものの対象になる。「強制的に日本から退去させます」っていう意味なのね。それで、退去（帰国ってことだよね）までの間、どっかに逃げちゃって行方をくらましたりすると困るから、一時的に収容所を居場所に定めるわけなのね。

もし、窃盗とか詐欺とか、薬物売買とか、殺人とか、外国人がそういう犯罪に手を染めたときは、ちゃんと、日本の刑法で裁かれて刑務所に行くの。日本人と同じ法律で、ちゃんと刑期が決められて、服役するんだよ、日本人と同じ刑務所に。

でもやっぱり、刑務所「みたいな」ところだって感じがするのは、六畳の部屋に五人が収容されていたりしてプライバシーがないし、スマホもパソコンも取り上げられてしまうから。公衆電話から電話するのと、一回三十分の面会時間しか、収容所の外の人とコンタクトする方法がない。外からは入管収容者には電話できない。畳部屋で、各自にお布団が一組。テレビが一台と、トイレと洗面所があるだけ。

朝起きると、部屋に朝ごはんが配られる。そのあと、九時半から十二時くらいまではフリータイムで、六畳部屋から外の共有スペースに出られる。十二時から午後の一時は部屋に戻って昼食、一時から五時くらいまで、また、フリータイム。この午前と午後のフリータイムに、電話したり、洗濯したり、シャワーを浴びたりする。運動場で運動したり、面会もこの時間内だ。でも、五時から翌朝の九時半までは、六畳の部屋に五人。十六時間以上、その状態って想像がつかない。

クマさんの同室には、フィリピン人、中国人、セネガル人、タイ人がいたんだったかな。そんな感じで、同じ国の人はあまりいっしょにならないらしい。とうぜん、男ばっかり。ものすごいいびきをかく人がいたりすると寝られないし、みんなストレスを溜めてるから、テレビのチャンネル争いで喧嘩になったりする。

そんな事情を知ったのは、少しあとのことだ。三月、四月は、気持ちの整理がつかなくて、面会に行かなかったから。

ある日、ミユキさんから、ぽん、とスマホを手渡された。

「入管では使えないから、あんたが使ってていいって。クマさんが出てきたら、新しいのを買ってあげようねってさ」

ミユキさんはあのころ、毎日クマさんに会いに行ってた。午前中、三十分面会して、まっすぐ午後からの仕事に行く。

ミユキさんは、ペレラさんに相談したり、ネットで調べたり、クマさんに出てきてもらえないか、必死で考えてた。クマさんは、入管の中で、いろんな情報を聞きつける。

「仮放免というのを申請したの。仮放免になれば、家には帰れるみたい。裁判するしかないって言われたけど、そうなのかな」

と、ミユキさんが言えば、クマさんは苦しそうに顔をゆがめて、

「ここの先生は、裁判なんてやったって九十九・九％負ける、お金みんな弁護士に取られて負けるだけと言ってる」

「先生って誰？」

「入管の職員。みんな、先生と呼んでる」

「ヘンなの。勝てるのは〇・一％？　裁判は無理ね。どのみち、お金がないし」

「ミユキさん」

クマさんはある日、ずっと胸につかえていたことを話した。

「オレ、ミユキさんに嘘をついてはいけなかった。嘘を一つつくと、もう、信用してもらえなくなる」

「とっくに許してるよ」

「オレがいなかった間のこと、不安？」

「就活してバイトして、サウィマンとナヤナのところにいたんでしょ。違うの？」

「うん。いた。でも、不安じゃない？　見てない。話を聞いただけ」

（友だちのところにいた？　そう言ってるだけでしょ。その目で確かめたわけじゃないよね？）そう言う、意地悪な審理官の声が、耳元で蘇った。

「入管にオレのスマホがある。ミユキさんに渡してください、と言ったよ。帰りに受け取って。なにを見てもいい。メールも、フェイスブックとかインスタグラム、なんでも。パスワードはあとで電話で教える。シンハラ語わからなかったら、ペレラさん、通訳してくれる。なにも隠したくない。なにも。オレを信じてほしい」

「いまさらなに言ってんの。信じてるよ。あ、でも、もしよかったら、そのスマホ、マヤに使わせちゃいけないかな。あの子、欲しがってるし、高校生になるし」

そういう経緯でわたしのところにやってきたクマさんのスマホは、だけど、設定がシンハラ語で、まったく使えなかった。

そんなときに頼りになる人といえば、マイ・ベストフレンド、ナオキくんだ。わたしはすごく久しぶりに、ナオキくんの家に遊びに行った。あいかわらず忙しいお父さんとお母さんはいなくて、整理整頓の行き届いた、本がいっぱいあるナオキくんの部屋がそこにあった。

ナオキくんはスマホを手に取るなり、三秒くらいで設定を日本語に換えてくれた。

「てか、簡単以下でしょ」

ナオキくんは完全にバカにして笑った。

「ところで、クマっちになにがあったの？」

「うん。それはねえ」

わたしは、ぼそぼそ話し始めた。もう、四月に入っていた。高校も始まって、それなりに落ち着いたころだったから、クマさんが収容されてから三ヶ月以上、わたしはそれを誰にも言えずにいたんだった。

「ヘンすぎるよね。うち、母子家庭だってだけで、もうじゅうぶん、規格外れだったのにさー、再婚相手がガイジンで、しかもそれが収容って、なんなんだろ。ふつうじゃなさすぎる。ありえないよね」

ナオキくんの部屋のかっこいい椅子に腰かけて、わたしはせいいっぱい冗談みたいに言ってみたけど、ナオキくんはその手にはひっかからなくて、意外なほど真剣に返してきた。

「マヤちゃんの思ってるふつうって、どんな感じの家庭？」

「そりゃ、たとえば、ナオキくんちだよ」

「うち、ぜんっぜん、ふつうじゃないよ」

「なに言ってんの。両親揃ってるし、いい家住んでるし、めちゃふつうだよ」

「あの人たち、ただのビジネスパートナーだよ。寝室別だよ。セックスレスだよ」

「ちょっと、なに言ってんの、そんなこと言わなくていいよ！」

　わたしはあわてふためいた。

「僕が言いたいのは、ふつうかどうかなんて、外から見たらわかんないってこと。どの家庭もたぶん、それぞれきっと、ヘンっちゃヘンなんだよ」

　ふーん、と、わたしは言った。

「あ、お母さんには内緒にしといてね」

「言うわけないでしょ、そんなこと」

「だけどあれかもな。もしかしたら、ふつうかもな。日本の夫婦のセックスレス率、五割超えてるって話だからさ」

「まだ、それ、言う？」

「だけど、ショックだな。ねえ、マヤちゃん、ショックだったよね？」

「なにがよ？　五割とかのやつ？」

「違うよ。クマっちだよ。そんなところに放り込まれて、スマホも取り上げられて、強制送還されるかもって怯《おび》えてるなんて、イメージに合わないよ」

見ると、ナオキくんはほんとうに悲しそうに、もしかしたらそのまま、泣き出すんじゃないかってくらいに、口をへの字にして黙った。それから手元のジンジャーエールを、瓶からぐいぐい飲んで、ぷふぅと息を吐きだしてから、言った。

「イメージに合わないよ。だってさ、僕たちが小さかったとき、クマっちはヒーローだったじゃない」

「ヒーロー？」

「いっつもおかしいホラ話で笑わせてくれて、キャッチボール教えてくれて、足が速くてさ。あれ、覚えてる？　スリランカ人の運動会みたいなの、行ったよね？」

「行ったー！」

　それは、小五かなんかの四月で、スリランカ・コミュニティが新年会をやるとかいうので、連れて行ってもらったんだった。ミユキさんは仕事で来られなくて、わたしとナオキくんだけついて行ったら、スリランカ人のいい大人が河原で真剣に綱引きしたりする、不思議な新年会だった。クマさんはリレーでも短距離走でも、ぶっちぎりの一位で、それはそれは華々しかった。

　わたしとナオキくんは、クマさんのはりきりっぷりを思い出して爆笑した。笑い終わるとナオキくんは言ったのだった。

「クマっち、口惜しいだろうな。いま、すんごくつらいだろうな」

そうしてほんとに泣いてしまった。

話を聞いただけで、クマさんの心情を想像して泣くナオキくんの感受性に、わたしはびっくりして、そしてなんだかすごく心動かされたのだった。

わたしは考えこんでしまった。

ナオキくんほど素直に、クマさんの心情に寄り添えなかった自分のことを、いろいろ言い訳してみた。だって、毎日いっしょにいたら、ヒーローじゃないところを嫌でも目にしなくちゃなんないし。だいいち、クマさんが失業のことを隠していなければ、もっと早く結婚だってできて、オーバーステイにならずに済んだんじゃないかって、ちょっと、クマさんの「ええかっこしい」を責める気持ちもあったし。

ただ、わたしがそれを言ったとき、ナオキくんは違う反応をした。

「それは、いまだから言えるし、そう思うんだよ。当時、クマっちはそう考えてなかったと思うよ」

「どうして？」

「マヤちゃんのお母さんの話から察するに、入管の人は二人の結婚じたいを疑ってるよね。偽装結婚、つまり、真実性のない、ビザ目的の、虚偽の結婚だっていうのが、クマさんに在留許可を与えない理由になってるみたいでしょう。だとすれば、だよ。もし、クマさんが失業した時点でマヤちゃんのお母さんにそれを話して、結婚して、仕事用のビザから配偶者ビザへの切り替えを申請したとするよね。そうしたら、そのときにも、同じように偽装結婚を疑われた可能性は、あるんじゃないの？」

「どういうこと？」

「だからさ、同じように、入管は、『失業したから配偶者ビザが欲しくなって結婚したんだろう』とか、『安定した仕事のない男には結婚生活が維持できない』とか、いろいろ難癖をつけて、配偶者ビザを不許可にするかもしれないじゃない？」

「そ、そうかな」

「わからないよ。許可してくれたかもしれない。いまなら、オーバーステイになってから申請するより、マシだったんじゃないかと思える。でも、当時クマっちは、自分たちの結婚生活を確かなものにするために、確実に配偶者ビザを認めてもらうためにも、どうしてもきちんと就職したかったんだよ。じゃないと、お母さんやマヤちゃんに隠してまで、就活焦ってた理由がわかんない。そう考えるほうが、自然だよ」

またしても、わたしは、ふーん、とうなるしかなかった。

ナオキくんは、少しして唐突に言った。

「ちょっと、違う話、していい？」

「うん、いいよ」

わたしは答えた。

ナオキくんは話し始めた。

「中一のバレンタインデーに、マヤちゃん、チョコくれたよね。あのとき、僕、好きな人がいるって言ったの、覚えてる？」

「覚えてるよ」

「あれさあ、同じ学校の先輩だったんだ。もう卒業しちゃったけどね」

「ふうん、そっかあ」

相槌を打ってから、えッと思って、わたしはナオキくんを二度見した。だって、ナオキくんの学校は私立の、中高一貫の、男子校なんだよ！

「そう、そう、そう、そう。そうなんだよ。でも、あのころはまだ、自分がそうかどうか、確信も持てなかったころで。マヤちゃんの告白はうれしかったし、つきあったら、ガールフレンドのいる、ふつうの男に見えるかもとか、考えたんだ。だけど、それじゃマヤちゃんを利用してるみたいになっちゃうし、ダメだとも思ったんだ」

わたしはびっくりして目をパチパチさせてしまったけど、心のどこかで気づいていたような気もした。

「クマっちは、もしかしたら僕の、ファーストラブかもな」

「ちょっと、なに、それ、マジなの？」

「深い意味はないよ。幼稚園の先生が初恋だったとかいうレベルでさ。大好きで、次に会えるのをめちゃ楽しみにしてた」

あっという間にクマさんに懐いた、ちいちゃかった小四のナオキくんを微笑《ほほえ》ましく思い出した。

「誰にも言わないで。まだ両親にも学校の友だちにも言ってないんだ。ネット上のコミュニティに匿名で参加してるだけ。言うときは自分で言いたいから」

「わかってる。言わないよ」

ナオキくんがそれを話す最初の相手にわたしを選んでくれたことが、じんわりうれしかった。ナオキくんがわたしの親友だってわけが、きみにもわかったでしょ。小さいころからだけど、ナオキくんは、わたしの、特別だいじな友だちなんだよ。

三次募集で入った都立高校だけど、行ってみたらそんなに居心地悪くはなかったんだ。美術部とどっちにしようか迷って、漫画アニメーション研究部っていうのに入った。駅前のファミレスでアルバイトを始めた。夕方五時から九時まで。ホールの仕事。制服支給。週四日。時給は九百八十円。自分で洋服代や電話代が出せるようになったから、それはすごくうれしかった。

ミユキさんはあいかわらず遅番の仕事を続けていたけど、目に見えて具合が悪そうになってきた。持病の治療薬は飲んでいるのに、だるかったり、髪の毛が抜けたりする症状が出て、薬の量を多めにする診断が出た。ストレスがいちばんの原因ですと、お医者さんは言うらしい。でも、この状況で、ストレスを溜めないのは難しすぎる。

あのころミユキさんの唯一の希望は、「仮放免」の許可が出ることだった。それは、ネットで辞書を引くと「入国者収容所に収容されている人について、情状などを考慮して一定の条件のもとに収容を停止し、身体の自由を回復させること。保証金を納付させて行う」と書いてある。在留資格がもらえるわけではないので、仕事についたりはできないけど、ともかく家に帰れる。

「保釈、みたいなことだと思うの」

と、ミユキさんは言ってた。

「とにかく出てきてもらわないと、こんなんじゃ、相談だってできないもの」

保証金は、五万とか三十万とか、百万円と言われた人もいるという情報もあったけど、とにかく許可さえ出るなら、お金はなんとかしようと、ミユキさんは考えていた。

四月の終わりに、待ちに待った結果が入管から手紙で届いた。

「あなたから申請のあった下記の者の仮放免許可申請（平成30年2月28日付）については、申請の理由を総合的に判断した結果、これを認めるに足る理由がなく、不許可と決定したので通知します」

そこには「主任審査官」の署名があったけど、例の「上原さん」とは別の人の名前だった。ミユキさんはまた烈火のごとく怒って、東京入管にねじ込みに出かけた。でも、その新しい主任審査官は会ってくれなくて、ミユキさんはもうどうしたらいいかわからなくなった。


連休が明けて間もないころ、クマさんから電話がかかってきた。電話はいつものことだったけど、内容に驚いた。電話を切ったミユキさんは、すごくヘンな顔をして、

「クマさんが別の収容所に移される」

と、言った。

「別の収容所？　入管の収容所ってそんなにたくさんあるの？」

「遠いんだって。茨城県。東京からだと往復で四時間くらいかかっちゃうって」

往復で四時間もかかるって、なんでそんなところにクマさんを？

「とても遠い」

茨城県牛久の収容所に移された日の夜、クマさんの声は消え入りそうだった。

「周りになにもない。気持ちが暗くなる。どうしてここまでする？　建物の中は、部屋にもどこにも窓がない。品川のときは、窓から外見て手を振ったりしたけど、ここ

は窓がない。ヘンなガラス。外は見えない。運動するところがあるけど、高い壁があって、やっぱり外は見えない。上にヘンなフェンスあって、まるで動物を入れるところみたい。どうして。仕事してたときは、きちんと税金も納めてた。オレ、泥棒も殺人もしてない。だけど、いちばん悪いことした人みたい」

　クマさんは弱音を吐かない人なので、これを聞いたときはとてもつらかった。どこにも窓がないってどういうことなんだろう。そんなところにずっと閉じ込められたら、それだけで病気になってしまいそうだ。

　だいじょうぶ、必ず出すからとミユキさんは慰めて電話を切った。でも、急に牛久行きが決まったから、休みも取れなかったし、なかなか面会に行けなかった。五月の半ば、わたしは学校に行く途中で、決心した。クマさんのスマホで学校に電話して熱があるから休みますって言って、牛久にある東日本入国管理センターの場所を調べて、駅のコンビニで紅茶のパックと練乳を買って、日暮里から常磐線に乗った。

　どうして急にそんな気になったのか、自分でもよくわかんない。だけど、もう四ヶ月くらい、クマさんに会ってなかったんだよね。

　常磐線の外の景色は、ごちゃごちゃした東京のビルから、緑の多いものに変わった。はじめて降りた牛久駅にはほとんど人がいなくて、わたしはネット情報を頼りに「牛久浄苑」行きのバスに乗った。

田舎道を走るバスに揺られているうち、いったい自分はどこに行くのかと心細くなってきた。途中、頭にスカーフを巻いた外国の女性が歩いているのを追い越した。左側の窓の外、畑の向こうに、大きな大きな仏像が見えて、その唐突な出現にびっくりした。世界一の高さを誇る牛久大仏だと、バスの中にアナウンスが流れた。

東日本入国管理センターは、ほんとになんにもないところにある。灰色の、とても威圧感のある施設だ。大きなゲートをくぐるのが、ほんとはこわかった。でも、引き返すには遠くまで来すぎてた。

呼吸を整えて、建物に入り、きょろきょろしながら受付を訪ねた。そこにも外国の人がいて、順番を待っていた。東京入管でやったのとほぼ同じように、受付番号をもらって、書類を出して、待った。制服のまま来てしまったのがちょっと気になったけど、なにも言われなかった。

番号を呼ばれて荷物を預け、面会室に案内された。アクリル板で仕切られたその狭い部屋に入ると、自分も閉じ込められるような気がした。

向こう側の扉が開いて、痩せた男の人が入ってきた。わたしは息をのんだ。四ヶ月前とは別人に見える。ぎょろっとした目が、信じられないみたいに見開かれた。

「マヤちゃん？」

クリスマスの夜に帰ってこなくなって、最後に顔を見たのは一月のはじめだった。

もう五月の連休も過ぎて、なんでこんなに長いこと、わたしたちは日常から遠ざかっているんだろう。なんでここにこんなアクリルの壁があるんだろう。なんでクマさんは小さい時からしてくれてたみたいに、抱き寄せてほっぺたをついたり、髪をくしゃくしゃにしたりしてくれないのか。なんでこんなに痩せてしまって、声も細くなり、目から光がなくなっているのか。

「ごめんね」

その言葉が口から飛び出して、続いて涙が出てきた。クマさんはおろおろして、うつむいたわたしの顔を見ようと、アクリル板に両手を当てて覗き込んだ。

「新聞の集金に行ったら、出てきた人がクマさんの顔に消臭剤をかけたって、ペレラさんが言ってた」

どうしてそんなことを思い出したのか、自分でもわからない。謝りたかったのは別のことだったんだけど、そっちは言葉にならなかったんだ。クマさんは困って、

「そんなの昔の話だろ。忘れてたよ。マヤちゃんが泣くことはない」

と言った。でもわたしは泣き続けた。

学校はどうだとか、バイトはたいへんかとか訊《き》かれるのに答えるのがせいいっぱいで、涙が止まらないまま、時間が過ぎる。

クマさんがアクリル板を叩く。見るとやつれた顔のせいでひどく大きく見える目に、

昔みたいな、いたずらっぽい表情を浮かべていた。

「ここに、おもしろいイラン人がいる」

イラン人？

「ここのごはんはまずい。いつも冷えた鶏肉。虫、入ってることもある」

「む、虫？」

「よくある。もうびっくりしない。虫、ゴミ、髪の毛」

「ひどい！　びっくりするよ、それは」

クマさんはちょっと考えるように口元をひねったけど、話したいのはそのことじゃないみたいだった。

「だけど、イラン人が料理した」

「キッチンがあるの？」

「ない、ない。部屋に電気ポットあるだけ。ポテトチップスの袋に、冷えた鶏肉とミルクとカレーパウダーとインスタント味噌汁入れる。袋ごとポットのお湯で温める」

「おいしいの？」

クマさんは、頭をゆらゆらさせた。

「うまかった」

「ほんとー？」

「おー、マヤちゃん、やっと笑った！」

目の前のクマさんもやっと笑った。

二時間もかけて東京から来たのに、面会の三十分は無情にもすぐ過ぎてしまった。

帰り際に、わたしは紅茶と練乳の差し入れを持って来たと伝えた。

「ありがとな、マヤちゃん」

クマさんは名残惜しそうにした。

「来週、お母さんが来るよ。月曜日を休みにしてもらうって言ってたから」

ドアが開いて、職員の人が現れ、クマさんは、またな、と立ち上がった。そして、

「マヤちゃんはやさしい。ベビバドゥ」

と言って、なにかを飲む手つきをした。

なんだかわからなかったけど、わたしはまたバスに乗って牛久駅に戻った。窓からは、こんどは右側に大仏が見えた。クマさんは、運動場から大仏の方角に毎日お祈りしてると言ってたけれど、巨大な仏様は、収容施設のことをどう思ってるんだろう。

電車に乗った。目の前に座った若いお母さんが哺乳瓶を取り出し、泣いている赤ちゃんの口に入れた。

そのとき突然、クマさんの言葉の意味がわかった。哺乳瓶《ベビーボトル》だ。（マヤはやさしい子だなあ。哺乳瓶にもやさしいよ）。それは死んだお父さんの言葉だ。それはお母さん

がマヤをからかうときの言葉だ。それはうちの家族しか知らない言葉だ。
常磐線の中で、また涙が出てきた。

十　ハムスター先生

わたしやミユキさんは、後で知ったことだけど、あの年、牛久にある東日本入管センターで、収容されたインド人が自殺した。「仮放免」申請が却下されたと聞いた翌日だったそうだ。収容期間は十ヶ月に及んでいたという。その人は、帰国すれば迫害されるおそれがあるので「難民申請」をしていた。でも、それも不認定になって、「仮放免」も許可されず、絶望してシャワー室で、タオルで首を吊《つ》ったのだった。

クマさんの容姿が、別人みたいに変わってしまったのは、それを知ったことが大きく関係していたらしい。仲がよかった同室の人が自殺したインド人から日本語練習帳を受け取ったのは、死ぬ前日だったという。「もういらないから」と。外に出たときのために毎日練習していたのだろうと、収容者仲間からクマさんは聞かされた。長く収容されていた人たちは、抗議のためのハンガーストライキを始めていた。

退去強制令を出された外国人は全員、入管施設に収容される。

　しかもその収容には、期限が定められていない。それは異常なことだと思う。刑務所に入る人だってちゃんと刑期があって、それを終えれば出られるのに。「無期限収容」という、「無期懲役」によく似た言葉の意味を、クマさんは、はっきり知ることになった。クマさんの収容仲間には、四年も五年も収容されている人がいた。クマさんが移って一週間後に、別の収容者がまた自殺を図り、未遂に終わった。

　ようやく休みが取れて、牛久に面会に行ったミユキさんに、クマさんは言った。

「スリランカに帰るしかないのかな」

「五年も戻って来られないのに？　それに、退去強制された前歴が残ってしまう」

「ここにいたら、オレは死ぬまで出られない。強制送還されるか、死ぬか、どちらかを選べと言われている気がする」

「待って。仮放免申請をもう一度する」

　クマさんは力なく下を向いた。

「朝、五時半に、とつぜん担当の先生が来て、ドア開けて名前呼ぶ。あなたは強制送還されます、と言って、連れて行く。こわくて暴れる人もいる。仮放免がダメと言われた次の日とか、次の次の日とか。仮放免、ぜんぜん出ないと、みんな言ってる。こっちに来てから、ほとんど眠れない」

「ねえ、こんなのおかしいよ。わたしたち、結婚してるんだよ。わたし、いま、本気で、弁護士に相談することを考えてるの」

「裁判、イミない。勝ってるの見たことない、金のムダと、ここの先生は言ってる」

「でも、わたしはぜったいにあきらめないよ。わたしたちの結婚生活が、どうしてこんなふうに引き裂かれなきゃいけないのか、わからない。理不尽だもの」

ミユキさんは大きく息を吸った。

「わたし、法務省の『在留特別許可に係るガイドライン』ていうの、見てみた。日本人と法的に結婚していて、いっしょに暮らしている期間が相当長くあって、協力し合ってて、子どもがいて、結婚が安定して成熟していれば、在留特別許可を出すと書いてあった。わたしたち、全部、あてはまるでしょう？　例外は、退去強制を逃れるために結婚を偽装した場合だって。あの審理官のせいで、わたしたち、この例外の『偽装』っていうのにされてるのよ。おかしいよ。それにね、もう一つあるの」

クマさんは、顔を上げた。

「在留特別許可を認める積極要素、つまり、こういう人には認めてあげますよってとこに、その外国人が自分からオーバーステイを申告するために入管に出頭した場合って、書いてあったの。クマさんが品川で警察につかまらずに入管に出頭できていれば、在留特別許可は出てたよ、きっと。出頭するって言ってたのに、捕まえるなんてひどすぎる。そんなのに負けたくない。弱気になっちゃダメ。ぜったいに助け出すからね」

ミユキさんは、めったなことではあきらめない。お金がすごくかかることとなると、パッとあきらめるときもあるけど、つらいことがあっても辛抱してやり遂げるのは、庄内人だからだって、おばあちゃんは言う。こうと決めたミユキさんは、途中で投げ出したりしないんだよ、それは本当。

面会を終えて、施設を出ようとしたミユキさんは、そこで、ある人とすれ違った。ハッとして振り向くと、その人も振り返って、驚いた顔をしている。

「こちらに異動されたんですか？」

ミユキさんは冷たい声で質問した。

「いえ、そういうわけでは。牛久に移収になったんですか？　その、あなたの」

「はい。上原さんが退去強制令を出したうちの夫は、先日、こちらに移されました」

ミユキさんが思いっきり睨《にら》みつけた相手は、二月二十三日に退去強制令書を読み上げた、上原主任審査官だった。

ミユキさんは怒りながら入管を出て、バス停まで歩いた。時刻表を見ると、四十分くらい待たなくちゃならなかった。

ようやくバスが来ると、後ろから上原審査官が走って来る。ふん、乗り遅れちゃえばいいのに、とミユキさんは思った。けど、上原さんはぎりぎりで飛び乗った。そして、息をはずませながらミユキさんを見て、こう言った。

「退去強制令が出たのは二月の末くらいでしたか。それから二ヶ月ちょっとで牛久に移収っていうのは、早いな」

なによ、この人。わたしに話しかけてんの？　不愉快になったミユキさんは、大仏を見て無視していた。

「まあ、どういう判断がなされたのかはわからないけれど。弁護士には相談してるんですか？」

うるさいよ、ほっといて。

「仮放免もダメでしたか」

なにを、他人事《ひとごと》みたいに言ってんの。ミユキさんはむらむらと腹が立ってきた。

「仮放免申請すれば、外には出られるって、言いましたよね？　ずいぶん、無責任なこと言いますね。出られませんでしたよ！」

「いや、申請すれば必ず出られるとは言ってない。その可能性があるとは」

「仮放免申請してから、二ヶ月も返事が来なかったんですよ！　保釈とかは、二、三日で結論出ますよね。しかも不許可！」

「手続きは、たしかに時間がかかって」

「あ、着いた。降りますので」

ミユキさんは、牛久駅が見えてくるとそそくさと席を立ってしまった。

ところが常磐線に乗って座っていると、まるでミユキさんを探したようにして、上原さんがやってくる。

「やあ、さっきは。話が途中だったので」

「話とか、してませんけど」

「弁護士には相談してるんですか？　あのケースはぼくも気になってたんです」

とうとう、ミユキさんは爆発した。

「気になってたって、いまさらなに言ってるんですか？　あなたが退去強制令を出したんですよ。そんなこと言うんだったら、あのときちゃんと在留特別許可を出してくれればよかったじゃないですか！　なんで出してくれなかったんですか？」

ミユキさんに嚙みつかれて、上原さんは一瞬、絶句した。それでも、言いたいことがあるようで、退散はしなかった。

「裁決を告知したのは、たしかにぼくですが、ぼくが告知内容を決定したわけではないんです。役所仕事ってのは、わかりにくいと思うけど。あのケースは、弁護士を立てたほうがいいと思います。身内の恥を晒《さら》すようですが、口頭審理一つとっても、弁護士がついているときと、そうでないときでは、入管の態度は違うんです」

「どういうことですか？」

「どう言ったらいいんだろうな。入管は、この仕事のプロです。いわば、退去強制するのが仕事です。でも、退去強制事由に相当するとされる外国人やその配偶者たちは、たまたまそれにひっかかった、素人ですよね。だから、質問への答え方も無防備で、プロの前では簡単に誘導されてしまったり、逆の意味に取られるような答え方をしてしまったりするんです。それに対抗するためには、防御のプロ、退去強制処分を取り消させるプロの仕事が必要になるとぼくは思ってます。それが弁護士の仕事です」

ミユキさんはいからせていた肩を下げ、声もワントーン下げた。

「でも、裁判しても、九十九・九％負けるって、夫は言われたそうです」

「誰に？」

「入管の先生たちに」

「たしかに勝訴率は低いです。ただし、勝っている人がいないわけじゃない。腕のいい弁護士もいて、平均よりは多く勝訴を出していたりします」

「高いんでしょうね」

「弁護士費用のことですか？　なにをして高いというかは……」

上原さんは口ごもった。そして、名刺を取り出して、ミユキさんに渡した。

「よかったら連絡ください。紹介できる弁護士もいると思うので。じゃあ、ぼくは」

日暮里に着く前に、上原さんは降りて行った。ミユキさんは、手元に残された名刺をしげしげ見つめた。

「行政書士　上原賢一」

ミユキさんの頭は？マークで埋まった。

名刺にはどこにも入管と書いてない。

家に帰ってからも、ミユキさんは、両手に「行政書士　上原賢一」と書いてある名刺を持って、ぼんやりしていた。誰？

「入管の、クマさんに退去強制令っていうのを告知した本人。今日、牛久でばったり会った。前に会ったときは、東京入管審判部門の偉い人だったの」

「降格でヒラになって、カッコ悪いから資格を書いといたとか？」

「住所も入管じゃないし」

「入管に黙って、バイトしてんのかな？」

「公務員はアルバイトだめでしょう。あれだけクマさんの資格外活動を怒った入管に勤めていながら、それはなくない？　だけど、なんかちょっと、親切だった。裁判するなら弁護士紹介するって。お母さんね、裁判、しようかと思ってんの」

「裁判？」

「だって、このまま、クマさんがあそこで痩せ細っていったり、強制送還されたりするのを、黙って見てられないもの。偽装結婚だなんて言われたまま、こっちが泣き寝入りすると思ったら大間違いよ！」

「お金かかる？」

「そりゃ、かかるでしょうね」

「マヤも手伝う。少しなら出せる」

ミユキさんは、ぷんと口を尖らせて、ちょっと泣きそうな目をした。

考えた末に、ミユキさんは上原さんに電話した。そして、次の月曜日の夕方、わたしとミユキさんは、上原さんと待ち合わせて弁護士さんを訪ねることになった。

「ああ、入管ね。辞めたんですよ」

上原さんはこともなげに言った。

「これから、弁護士事務所にお連れしますが、だいじょうぶです。必ず頼まなきゃならないってわけじゃないから、話をして、考えてください。裁判ってどんなものか、報酬についても、弁護士から聞いた方がいい」

上原さんのことも、全面的には信用してなくて、わたしたちはすごく硬くなってた。

「恵法律事務所」は、学生街の雑居ビルにあった。

わたしは、ドアに貼り出された、「ハムスター医療過誤訴訟、全面勝訴！」の記事と、ほっぺの膨らんだハムスターの遺影を横に置いて記者会見する、天然パーマの男の人の写真に目が釘《くぎ》付けになった。

　ハムスター医療過誤訴訟？

　ドアが開いて、わたしたちは、大きな事務机のところに通された。机の後ろはついたてで仕切られていて、そこにもいっぱい新聞記事やネット記事のコピーがあり、中央にドーンと「ハムスター医療過誤訴訟、全面勝訴！」が貼ってあって、ハムスターと天然パーマ弁護士さんの写真がある。

「やあ、どうも。僕が所長の恵《めぐみ》です」

　写真本人が、ついたての後ろから出てきて、名刺を出した。「弁護士　恵耕一郎」と、書いてあった。そして上原さんを見て、

「正直、驚いたよ。なんで僕なの？」

　のっけからその人は妙なことを言った。

「いっちばん、嫌な弁護士、誰かなって考えたら、真っ先に思い浮かんだんだ」

　上原さんが急にくだけた口調になり、弁護士さんは、目を剥《む》いてから尋ねた。

「で、こちらは、ええと奥山さん？」

「まだ入管にいたころに、こちら、奥山ミユキさんのスリランカ人パートナーの審理があって、裁決告知をしたんだよ。だけど、ちょっと筋が悪くて、気になってて」

「筋悪って、どういう意味で？」

「品川で捕まったんだ。出頭申告の前に」

「ちっ、ひでえな！　品川の職質は、オダアツのネズミ捕りみたいなもんだからな」

品川駅ではクマさんみたいに入管に相談に行こうとするオーバーステイの外国人を狙って捕まえることがあるらしく、「小田原厚木道路のスピード違反を摘発する覆面パトカーみたいなもん」っていうと、わかる人にはわかるらしい。

「あそこで出頭申告できてれば、とりあえず、収容はない。そこも気になったし、あとはいろいろ。まあ、直接聞いて」

　そう言うと、上原さんは立ち上がった。

「奥山さん、心配しないで話してみてください。僕が知る限りで、いちばん頼りになる弁護士です。弁護士費用も安いし」

「ちょっと、なに！　そんなこと勝手に言われちゃ……え？　帰るの？」

「苦手なんだよ、弁護士事務所。なんか、敵のアジトに連れ込まれた感じで」

わたしたちを恵法律事務所に案内してくれた上原さんは、そそくさと帰ってしまったけど、心細いってわけでもなかった。少しふっくらしたハムスターの先生のほうが、人好きのする雰囲気だったから。

「お二人はどういうご関係なんですか？」

「うん？　僕と上原？　高校の同級生」

わたしは、えッと声を上げた。

「クラスは違ったんで、口きいたこともなかったんだけどね。彼は入管で働いてたでしょう。たまーに仕事で会うことがあったんですよ。口頭審理って、奥山さん、立会人されましたよね。僕は代理人弁護士として立ち会うこともあるんだけど、あの人が審理官で僕が代理人てことがあったり。理詰めで来る嫌なタイプでね、彼。でも、理不尽なことはしない、まあ、まともな方の入管職員だったけど」

「裁決の告知というの、上原さんだったんです。もう決まったことです、覆りません、再審はありませんって、すごく冷たく言われて、ずーっと恨んでました。この人が退去強制令出したんだって」

「ああ、そこはちょっと、逆恨みかもしれない。意見書って言って、自分はこう思いますっていうのを文書にして、下っ端から上司の方に上げていくんだけど、最終的な判断は局長がしてるでしょうから」

「はい。上原さんも、役所仕事だから、たまたま告知の役をしたって」

「案外、彼は、ザイトク出そうって意見書、書いてるかもしれないですよ」

「ザイトク？」

「あ、在留特別許可のことです」

「あの、もし、うちの人が品川で捕まってなければ、在留特別許可出てましたか？」

「それはなんとも言えません。でも、自ら出頭していて、単純にオーバーステイだけだったら、収容はない、即日仮放免だったでしょう」

「もう、五ヶ月も収容されてます」

「えッ？　そりゃまずい！　退去強制令が出たのはいつ？」

「二月の二十三日でした」

「それならよかった！　まだ間に合う。いや、退去強制令が出てから六ヶ月以内じゃないと、裁判する権利がなくなるので」

ミユキさんは、事情を弁護士さんに話した。わたしもときどき、聞かれたことに答えた。

　話しているうちにだんだん、緊張がほぐれてきた。それはもしかしたらあたりまえのことなのかもしれないけど、天然パーマの弁護士さんが、話を聞いてくれたことがすごくうれしかった。話しているうちに、ミユキさんもわたしも止まらなくなってきて、どんどんどんどんしゃべった。弁護士さんは、それを全部聞いてくれた。

「ひどいなあ」

　って、ときどき、弁護士さんが相槌を打った。

「許せない。それ、ひどいなあ」

　って。わたしたちはホッとして、やっぱりひどかったんだ、つらかったのには理由があったんだ、我慢しなくてもいいんだ、と思った。それだけで、ずいぶん気持ちが楽になった。

　これまでの五ヶ月近く、ミユキさんも誰にもちゃんと相談できていなかった。おばあちゃんにもあんまり詳しくは打ち明けてなかったし、友だちや職場の人にも、気楽に話せることじゃなかったし。「収容って何？」ってところから話さなきゃならなくて、「日本人じゃないんだから、国外退去は当然なんじゃない？」なんて言われたらと思うと、つらくて言えなかった。

　ミユキさんが、ペレラさんに「オーバーステイでも結婚すれば配偶者ビザがもらえる」と言われた話をすると、弁護士さんはため息をついた。

「そうなんです。昔はもらえてたんです」

「昔は、ですか？」

「オーバーステイなど非正規滞在の外国人に正規のビザを出すための許可を在留特別許可と言うんですが、在留特別許可は激減してる。許可数が十年で八十五％近く減った計算になります」

「はち・じゅう・ご・パーセント？」

　わたしは思わず大きな声を出した。

「僕たち、外国人のケースをよく扱う弁護士の間でも、あまりのことに驚いてます。

入管や法務省に問い合わせても、明確な理由が返って来ない。以前なら、クマラさんのケースなら許可が出ててもおかしくないんです」

　ミユキさんの目は泳いだ。

「オーバーステイも昔は、警察も入管も黙認でした。仕事してないよね？　って聞かれて、してません、と答えればＯＫ。バブルで人手が足りなかったときは、外国人労働者がいなきゃビルだって建たなかった。東京でも大阪でも、ランドマークになるようなビルとか橋とか、外国人労働者がかかわっているものはたくさんあります。そうして二十年、三十年いる人に、いまさら景気悪くなったから帰れってひどいでしょ。それこそ日本人と結婚して、子どもまでいたりするのに」

　ドアノブの回る音がして背の高い女性が一人入ってきた。弁護士さんが、

「おう、おつかれさん」

　と声をかけた。

「つかれた、つかれた。今日はほんとにつかれた！」

そう、女の人は言って、入り口の横の机に置いてあったお菓子をつまみ上げた。

それを機に、弁護士さんが話題を変えた。

「そうだ、紹介しとこう。うちのエースの江藤麻衣子先生、難民ケースがご専門」

「今日のは離婚案件。なんでもやります」

ついたての後ろからは、少し小柄な女性一人と、若い男性が顔を出した。

「こちらはうちのホープの中原弥生先生。手がけるのは少年事件が多い」

「へえ、うち、エースとホープがいるんだ」

と言って、その女の人は笑った。

「そして、こちらがうちのナンバーワン行政書士の忽那《くつな》立朗先生」

「いや、一人しかいないから、行政書士」

若い男の人も苦笑した。

「そして万能事務員、小川奈津子さん」

最初にドアを開けた女性が会釈した。

「こちらは、お連れ合いのスリランカ人クマラさんが収容されて困ってる、奥山ミユキさんと、お嬢さんのマヤさん」

わたしたちは挨拶を交わし、ついたての奥の二人の先生は仕事に戻った。

「メグちゃんが受けるの？　裁判するの？」

麻衣子先生が尋ねた。女の子みたいな綽名《あだな》。たしかに苗字はメグミ、だけど。

「うーん、そうだな。いま、事情を聞いたとこなんだけど。裁判、しますか？」

聞かれて、わたしとミユキさんは目を見合わせたけど、もう気持ちは決まってた。

わたしたちはこっくり、うなずいた。

メグちゃんと呼ばれた弁護士さんは、考えるように口を真一文字に結んだ。

「ただね、簡単では、ないよ」

「九十九・九％勝てないって聞きました」

「メグちゃんはもっと勝ってますよ」

「お引き受けしたらベストを尽くします。ただ、たしかに勝率の低い裁判です」

「尽くしたベストが、あれ」

麻衣子先生が「ハムスター医療過誤訴訟、全面勝訴！」を指さした。

「ハムスターの歯科診療で、医者が口を器具で無理やり開けたせいで顎を骨折してね。水が飲めなくなって腎不全で死んじゃったんだよ。僕は全力で戦いましたよ。三十二万の賠償金は画期的だった」

「メグちゃんは、労働問題、入管問題、そしてハムスター医療過誤訴訟の権威です」

　麻衣子先生はうれしそうに言った。

「それはまあ、いいとして」

　ハムスター医療過誤訴訟の権威の先生は咳《せき》ばらいを一つした。

「悲しいことですが、在留外国人ケースは、本来、救われるべき人が救われていない。だから、裁判には覚悟が必要です」

　わたしとミユキさんは机の下で、こっそり手を握り合った。

「仮放免申請も、弁護士がやることになります。一日も早く外に出したいでしょうが、すぐに許可の出るケースはあまりありません。僕らも全力を尽くしますが」

これにはいきなりちょっとがっかりした。ともかくクマさんに出てきて欲しかったから。

「それから、裁判は時間がかかります。一年、二年かかってしまうこともあります」

これにもがっかりした。そんなに長く、クマさんは収容されたままなんだろうか。

「ただし、裁判中に強制送還されることはありません。それは確かです」

ミユキさんは唇を噛んで下を向き、それから目を上げてきっぱり言った。

「強制送還されて、五年も戻ってこないよりはいいです。先生に、お任せします」

「ご本人はどうなんでしょう。クマラさんは、裁判の意志は固まっていますか？」

「昨日、本人と電話で話しました。お願いしたいと、言っていました」

ハムスター先生は何度かうなずいた。

近くに座っていた麻衣子先生が、目でなにか合図しているみたいだった。ハムスター先生はまたちょっと咳ばらいをした。

「お話ししなければならないのは、費用のことです。着手金と報酬金というのがありまして、着手金は、仕事をお受けすると決めた時点でいただくものです。報酬金は裁判に勝ったとき、あるいは和解が成立するなどしたときのもので、負けたらもらいません。ちなみに着手金が五十万円で」

ミユキさんは、さっきの威勢のよさはどこへやら、急にそわそわしだした。

「じつはそのう、うちはお金が」

ハムスター先生は、うううと、喉の奥から絞るような音を出してから言った。

「――じゃ、分割にしますか」

ミユキさんはぽっかり口を開け、救われたという視線をハムスター先生に送った。

麻衣子先生がちょっと笑った気がした。

ハムスター先生は、次の月曜日にはミユキさんと、クマさんに会いに行ってくれることになった。

「いっしょにがんばりましょう！」

と、先生は言った。それは、母娘にとって、とてもとても心強い言葉だった。クリスマスにクマさんを失って以来、はじめてあらわれた味方だった。

帰り際にミユキさんは、気になってたことを訊いた。

「上原さん、なぜ入管を辞めたんですか？」

「僕も詳しくは知らないんだけど」

ハムスター先生は言葉を選んだ。

「去年、お嬢さんを亡くしたんです。スキー場の、事故でね。中学生だった。そのあと、あるオーバーステイ外国人の退去強制に係《かか》わったとき、ものすごく悩んだと聞いてます。お嬢さんと同い年の女の子のいるベトナム人家族の件で、三歳から日本にいるその女の子も含めて全員国外退去という判断を、入管は下したんですが、その子は日本語しか話せない。友だちや人間関係もすべて日本で作ったわけで、日本での将来しか考えてなかった。その子がいきなり言葉も知らない国に強制的に送られて、どうするんだろうって。亡くなった中学生のお嬢さんのことを、ダブらせてしまったって」

　結局、その家族は、一家でベトナムに帰って行ったという。

「入管の職員は負担も大きいと思うんですよ。日常的に、あなたは日本にいていい、あなたはダメと判断する仕事でしょう？　結婚に真実性があるかなんてことも、ふつう、日本人なら問われない。それを、あなたは不許可、あなたは収容、あなたは仮放免とかってね。収容って、人の自由を奪うたいへんなことなんです。刑事事件なら、裁判官が判断するんですよ。それなのに入管収容は、入管職員の裁量一つでなにもかもが決まる。人の人生を左右してしまうから、心があれば悩みも抱えるでしょうね」

　立ったまま、ハムスター先生が話しているとき、ドアがノックされた。

「ちょっと難しい話になっちゃった。ともかく、来週、いっしょに牛久に行きましょう。連絡します」

ハムスター先生がドアを開けると、そこには男の子が一人、立っていた。

「よう、めずらしく時間通りだな」

先生が声をかけたけど、男の子はびっくりした顔でこっちを見ていた。

「えっと、マヤ。マヤ、だよね？」

ハヤトは言った。

「父ちゃんのこと、恵先生に頼んだの？」

クマさんのことを、誰かに「父ちゃん」と言われるのは、はじめてだったけど、急いでうなずいた。だって、ハヤトだよ！　あの、モデル顔の子だよ！　入管のファミリーマートのイートインで話しかけてきたカッコいい男の子が、マヤの名前を覚えてたんだよ！　超舞い上がった。

「なんだ、二人は知り合いか？」

ハムスター先生が言い、前に東京入管で会ったんっすよ、とハヤトが言った。

「覚えてる？　ハヤトだよ！」

とにかくね、うなずいたよ、わたしは。それしかできないもん、びっくりしてて。

「あ！」

驚くけど、自分がなにしたかっていうと、ポケットに入ってたスマホを取り出して振って見せたの。大胆だよね。

「あ、今日は持ってるんだね。ＬＩＮＥ交換する？」

「きみらは僕の事務所でなにしてるの？」

ハムスター先生に笑われながら、わたしとハヤトは「ふるふる」をしたの。

「お友だちなの？」

ミユキさんも不思議そうにしたけど、とにかくそのときはそれで別れたのね、だって、ハヤトは先生に相談があるんだし。

帰りの電車の中で、もう、受信音がしてスタンプがやってきた。いまいちよくわからんヘンテコなキャラクターが「ちょーびっくらした」とか言ってて、笑えた。こっちも、無難なかわいい猫キャラで、「わたしもー」とか送っといた。ハヤトはハムスター先生と話している最中に、スタンプ送ったりしてるのだろうかと、ちょっと気になったけどうれしかった。

なに、この展開。なに、この偶然！

だけどね、中三の一年間、つらかったから。とくに秋から春にかけてなんて、十五歳にして人生のどん底を見た思いだったからね。そろそろいいことがあってもいいんじゃないかって思ったの。

それからちょくちょく、ＬＩＮＥでメッセージを送り合うようになった。いろんな意味で、運が向いてきた気がした。

翌週、ミユキさんはハムスター先生といっしょに牛久に行った。クマさんは何度も、ありがとうございますと頭を下げた。

その次の日曜日に、ハムスター先生はボロアパートにやってきた。裁判の訴状というのを作るために、いろんな書類や証拠が必要なのだそうだ。証拠って、いったいなんだろうと思ったけど、それはクマさんとミユキさんの結婚に「真実性がある」ってことを示すものなんだそうだ。

「まあ、典型的なのは、歯ブラシとか」

偽装結婚の場合、ほんとにはいっしょに暮らしてなかったりすることもあるから、仲良く暮らしてたことがわかるものは、すべて証拠になるのだそうだ。

家に入るなり、先生は玄関の絵に目を留めた。それは例の、コンクールで佳作を受賞した「ハピネス」だった。

「マヤちゃん、絵がうまいんだね」

「そうなんですよー」

ミユキさんは無邪気に自慢した。

「この絵は、ミユキさんとクマさん？」

ミユキさんの手にアメジストの指輪を嵌《は》めるクマさんの手を描いていたのを、ハムスター先生は目ざとく見つけた。そうです、と、わたしは答えた。

「去年のいまごろ、いっしょうけんめい描いてたよね、マヤ。結婚式を六月にする予定で。秋に、コンクールがあって佳作もらったんです」

「じゃ、これ、証拠1」

ハムスター先生は、おもしろいものを見つける名人だった。もちろん洗面所の歯ブラシもクマさんの大きな靴も撮影したけど、台所で使い込まれたホッパー鍋を見つけて、

「これ、クマさんのだよね」

と笑って、証拠に加えた。そのあと、ベランダに出て、ポールの曲がったぶかっこうなランドリーラックを眺めてたずねた。

「いい仕事してるね、彼がやったの？」

わたしとミユキさんは、思わず笑い出し、クマさんがはじめてこのボロアパートに来た日を思い出した。不良品のランドリーラックを必死で組み立てて、二度目のプロポーズをして振られたクマさん。

「六年前？ いい話だね。じゃ、これも」

こうしてあの古いランドリーラックも、証拠写真に納まった。

わたしはハムスター先生のために、クマさんに教わったエッグホッパーを作ってあ

げた。前の日から種を寝かせておいたんだ。ホッパーは米粉のクレープみたいな感じで、目玉焼き入りがエッグホッパー。タマネギとチリパウダーとココナッツフレークとレモン汁と出汁パックの中身を、擂《す》ってよく混ぜたものをバターに添えて出した。クマさんがいないから、どんどんホンモノっぽさから離れていく気がしたけど、ハムスター先生はおいしいって言ってくれた。

「あとは、そうだなあ。家族で撮った写真のアルバムなんか、ありますか？」

ハムスター先生が、口元をティッシュで拭きながら、そう言った。うーん、うち、あんまりないんですよね、あ、鶴岡のがあると思う、おばあちゃんと撮ったやつ。そんなことを言いながらミユキさんがスマホを確認し始めたので、わたしは思いついて、クマさんのスマホを出した。

「これ」

　使うようになってすぐ気づいたんだけど、クマさんはプロポーズした江の島の風景を、待ち受け画面にしてたんだ。

「ロマンチストだよねえ、クマさんは」

　そう言いながら、ハムスター先生はデジカメでスマホの写真を撮った。そして、

「まだあるかなあ、こういうの」

と言うので、わかんないけどたぶんあるんじゃないかなとわたしは答えた。

「なんにも隠したくないって言ってたよ、クマさん。証拠になるのなら、見ても構わないんじゃない？」

それで、わたしたちはいっしょに、クマさんのスマホに入っている写真のフォルダーを開けてみることにした。

「いつ、撮ったんだろね」

ミユキさんが照れくさそうにした。

ミユキさんの横向きや寝入っている姿のアップの写真なんかも、入っていたからだ。古いスマホを使い続けているのか、写真を移したのかは知らないけど、二〇一一年からの写真があって、震災の後の炊き出しのものも見つかった。でも、その写真にはミユキさんは写っていなくて、頻繁に出てくるようになるのは、翌年からだった。ちっちゃいわたしとナオキくんも写ってた。

東京地方裁判所に訴状を提出して、裁判が始まった。原告はクマさん、代理人はハムスター先生だ。「退去強制令書発付処分取消等請求訴訟」というものらしい。見せてもらった訴状ってものは、漢字が多くて頭が痛くなるからちゃんとは読まなかったけど、最後のところはじんと来た。

「原告に対する本件各処分は著しく非人道的で正義に反するものであり、法務大臣が原告に在留特別許可を与えなかったことは、その裁量権を逸脱濫用《らんよう》するものと言わざるを得ない。本件各処分は違法である」

　これじゃわかんないと思うから、きみにわかりやすく翻訳するとね、

「クマさんを日本から追い出しちゃうなんて、とってもひどくて悪いことだよ。法務大臣がクマさんに在留特別許可をあげないのは、なんでもかんでも勝手にしていいと思ってて、やりすぎなんだってば！　こんなの、法律違反だよ」

　って、意味。ひどいなあ、ほんとにひどいなあ、と言ってくれたハムスター先生の声が響いているような気がした。

　ミユキさんは毎週月曜日にクマさんに会いに行ってたけど、わたしは電話で話すだけ。牛久は遠いし、土日や祝日は面会ができないからだ。弁護士の先生たちはできるけど、家族はだめ。もちろん、弁護士に会うのは大事だけど、ほんとに会いたいのは家族なのに。収容は本人だけじゃなくて、家族にも罰を与えるものなんだなと思った。だけど、どんな悪いことをした罰なんだろう。まるで、ミユキさんが外国人と結婚したから罰を受けてるみたいだよ。

　でも、ハムスター先生は、収容は罰じゃないと言ってた。

「刑罰っていうのは、裁判なしに勝手に与えていいものじゃないんです。在留資格のない外国人の収容というのは、罰じゃない。送還までの間、一時的にそこに身柄をと

どめておく措置に過ぎないんです。だから本来、送還できないなら収容には意味がない。諸外国では、三ヶ月とか、六ヶ月とか、収容に期限があり、それを超えても帰れない人たちの収容は解きます。しかも必ず裁判所が関与します。裁判所の許可もなく無期限に収容していいなんていう、日本の制度はおかしいんです」

十一　東京ディズニーシー

その後、ハヤトからはちょくちょくＬＩＮＥで連絡が来るようになった。

最初のうちは、元気？　とか、いま何してる？　とか訊いてきて、オレはいま飯食ってるとかなんとか、笑えるスタンプが添えられてることが多かった。そしてときどき、

「父ちゃん、元気？」

と、書いてあった。

クマさんのことを話せる友だちは、ナオキくん以外にはいなかったから、ハヤトが気にしてくれてるのはうれしかった。「牛久」とか「収容」とか「在留特別許可」とか「仮放免」なんて言葉を、解説なしにわかってくれる人なんて、まわりにいないし。

好きな漫画は『ＮＡＲＵＴＯ―ナルト―』と『ＯＮＥ　ＰＩＥＣＥ』、着てる服はヒップホップ系っていうか、ちょっとダサめなんだけど、顔がモデルで脚が長いから、

何着てもいい感じに見える。

「マヤの学校の近くまで来てるから、会えない？」

　そんなメッセージが入ったのは、ハムスター先生のところでばったり会ってから、二週間くらいしたころだったかな。学校のことは、まえに言ったことがあったから。

　ＯＫと返信して、待ち合わせ場所を決めると、ほんとに学校の最寄り駅まで来た。

　放課後、友だちに会うからと一人で出て来たのに、部活の仲間のやいちゃんとルリぽんに後をつけられてて、

「わー、マヤマヤの彼氏、外国のヒト？」

と、大騒ぎになった。いつのまにか、「モデルの彼氏」と話が大きくなってて、彼氏じゃないし、モデルでもないって言ったけど、そのほうがおもしろいからって、押し切られたりしてたんだ。やいちゃん作の『モデルとマヤ』っていう、ろくでもない四コマ漫画ができちゃってたし。一回見ただけなのに、めちゃくちゃ特徴とらえた似顔絵を描く、やいちゃんの才能には脱帽する。

　才能といえば、ハヤトにはすごい才能があって、それは、ものまね。『シャイニング』のジャック・ニコルソンとか、ものすごくうまいの。あの、斧《おの》でドア壊すとこ。相手の女の人も両方やってくれて、それが全部、日本語吹き替え版！

　代々木公園に行って、ソフトクリームとか食べながら見るハヤトのものまねは、す

んごいおかしくて、ゲラゲラ笑った。

ハヤトは『タイタニック』もやってくれた。ひとりでレオナルド・ディカプリオとケイト・ウィンスレットを両方。深刻な顔で、ちょっと頭を斜めにして海見てるレオ、「わたし、気が変わったのよ、ジャック」とか言って近づいてくるケイト、そこに流れるバックグラウンドミュージックも口笛でやってみせてくれるの。もちろん、あの両手を広げて、「わたし、飛んでるわ！」ってとこまでね。ウケた。涙出てきたくらい。

映画館にはあんまり行かなくて、だいたい家で無料の映画ストリーミングサイトで見てるって言ってた。それで見られないものはほとんどない、とか言ってたな。新作より、古い映画のほうが好きなんだって。『タイタニック』はテレビで見てたけど『シャイニング』はハヤトに教えてもらってスマホではじめて見た。『タクシードライバー』とかも。

スターになれそうなくらいかっこいいのに、残念なのは、前歯におっきな穴があること。黙ってるとわからないけど、大口開けて笑うと見える。思わず、痛くないのか聞いたら、

「これ？　ぜんぜん」

と、平然と答えた。虫歯は痛い時期を通り越すと自然に治ると、ハヤトは言う。

「治る、治る。超痛い時は氷とか顔にくっつけて、我慢してれば、ぜったいに治る」

「神経が麻痺《まひ》するんじゃないの？」

「治るって！　ホントに。歯医者なんか行くのはバカだぜ。たっかい金取られてさ」

「知らなかった」

「自然に治るけど、穴は開いちゃうから、女の子はなあ。マヤは歯医者行きな」

女の子じゃなくても穴が開かない方がいい気がしたけど。とくに、ハヤトみたいにかっこいい男の子はね。だけど、ハヤトがあんまり強く「治る」って言うので、余計な治療する歯医者が詐欺師っぽく思えてきた。インプラントなんて何百万だぜとか、ハヤトが言うもんだから。虫歯治すのとインプラントとでは、ちょっと話が違うような気がしたけど、わたしもそんなに詳しくないからね、歯医者については。

「また東京来るとき連絡するよ」

ハヤトが住んでるのは埼玉県の川口なんだけど、「東京」ってわざわざ言うのが、なんとなく、おかしかった。

クマさんの電話は、だいたい、ミユキさんが家にいる午前中だったけど、ときどき夕食の後、わたしにもかかってきた。週に何回か、フリータイムの後にも、収容部屋の中で電話を使える日があるらしい。

今日、チキンカレー作ったよとか、ハヤトって子と友だちになったんだよとか、そんなことを話したりした。

「マヤちゃん、それ、ボーイフレンドか？　ナオキのこと話すときと、声は違う」

「なに言ってんの。そんなことないよ」

「オレの知らない男とつきあう、心配だな」

「だから、つきあってないってば」

「だいじょうぶなのか？　外国人なんだろ」

「クマさんだって、外国人じゃん」

「だからだよ。外国人とつきあったら、マヤちゃんが苦労するだろ」

　これには胸が詰まってなにも言えなくなり、話題を変えてごまかした。

　クマさんはずいぶん参ってるようだった。裁判が始まったから、少し元気になってくれるかと思ったけど、七月の半ばに仮放免が二度目の不許可になって、やっぱりとても落ち込んだらしい。

「諸外国では三ヶ月とか六ヶ月とか収容に期限があるのに、日本にはない」と、ハムスター先生が言ってたけど、クマさんの収容はもう半年以上、退去強制令が出た後の収容と考えても、五ヶ月になっていた。そして、入管に収容されている人の半数以上が六ヶ月以上の長期収容で、長い人は四年とか六年とか。六年って！

仮放免不許可の手紙は、最初のときとコピーしたみたいにいっしょだった。

「申請の理由を総合的に判断した結果、これを認めるに足る理由がなく、不許可と決定したので通知します」

総合的？　認めるに足る理由？

どういう場合は認めて、どういう条件だとダメだって基準がまったくわからない。なんの説明もない。当たりの出ない籤《くじ》を引き続ける、悪い夢みたいな感じ。

仮放免が不許可になると、職員の一人がスーっと近寄ってきて、「帰国しなさい。チケットを買うなら手配する」と言うらしい。その人は、入管の収容者に「チケットの先生」と呼ばれているんだそうだ。

高校に入ってはじめての夏休みがやってきた。学校が休みになったから、ようやく、クマさんに会いに行けることになって、ミユキさんと二人で牛久まで出かけた。せっかく会うんだから、好きな食べ物でも食べさせてあげたかったけど、バナナの葉っぱに包んだお弁当を差し入れるわけにはいかず、結局、紅茶と練乳とＣＤを何枚か、それと歯ブラシやシャンプーや、Ｔシャツなんかを持って行った。

クマさんは、前に会ったときよりさらに痩せてしまっていた。不眠が続くと食欲もなくなるそうだ。イランの人は、電気ポットでお料理してくれないのかと聞いたら、少しだけ笑って、そういう日もある、そのときは食べるよと言った。

「ここは、少し、おかしい」

　クマさんは、声を落とした。誰かに聞かれることもないと思うんだけど、クマさんはちょっと心配してたのかもしれない。

「病気になっても、なかなか医者に診せない。サビョウというのは、なんの意味？」

「サビョウ？　なんだろう」

「サビョウ？　ケビョウじゃないの？」

「ケビョウは、なんの意味？」

「仮病っていうのは、病気だって嘘をつくこと。学校休みたいときとかに、お湯に体温計つけて、熱出たって言うとか」

「もしかしたら、たぶん、そのことかな。でも、サビョウと言ってた。だから医者に診せない。どうせサビョウだからと」

「詐病、かな？　詐欺の、詐？」

「それから、薬、くれる。名前は忘れたけど、痛いと言うと、おなか痛くても、頭痛くても、足が痛くても同じ薬くれる」

「お医者さん、いないの？」

「いつもいるのではない。でも、いるよ。だけど、医者に会うために、まず、お願いの紙、書く」

「お願いの紙？」

「アプリケーションと呼んでる。それ書いて、担当に渡して、はい、医者が診るよというのが、たとえば、二週間あと」

「二週間？　どうなのよ、それって」

「ちょっと風邪とかだったら、治ってるけど、だいたいは、すごくひどくなる」

わたしとミユキさんは顔を見合わせた。

休みに入ったから、また会いに来るよと言うと、クマさんは少しだけ笑ってくれたけど、どんどん痩せ細っていくのを見るのはつらかった。

「もしかしたら、医者に診せるとお金がかかると思ってるのかもね」

ミユキさんが帰りの常磐線の中で言う。

「お金かかったってしょうがないよねえ。風邪くらいなら、ほっといても治るかもしれないけど、重病だったらどうすんの」

「でもさ、ほら、入管施設って、国がやってるわけでしょ。てことはつまり、税金を使ってるわけだから、なるべく使いたくないのかなって気がする」

「税金使いたくないならさ、あんな大きな施設作って外国人を収容しとくことじたいが無駄遣いって話にはならないのかな」

「そうだよねえ。クマさん、働き口さえあれば、あの人、働き者だから、税金だって、いっぱい、ちゃんと払うのにねえ」

「そうだよね。それにさ、外にさえ出られれば、自分のお金で病院にも行くのにねえ。あ、でも、どうなんだろう。入管に収容されてる人が病院に行くときは、そのお金は誰が出すのかな。国かな。収容されてる人なのかな」

「それは国よ。収容している側の責任でしょう。収容されてる人はお金なんかないんだから。外にも出さないで、それでお医者さんにも診せないなんて、どうかしてるよ。すごい病気が隠れてて、死んじゃったりしたら、どうすんのよ！」

　ミユキさんは常磐線の中で大きな声になり、わたしもものすごくこわくなった。

　あまりにショックだったので、ビデオ通話で連絡してきたハヤトにも話してみた。

　ハヤトは、ぜんぜん驚きもせず、

「知ってる。死んじゃった人もいるよ」

　と、言った。

「やだ、なに言ってんの！」

　そんな冗談、おもしろくないよ、ハヤト！　と、そのときは思ったんだけど、ハヤトはまじめな顔で肩をすくめただけだった。

「え、まさか、ほんとに、亡くなった人が、いるの？」

「マヤ、知らないの？」

「どういうこと？ 病気で、治療が受けられなくて、亡くなった人がいるの？」

「日本人は、あそこでなにが起こってるか、ぜんぜん知らないよね」

そう言うと、ハヤトはきれいな茶色の瞳でまっすぐこっちを見た。それから、目をそらして遠くを見て、なにかをあきらめたみたいに言った。

「オレはいろいろ知ってるけど、言わない。だって、マヤ、父ちゃんのことが心配になっちゃうだろ。オレは兄貴や親父が収容されたとき、心配で気が狂いそうだった。ね、それよりさ、来週、東京に行くから、会えない？ 夏休みになったんだよね？ ちょっと早い時間に待ち合わせしない？」

ハヤトは月に三、四回は弁護士事務所に用事を作って東京に出てきた。牛久のクマさんのことは心配だったけど、またハヤトに会えるのは、ドキドキした。

第一回口頭弁論の期日がやってきた。八月の頭の、暑い日だった。場所は東京地方裁判所で、平日の午前十時からだった。

ミユキさんといっしょに地下鉄で霞ケ関まで行って、地上に上がると裁判所は目の前だった。せっかくだから、写真を撮ろうと思ったら、警備員さんが来て、ダメダメダメダメ、と言った。入り口には荷物検査のカウンターがあり、一階のコンピュータで法廷を確認して、わたしとミユキさんは大きなエレベーターに乗った。

エレベーターを降りると、リノリウムの廊下が続いてて、どこにも誰もいなかった。壁に貼られたフロアマップで法廷番号を確認し、大きなアクリルの扉を抜けてフロアをうろうろしてたら、だんだん心細くなってきたし、時間もぎりぎりになってしまった。心臓をバクバクさせながら「傍聴人入口」というドアを開けて覗くと、傍聴人席はガラガラだったけど、左奥にハムスター先生が座っていてホッとした。

椅子に座って、息を詰めて待っていたら、裁判官が三人、入ってきた。その場にいた人がみんな立ち上がったから、ミユキさんとわたしもあわてて立った。

正面に、三人の裁判官、左側にハムスター先生、そして反対側には眼鏡をかけたショートボブの女性とやっぱり眼鏡の男性二人が座った。この人たちが入管のほうの代理人で、ボブヘアの女性が「訟務検事」だと、あとで先生に教えてもらった。「訟務検事」は国の裁判のときに出てくる、「政府の顧問弁護士みたいなもの」なんだそうだ。

書記官が、クマさんの退去強制令書発付処分取消等請求訴訟の事件番号を告げた。

「それでは開廷いたします」

と、真ん中に座った裁判長が言った。

その裁判長も女性で、おでこで分けた髪をきっちり後ろでまとめていて、すごく顔が小さく見えた。両脇は男性裁判官だった。

クマさんの事件なのに本人はいなくて、三人の裁判官が資料をめくる音が法廷に響き、小さい声で確認が交わされ、それから裁判長がまた口を開いた。

「原告代理人は、訴状記載のとおり陳述しますか？」

ハムスター先生は立ち上がり、一呼吸おいて、言った。

「ひと言だけ、よろしいでしょうか」

裁判官たちはちょっと不思議そうな顔をした。右側、被告席の人たちは、微動だにしなかった。

「なにか？」

裁判長が少し、苦笑したようにも見えたけれど、ハムスター先生は話し出した。

「裁判長。本件は、原告を本当に退去強制することが正しいのか、ぜひ、考えていただきたい事件です。たしかに原告は、オーバーステイになったときには婚姻していませんでした。原告とその妻には、別離の時期もありました。しかし、二人の人間が出会い、将来を誓い、原告の妻の子も含めてその生活を成り立たせていくときに、いくつもの波を乗り越えることになるのは、日本人か、外国人であるかを問わず、人として誰にも心当たりのあることではないでしょうか。婚姻期間の長さではなく、様々な喜びや困難をともに生きてきた、その時間と歴史を見ていただきたいと思います。原告は、仕事のない時期に結婚に踏み切れないと、自分を追い込んでしまった。打算のなさゆえにこの事態を引き寄せてしまった原告を、本当に、日本から追い出すという決断をするのか。家族を引き裂き、残された家族にも深い心の傷を負わせることになる決断を日本の法廷がするのか、ぜひ」

三人の裁判官が小さな声でまたちょっと相談し、ハムスター先生の言葉を遮るようにして、裁判長が言った。

「弁護人の意見は書面で提出していただけますか?」

「いえ、率直な意見を申し上げただけです。いまとったメモを調書に残していただければ。あるいは残さなくても、ぜひ裁判官に聞いていただきたかったので」

ハムスター先生がそう言うと、訟務検事の女性が腕時計に目を落とした。

「被告代理人は、答弁書にあるとおりに陳述されるということですか?」

「はい。陳述します」

訟務検事は事務的に答えた。

そのあと、裁判長と両方の代理人の間で専門用語っぽいやりとりがあり、裁判官とハムスター先生と訟務検事が次回の日程を決めて、閉廷した。あっけないくらいの時間で、第一回口頭弁論は終わった。

裁判所で、少しだけハムスター先生と立ち話をしていたら、知ってる人がちょっと目で挨拶をして通り過ぎた。ミユキさんは小さく声を上げて、ハムスター先生にお辞儀すると、小走りにその人を追いかけた。

「上原さん！」

上原さんは立ち止まって振り返った。

「来てくださってたんですね」

「恵のところへ行ったきりだったので、ちょっと気になって。裁判、始まりましたね」

「すみません、お礼に伺わなきゃと思いながら、バタバタしていて」

「いやいや、そんなのは。じゃあ、また」

そう言っていなくなろうとする上原さんの後姿に、ミユキさんはまた声をかけた。

「あの、上原さん」

「はい？」

「なぜ恵先生を紹介してくれたんですか？」

「うん、だから、あいつは入管にとって、かなり嫌な相手で、ぼくの知る限り」

「そうじゃなくて、どうして、わたしたちを助けてくれたんですか？」

「助けてるのは、恵ですよ」

「でも」

ミユキさんが言い募るので、なにか答えなければと思ったらしい上原さんは、所在なさそうに振り返って言った。

「わかんなくなるんですよ。愛の定義なんてものを、どうすりゃあ、決められるもんなのか。金のための結婚なんて、ざらにあるけど、そんなもの法には触れない。別居夫婦が断罪されることもない、日本国籍さえあれば。それがなぜ、外国籍の人だと問題にされるのか。もちろん、奥山さんの場合は、そのどちらでもないわけですが。ともかく、恩に着たりしないでください。裁判は、時間、かかりますから、気力を保って、がんばってください」

上原さんが帰って行くのを見送ると、ほかの人と話をしていたハムスター先生が近づいてきた。

「照れくさいんじゃない？　お礼とか言われるの。人に親切にするの、慣れてないんでしょう。ほっといていいですよ」

ミユキさんとハムスター先生は、この後のことを歩きながら打ち合わせて、そして忙しいハムスター先生は大きなキャスター付きバッグを引きずりながら去って行った。出張帰りかと思ったら、資料が重いのでいつもそのバッグなんだそうだ。

次の口頭弁論の日は、二ヶ月近く先で、その間に、ハムスター先生は牛久のクマさんに会いに行ったり、ミユキさんと相談したりして、準備を進めていた。

わたしの夏休みは、とくにすることもなく、だいたい、バイトで埋まってた。休み中に集中して働いておけば、余裕ができるし、部の合宿のお金も出せるし。ハヤトに会う日が近づいてくると、ちょっと気分が浮き立った。

あの日、バイト終わりに店長が、とつぜんわたしを呼び留めた。

「マヤちゃん、明日の夜って、空いてる？」

わたしはちょっと困った顔をしたと思う。ハヤトと会う日だったから、急なバイトのシフトを入れたくなかった。

「シフトですか？」

「違う、違う。じつはね、うちのと行く予定だったんだけど、熱出しちゃってね。ちょっと明日は無理ってことになっちゃって。ほかのバイトの子にも聞いたんだけど、行ける人がいないんだよ。もし、行ってくれるなら、プレゼントするんだけど」

店長が差し出したのがなにかって言うと、ディズニーシーのチケットだったんだよ！　「アフター6パスポート」ってやつ。

「日付変更できないんですか？」

「うん、これ、なんかの抽選で当てたのだから、行かないと無駄になるやつ。明日、マヤちゃん、バイトないでしょ」

「行く、行く、行く、行く、行きます！」

「あ、ほんと？　よかった。じゃ、ダッフィーとシェリーメイのついたトートバッグ買ってきてくれるかな。はい、これ、四千円。シーじゃなきゃ買えないから。あとで画像送る。これ、チケットね。シー、行ったことある？」

「ないです、ないです」

「閉園近くなると、混雑するから、行ったらすぐショップ行って買っちゃって。あとは好きなように遊んできてよ」

　わたしから見ると完全におじさんの店長の口からダッフィーとかシェリーメイとか聞くのは不思議な感じだったけど、とにかくわたしは壊れたみたいにうなずいて、チケットを受け取った。

　ついてる。ぜったい、ついてる。

　翌日は、朝からソワソワして待った。

　ハヤトの用事の終わる時間がよくわからなかったから、電話がかかってきたら出かけるつもりで新しい服を着た。連絡があったのは二時過ぎで、結局、会えたのは三時近く。暑くて、外を歩きたくなかったから、新宿に行って都庁の展望台に上った。

「すげー、ここ、いつ来ても。ザ・東京って感じ」

　涼しくて、人の少ない展望台は、お金のない高校生デートにぴったりだったけど、この日、わたしには隠し玉があった。

「ね、今日さ、いいもの持ってんの」

「なんだ、いいものって」

「バイト先の店長からもらったの。東京ディズニーシーのチケット。六時から入れるんだ。行かない？」

「え？　マジ？　今日？　これから？」

ハヤトは驚いて、妙な動きをした。

「マジ。今日。これから」

「ウソ！」

「ホント。昨日もらったの。店長、行けなくなっちゃったんだって」

「ヤバくね？」

「ヤバいよね！」

「えー、だって、いまからかよ」

「そうだよ、だって、今日のだもん」

「それはちょっと。だって、千葉じゃん」

わたしは笑い出した。

「千葉だけど、一時間くらいで行けるよ」

「マジ？　行くの？」

「行かないのお？」

「行かないなんて言ってないよ。行くよ」

「ホント？」

「ホントだよ」

「ね、ハヤトはさ、ディズニーって、行ったことある？」

「あったりまえじゃん」

「いいなあ。マヤは、ないんだ」

「じゃ、今日、はじめてかよ？」

「そうだよ。初ディズニーだもん」

「そうなのか！　ホントはオレもはじめて」

「なに、ウソついてんのー！」

ハヤトのすることはなんでもおかしい。

「いいじゃん、どうでもいいじゃん。ちっと貸せ！」

ハヤトはわたしの手からチケットを奪い取って、ちゃんちゃらちゃんちゃん、ちゃん、ちゃらちゃらちゃら、と歌いだした。

中央線で東京駅に行き、二駅分くらい歩いて京葉線にたどり着いて舞浜まで行った。

そこからも歩いてディズニーリゾートラインに乗り換えて。歩くたびに道に迷って、迷うたびにわたしとハヤトはゲラゲラ笑った。

到着したのはちょうど日が傾く時刻だった。ゲートを抜けて、ライトアップされた巨大な地球儀の前に出ただけで、圧倒される感じがした。ショップもかなり人が並んでたんだけど、とにかくミッションの「ダッフィーとシェリーメイのトートバッグ」を買った。ハヤトは店内を見てまわって、

「たっけー。どうすんだよ、耳付いたパーカなんて、ここ以外じゃ着れねえじゃん」

と、悪態をついた。

ハヤトは素直にはしゃぎたくないのか、どんだけ歩くんだ、広すぎて疲れるとか、人が多いとか、いろいろと文句を言った。でも、興奮してるのは、隠せなかった。

園内に灯がともって、色つきの噴水が吹きあがって、ショーやパレードの音楽が響いて、それを見たり聞いたりしているだけで、圧倒される感じ。

人気アトラクションのファストパスはとっくに発券終了になっているらしい。ファストパスを持ってる人でさえ並んで順番待ちしてるのを見て、トイ・ストーリー・マニアもタワー・オブ・テラーも、きれいさっぱりあきらめた。

「オレたちは、無料で来てるんだし、はじめてなんだからさ、とにかく待ち時間が短いのを選んで、入れるやつ片っ端から入ろうな」

という方針のもと、まずはジェリーフィッシュなんとかという乗り物に乗って、クラゲを見ながら上がったり下がったり。

「こりゃ、さすがに赤んぼ用じゃねえか？　オレは赤んぼじゃねえ」

とか、ぶうぶう言いながらも、最初のアトラクションをものにし、マーメイドラグーンシアターでリトル・マーメイドのショーを観た。自動で動くボートみたいなのにも乗った。二人乗りのボートがくるくる回転したり、前後左右に動いたりすると、

「なんだよ、これは。昭和沼の足漕《こ》ぎボートの漕がないやつってか？」

とか言う。

「なに、ショーワヌマって？」

「知らねえの？　埼玉にあんだよ！」

それでまた、わたしは笑い出す。

橋を渡ってロストリバーデルタに行くと、行列の途切れたところで、お姉さんが、

「インディ・ジョーンズ・アドベンチャーの最後尾はこちらです。いまからだと入り口まで五十五分かかります」

と言っているのが聞こえた。ハヤトはひょいと近づいて行って、ファストパスは持ってないけど並べば入れるのか、とたずねた。

「はい。お入りいただけます」

お姉さんは両手をパーにして、胸の前で振った。

「五十五分だってよ」

「並ぶよ、並ぶ。インディ・ジョーンズ、超楽しそうだもん」

並んでいると、ハヤトは、

「ちょい、待っててね」

と言ってどこかにいなくなった。トイレにでも行ったのかと思ってたら、ミニーの耳のカチューシャを持って戻ってきた。

「ほい、これ」

「え？　だって、高くてバカみたいって」

「これないと、変だろ、ここじゃ」

「変じゃないと思うけど」

「なんだよ、いらねーのかよ。じゃ」

「いらねくねー。いる。いる。いる」

ちょっと照れながらカチューシャつけたら、ハヤトが写真を撮った。

「あー、こんなん買っちゃったから、金がねえ。オレたち、晩飯、チュロスだぜ、チュロス。ちょっと買ってくるわ」

とにかく立って並んでいたくないらしいハヤトがまたどこかに行こうとしたから、

わたしは急いで千円札を渡した。しばらくしたら、骨付きチキンとポップコーンを持って戻ってきた。

「こっちのほうが、腹にたまりそう」

お腹が空《す》いていたので、すごい勢いで食べてしまったけど、ほんとはジェットコースターっぽい乗り物に乗る前には、食べない方がよかったかも。

順番が来て、四人掛けのシートに座って、魔宮へ出発！　ベタだけど、ぜったい、カップルで乗るべき、キャーとか言って、しがみつけるやつだ。終わって外へ出ると大きな音がして花火が上がっていた。

「さすがだな、夢の国、パねえわ」

ハヤトもとうとう素直に認めて、夜空に開く光の花を見つめていた。

そのあと、わたしとハヤトは音と光のスペクタクル、ファンタズミックを眺めた。人混みの後ろのほうからだけど、その場にいられるだけで満足だった。

「ね、写真撮らない？」

自撮りしようとしたら、腕の長いハヤトはわたしからスマホを取り上げて、肩を組んで引き寄せるみたいにした。

「撮るよ。マヤ、こっち向いて」

鮮やかなレーザー光線が夜空に交差するのを背景に、画面をのぞきこんだら、

「違う、違う。こっち。オレの方、向いて」

え？　わたしは真横のハヤトを見た。ハヤトの顔が覆いかぶさってきた。シャッター音がした。え？

「なんだこれ。ぜんっぜん撮れてねー」

ハヤトはまたゲラゲラ笑った。マヤの人生初のキスシーンは、光がウネウネしてるだけの、わけのわからない失敗写真だ。

外国の人って、なんでもなくてもキスすんのかな、日本生まれの日本育ちでも、とか、頭の中が光ウネウネ写真並みに混乱した。

「十七年生きてて、今日が最高の一日かも。いちばん好きなのクラゲだよ、クラゲ。忘れねーわ、オレの初ディズニーだし」

ハヤトが言い、わたしは爆笑した。

帰りたくなかった。夢の国にもっといたかった。でも、帰ったけどね。

それからの一週間くらい、わたしは生涯経験したことないくらい、フワフワして過ごした。バイト先でオーダーミスはするわ、ルリぽんの家に遊びに行こうとして、やいちゃんちに行ってしまうわ、頭がぼけぼけになってた。

あれからいろいろあったけど、ハヤトと行ったディズニーシーのことは忘れない。たぶん一生、忘れないと思う。

　次にハヤトと会ったのは、ハヤトがハムスター先生の事務所に行く日だった。

　ハヤトの相談相手は麻衣子先生だったんだけど、ともかく、相談の後にちょっとだけ会えるかもみたいな話で、わたしはその時間に事務所のあるビルの下で待っていた。

　すると、麻衣子先生の声が響いてきた。

「未成年だからって見逃すほど、入管は甘くないよ。もうすぐ十八なんだから、ほんっとに気をつけなさいよ」

「わあったよ！　しょうがないじゃん。じゃ、東京って言うなよ。千葉ディズニーとかにしとけって」

　怒《ど》鳴《な》りながらハヤトが階段を駆け降りてきた。追いかけるように、麻衣子先生も速足で降りてくる。

「こういうこと、またあるかもしれないから、ちゃんと話しておかないと。わかってるでしょう、もし、これからちゃんとあなたたちが」

　麻衣子先生が言いかけたのを遮って、ハヤトは駄々っ子みたいな顔になった。

「めんどくせえええ！　わかった！　麻衣子先生から話しといて」

「なんで、わたしが」

「先生、オレの代理人でしょ」

「弁護士にはねえ、守秘義務というものがあるの」

「依頼人がいいって言ってんだから、いいじゃん」

「また、きみはそうやって、忙しい弁護士を便利に使おうと」

「じゃ、よろしく！　今日はオレ、帰るわ。またな、マヤ」

　ハヤトはそう言って、すたすた駅へ歩いていってしまった。ちょっと拍子抜けしたところに、困った顔をして、麻衣子先生がやってきた。

「ごめんね。デートの予定だった？」

「や、べつに、そういうわけじゃ」

「仕方ない、起案の前に糖分補給の時間を作ろう。それはそれでだいじなことだ」

　麻衣子先生は腕時計を見ながら、ぶつぶつそんなことを言い、

「マヤちゃん、かき氷、食べない？　おごるよ。つきあわない？」

と、わたしを誘って歩き始めた。

　ハヤトはいなくなっちゃったし、その後の予定もなかったし、わたしはついて行った。麻衣子先生は、路地をひょいと曲がると、こぢんまりした喫茶店に入った。

「ね、どのかき氷にする？」

　そこにはパフェもクリームソーダもケーキセットもあったんだけど、ぜったい「かき氷」って、先生は決めていた。わたしはいちごミルクを頼んだ。麻衣子先生は「メ

ロンマスカルポーネなんとか」という、限定スペシャルを注文した。

「しかし、あれだな。たしかに、ハヤトの言うのもわかるな。めんどくさいっちゃ、めんどくさいわ、こういう説明ってのは」

麻衣子先生は、しばし宙をにらんでいたが、やがてあきらめたように言った。

「あのね、ええと、マヤちゃんにもね、ちょっと、聞いといてもらいたいことがあるの」

こんもりと氷の盛られた丸い器が二つ運ばれてくると、麻衣子先生は大きなスプーンを渡してくれて、そう言った。

「わたしに？」

「うん、そう。あのさ、ハヤトがクルド人なのは知ってる？」

わたしは食べながらうなずいた。

「そっか。ハヤトが仮放免なのは？」

「仮放免？」

わたしが聞き返すと、麻衣子先生は、

「そっからか」

と、小さくつぶやいた。

「クルド人については、なにか、ハヤトから聞いた？」

「トルコから来てて、トルコには民族がいくつかあるとかって。それで、ハヤトのお父さんとお母さんは、国籍はトルコだけど、クルド人だって」

「おお、そうね。そうそう。あの子はこっち生まれなのよね」

「お兄さんたちはトルコ生まれだって。二人お兄さんがいて、ハヤトだけ、こっちで生まれたから、日本にもトルコにもクルドにもある名前になったんだって。日本人の名前みたいだねって言ったら、そう言ってた」

「うん。川口とか蕨《わらび》あたりにはね、大きなクルド人コミュニティがあるのよ。彼らが日本に来る理由は、なんだと思う？」

なんだろう。とつぜん聞かれると、返事に困った。

「仕事しに？」

「そうねえ、仕事もできたら、それはいちばんいいんだけどね。日本とトルコには国どうしの取り決めがあってね、お互いの国をビザなしで行き来できるんだよね。クルド人は世界中のいろんなところに、平和に生きる場所を探してるの。ハヤトの両親は、日本を選んだのね」

「平和に？」

「そう。世界にはね、母国では生きにくいと感じて、ほかの国に行って平和な暮らしをしたいと思う人たちがいるんだよ。クルド人は国を持たない民族で、中東のいくつかの国に暮らしているんだけど、それぞれの国で少数民族として扱われていて、差別や迫害を受けることがある。難民って、わかる？」

「人種とか宗教のせいで差別されたりして、逮捕されたり拷問を受けたりする危険があって、それを逃れてくる」

わたしはいっしょうけんめい、社会科の授業かなにかで習った「難民」のことを思い出そうとした。

「そうそうそう。ハヤトの両親が日本に来たのも、そういう理由なんだよ」

「じゃ、ハヤトのお父さんとお母さんは、難民？」

「うん。難民だから保護してくださいと言って、いま、その認定を待っている人たち」

麻衣子先生がいきなり、ハヤトの家族の話を始めたので、わたしは黙ってうなずいたけど、この話がどこへ行くのかぜんぜんわからなかった。

麻衣子先生は話を続けた。

「ハヤトの家族は、とにかく来日して川口に落ち着いたんだけど、トルコの人がビザなしで滞在できるのは三ヶ月だけだから」

「オーバーステイになった？」

「そう。その言葉はよく知ってるよね」

「収容されたの？」

「オーバーステイが見つかったとき、退去強制令は出たんだけど、お父さんたちは帰れませんと言った。自分たちは難民なので、保護してくださいという申請をしたの。お父さんたちはそのときは、収容にはならなくて、そのかわり、仮放免というのに、なったの」

「ハヤトは、お父さんとお兄さん、収容されたことあるって」

「うん、二年前ね。二度目の難民申請が却下された後、突然収容されたの。二人共、一年くらいで出てきて、いまはまた仮放免」

「仮放免って、いま、クマさんのために、うちのお母さんが申請してるやつでしょ」

「そうそう。収容はしません、外に出て暮らしていいですよっていうものね。だけど、収容のかわりだから、いろいろ制限があるの」

「制限？」

「そう。まず、仮放免期間はだいたい一ヶ月とか二ヶ月とか決まってて、期限が来たら入管に出頭しなくちゃいけない。で、また一ヶ月とか二ヶ月の仮放免許可をもらう。それから、正規の滞在許可がないので、仕事をしちゃダメ。あと、健康保険に入れないので医療費は全額自己負担なの。もう一つ大きいのが、移動が制限される」

「移動が制限って？」

「住んでるところが埼玉だとするとね、東京とか群馬とか、よその都道府県に行くには、入管にいちいち申請して旅行のための許可を取らなきゃいけない。それも、目的地をはっきりさせて、ほかのところに行ったりしちゃダメなの」

「なにそれ。めんどくさい。超めんどくさい」

「そう。めんどくさい。でも、そういうルールになってるから、守ってないのがわかってしまうと、仮放免許可が取り上げられて、収容されてしまう危険がある」

「クマさんも？　もし、仮放免されても、仕事できないし、鶴岡のおばあちゃんちに行ったりできないの？」

「仕事はできない。鶴岡には、一時旅行許可を申請して、許可されれば行ける」

「でも、それはみんな大人のことでしょ」

そうたずねると、麻衣子先生は口をぎゅっと結んで、考えるような表情をした。

「違うの？」

わたしはちょっとびっくりして、麻衣子先生をまじまじ見つめてしまった。

「大人だけ、では、ないんだ、これが」

「大人だけじゃないの？」

「ハヤトはね、日本生まれで日本育ちだけど、正規の滞在資格は持っていないの。オーバーステイのお父さんとお母さんから生まれた子どもは、やっぱりどうしても非正規滞在者になっちゃうの」

　わたしはなにを言われたのかよくわからなくて、ぼんやりしてしまった。

「ハヤトは日本生まれだから、日本人なんじゃないの？」

「違うんだな。たとえばアメリカで生まれた子どもはみんなアメリカ人になれる。アメリカはそういう法律なの。だけど、日本では、両親のどちらかが日本国籍じゃないと、日本人にはなれないの。血統主義っていうんだけどね。だけど、たとえば同じ血統主義の国でも、フランスなんかだと、両親が外国人でも本人がフランスで生まれて五年間フランスで育っていれば、フランス国籍が取れる」

「日本は取れないの？」

「取れない。そして、赤ちゃんのときから非正規滞在のハヤトみたいな子たちは、赤ちゃんのときから仮放免になる」

「赤ちゃんのときから仮放免？」

「そう。日本は、正規の滞在資格のない外国人は全員、収容するのが原則なの。だけど、さすがに赤ちゃんなんか収容できないから、仮放免。つまり、収容施設には入れないけど、母国に帰るのが前提で、送還までの生活は大幅に制限されるって形になるの」

「でも、ハヤトは日本で生まれたんだから、母国は日本じゃないの？」

「違うの。ハヤトの両親の国、トルコが母国になるの。仮放免の手続きに入管に行くと、早くトルコに帰りなさい、と言われる」

「でも、帰るって、ヘンだよね。ハヤトはそこから来たわけじゃないんでしょう？」

「でも、日本の法律では、そう」

「学校は行けるの？」

「うん。日本国籍がなくても、学校は行ける。子どもには教育を受ける権利があるから、それは保障されてる。日本のふつうの学校に行くよ。日本の子と同じように育つから、中学生くらいになって親から自分の置かれた状況を聞かされて、びっくりする子もいるのよ。十六歳以上は、入管に仮放免の手続きに自分で行くようになるしね」

なんなんだろう。知らないことばっかりで、リアクションに困った。

「ハヤトは生まれてから十七歳まで、ずーっと仮放免ていうこと？」

「厳密には、親がハヤトの存在を入管に届け出て手続きしてからね。そう。ずっと仮放免」

わたしは黙って、かなり溶けてしまったいちごミルクを口に入れた。

「ハヤトがマヤちゃんに会うのは、わたしのところに来る日か、入管に出頭する日なの。東京に来るからね。ここに来るのも入管の許可が必要なのよ。ハヤトの家は埼玉県でしょ。だから、県外に出るときは申請する。入管に行くのは義務だから、申請の必要はないけど、原則的には入管への行き帰りが許されているだけなの。ここに来るときもそう。もちろん、行き帰りの途中でごはんを食べたり、誰かと会ったりすることまでは、現状、咎《とが》められてはいないけど、目的外の離れた場所に行ってしまうとなると、ちょっと問題が別になってくる」

あ。

わたしはようやく、なにが話題になっているかがつかめてきた。

「ディズニーシー？」

「そう。行くなら、一時旅行許可申請、しないとならない」

「ハヤトは悪くないんだよ。前の日に、バイト先の店長からチケットもらったから、ハヤトには当日になってから言って」

「うん、わかってる、わかってる。責めてるわけじゃないよ。何ごともなくてよかった。いまとなっては、ハヤトとマヤちゃんが楽しい時間を持ててよかったとさえ思うよ。ただ、これからは事前に相談して」

「はい」

「ほんとはこんな細かいこと言いたくない。でも、前にね、高校生で、一時旅行許可申請せずに修学旅行に行った子がいて、入管でものすごく責められて、怒られて、いっぱい泣いたのよ。かわいそうだった」

「修学旅行で？」

「そう。学校行事だから申請はいらないんじゃないかって、本人は思っちゃったのね。それを突かれて、怒られて。ハヤト、もうすぐ十八になるでしょう。だからちょっと心配なの。入管もさすがに未成年は収容しないと思うんだけど、十八になるとわからない」

「収容？　なにも悪いことしてないのに？」

「そうね。おかしいよね、こんなの」

　麻衣子先生は悔しそうに、メロンマスカルポーネなんとかを、ずずっとすすった。デートのはずが、なんだかすごいことを聞かされてしまったが、麻衣子先生に聞いたハヤトの話は、ズンと胸に響いた。隣の県に行くのすら入管の許可を取る生活を、ちっちゃいころから続けるってどんなことなんだろう？

　だけどハヤトは相変わらず陽気で、いいのか悪いのか、麻衣子先生に言われたことはあんまり気にしていない様子だった。

「また行きてー、ディズニーシー。こんどはランドでもいいな。マヤのバイト先の店長が、また福引に当たりますように」

　というメッセージがきた。「福引に当たった」って言ったかなあ。店長が福引に当たったとしても、必ずマヤにチケットをくれるわけじゃないんだけどね。

仮放免だと知っても、ハヤトと会うことを想像すると、やっぱりウキウキするのは止められなかった。許可を取れば県外もＯＫなんだと思ってたけど、申請が許可されるとは限らないと、あとになって知った。

十二　国境

夏休みの間に、三回くらいクマさんに会いに行った。

クマさんは、わたしが行くと少し元気な姿を見せようとがんばるんだけど、わりと空回りだった。

クマさんがいないならいないなりに、日常というものは進んでいく。

漫画アニメ研究部の一年生としては、文化祭で売る同人誌の制作にかかったり、当日出す漫画喫茶のメニューを考えたりして日を送っていた。

あの日はバイトもなくて、昼すぎまでごろごろしてた。それこそ、ハヤトのメッセージを見て笑ったりしてたかもしれない。

とつぜんの電話は、ハムスター先生からかかってきた。土曜日のことだった。

「もしもし？　奥山さんのお宅ですか？」

「はい」

「弁護士の恵です。いま緊急で、牛久にいるクマさんの同室の人から電話が来たんです。クマさんがぶっ倒れて、動かないって。入管の職員に何度言っても埒《らち》が明かないらしいので、僕、いま、救急車を呼んだところです。まだ詳細がわからないんですが、状況によっては、奥山さんも病院に行っていただく必要があるかと思うので」

「あの、母はいま仕事で出かけてて」

「マヤちゃん？　声がそっくりだね」

「仕事中だから、携帯はロッカーだと思います。でも、休憩時間に見ると思うから、メッセージ送ってみます」

「そうか。わかった。搬送先の病院がわかったら、また連絡するよ。マヤちゃん、今日は家にいる？」

「います」

　電話を切ってから、胸を押さえた。ミユキさんが勤務先の保育園で昏倒して入院した日のことを思い出したのだ。

　あのときまだわたしは小学生だった。けど、あのときはクマさんがいっしょにいてくれた。

　ミユキさんはきっと、お父さんのことを思い出すだろう。お父さんは突然、救急車で運ばれて病院に行ったきり帰って来なかったという。ミユキさんにハムスター先生の電話をどうやって伝えたらいいのか。ただでさえ、クマさんのことでは毎日気を揉んでいて、そのせいでミユキさんだって倒れてしまいそうだった。

携帯を鳴らしてみて、ミユキさんが応答しないのを確認し、メッセージを送った。クマさんが入管に出頭しようとしたクリスマスの日みたいに、ミユキさんからは折り返し連絡が来るだろう。

クマさんはあのころずっと、ひどい頭痛に悩まされていた。頭痛の原因はわからないけど、たぶんストレスだろうと本人は言っていた。牛久に移収されてからは不眠が続いていて、薬が処方されていた。あとで聞いたことだけれど、睡眠薬の他に、頭痛を訴えたら鎮痛剤が出たらしい。

睡眠薬と鎮痛剤をいっしょに使ってはいけないってことはないと思うけれど、でも、薬をいくつも飲むのは心配だ。鎮痛剤を飲んでも頭の痛みは治まらなかった。ハムスター先生から電話があった日の前の日、割れるような頭痛に襲われたクマさんは、休憩時間も外へは出ずに部屋の中で苦しそうにうめいていたので、同室の人たちはみんなとても心配した。

それで、何度も職員さんに、医師に診せるべきだ、救急車を呼んだ方がいいと、口々に訴えてくれたけど、ようやく来た職員さんが持って来たのは血圧計だった。測ってみたら、すごく危険な高い数値が出て、さすがに担架が来て職員が何人かでクマさんを担ぎ上げて部屋から出した。

だから、同室の人たちは、病院に行ったんだろうと思って少し安心した。

だけど翌日になって、生気のない顔をしたクマさんが、職員に支えられるようにして部屋に戻ってきたときは、その場にいた人たちはみんな自分の目と耳を疑った。クマさんは病院に行ったのではなく、ひとり部屋に運ばれて一夜を過ごしたのだ。

クマさんの様子がふつうではなかったので、同室の人たちは怒り始めた。クマさんの部屋は十二畳くらいあって、たしか五人が同じ部屋にいた。中国人、イラン人、ミャンマー人、ペルー人、だったかな。とにかく医者に診せるべきだと、みんなで職員さんを突き上げたけど、

「今日は土曜日で、非常勤の医者もいない。症状は落ち着いているようなので、月曜日に医者が来たら診せる」

と、職員さんは言う。

クマさんはまた頭痛を起こして、そして、飲んだものを吐いた。食べ物は受けつけなくて食べなかったけど、ミルクティーは欠かさず飲んでいたから。それを見て、心配でたまらなくなった同室のイラン人が、クマさんからハムスター先生の連絡先を聞き出して、電話をかけてくれたのだった。

ハムスター先生は、ものすごく怒って入管に電話したけど、ぜんぜん連絡がつかな

かった。クマさんの緊急事態なのに、時間ばかりが無意味に流れていく。それで、ハムスター先生は牛久の消防に連絡して、

「牛久の入管に容体のおかしいスリランカ人男性がいます。すぐに救急車を出してください。昨日、高血圧で倒れて、今日も頭痛がして嘔吐《おうと》もあった。かなり危険な状況だと思われます」

と告げた。そして、うちに電話してきてくれたのだ。携帯にかけても、ミユキさんが出なかったので。

　ミユキさんは、わたしのメッセージを見ると、大あわてでハムスター先生の携帯に連絡をした。

「ああ！　いま、ちょうど、消防署の車が来てるところみたいです。ちょっと待っててください。中にいる人と連絡とってるところです。ともかく折り返します」

　ハムスター先生が緊迫した声を出した。

　ミユキさんが保育園の人たちに、夫が救急車で病院に運ばれたみたいだと言うと、園長先生がほかの先生たちと相談して、今日はいまいるスタッフでなんとかするから、早退しなさいと、言ってくれた。

　ミユキさんは真っ青な顔をして家に帰って来るなり、

「ふざけんなっ！」

と、怒鳴って携帯を床に放り投げた。

　わたしはミユキさんが投げつけた携帯を拾い上げた。

「救急車、帰っちゃったんだって！」

　ミユキさんは、悲鳴みたいな声を上げた。

「帰っちゃった？」

「ハムスター先生が呼んでくれた救急車が、入管まで行ったんだけど、中に入ることもできなくて、入り口で、必要ないから帰ってくださいって言われたんだって」

「必要ない？」

「人の命をなんだと思ってんのよ！　必要ないのに救急車なんか呼ぶと思う？　どうかしてる。わたしも電話したけど、出ないの。誰もいないわけないのに！」

　つまり、ハムスター先生が呼んだ救急車は、入管で門前払いを食わされたのだ。

　サイレン音を耳にしながら、救急隊員がクマさんを運び出しに来るのを待っていた同室の人たちは、そのサイレン音がドップラー効果で音を低くして遠ざかっていくのを聞いた。部屋にいた、国籍も年齢も違う四人の男たちは、だけど、みんないっしょに唖然《あぜん》とし、みんないっしょに騒ぎ出した。

　緊急用の呼び鈴が押され、職員が呼び出された。同室の人たちはみんなして、どうして救急車が帰って行ったのかと問いただした。イラン人は電話スペースまで走って行って、ハムスター先生に電話をかけた。

　職員は、自分には権限がない、月曜に医師が来るまで何もできないと繰り返した。

「だって、どうしろって言うんです？　これが前例になって、ここにいる外国人がみんな外の人に頼んで救急車を呼んでもらうようになったら。そうして、病気でもない人が外に出ちゃうようになったら。そんなことはできない。できないですよ」

　外国人たちに促されて、ハムスター先生の電話に出た若手の職員はそう言った。

「それなら、あなたが自分で判断されたらどうですか！　血圧測ったの、あなたじゃないんですか？　救急車を呼ばなきゃいけない事態かどうか、その目で見てるんだからわかるでしょう」

「わたしは医療の知識はないので」

「常識で判断してくださいよ！　二〇〇を超える高血圧でぶっ倒れてるんですよ！　死んじまったらどうすんですか！」

　ハムスター先生が怒鳴りつけている途中で、電話が切れた。

　週明け月曜日の午後、ミユキさんはクマさんに会いに行った。ハムスター先生の猛抗議のあと、クマさんは結局、その日の朝、非常勤医師の診察を受けて、ようやく降圧剤を処方されたという。憔悴《しょうすい》しきったクマさんが、職員につかまって現れた。

「ごめん。寝てなくていい？　心配で」

クマさんは右手を振って遮った。

「会いたい。いつでも」

「恵先生から聞いたよ。言葉も出てこない。早く、ここから出してあげたい。ねえ、お願いがあるの。聞いてくれる？」

ミユキさんは両掌をアクリル板に当て、クマさんの目を正面から覗き込んだ。

「お願いだから、壊されないで。これ以上、奪われないで」

クマさんは、ミユキさんの言葉の意味を測りかねて、例の、困った顔をした。

「いっしょにいる生活を取り上げられて、帰れ、帰れって言われて、自由もなくて、ほんとにひどい。偽装結婚だなんて、根拠もないのに決めつけられて、わたしたち、もう、じゅうぶんひどい目に遭ってるでしょう？　もう、ほんとにじゅうぶんだよ。ね、だから、これ以上、奪われないで。体まで、壊されないで。たいへんなのはわかってる。どんなにつらいだろうって、毎日思ってる。だけど、ここで体まで壊されちゃうなんて、口惜しいじゃない。恵先生にお願いして仮放免の申請をしてる。裁判も始まってる。必ず、外に出てきてもらうから、だから、お願いだから、壊れないでいて」

クマさんはすっかり肉の落ちた顔をゆがませて、力なく首を左右に振った。

「イエスなのよね？　それは」

ミユキさんが声をかけると、こんどは口の端から低く笑うような息を出して、それから小さな声で何かをつぶやいた。

「え？　何？」

続けてクマさんはまた何か言ったけど、ミユキさんにはわからなかった。

「シンハラ語なの？　ほんとはわたし、もっともっとクマさんのことを知っておくべきだった。入管がどんなとこかなんて、ぜんぜん知らなかったよ。あのとき、あのクリスマスの日、ひとりで行かせるべきじゃなかった。わたしがついて行くべきだった」

クマさんは困って、ミユキさんに向かって手を伸ばし、そしてアクリル板に遮られた。

「言葉だってなんだって、クマさんが覚えてくれてるから、わたし、シンハラ語なんて、こんにちはとありがとうしか言えないよ。わたしじゃわかってあげられない？　日本語では言えないこと？　わたしには言ってもわからない？」

「そうじゃない。言えないことなんか、何もない。ただ、オレがいちばんつらいのは、オレが何もできないから」

ミユキさんは首をかしげ、言葉を待った。

「もし、ミユキさんのために、十キロ、二十キロ、マラソン、四十二キロ、走れと言われたら、オレは走れる。ミユキさんのために、百万円用意しろと言われたら、どういう仕事でも、関係ない。オレは金を作る。できるなら、なんでも、なんでも、なんでもしたい。だけど、ここにいるのは、ただ、ここにいるだけ。何も、できない。ミユキさんががんばって、恵先生ががんばって、オレはここで、ただ、待ってる。何もできないで、ここにいるだけ。それがいちばんつらい」

クマさんが一言、一言、絞り出すように言い、ミユキさんは、違うよ、と言った。

「恵先生は、いつも、いっしょにがんばりましょうって言うよ。わたしたち、みんなでがんばってるんだよ。先生に、いろんなこと話して、裁判の準備してるでしょ。チームでがんばってるんだよ」

クマさんは斜め下を向いたまま、ふうっと長く、息を吐いた。

「オレのせいでミユキさんとマヤちゃん」

「そうじゃない。違うよ。逆だよ。わたしのせいで、クマさん、こんなことになってるの。わからない？　どう考えても、そう」

ミユキさんは、クマさんの声に被《かぶ》せるようにして、声のトーンを上げた。

「わたし、クマさんに、ひどいことを頼んでる。四十二キロ走るより、百万円稼ぐより、ずっとひどいことをさせてる。わたしがここにいろって言ってるから、あなたはここにいるの。わたしと結婚してなかったら、とっくにスリランカに帰ってたかもしれない。こんなところで、プライドをずたずたにされて、何もできないなんて思わされて、眠れなくなって、病気になって、倒れても救急車も呼んでもらえない」

　きっと、クマさんはものすごく困った顔をしたに違いない。見てないけど、たぶん。生涯でいちばんくらい、困っただろう。

「なにもかもわたしのせいだよ。でも、ひどいことを頼むの、やめられないの。帰らないで。日本にいて。絶対に外に出すから。いつまでもこんなとこに居させないから。だから、お願いだから、壊れてしまわないで。壊されないで外に出てきて」

　もし、これが映画の中だったら、そしてわたしが監督だったら、アクリル板がぐにゃりと溶けて、二人が抱き合うシーンを作っただろう。夢の中で。願望の中で。

　ミユキさんは、その夜、わたしがバイトから帰ると、面会の様子を話してくれた。

「結局、血圧下げるためにミルクティーをやめてって、言えなかったの」

　すごく深刻そうに、妙なことを言った。

「ミルクティー？」

「紅茶はいいのよ。カフェインは血管を正常に保つし、ポリフェノールは血圧を下げる働きがあるんだって。ところがミルクがダメなの。ポリフェノールの働きを打ち消してしまうらしいのよ。だから、紅茶はストレートで飲んでって言おうと思ってたの。それに、高血糖が続くと血圧は上昇するんだよね。だから、あの甘いミルクティー、やめたほうがいいんじゃないかって。だけど、ほかに楽しみもないのにって思ったら、気の毒で言えなかったの！」

「お母さん、落ち着いて。クマさんの高血圧はミルクティーのせいじゃないよ。ストレスと不眠のせいだよ！」

クマさんは入管の医師に「タイプA」だと言われたらしい。「A」っていうのは、アグレッシブのAで、「攻撃的」ってことだって。クマさんはぜんぜん攻撃的なんかじゃないんだけど、ミユキさんが買ってきた『家族で治そう高血圧』って本に「生真面目で責任感や競争心が強いのが特徴」と書いてあるのを読むと、「A」なところもあるなと思ったりした。根が負けず嫌いだし、正義感もわりあいと強いから、職員がものすごく横柄な態度に出たり、同室の人が理不尽な目に遭ってたりするのを見ると、カッとなることもあったみたいだ。

「なるべく平常心を保って、バナナを食べてって言ってきたんだけど」

「バナナ？」

「カリウムが多いから塩分を排出して血液量を一定にして血圧を安定させるの」

わたしがちょっとヘンな顔をしていると、ミユキさんはまくし立てた。

「だって、医者に頼れないなら、自分で身を守るしかないじゃないの。それなのに、入管の売店のバナナはバカっ高いのよ！　一本八十円だって！　バナナなんてふつう、五本で二百円しないくらいでしょ！　ほかに買うとこがないから、足元見てんのよね。収容されてれば働けないのよ！　それなのにお金ばっかりかかるったら！」

心配なあまり、ミユキさんの頭の中は、相当とっちらかっているみたいだった。


カナダに住んでいる、クマさんのお姉さんのアヌラーが心配して電話をかけてきた。クマさんが入管から連絡したらしいけど、さすがに国際電話はすごく高いみたいで、しょっちゅうはかけられない。

どうしても納得できないのは、入管では公衆電話からしか電話ができないことだ。しかも、なんでだかわからないけど、国際電話専用のものらしい。国内通話もできるから「専用」とは言わないのかもしれないけど、ともかく、クマさんとか収容されている人たちは高いお金を出して国際電話用のプリペイドカードを買う。だけど、いまどきお金を出して国際電話かけてる人なんか、いないでしょう。クマさんはいつも、携帯アプリの無料通話を使ってお姉さんと話してた。入管はスマホを取り上げてしまうから、それができなくなった。でも、それなら公衆電話の代わりに、みんなが使えるパソコンを何台か置くとか、考えればいいのに。

それに、ひどいなと思うのは、こっちからクマさんに電話できないことだ。アヌラーの電話も、どうしてアヌラーからクマさんに連絡できないのかっていう問い合わせみたいだった。手紙なら書けば届くよと言いたかったけど、頭が混乱して言えず。だって英語だよ！

アヌラーはすごくがっかりして、なんか言った。よくわかんなかったけど、「ナオキ！」と何度も言ってた。ということは、わたしじゃなくてナオキくんと話したいということなんだろう。そうね、そういえば、結婚パーティーのとき、ナオキくんが英語で話してたことを思い出した。

だから、そのあとナオキくんに連絡して事情を伝えたら、クマさんのスマホに入ってる携帯アプリと、アヌラーのＩＤを確認して、ナオキくんはあっという間に、三人をビデオ通話でつないだ。できる友だちを持つと便利だけど、ちょっとだけムカつくところもあるよ。

アヌラーは赤ちゃんのマヒンダを抱っこしたまま、すごい早口でまくしたてた。最初のうちは通訳してくれようとしてたナオキくんも、話についていくのでせいいっぱいで、わたしは三人映った画面の中で、ものすごくマヌケな顔してた。

「バイ、マヤ！」

と名前が聞こえて我に返ったけど、気がつくとアヌラーは画面から消えていた。

「怒ってる。アヌラーは怒ってるよ」

と、ナオキくんが言った。

日本に来て十年以上が経ち、そのうち半分以上を働いて過ごして、しかも日本人女性と結婚している弟に、どうして在留資格が与えられないのかアヌラーには到底、わからないのだった。

アヌラーは、夫のアシャンタといっしょにカナダに移住した。

スリランカは長いこと、内戦状態にあった国だ。市民の七割を占めるシンハラ系の政府と、二割を占めるタミル系の人たちの中の過激派が作ったＬＴＴＥという組織の間で、戦闘が繰り広げられた。政府軍が勝利して内戦が終結したのは二〇〇九年のことだった。

でも、内戦が長く続いたからといって、タミル人とシンハラ人がみんないがみ合って生きていたわけではないんだと、それはいつだったか、クマさんが話してくれた。クマさんの通った学校には、どちらの民族の子どももいたし、ほかの民族の子どももいたそうだ。だいいち、アシャンタはタミル人で、アヌラーはシンハラ人なんだけど、好きになって結婚した。

アシャンタは、大学を卒業して、新聞社に入社した。タミル語の新聞だったけど、とくに反政府的な主張をする新聞ではなかったし、ＬＴＴＥとは関係がなかった。でも、コロンボ郊外で起こった、ある殺人事件の記事を担当したことをきっかけに、アシャンタは現地の警察から目をつけられてしまった。そして、過激派とつながりのあるジャーナリストだという、根拠のないレッテルが貼られてしまったのだという。アシャンタといっしょにその事件を調べていた同僚は、警察に連行されて拷問まがいの取り調べを受けたらしい。それで、アシャンタも身の危険を感じた。

まずは、アシャンタが一人でカナダに渡った。そして、難民＝新しい市民として受け入れられて、アヌラーとマヒンダのお兄ちゃんのラニルは、家族として呼び寄せられた。

「弟はもうずっと日本にいる。どうして新しい市民になれないの？」

アヌラーはとうぜんの疑問を、ちゃんと答えられるとは思えないナオキくんとわたしに、ぶつけたのだった。

ミユキさんに頼まれて、ハムスター先生の事務所に書類を届けに寄ったとき、アヌラーの話をした。

アヌラーがすごく怒ってて、カナダに住んでるけど、できることがあったらなんでもするって、弁護士さんに伝えてと言ってたから。

「そりゃ、怒るよな。姉さんなら怒るよ」

腕組みして、ハムスター先生は言った。

「クマさんのお姉さん一家は、カナダで難民申請したのね？」

近くにいた麻衣子先生がそう聞いた。わたしは、アシャンタと家族がカナダへ渡ったいきさつを話した。半分は、クマさんから聞いてた話で、半分は、この間のビデオ通話でナオキくんが通訳してくれた話だった。

「やっぱり、カナダは違うわ」

麻衣子先生は、中空の一点を見つめてため息をついた。

「知ってる？　マヤちゃん。カナダは難民認定率が六十七％なんだよ」

「難民認定率？」

「難民ですから、この国に居させてくださいっていう申請をする百人のうち、六十七人が、いいですよって言ってもらえる」

「日本は？」

「おととしのデータだけど、日本は〇・三％だね。この国に居たいって百人が申請したら、そうねえ、申請通るのは、一人にも満たないよ。頭だけとか胸から上？」

「胸から上？」

「そう。カナダは、千人来たら、ＯＫが六百七十人、日本は三人だよ」

「じゃあ、もしかして、アシャンタが日本に来て難民申請したら、ダメって言われるかもしれないの？」

「断言できるよ。百％ダメだね」

麻衣子先生は、こわい顔をして言った。

「はい。残念ながら。日本では、現地の新聞に大きく顔写真付きで載ってる反政府運動のリーダーかなんかじゃないと、ほっとんど難民認定されない。しかも、そういう証拠を自分で集めて持ってきて提出しないと認められない。ああ、それで、わたしが何度、地獄を見て来たか！」

「百％、ですか？」

麻衣子先生は机にうっぷした。

「難民」というと、砂漠みたいなところにテントを張って生活していたり、船で密航してギリシャあたりからヨーロッパに行こうとしていたりする人たちのイメージが頭に浮かんで、日本にもそういう人たちが来ているというのが、恥ずかしいことにあまりよくわかっていなかった。だから、クマさんの義理のお兄さんが「難民」というのも、すぐには理解できないところがあったんだ。

「日本に難民、いっぱいくるんですか？」

すごく間の抜けた質問をした気がした。そういえば、難民についてなんて、考えたこともなかった。怒られそうで落ち着かなくなったけど、麻衣子先生は意外に真剣に答えてくれた。

「難民ですって逃げてくる人は、そうね、それなりの数、いるよ。最近はだいたい、毎年、一万人くらいかな」

「そんなに？　テレビとかにあんまり出てないから、そんなにいるなんて知らなかった。周りにもいないし」

　麻衣子先生は、ちょっと不思議そうな顔をした。

「マヤちゃん、いちばん身近なところでは、ハヤトがそうだよね」

「え？　ハヤト、難民？」

「うん。ハヤトは難民申請者だよ」

「でも、日本で生まれたんでしょ」

「そうそう。だけど、ほら、こないだ話したみたいに、ご両親が非正規滞在の難民申請者でしょう？　だから、ハヤトも赤ちゃんのときから」

「赤ちゃんのときから仮放免、なんですよね」

「そう。難民申請中で在留資格がなく、仮放免中ということになるの。難民申請者に子どもが生まれると、親がおんぶして難民申請の手続きに行くのよ」

「手続きって難民申請のことなんですか？　よくわかってなかった！」

　壁際の本棚からファイルを取り出して見ていたハムスター先生が、ぱたんとそれを閉じて棚に戻し、話に加わった。

「難民は外から逃げてくるってだけ思ってるとイメージしづらいかな。マヤちゃんは、難民ってどんな人たちだと思ってた？」

「どうって――」

　もちろん、砂漠のテントが頭に浮かんだとは言えない気がして口ごもった。

「空爆とかあって、自分の国にいられなくなった人？」

「そうね、それはどちらかというと、紛争避難民のイメージだね」

「難民条約の定義では、「人種、宗教、国籍、もしくは特定の社会的集団の構成員であることまたは政治的意見を理由に迫害を受けるおそれがあるという十分に理由のある恐怖を有するために、国籍国の外にいる者であって、その国籍国の保護を受けられない者またはそのような恐怖を有するためにその国籍国の保護を受けることを望まない者」、だったかな」

「だけど一般的には、マヤちゃんが言ったみたいに、武力紛争や人権侵害を逃れて他国に助けを求める人たちのことも、難民と言うよね。人が難民になるには、いろんな理由がある。条約が制定されたのは一九五一年だけど、そのときには想定しなかった事態も出てきてるから、国連や先進各国は、時代や状況に応じて難民条約を柔軟に解釈して、救うべき人を救おうとしてきたの」

　でも、と、麻衣子先生が口ごもった。

「日本が難民条約に加盟したのは四十年くらい前なんだけど、この四十年、難民を助けるための仕組みづくりに、ほとんど取り組んでこなかったんだよね」

「難民を助けるための、仕組み？」

「うん。まず第一に、難民に対する理解がゼロなんだよ。難民かどうかを認定するための証拠を、本人に集めて持ってこいなんてね、難民ってどんな人たちだか知ってたら、言えっこないんだから！」

「証拠って？」

「政府が『こいつ、捕まえたら殺す』って、懸賞金かけて名前と顔写真を新聞に出してる、その新聞記事とか、そうねえ、反政府運動の組織の幹部メンバーだってことを証明する書類とか。でもよ、マヤちゃん。考えてもみて」

麻衣子先生はだんだん早口になってきた。

「『わたしゃお尋ね者です』っていう証拠持ってて、それで現地の警察に捕まったら、どうなると思う？」

「え？　警察に、お尋ね者だって、バレちゃうんじゃないの？」

「そうだよね！　思うでしょ？　危険でしょ？　まともな高校生なら、わかるよね、これ」

「うん、わかる」

「だからさ、そんなの、持ってこないわけ。身分証みたいなものはぜんぶ、自分で破棄してしまう人だっているくらいなの。そんな人たちに、難民認定してほしけりゃ、自分で証拠を集めろって、そういうことを言うのよ、法務省は。しょうがないからこっちは必死で、この日本から証拠を集めるわけよ、代理人弁護士としてはね。だけど、収容なんてもんをしてくれちゃった日には、本人とだってそうしょっちゅうは会えないし、だいいち、本人はパソコンも電話も持ってなくて、なんにもできない状態でしょ。まあ、証拠集めは困難を極めるわけですよ！」

「どうして収容しちゃうんですか？」

「逃げてくるときには、ほんとに緊急事態だから、ちゃんとしたパスポートを持ってない人も多いのね。だけど、他人名義や偽造のパスポートで入国したら、それだけでも入管法違反になるし、運よく観光ビザみたいなものを持って入国できても、その期限が切れたらオーバーステイよね」

「それで、収容？」

「空港で難民申請したとたんに、するーっと入管の収容所に直行させられちゃうケースもあるの。日本の地を踏まずに二年も三年も収容されてる依頼人の顔が、ああ、いま、もうここに思い浮かぶわ！」

「難民を保護するというマインドと、外国人を管理するという入管のマインドは、そもそも相いれないものだからね」

「本来は、入国管理局からは独立した難民認定機関ができなきゃいけないんだよね」

「いや、ここ、じつは根源的な問題なんだよ、マヤちゃん。なぜ、難民保護と入国管理を同じ部署の同じ人間が担っているのかってこと。変だと思わない？　助けてあげたいっていうのと、追い出してやるぜっていうのが、同じ部署なんだよ」

「はっきりいって、『追い出してやるぜ』ってメンタリティに貫かれているよね」

「うん、日本には難民認定制度って、ないに等しいよね。あるのは難民不認定制度だよ」

　麻衣子先生とハムスター先生は、よほど不満が溜まっていたらしく、一気にここまで語り合うと、ふうーっと息をついて、二人で虚空を見つめた。

「在留資格に問題がなくて、きちんと日本で難民申請できても、結果が出るまで、そうねえ、二年とか三年とかかかるでしょ。そして、申請者の九十九％以上が認定されない」

「結果的に、不認定を受けた人はもう一回、さらにもう一回と、申請を繰り返すことになるんだよ。日本が認定しないからといって、帰れない事情が変わるわけじゃないからね」

「こういう、結果待ちの難民申請者のことを、国連難民高等弁務官事務所は『法的な幽霊』って名前をつけたの」

「法的な、幽霊？」

「うん。まるで存在しないかのように、法に無視されている存在だから」

「もちろん、難民です！　って言ってる人たちが百％難民だとは言わないよ。嘘をついてる人だって、中にはいるだろうね。でも、カナダでは六十七％の人が認められて、他の先進国でも基本、二桁は認定されてるのに、日本が一％に満たないってのは、なあ。災害があって、避難所に千人逃げてきたのに、あんたんちは家が流されたわけじゃないだろ、あんたは避難所の飯をただ食いしようとしてんだろって、九百九十七人追い返してるようなもんだろ。だったらいっそのこと、避難所ありますなんて、言うなよなあ」

　避難所の飯。

　ハムスター先生のたとえは、たしかにわかりやすかった。

「麻衣子先生は、どうして、この人は難民だってわかるの？」

　聞いてから、わたしはちょっとまた、バカなことを聞いた気がした。なんだか麻衣子先生のことを疑ってるみたいな質問だと思われたら嫌だなと思って、とりつくろうための言葉を探していたんだけど、麻衣子先生はとくに気にしてないみたいで、ちょっと腕を組んで考えてから答えてくれた。

「その人の出身国の事情や、考えられる難民ケースを事前に調べる。で、じっさいに会って、話をよく聞く。こちらも経験があるし、専門知識もあるから、嘘をついているかどうかはそのときわかる。こりゃ、難民ではないわ、という人の仕事は受けないよ。こっちも暇じゃないもん。だけど、その人が母国で受けた迫害についてほんとにわかるのは、時間かけて信頼関係を築いてからだね」

「時間かけて？」

「そう。人は深く傷ついてることについて、そんなに簡単には話さないものじゃない？　だからまず、信頼関係を築く。その人がたとえ片言の日本語すら話せなくても、その人には出身国での長い人生があるわけよね。だから、人として敬意を持って接するというのかな」

わたしはクマさんのことを考えた。クマさんは、日本で嫌な目に遭ったことについて、ほとんど話さなかった。スリランカでの、お父さんお母さんとの別れについても、めったにしゃべらない。

「心を開いてくれるのは、その先のことだよね。ある日、あなたにならと言って、拷問の傷を見せてくれたりする。家族や友だちを目の前で殺された人もいる。そういう壮絶なつらさや悲しみを抱えて、それでもこの国で生きていこうと思ってくれてる人を、助けたいと思うよ。それはね」

そう言って、麻衣子先生はしばらく黙った。

その日、ハムスター先生と麻衣子先生は、たまたまぽっかり時間が空いたのか、お茶を淹れて事務机のところに座り込んで、こんな話をしてくれたんだった。

「すごいこと教えてあげる。僕はね、マヤちゃん、密航者の息子なんだよ」

ハムスター先生は、いたずらを思いついたみたいな目をして、おもしろそうに口をすぼめると、熱いお茶をすすった。

密航者の、息子？

「奄美大島ってわかる？　僕のルーツなんだけど」

「沖縄の近く？」

「そうそう。鹿児島と沖縄の真ん中あたりにある。マヤちゃんは、沖縄が昔、アメリカの占領下にあったって知ってる？」

わたしは小さくうなずいた。

「奄美も、そうだったんだ。昭和二十一年、一九四六年の一月だったかな。ＧＨＱはわかるよね？　ＧＨＱが、北緯三十度より南の島々はみんな日本の政治や行政から外し、連合国軍最高司令官総司令部の統治下に置くという指令を出した。まあ、なんというか、国境線を引き直したようなもんだね」

「国境線を？」

「そう。いきなりそんなことになっちゃったから、そのころの人は誰でも、本土に渡るためには密航したわけ。少しすると、渡航に必要な身分証明書をアメリカの出先機関に発行してもらうシステムもできるんだけど、その前は密航以外に手段がなかった。だからさ」

「メグちゃんのお父様も？」

麻衣子先生が身を乗り出した。

「当時、うちの父は高校生でね。どうしても東京に出て進学したいって思いつめちゃって。親戚からかき集めたいくばくかの金と、当時は金より貴重と言われた奄美の黒砂糖を柳行李《やなぎごうり》に詰めてさ。とうぜん、海岸には警備の目があるから、闇夜に人目を忍んで密航船に乗り込んだ」

「密航船？」

「映画にでもなりそうな話ね」

「だろ。なにしろ密航船だ。見つかったら最後だからね。警備艇が近づいたらランプを消し、エンジンも止めて、ひたすらじっとして潮に流されるんだってさ。それでなんとか口之島ってところにたどり着く。密航者を乗せてることがバレるとまずいから、岸に着く前に落っことされちゃう。でも、なんとか柳行李抱えて島まで泳いでね。口之島の先はようするに、北緯三十度線の向こう、日本領ってわけ。ここで鹿児島行きの、違う密航船に乗り換え、夜明け前に本土のどこかの浜辺に上陸した」

「やった！」

「と、思ったのもつかの間、手を上げろ、後ろを向け、壁に手をつけ、抵抗すれば撃つ。で、密航者全員、逮捕となったわけだ」

わたしは思わず、ヒッと声を上げた。

「逮捕？」

「うん、そう。全員ロープで数珠つなぎにされて、港の近くの建物に連行されたそうだよ。建物の中ではさすがにロープは解かれたが、一人ひとり、取り調べが始まったんだ。そこで親父は考えた」

麻衣子先生も、ぽっかり口を開けたまま聞いている。

「ここで親戚から集めた金や、なけなしの黒砂糖を没収され、奄美に叩き返されちゃあ、たまらない。逃げよう！」

「ほんとに？」

「便所に行きたいと言って一人になると、二階の窓から柳行李を投げ落とし、続いてえいやっと飛び降りた！」

「すごい！　ほんとにサスペンス映画みたい」

「あとは、行李を担いで一目散だよ。砂に足を取られながら走る後ろから、銃声が一発。それでもとにかく夢中で逃げた」

「お父さん！」

「そのまま、無我夢中で鹿児島市内の親戚の家までね。少し黒砂糖を渡して換金してもらって、それを持って上京したんだってさ。東京で勤め人をしてた兄、僕の伯父さんを頼ってね。伯父さんちに下宿して東京の高校に編入させてもらって大学受験して、親父は、奄美が日本に復帰するまで帰らなかったんだ」

「奄美の復帰は沖縄よりかなり前よね」

「一九五三年、昭和二十八年のクリスマス。親父が密航したのはその四年前。だから四年間、親父は不法入国者だよ、言ってみりゃね。でもさ、その四年間、いや、昭和二十一年からだから八年間か。その間、北緯三十度で分断線が引かれてたなんて、いまは知ってる人のほうが少ないだろ」

わたしはふうぅとため息をついた。

日本にそんな歴史があったなんて、それが目の前にいるハムスター先生の実のお父さんが体験したことだなんて。

「親父は大学在学中に、友だちの妹に夢中になって、卒業して役所勤めを始めた年に結婚したんだ」

「で、メグちゃんが生まれるのね！」

ハムスター先生は、自分で立ち上がってお茶を淹れなおした。

「だからさ。密航者の息子だからか、僕は、国境ってのが、そんなに確固としたものだと思えないんだ。もちろん、それが便宜上必要なものだとわかってはいるけど、今日明日、なにが理由で変更されてしまうかわからない。それだけ危ういものだとも思ってる」

「それはメグちゃんが外国人ケースを多く手がける弁護士になった理由の一つ？」

麻衣子先生がおもしろそうにたずねた。

「どうだろう。どっかではつながってるかもしれないよね。じっさいには、来た仕事を受けてたら、こうなってたんだけど」

「わたしもちょっと似たところがあるな」

「麻衣子先生も密航者の娘なの？」

「あ、そうじゃなくてね。中学生のときに、ベルリンの壁を見たの。ドイツが東西に分かれてて、ベルリンも東と西に分かれてて、西ベルリンを取り囲む高い壁があったのは、知ってる？　一九八九年に壊されて、翌年、いまみたいな、統一ドイツになったよね。でも、わたしが中学のときは、まだ、東西の行き来が厳しく制限されてたの」

「ドイツに住んでたの？」

「うん。父が商社に勤めてて、当時ボンに駐在してたの。家族旅行でベルリンに行った。壁ができる前の、有刺鉄線による分断線は、一日で築かれたんだよ。それで、家族や恋人や友だちが、会えなくなった。街に唐突に出現した壁を突破しようとして、おおぜいの人が亡くなった。地下トンネルを掘ったり、子どもをトランクに入れて逃げようとした人がいたり。でも、壁に阻まれて、射殺された。壁の近くにはその人たちの墓標の十字架がいくつもあって、それを見た時のことは忘れられない。だけど、その壁が、ベルリンの壁が、わたしが見た三年後になくなるんだよ！」

「壁崩壊後も、行った？」

「父が東京勤務になったから、壁が壊れてすぐ後は見てないけど、大学生になってからひとりで行って見てきたの。国境線って、なんなんだろうって、嫌でも考えるわね、若かったし。難民について考えるようになったのも、ベルリン体験が影響してると思う」

　国境線は、ある日とつぜん引かれる。戦争の結果だったり、条約の発効によるものだったり。国境線近くで生きる人たちの自由に行動できる範囲はいきなり変わる。

　国境はなにかから、国境の内側にいる人を守ってるものみたいな気がしてた。けど、だとしたら、なにから守ってるんだろう。昨日のお隣さんとの間に今日壁を作ることで、なにからなにを守ってるんだろう。

十三　ほんとに残酷な現実

あのことについて書くのは、まだちょっと胸が痛い。書かないって手もあるけど、それもなんだか違う気がする。いつか、これを読んだきみはなんて言うだろう。

ハヤトとは、毎日、電話かビデオ通話かＬＩＮＥチャットをしていて、東京に出てくれば会う、みたいになってた。なんだかんだ、一週間か二週間に一度くらいは出てきたから、違う学校の高校生同士としては、まあまあ会ってたほうかなと思う。

あの日ハヤトは入管の帰りだった。

入管の話はどうしても暗くなるから、ハヤトはいつもあまり話したがらなかった。根の明るいハヤトは、嫌なことはできるだけ忘れて、いまを楽しむってタイプだ。だから、品川を離れればたいてい元気になった。二人ともお金がないから、公園デートが多かった。けど、その日は雨が降っていて、なんとなく家に行こうかって話になった。

「マヤんちに行かない？」

って言われて、

「うち？　いいけど、ちょっと遠いよ」

と言ってしまったのは、一時旅行許可のことが頭に浮かんだからだった。

「でも、都内だろ」

「ま、そうだけどね」

「母ちゃん、いないいんだろ」

「うん、いない」

「じゃ、いいじゃん」

それで、わたしたちは二人で電車に乗った。ＪＲに乗って、私鉄に乗り換えて。

行く途中で、これもなんとなく、ハムスター先生のお父さんの密航の話になった。ハヤトは学校の友だちじゃないから、共通の話題っていうと、テレビとか漫画とか、そうでなければハムスター先生や麻衣子先生のことになる。ハムスター先生の話はすごくおもしろかったから、ハヤトもわりと食いついてきてたんだけど、でも、国境のせいで逮捕されて、とかいうのは、ハヤトにする話じゃなかったんじゃないかって気が、いまになってしてくる。

でも、あのときはあんまり考えてなくて、それに本気でハムスター先生や麻衣子先生のことを、カッコいいと思い始めてて、そんなことばっかり、一方的にしゃべってた。ハヤトは珍しく無口だった。はじめてうちに来ることにして、緊張してるのかなとわたしは思った。わたしのほうはマジで緊張してたから。

「でさ、なんかちょっと感動っていうか、すごいなと思って。ほんとに人を救うんだなって。人を救うってすごいことだなって。すごい勉強しなくちゃなんないけど、やっぱり大学行こうかなって。法学部に行こうかなって。弁護士、マジで目指そうかなとか、考えちゃったよ。行政書士もいいかもしんない。いままでそういう仕事のこと、ぜんぜん知らなかったけどさ」

自分でもバカみたいだと思うのは、すごい、すごいばっかり言ってたことで、そういうふうにボキャブラリーが貧弱だってことは、なにがどうすごいのか、あんまりよくわかってなかったってことだよなと、いまは思ったりする。

「ふうん」

ハヤトは雨粒の当たる窓の外を見てた。

あまり話にのってこなかったので、弁護士には興味がないんだろうと思って、わたしは話題を変えることにした。

「ハヤトはどうすんの」

「知らねえ。考えてねえ」

ハヤトは窓の外を見たまんまだった。

「あれだよ！　やっぱり、ハヤトはモデルか俳優だよ！」

あのころハヤトと原宿を歩いていると、よくスカウトの人から声をかけられた。だって、ほんとにモデルみたいなんだよ、ハヤトは。ヘアサロンのカットモデルとかが多かったけど、一度はほんとにタレント事務所の人に呼び止められて、ここに連絡してと、名刺をもらったりしてたんだった。

「ジャック・ニコルソンのものまねもうまいしさあ、やっぱり芸能界だよ！」

そう言うと、ハヤトは目を細めて少しだけ笑った。

ハヤトの笑顔は、ほんとにきれいなんだ。あんなにきれいな笑顔を、そばで見たら誰だって舞い上がる。

わたしはハヤトが笑ってくれたのがうれしくて、調子に乗って話し続けた。

小学校の友だちで劇団に入っててコマーシャルに出た子がいることとか、俳優の誰と誰がスカウトで芸能界入りしたとか、そんな、どうでもいいことを次から次へと。

「そうだ、こないだ、ハヤト、名刺もらってたじゃん。あのスーツの女の人は本気だったよ。やっぱり、あそこ、行ってみたほうがいいよ、マジで」

とか言ったりして。

わたしの緊張の原因は、はっきりしてる。だって、ナオキくん以外の男の子を家に呼ぶなんて、正真正銘、はじめてのことだったから。

駅で降りて、いつもの道を通って、ジャングルジムのある公園の中を抜けて家にたどり着くまで、沈黙がこわくてわたしはずっとしゃべり続けてしまった。ハヤトがもう笑ってなんかいないことにも、気づいてないというか、注意を払っていなかった。

中に入ると、空気が籠もってるような気がして、大急ぎで窓を開けた。

「入って。適当に座って。お茶淹れるね。クマさんのお茶、飲む？」

「それ、なに？」

「父ちゃんが好きな、ミルクティー」

「オレ、甘くない方がいい」

「あ、そう」

電気ポットをオンにして、マグカップを二つ用意した。

部屋に、お湯の沸く音だけが聞こえた。

ハヤトが立ち上がって、近づいてきた。キッチンと玄関を隔てる壁の柱のところに、わたしの背中を押しつけるようにして、ハヤトがキスをした。キスは、二度目じゃなかった。少し、荒っぽくて、苦い感じがした。電気ポットがカチッと音を立てて、お湯を沸かし終えたことを知らせたのに、動けないでいた。ハヤトは、髪をすっと撫でてくれたけど、なにか様子がおかしかったので、わたしはパニックになりかけていた。

「オレ、帰るわ」

と、ハヤトが言った。

「え？　なんで？」

顔を上げて、目に入ったハヤトの顔が忘れられない。

「なんでってこともないけどさ、オレ、ほんとはこっちまで来ちゃいけないんだ」

「だいじょうぶだよ、都内だって言ったじゃん」

「マヤってさ、マジメだよね」

「え？」

「じゃあ」

「え？」

ハヤトが靴を履いた。ドアを開けて、出て行こうとしてる。

「待って。どうしたの？」

わたしはあわてて後を追いかける。ハヤトは振り返って、ぜんぜんキラキラしてない笑顔を作り、

「いいことなんじゃね？」

と言うと、背中を向けて帰って行った。わたしは階段を駆けおりた。

ハヤトがこちらを見ずに、早足で歩いていく。走って行って腕に触れたりしたら振

り払われそうで、どうしたらいいかわかんなくて、アパートの前で立ちすくむ。

わたし、なにを言ったんだろう。なにをやらかしたんだろう。心臓がバクバクして、手に汗が出てきた。

きっと「マジメ」なのが嫌だったんだ、と、最初に思った。家に来るって言ったから、こっちもドキドキしてて。だから、べらべらしゃべっちゃったけど、あれがきっと「マジメ」な感じだったんだ。もっとおとなしくして、そういうムードっていうか、なんていうか、雰囲気になっとくべきだったのに、ぜったいに、ぶち壊したに違いない。なんで、もっと「フマジメ」になれなかったんだろう、あー、ダメダメダメ、マヤってダサすぎる！

アパートに帰ってのたうちまわった。

その日の夜遅くなって、「おやすみ〜」っていうスタンプが来たときは、ホッとして、ほとんど泣きそうだったけど、でも、こっちもスタンプを返して、そのあとぷつんと沈黙が訪れたから、余計にこわくなった。

翌日は、電話がかかってこなくて、すごくもやもやした。ふだんなら、なにも考えずにこっちからかけてたのに、出てくれなかったらどうしようって、心配になってできなかった。だけど、連絡を取らないまま一日が終わっちゃうのがこわくて、

「バナナフィッシュ見た？」

っていうメッセージを送ってみた。しばらくしてから、

「みたゾ」

っていうスタンプが来て、ちょっとだけアニメのことでメッセージが続いた。でも、すごく盛り上がったって感じではなく、わりと早い時間に「おやすみ」スタンプが来てしまった。前は、幸せな気持ちになれたスタンプが、「本日の会話終了！」という意味に見えて、胸の奥がうずくみたいになった。なんだろう、この不安な感じ。

それからしばらくは、文化祭の準備が忙しくなって、こっちからも連絡しなかった。ほんとはしたかったけど、できなかった。一回、「文化祭に来ない？」と、メッセージを送ったんだけど、既読がついたまま返事が来なくて、そのままになった。

ハヤトと連絡が取れない。

それはもう、わたしの毎日を、完全にめちゃくちゃにした。

だんだん、動揺してかなり行動がおかしくなっていって、どのくらいヘンかというと、ハヤトが相談に行ってるかもと思って、ハムスター先生の事務所の近くに行ってしまったりした。ばったり会っても、「父ちゃんの件でちょっとね」とか言えるから、それほど不自然じゃないと自分に言い訳してたけど、やっぱりかなり不自然だと思う。

そんなことをしてばったり会うのは、ハヤトではない確率が高い。階段を降りてき

た弥生先生と立朗先生に見つかってしまったのは、まあ、必然とも言えるだろう。

「あれ？　ええと、そう、マヤちゃん！」

弥生先生がニコニコして言った。

「どうした？　今日は恵先生、出張なのよ」

「あ、じゃ、あ、べつに、いいです」

わたしはじりじり後ろに下がった。

「僕ら、デスクワークで、煮詰まりすぎで出てきたとこだから、いっしょにおいでよ」

後ろからやってきた立朗先生が言った。

ずっと後になってから聞いたことだけど、立朗先生はこの日の何日か前にも、事務所の近くでマヤを目撃していたらしい。そんなにしょっちゅう行ってないと思うんだけど、自分で考えてるより挙動不審な人間なのか、わたしは。

麻衣子先生と行ったのとは違うカフェに連れて行ってくれた弥生先生は、けっこうなアニメオタクで、はじめはそんな話で盛り上がった。そしてたぶん、弁護士さんという人たちは、人の話を聞くのがすごくうまいに違いない。

気がついたら頭の中いっぱいになってる不安について、わたしは弥生先生と立朗先生に話してしまっていたのだった。

「弁護士さんとか、行政書士さんとか、人を助けるいい仕事だから、そういうの、いいよね、みたいなこと言って」

先生たちはちょっと笑った。

「高校のとき受験失敗したから、勉強向いてないと思ってたんだけど、やっぱり大学行きたいなって、最近、考えるようになってきたとか話して、ハヤトはどうすんの、将来とか夢とかって聞いたりしたんだけど、なんかそういう話題ってマジメすぎたみたいで、ハヤト、無口になっちゃって」

弥生先生も立朗先生も笑わなかった。二人は何か考えるような顔つきをした。

「ハヤト、このあいだ原宿で、スカウトされたんですよ。ていうか、かっこいいから、しょっちゅうスカウトされてるし、ぜったい俳優とか向いてるし。でもなんか、こっちで勝手に盛り上がっちゃったから、ちょっと、なんか、引いちゃったのかなあ、なんて」

見上げると、先生たちは、そうとうへんてこな顔つきをしていた。

「まあ、しばらく、ほっといてあげなよ」

ちょっとした沈黙のあとで、立朗先生がそう言った。

わたしはいつのまにか恋愛相談しているような気持ちになってきていたので、なにか言ってほしくて訴えるように二人を見比べた。コーヒーをひと口飲むと、弥生先生が口を開いた。

「あ、そうだね、うん。ちょっとまあ、ほっといたほうがいいかもしれないな」

「こっちから連絡しないほうがいい？」

「うん、そうね、まあ」

「そのうち、向こうからなんか言ってくるんじゃないかな。まあ、それまでは」

二人がなんとなくなにか言わずにいることがあるような気がして、知らず知らずのうちに、わたしはものすごくぶーたれた顔で先生たちをにらむみたいになってたと思う。

「そうねえ」

弥生先生が少し、決心したみたいに言った。

「これは一般論として聞いといてほしいんだけど」

わたしは上目遣いに顎《あご》を引いた。

「仮放免の子たちには、進路の話なんかは、ちょっとデリケートな話題だってところはあるかもしれないよね」

「デリケート？」

「そう。上の学校に行こうと思っても、在留資格がないと受け入れてくれないところもあるし、仕事に就こうにも働いちゃいけないし」

聞きながら、自分の顔から血の気が引いていくのがわかった。

「働いちゃ、いけないの？」

「麻衣子先生に聞いてない？　仮放免の人は、日本のルールでは、仕事しちゃだめなの」

「日本生まれで、日本育ちで、日本の学校出てても？」

「でも、日本の在留資格がない。非正規滞在の仮放免では、働けないんだよ」

と、立朗先生が言った。

「こっち生まれの子で、通訳を目指してたんだけど、そういう勉強をする学校には入れてもらえなくて、調理師学校に行ったケースもあったな。在留資格がないことが問題だとは、さすがに明示されないんだけど、やっぱりそれは背景にある。そして入学できても非正規滞在者だから、卒業後に就職できない。在留特別許可がない限り、就労はどうしても違法になってしまうの」

「バイトも？」

「不法就労になっちゃうから」

「モデル事務所に入ったりもできないの？」

「そういう目立つ仕事はバレずにやるってこともできないしねえ。働いた本人が収容される危険があるだけではなくて、雇ったほうも法律で罰せられてしまうから、まず、事務所がノーと言うよね」

「だけどこれは、どうにかしなくちゃいけない問題だよね。日本で生まれ育った子どもが未来を思い描けないっていうのは、ほんとに残酷な現実だから。子どもは生まれる場所を選べない。未来を狭めてるのは制度の問題で、子どもたちの責任じゃないから、なんとかしてあげられないのは、切ないよね」

「うん、小さいときに、親に手を引かれて来る子たちもね。このままでは、この国の大人として、切ないし、申し訳ない。一刻の猶予もなくどうにかしないと」

深刻な表情をして語り合ったあと、弥生先生は、冷めたに違いないコーヒーをまた口にして、それからわたしに向かって言った。

「でも、まあ、ハヤトくんのことはね、本人が愚痴ってないなら、気を遣いすぎるのもかえってギクシャクしちゃうし、マヤちゃんはそのまんまでいて、いいと思うよ」

「しばらくは、ほっとくしかないな」

立朗先生が、もう一回言った。

「いま話したこととは関係ないのかもしれないよ。その年頃の男の子って、気まぐれなんだよ。なにか夢中になることがあると、ほかのことはほっぽり出しちゃったりするしね。あせらないで待ってれば、向こうから連絡してくると思うよ」

そうなんだけど。そうだったかもしれないんだけど。先生たちの話を聞いたらいてもたってもいられなくなって、帰り道でLINEしてしまった。謝りたいから会ってって。

それからあとは、当たり障りのないことを書いて送っても既読もつかなくなった。

あのメッセージを取り消したいと、百万回くらい思った。謝りたいって、なにを言うつもりだったんだろう。ハヤトに未来がないって知らなくてごめんなさい？　ハヤトに未来をあげないって決めてる国の人間でごめんなさい？　そんなの聞かされたら、ハヤトはどう答えればいいんだろうね。わたしがハヤトでも、連絡するのやめるよ。

あの日より少し前に、ハヤトは竹下通りでスカウトに声をかけられた。きちんとした格好のスーツの女の人に、名刺を渡された。話だけでも聞きに来て、いつでもいいから、待ってるからとその人が言って、ハヤトは照れくさそうにお尻のポケットにそれをしまった。その日、何度かハヤトはポケットから名刺を出して、冗談めかして、行ってみようかなーとかなんとか言った。わたしはもちろん、行きなよー、行ってみなよーと、無責任にはやし立てた。

その後、行ったともなんとも、ハヤトは言わなかった。

もうずいぶん前のことになってしまったから、これは想像でしかないのだけれど、ハヤトは、わたしの知らない間に、あの名刺のプロダクションに行ってみたんじゃないだろうか。行って、契約したいと言ったのに、在留資格がないのではダメだってことになったんじゃないんだろうか。

そんなふうに思ってみると、原宿で名刺を渡された何日か後から、ハヤトは様子がおかしかった。チャットもいまひとつ盛り上がらなくて、得意のものまねもキレがなかった。だけど、そう思うのは、あのあとに起こったことがわたしの記憶を書き換えているからかもしれないし、ほんとうのところはわからない。

行ってみるまでもなく、すべてを飲み込んで、ハヤトはあきらめたんだろうか。

最後に会ったとき、ハヤトは二ヶ月に一度の入管出頭日の帰りだった。

きっといつものように、

「早くトルコに帰って」

と、言われたあとだったに違いない。

十四　反撃

ナオキくんがとつぜん家にやってきた。土曜日だったか、日曜日だったか。どっか、気晴らしに出かけないかというから、駅前のゲームセンターに行ってクレーンゲームとかカーレースとか太鼓の達人とか一通りやったら、少しだけストレス発散になった。それから二人でマックに行って、期間限定の月見バーガーを食べたりした。

「マヤちゃん、元気ないんだって？　こないだ駅でばったり、お母さんに会ったよ」

余計なことを、と思ったけど、ナオキくんに会えたのはちょっと救いだった。

「まあね。そうね。失恋したから」

「失恋？　知らなかった。連絡ないなと思ってたら、レンアイしてたのか！」

「あんまり。てか、始まったかと思ったら終わった。嫌われちゃったの」

ナオキくんは辛抱強く話を聞き出した。

「嫌われたわけじゃないんじゃない？　ただちょっと、うまくいかなかっただけで」

「そうなりたいと思ってるほどには、自分はやさしくも強くもないし、想像力もないし、無神経って気づいて超落ち込んだ」

「マヤちゃんの理想って、やさしくて強い、なの？　フィリップ・マーロウかよ」

「誰よ、それ」

「ハードボイルド小説の主人公の探偵」

「知らないよ、そんなの」

「僕は強さとか目指してないな。だいいち、弱いし。やさしいほうがいいとは思うけど、それも目指すってのとは違うし」

「ナオキくんはなに目指してんの？」

「ええ？　考えたことないよ。そうだねえ、他人の意見や空気に流されないとか？　あとね、自由を侵害されたくない」

「理屈っぽいねえ」

「そう？」

　ナオキくんは眼鏡を外してハンカチで拭いた。眼鏡なしのナオキくんは、気の弱そうなところが小学校時代から変わらない。

「マヤちゃんは強いしやさしいよ」

　わたしが下唇を突き出して横目でナオキくんを睨むと、ナオキくんは真顔で言った。

「小四のとき、僕がいじめられてたら、いじめっ子に食ってかかってた」

「え？　覚えてない」

「マヤちゃんは強いしやさしい。ほんと。欠点は忘れっぽいとこだね」

なにも思い出せなかったけど、慰められたことだけは、わかった。

「だけど、たまたま日本に生まれて日本で育ったせいで、未来を閉ざされる同い年の子たちがいるなんて、日本、どうなってんだよ！　なんというか、日本人としてプライドが傷つくなあ」

ナオキくんは、眼鏡をかけ直した。

「話変わるけど、僕、クマっちのことがあってから、入管とか在留資格とかのこと、ネットで見るようになってね。それで知ったんだけど、難民って、ＬＧＢＴの人とかも、いるんだよね。宗教や民族への差別で迫害されてるって人だけじゃなくて」

「ゲイとかレズビアンの人？」

「うん、トランスジェンダーとかも。同性愛を認めてなくて、ゲイだとわかると懲役刑とか、死刑になる国もあるんだよ」

「し、死刑？」

「うん。いま、世界のいろんな国で、同性婚とか進んでるでしょう。でも、法律で禁止してるところも、まだあんがい、多いってわかったんだ。そういう国にいたら、亡命しなきゃならなくなるよね。日本は同性婚を認めてないけど、同性愛を罰する法律はないから、逃げてくる人もいるらしい。クマっちが収容されている施設にも、そういう人がいるんじゃないの？」

ナオキくんは、知らない間に入管とか収容について、たいへん詳しくなっていた。

「クマっちに手紙書いたんだよ。そしたら、返事が来た」

「ほんと？　わたし、書いたことない」

「なんだよ、冷たいな」

「そうじゃないよ。よく電話してるから」

「あ、そうか。そういや、そうだね」

「なんて書いてきたの？　クマさん」

「なんとかやってるけど、ごはんがまずいとか、書いてあった。ね、マヤちゃん、僕になんかできることない？」

「なんかって？」

「わかんないから、聞いてんじゃん」

「マヤにだってわかんないよ」

「弁護士の先生に聞いてみてよ」

というわけで、その次の土曜日に、わたしはナオキくんといっしょにハムスター先生を訪ねることになったのだった。

法律事務所でナオキくんがまず興味津々になったのが、「ハムスター医療過誤訴訟、全面勝訴！」だったことは言うまでもない。

ドアが開いて、先生が顔を出した。

「おう、待ってたよ。中に入って」

わたしとナオキくんは、事務所の真ん中の大机のところに案内された。

「ナオキくん、だったね？」

「はじめまして。野々宮直樹です」

「ええと、ちょっと待って。写真を見てるから。おおお！　きみはひょっとして、この小さい男の子？」

ハムスター先生は、証拠写真を貼り付けた台帳みたいなのをめくって、ナオキくんを発見すると声を上げた。

「でかくなったなあ」

「いまんとこまだ、伸びてます」

「こちらから、連絡しようと思ってたんだよ。きみは、クマさんとミユキさんの婚姻の真実性を証明する事実の証人になりうる、家族以外でいちばん彼らの歴史を知っている人物だからね」

「証人？　僕、証言台に立つんですか？」

「いやいや、そこまではお願いしないけど。とりあえず、クマさんとの関係を聞かせてもらえるかな？　あ、ダメだ、こっちの話ばかりしてしまった。今日は、僕に聞きたいことがあるんだったね？」

　週末で、事務員の小川さんはお休みで、ほかの先生たちもいなかったから、ハムスター先生は、自分で冷蔵庫からお茶を出して、コップに入れてわたしたちに勧めてくれた。

「はい。でもきっと、前提として、僕とクマさんのことは、お話ししたほうがいいと思います。僕はマヤちゃんと小四から同じクラスで、仲良くなりました。クマさんと最初に会ったのは、二〇一二年のスリランカフェスティバルです」

　ナオキくんがすらすらっと、会った年まで言えたのには驚いた。頭の中も、ナオキくんの部屋みたいに整理されてるんだろう。

　ナオキくんの思い出は、みんなとても懐かしくて、聞いててときどき目が潤《うる》んできた。

「僕は体が小さくて、運動神経も鈍かったんですけど、クマさんがキャッチボールを教えてくれて、野球だけは人並みにできるようになりました。おかげで、五、六年生を切り抜けたっていうか。あの年齢で、男で体育が苦手だと、人生、地獄だから」

ナオキくんは一枚の写真を指差した。

「これ、僕です。結婚のパーティーのとき、群馬のペレラさんの店に行ったんです。ペレラさんの店を見つけて、マヤちゃんとお母さんに知らせたのも僕です」

「そうか。ナオキくんにとって、クマさんは、たいせつな友だちなんだね」

「僕、ひとりっ子なんで、マヤちゃんは姉妹で、クマさんは兄みたいなものです。だから、僕、なにかできないかって思って、そのことを聞きに来たんです」

「まずは、陳述書を作らせてもらうよ。いま、話してくれたことを、もう少ししっかり聞いて、裁判所に出す書類を作る」

「それ、僕が書いちゃいけませんか？」

「ん？　自分で書く？」

「サンプル見せてくれたら、僕、自分で書きます。それを添削してもらったほうが、先生、時間の節約になるでしょ」

ハムスター先生は、おもしろそうにナオキくんを眺めて、いいよ、そうしよう、と言った。そして、ポイントを指示して、ナオキくんはスマホにそれを録音した。

「ほかには、やれること、ないですか？」

「そうだねえ。どうだろう。たとえばだけど、嘆願署名なんて、集められる？」

「署名、ですか？」

「クマさんを日本に居させてくださいって嘆願書を作って、おおぜいの人に署名してもらう。法務大臣に提出するんだよ」

「集められる、と、思うけど」

「前にね、ペルー人の中学生に在留資格をって、その子のお母さんのＰＴＡ仲間が署名集めの集会をしてくれたことがあったんだ。僕は労働関係の弁護ばっかりやってたから、集会っていえば、幟立てて、拳《こぶし》突き上げて、我々は断固戦うぞ！　とか言うもんだと思ってたら、なんとお母さんたちは『ペルー料理の会』ってのをやってくれたんだよ！」

ペルー料理の、会？

「ペルー人の女の子のお母さんがレシピを提供してね。ママ友さんたちが総出で料理を作ったんだ。チラシを作って配って、料理を食べてもらいながら署名集めをしたんだよ。ママさんたちは行動力があるね。あのときは驚いたよ」

「いい話ですね」

「それがまた、テレビで報道されてね。注目が集まって。うん、あのときの裁判は、勝ったんだよね」

「じゃ、スリランカ料理の会、やろうよ！　群馬のペレラさんに協力してもらえば、ほんとにできるかも！」

「いちびこ保育園の園長先生に頼んだら、場所を貸してくれるかもね」

「ん？　それは、どこ？」

「お母さんが前に働いてた、うちの近くの保育園で、園長先生はいまも仲良しなんです。クマさんも毎年、運動会に出てたし！」

　わたしとナオキくんは、がぜん、盛り上がった。

「いろんな人に来てもらって、動画とか撮影してさ、ＳＮＳで発信して、もっとたくさんの署名を集めるのはどうだろう」

　高校生がわいわい騒いでいるのを、にこにこ眺めていたハムスター先生は、ちょっと腕を組んで、考える姿勢を取った。

「いいけど、ＳＮＳは、ヘンな人にヘンなコメントをつけられたりする危険があるからね。プライバシーの問題もあるから、慎重にやらないと。さっきの、テレビの話もそうなんだけど、注目されることにはいい面もあるが、悪い面もある。目立つと、イヤなことを言う人もいるしね」

　夢中になっていたナオキくんは、少し口をとがらせた。

「でも、スリランカ料理の会で集められる署名は、せいぜい何十人でしょ？　だいじょうぶですよ。ＳＮＳっていっても、友だちの友だちじゃないと見られない設定にするとか、いろんな防御の方法はあるし」

「そうか。うん、まあ、考えてみてもいいかもしれないな。高校生が自主的に企画したってことじたいが、裁判所を動かすかもしれないしね」

ナオキくんが妙にイキイキしてきた。わたしは幼馴染みの新しい一面を発見した気分になった。ハヤトのことがあって以来、ずっと落ち込んでたんだけど、こっちも釣られて少し気持ちがアップした。

恵法律事務所に行ったナオキくんは、以前にも増して勉強家になり、ネットや本を読みまくって、やたらと外国人の在留資格に詳しくなっていった。これはもう、クマさんのためや正義感というより、ナオキくんのオタク性が、こっちの方向に発揮されたとしか思えない。

「マヤちゃん、知ってる？　牛久入管には、ボビー・フィッシャーがいたんだよ！」

「誰よ、それ？」

「チェスの世界チャンピオンだよ！　七〇年代に、ソ連の王者スパスキーを破ってアメリカの伝説的英雄になったんだけど、その後、ふらっと隠遁《いんとん》生活に入っちゃってね。なにしてるかわかんないまま二十年くらいが過ぎて、九〇年代になって、突如、表舞台に出てきたんだ。ユーゴスラビア経済制裁中に、フランスに亡命したスパスキーとユーゴで再現試合をしたことで、アメリカ政府を怒らせた。それで国籍を剥奪されちゃったんだ」

「え？　チェスやっただけで？」

「反米的な発言や態度も原因と言われてる。その後は世界放浪みたいなのしてて、ある時期から日本とフィリピンを行ったり来たりしてたみたい。パスポートチェック、どうなってたんだろうね。とにかく、いつものように日本からフィリピンに行こうと思って成田空港に行ったら、入管法違反容疑で、逮捕されちゃった」

「それで、牛久に？」

「そう」

「いつなの、それって」

「二〇〇四年だったかな。アメリカは彼の引き渡しを要求したけど、ボビーは政治的迫害だって主張して、日本で難民申請したんだって」

「難民認定された？」

「されないよ！　天才チェスプレイヤーが、日本で囚《とら》われの身になったのは、世界的に有名な事件になった。ソ連とユーゴで対戦したスパスキーは、『ブッシュ米大統領殿　もしフィッシャー氏が罪に問われるなら自分も同罪です。どうぞ私も刑務所に。そのときは彼と同房にして、チェス盤を差し入れてくださいね』って、手紙を書いたんだ！」

「その人、牛久にどれくらいいたの？」

「八ヶ月とか、それくらいかな。それに、将棋の羽生善治さんも小泉首相に嘆願のメールを出したんだよ！　あの羽生さんは、チェスでも日本トップ級の実力者なんだよ！　この話、すごくない？　映画になってもいいようなストーリーだよね」

「で、結局、どうなったの？」

「アイスランドが市民権を与えて、最終的には出国したんだって。でも、市民権を得るまでは、アイスランドが受け入れを表明しても、アメリカは強制送還しろって日本政府に言ってきてて、たいへんだったらしい。羽生さん、かっこいいな。聡太くんもいいけど、僕はやっぱ羽生さんファン」

すっかり裁判や入管に興味を持ったナオキくんといっしょに、別の外国人事件の裁判を傍聴したのも、あのころのことだ。

ナオキくんの、現代社会の宿題で、社会活動の自由研究っていうのがあった。地方議会を見学して条例の作り方を学ぶとか、子ども食堂でボランティアするとか、何をやるかは自分で決めるらしいんだけど、ナオキくんは外国人と在留資格についてレポートすることにして、裁判の傍聴に行くというのだった。平日の昼間に行けないじゃん、と話していて、ナオキくんが傍聴を予定している日が、文化祭の振り替え休日だと気づいた。

「じゃ、マヤちゃんも行けるじゃん」

「ナオキくんは？　学校じゃないの？」

「だから、そのレポートのためだったら、特別に早退できることになってんの」

「マヤは裁判、見たことあるもん」

「判決はまだ見てないでしょ。この裁判の原告のお父さんは中国の人だけど、クマさんのケースと似てるんだよ」

　ナオキくんに押し切られて、わたしは二度目の裁判傍聴に出かけた。

　はじめて行ったときの法廷と違ったのは、傍聴席にけっこう人がいたことだ。その裁判は新聞で取り上げられて注目度が高く、ナオキくんが判決日を知ったのも、記事を読んでネット検索したかららしい。

　左側に弁護士さんがいたのは同じだったけど、男性二人で、その後ろにお母さんと小学校高学年くらいの女の子が座っていた。右側の席には誰もいなかった。

　裁判官が入ってきて、そこにいた人がみんな起立して礼して着席した。事件番号を、書記官が読み上げた。四十代くらいの男の裁判長が開廷を宣言し、続けて言った。

「では、判決を言い渡します」

　法廷中の人が、緊張するのがわかった。

「主文。原告の請求を棄却する。訴訟費用は原告の負担とする」

傍聴席からため息と、低いうなり声が上がった。裁判官たちは退廷し、傍聴席の扉が開き、人が出はじめた。わたしはなにが起こったのかまるでわからなかった。

「ちょっと、なにいまの、判決？」

「これだけ？　ひょっとして、負けたの？」

ナオキくんとわたしは顔を見合わせた。

ほんとうのことを言って、どっちが勝ってどっちが負けたのかも、あまりよくわからないくらい、あっけない法廷だった。

でも、それが原告の敗訴だとわかったのは、法廷で弁護士さんの後ろに座っていた女の子とお母さんが、ハンカチを目に押し当ててつらそうに泣いていたからだ。

法廷の外にいた人たちは、みんな何かを待っているみたいだった。その人々の中に、あの、元入管職員の上原さんを発見した。

人だまりから抜けられないままでいると、年かさのほうの弁護士さんがやってきて、みんなの視線がそちらに向いた。

「今日はみなさん、お集まりいただいてありがとうございます。ご覧のとおり、非常に、残念な判決です。僕らもいま少し衝撃を受けているところなんですけれども、判決文を取りにいっているので、お時間ある方は少し待っていただけますか。立ち話もなんだから、向こうに行きましょうか」

みんなはぞろぞろと部屋を移動した。上原さんもそちらに向かったので、わたしとナオキくんもついて行った。

両方の壁際に作りつけのベンチがある小部屋で、弁護士さんは話しはじめた。

「ケースについて説明しておきますと、原告である○○さんは、中国吉林省から来ていて、技術系の正規の在留資格を持ってたんですが、勤務先の会社が倒産して失業してしまったんですね」

わたしの口はぽっかり空いた。

クマさんといっしょだ！

「で、彼は生活のためにラーメン屋さんでアルバイトした。これが在留資格と違う、入管法違反の不法就労だとして摘発され、退去強制令書が出てしまったんです」

クマさんもバイトしてたよ！

「妻の○○さんと娘の○○さんは、在留資格が「家族滞在」だったので、資格の更新ができず、三十日以内に帰国が義務付けられた資格に変更されました。だけど、こちら生まれでもうすぐ中学生になる娘さんは、日本語しか話せないし、帰国できる状況にないわけですよ。結局、期限は過ぎ、彼女たちにも退去強制令書が発付されました。今回は、家族三人が原告となった、退去強制令処分の取消訴訟の判決だったわけです」

ナオキくんの説明をよく聞いてなかったわたしは、その訴訟の原告の一人が、小学生の女の子だったことに衝撃を受けた。

それだけじゃなくて、わたしをぐらぐらに動揺させたのは、泣いているお母さんと小学生の女の子が、ミユキさんとわたしに見えたことだ。外国から来て、正規の在留資格で働いていたけど、勤務先が倒産して、そのあと、入管法に違反することになってしまって、発覚して退去強制令が出た。それは、クマさんそのものだった。

女の子は泣いてお母さんの肩に顔を埋《うず》めていた。弁護士さんの一人が、書類を持って部屋に入ってきた。

「判決文が来ました。長女は、十二歳で、可塑《かそ》性があり、送還は可能であるとあります。可塑性というのは、まだ考え方や学習能力が柔軟だという意味で、法廷ではよく使う言葉なんですが。それから、お父さんがアルバイトを不法就労だと認識していなかったという点については……」

わたしはぼーっとしてしまって、弁護士さんの説明が耳に入らなくなった。

気がつくと、話は終わっていて、人々は三々五々、帰り始めた。ナオキくんに促されて外に出ると、上原さんが廊下にいた。わたしがお辞儀をすると、上原さんは驚いて、でも会釈を返してくれた。

「誰？」

「ハムスター先生を紹介してくれた人。上原さんていうの。元入管職員さん」

「入管の職員？　僕、話、聞きたい」

え？　ナオキくんはものすごい行動力でわたしを引っ張って行って、

「上原さん！」

と、声をかけた。

上原さんは立ち止まって振り返り、さらに驚いた顔をした。

「すみません！　僕、マヤちゃんの友だちで、開蔵高校の一年生です。学校の宿題で、外国人の在留資格と訴訟のことをレポートするので、今日、来てたんです。ちょっと、お話を聞かせていただけませんか？」

わたしもびっくりして、二人の顔を交互に見比べることになった。上原さんはしばらく眼鏡の奥の目で瞬《まばた》きを繰り返して黙っていたけれど、腕時計を確認してから、

「四十分くらいしか時間取れないけど」

と、言った。わたしたちは日比谷公園まで歩いて、カフェのテラス席に座った。

上原さんはコーヒーをおごってくれた。

「上原さんは、元入管職員なんですか？　さっきの判決をどう思いましたか？」

ナオキくんがテレビの人みたいに質問するので、わたしはどぎまぎした。

「厳しいですね。控訴はすると思うけど。どういう形になるのか」

「こういう、入管を相手どった訴訟って、勝率はどれくらいなんですか？」

「まあ、一％ちょっとかな」

「九十九％は負けるってことですか？」

「それ、裁判をあきらめさせるために、入管の人がクマさんに言う嘘じゃなくて？」

わたしは思わず声を上げた。上原さんは困った顔をしてこちらを向いた。

「二％くらいか。正確な数字はぼくも知らないけど、遠からずだと思いますよ」

「そんなに難しいんですか、勝つの」

「裁判官にとっても、国を負けさせるのは胆力がいるんでしょうね。あ、入管は国の組織だから、国って言い方しました」

「さっきの判決文に出てきた、可塑性って、よく使われる言葉ですか？」

「入管でも使いますよ。学習能力があり、変化に適応するという意味なんだろうけど、十二歳まで育ってるとどうなんだろう。本人は帰りたくないでしょう」

あ、と小さく声を上げそうになって、こっそり咳をしてごまかした。上原さんが娘さんを亡くしているのを思い出したのだ。娘さんと同じくらいの年の、日本育ちの女の子が送還されたケースに係わったのが、入管を辞めるきっかけになったとか。

「どうして入管を辞めたんですか？」

ナオキくんてば、遠慮なく聞く。

「うーん、それはちょっと説明しにくいな」

上原さんは腕を組んで空を見上げた。

「裁量について考えたんです」

「裁量？」

「いろんなことを判断し、処理することかな。その権利を裁量権と言いますね。入管はその裁量権が、でかすぎるんですわ」

上原さんは、静かに続けた。

「ビザを出すも出さないも、収容か仮放免かも、すべて決めるのは入管です。空港で難民申請をしようとする人たちに対して、あなたたちは難民ではないと言って水際で追い返すのも入管がやっています」

「入管はなんでも屋さんなんですね」

「そう。あなたのスリランカ人のお父さんが欲しいと思ってる在留特別許可も、法務大臣の裁量で決まります。厳密に言うと法務大臣から委任を受けた各入管の局長が決めるんだけど、一つ一つのケースを吟味する時間もないから、下の人たちが決めたものを上に上げて判子を押してもらう。これ、全部、入管の『裁量』です」

「たしかに、自由自在的な！」

「裁量でいいから、説明もなし」

「それはちょっとなあ」

「入管の決定を押しつけられるほうもたいへんだろうけど、決定するほうだって責任が重すぎる。僕は、そのことを考えたくて、入管を辞めました。それで、こうやって、裁判にも来てるんです。勉強しに」

上原さんはコーヒーを口に運んだ。

「入管ってね、気の利かない門番みたいなんですよ。あいつもこいつも怪しい。入れたくない。入った者は管理ってね。そういうメンタリティがもういかんと言う人もいるかもしれないけど、ぼくは入管の仕事に誇りを持ってました。辞めたけど」

そこで上原さんは、少し笑った。

「じっさい、日本の組織暴力団とつながって人身売買や麻薬ビジネスをやる外国人マフィアだっていたからね。奴らとは戦争してたようなもんだし、自分が国を守ってるんだという意識はありました。ただね、二十年仕事して気づくと、そういうんじゃない外国人だって、いっぱいいるわけですよ」

「そういうんじゃない外国人？」

「この国で、橋を造った、公園を造った、恋をした、結婚した、子どもができたって、そういう外国人がいる。不法就労と言われるかもしれないが、誰も傷つけてないどころか、ぼくらはその橋を使ってる。どうすんの。追い出すの？ 難民も、技能実習先で暴力に遭って逃げ出した実習生も？ 入管のメンタリティでは追い出します。でも、仕事が違うんじゃないかと。難民を保護したり、技能実習生の権利を守ったりするのは、そういう仕事をする人や機関がしっかりやるべきじゃないかと思うんですよ。気の利かない門番の裁量に任せずにね」

あんまりレポートの役に立たないかなあと、上原さんは笑って帰って行った。

月曜日に学校から帰ると、ミユキさんが呆《ほう》けたように座り込んでいた。

「どしたの？」

聞くと、ミユキさんは妙な顔をして、右側の耳をそばだてるような姿勢になった。

「どうしたの？ なんかあった？」

「お母さん、難聴になっちゃった！」

突然、キーンと、経験したことのない耳鳴りがして、軽いめまいのようなものもあり、寝ていても治らないから病院に行ったら、「突発性難聴」と診断されたそうだ。

この日、ミユキさんは早起きして朝いちばんでクマさんを訪ねた。クマさんは、体調はあまりすぐれなかったけど、ミユキさんを心配させないために、できるだけ食事も睡眠もきちんと取ってバランスよく過ごそうとがんばっていた。

帰りのバスの中でミユキさんは、やはり収容されている夫の面会に来た中国人女性といっしょになった。その人からミユキさんは、「子どものいない人には在留特別許可は出ない」という話を聞いたのだった。

「うちの子は高校生なんですよ。わたしは二度目なので、連れ子なんですが」

呑気《のんき》なミユキさんが話すと、

「連れ子はダメ。子どもと思ってもらえないですよ。収容されてるダンナさんとの子じゃないと」

その女性は気の毒そうな顔をし、続けてこんなことを言った。

「わたし、もう五十歳ですよ。産めない。夫は四十一歳だから、若い人と結婚してれば子どもができて、ザイトク出るかなと思うと、悲しい。わたし、年取ってるから。それに、日本では、妻のほうが年上だと本当の結婚と思わないでしょう?」

「え? なんですか?」

ミユキさんは目を丸くした。

「夫婦に年の差があると、偽装結婚と思われる。そして子どもがないと、本当の結婚ではないと言われますよ」

ミユキさんはそのときから、自分とクマさんの八歳の年の差が問題の一部なのかもと、疑い始めた。夫婦に年の差があると偽装結婚て、どういうこと?

そしてその女性はまた、不思議なことをつけ加えた。

「日本、オリンピックありますでしょう。だから、外国人、外に出しませんよ」

「オリンピック？」

二年後に迫った東京オリンピックと、クマさんの在留特別許可やら仮放免やらになんの関係があるのか、ミユキさんにはまったく不可解だった。

「そうですよ。オリンピックやりますでしょう。そのために、外国人を収容することにしたんですよ」

「でも、それ、なにか関係があるんでしょうか」

「はい。ありますよ。入管がね、世界一安全なオリンピックするために不法滞在の外国人は収容する、死なない限り出さないと決めたんです。ほんとのことですよ」

中国人の女性は、ものすごく不気味なことを言ってバスを降りて行ったという。

この会話の衝撃のせいばかりではなく、積もり積もったストレスのためだったんだろう、ミユキさんは突然、左耳が聞こえづらくなって、二週間くらい、治療のためにステロイドを服用してた。

クマさんとのつきあいはもう六年目に入っていたし、していてもおかしくないのに妊娠しなかったのは、橋本病のせいではないかとミユキさんは思っていたらしい。甲状腺の病気なので、機能低下による無排卵などが起こりやすいとも言われる。

ただ、治療はちゃんとやってたから、妊娠しなかったのは病気のせいじゃなくて、年齢のせいかもしれない。ミユキさんは婚約したとき、もう三十代後半だった。でも、クマさんがこんなことにさえならなければ、体調を整えて、必要なら不妊治療をして、子どもを持ちたいと思っていたらしい。

二重三重に、ミユキさんは傷ついた。

第二回口頭弁論というのが東京地裁で開かれて、わたしは学校があって行けず、ミユキさんだけ、時間をやりくりして出かけて行った。第一回のときより、さらに短いやりとりがあって、五分もかからず閉廷したみたいだけれど、ハムスター先生は、あんがい強気だったらしい。

「訟務検事が『反論する』と言ったでしょ？　あれは原告に道理があるので分が悪いと思ったときの反応です。無視しても勝てると思えば、反論なんかしませんよ」

「あのう、先生」

ミユキさんはおずおず話しかけた。

「オリンピックがあるから、仮放免出さないって、ほんとですか？」

ハムスター先生は、急に顔をくしゃくしゃにして、言葉に詰まった。

「誰かに、聞きましたか？」

「ええ。牛久のバスの中で、面会に来た中国人の女の人に。オリンピックがあるから収容してる、死なない限り出さないって、真顔で言うんです」

「それは、若干、誇張があるかな。だけど、不愉快な話ですが、オリンピックを口実に長期収容が増えている事実はあります」

「オリンピックとなんの関係が？」

「信じがたいことですが、彼らは本気で、外国人が治安を乱すと考えているようです。そして、死なない限り出さない、は間違いですが、よほど重症のけがや病気でなければ出さないという方針を、今年の二月に決めて通達を出したんです、入管は」

　ハムスター先生は苦しそうに説明した。

「でも、オリンピックって、外国人がいっぱい来るイベントでしょ」

「うーん。金を払って遊びにくるのは『いいガイジン』だから、おもてなしするが、日本にいる人たちは違うということなんでしょうかね。僕もよくわからない」

　そしてミユキさんは、いちばん聞きたかったことを聞いた。

「子どもがいないとザイトクは出ないっていうのも、ほんとですか？」

「うー、そんなことはない。というか、うー、どっちだって同じです、いまは」

　ハムスター先生はどんどん渋い顔になっていった。

「以前は、子どものいる夫婦には、入管は在留特別許可を出していました。まあ、例外はあったかもしれないけど、ほぼ出してた。ところがこれも今年のはじめあたりからぜんぜん出さなくなった。赤ちゃんが生まれても仮放免すらしないこともある。だけど、あれだな。こんなことを言っては、ミユキさんの慰めにはならないな」

ハムスター先生は咳ばらいをした。

「ザイトク、出させましょう。あなたがたの結婚には真実性がある。証明しましょう。いいですか。これから、反撃ですよ！」

あれから一回だけ、街中でハヤトを見かけた。偶然ですごくびっくりしたけど、見間違えるはずはない。

きれいな女の子がいっしょだった。彫りが深くて、栗色の髪がふわふわと肩のあたりで揺れてた。姉妹みたいに似てたけど、ハヤトには姉さんも妹もいない。

ずきーんと、胸が痛んで、そうする必要もないのに早足で通り過ぎた。

もしかしたらあのきれいな子とずっとつきあってて、マヤとはつきあってたってわけじゃなかったのかもしれない。それともやっぱり、わたしの無神経な言葉がハヤトを傷つけた。あるいは、どっちでもない。それか、両方。そんなことが頭の中をぐるぐる回って、呼吸が苦しくなって倒れてしまいそうになった。いつか、余計なことを考えないで、ハヤトとまた話せるようになるだろうか。

わたしが都心の大きな本屋さんで、日本に暮らすクルド人に関する本を見つけて読むのは、ずっとずっと先の話だ。そう、わたしはハヤトのことも、ハヤトのお父さんお母さんがどんな思いで生まれた土地を離れたかも、なんにもわかっていなかった。

　ともあれ、学校も部活もあったし、陳述書の準備もあったし、わたしの生活はけっこう忙しかった。女の子といるのを見かけたあとは、ハヤトのことは、ちょっとずつ考えないようにしていった。考え出すと、自分を責めたり、嫉妬したり、落ち込んだり、めちゃくちゃになって制御不可能になるからだ。

　陳述書っていうのは、裁判で提出する書類で、ナオキくんがハムスター先生に「自分で書く」って言ったやつ。クマさんとミユキさんの結婚の「真実性」を証明するための、証言みたいなものだ。

　月曜日の夕方に、ハムスター先生はわたしの陳述書を作るためにボロアパートにやってきた。はじめて隣町の商店街でクマさんと会った日のことから順番に、とてもていねいに話を聞いてくれた。

「佳作を取った絵をもう一度見てこよう」

　ハムスター先生が立ち上がって玄関に行こうとして、体のどこかが棚に触れ、箱が一つ落っこちた。

　箱の蓋が開いて、色とりどりの紙切れが狭い空間に散らばった。

「あー、ごめんなさい。やっちまった」

と、ハムスター先生が言った。

「いえいえ。こちらこそ、すみません、うち、狭くって」

ミユキさんがあわてて、散らかった紙を拾い始めたのを見て、先生もしゃがんだ。

「これ、なに？」

ハムスター先生が、たずねた。

「いたずら描きみたいなもんです。保育園からもらってくるいらなくなったプリントなんですけど、うちではずっとメモ用紙に使ってて。マヤは絵さえ描いてれば大人しかったから、ちっちゃいころからこれ、好きに描かせてて。あんた、字もこれに書いて覚えたんじゃないの？　すみません、いま片づけます」

ミユキさんといっしょに片づけようとしたハムスター先生は、絵の隅の日付やメモに目を留めた。

「へーえ、お母さんが説明を書いてるんだね。なになに？　〈二〇〇九年一月一日。鶴岡のおばあちゃん〉だって。雰囲気あるね、このおばあちゃん」

「家族以外には紙クズですけど、やっぱり捨てられないんですよー」

ミユキさんが笑うと、ハムスター先生は急になにか思いついたという顔をした。

「クマさんの絵も、あるかな？」

「どうかなあ、ある、かも？」

ミユキさんは箱を片づけて、別の箱を棚から下ろした。

「さっきのは古いやつで、こっちが二〇一二年から二〇一五年のだから、あるとしたらこっちにあるかな？」

ハムスター先生はすごく真剣に一枚、一枚、説明を読み、とうとうあの絵を引っ張り出した。

「これ、なんだろう。猫とねずみか。〈クマさんのお話〉とあるよ。日付はね、二〇一二年の、ええと」

わたしとミユキさんは、先生の肩越しにメモ用紙をのぞき込んだ。

「あ、これ、あれだ。〈やさしい猫〉だよ」

「クマさんのスリランカ民話か」

「これ、そしたら、ほんとに会ったばかりのころのだな。あのころは、聞いた話がおかしくて、聞くたびに描いてたから。〈象のタクシー〉も、どっかにあるよね」

ハムスター先生は、はじめて聞く、象のタクシー会社の話に笑い転げた。

プリントの裏の「マヤのお絵描き」は、証拠として採用されることになった。スリランカの昔話や、クマさんと行ったスリランカフェスティバルで見たもの、なんで描いたのか忘れてしまったクマさんの顔など、ハムスター先生は二十枚くらい選んだ。

そのあと、先生がミユキさんと話しだしたから、わたしはキッチンに立ってクマさんのチキンカレーを作り始めた。ミユキさんと先生は、尋問のことを相談していた。おそらく裁判所が尋問を認めてくれると思うから、クマさんはもちろんだけど、ミユキさんも証人として証言してほしいと、ハムスター先生は言っていた。

その日、先生はうちで夕食を食べた。

「マヤちゃん、これ、おいしいねえ。なんかプロっぽい。特別のレシピなの？」

「クマさんに教えてもらったんですけど、スパイスとかも近所のスーパーで買えるし、簡単なんですよ。スパイスを温めて鶏肉に揉み込むのくらいかな、特別っぽいの」

「クマさん、料理も教えてくれたんだ！」

「少しだけ。もっと教えてもらいたいけど、収容になっちゃったから」

ナオキくんと裁判を見に行ってから、ずっと考えてたことを、そのとき、わたしは思い切って口にしてみた。九十八％負けるっていう裁判で勝つには、相当がんばんなきゃダメなんじゃないかって、帰り道でナオキくんと話したからだ。

「先生、わたしも証人になれますか？」

「え？」

「わたしも、裁判官に自分の言葉で話したいです。クマさんを返してください。日本に居させてくださいって」

「マヤちゃんの尋問かあ」

そう言って、ハムスター先生はしばらく黙り、宙を見つめて考え込んでから、またせっせとチキンカレーを口に運んだ。

「辛さがあとからじーんと来るね。うまいね、これ」

そう言ってから、先生は続けた。

「ただね、自分の言いたいことを好きに言えるってわけでもないんだ。こちらの質問に答える形で話してもらうわけで。それに、反対尋問と言って、被告側の代理人からも質問が来る。こいつがけっこう意地悪な、ひっかけ質問だったりするからなあ」

証人になるというアイデアは、ナオキくんが思いついた。いろいろ調べて、ナオキくんはさすがにダメだけど（本人、やりたかったんだろう）、マヤちゃんならやらせてもらえるんじゃないかという。

「わたしが証人になっても、あんまり意味ないですか？」

「意味？　そりゃ、あるよ！　義理の娘が自分の意思で出てきて、必死で訴えれば、裁判官の心にも響くよ、それは。だけど、うーん、そうだなあ。やってみる？　証人申請して裁判官の許可が下りるかどうかわからないけど、申請してみるかい？」

わたしはコクコクうなずいた。

「ちょっと考えてみようか。お母さんは、どう思いますか」

ハムスター先生がたずねると、ミユキさんは困ったように首をひねった。

「だけど、そしたら学校、休まなきゃならないじゃない？」

「休めばいいじゃん」

「それはまあ、休みの日を尋問日にしてもらうことはできますけどね」

「いいのかしら、そういうの。高校生が裁判って。マヤまでなんだか」

いつもはきっぱりしたミユキさんが、もごもごしているので、わたしはちょっと頭に血が上ってきた。

「いいよ、いいに決まってるじゃない。マヤだって、できることがあればしたいもん。二％しか勝てない裁判なんだよ！　やれることぜんぶやらなくちゃ、負けちゃう！」

言いながら、なんだかめまいがするような気がした。二％しか勝てないって、なんなの、それ。ほとんど勝ち目はないってことじゃないの。ただ、家族がいっしょにいたいってだけなのに、どうしてそんなにたいへんなことになっちゃうの？

「パーセンテージのことは、あんまり考えなくていいよ。だいじなのは、裁判官の心を動かすことだからね。この家族を引き裂いちゃいけないな、日本からこの人を追い出すのはいいことではないなと、裁判官が思ってくれれば、おのずといい判決があるはずなんだ。ともかく、まだ少し時間があるから、みんなで考えてみよう」

それからまた、ハムスター先生はミユキさんに尋問のことや仮放免のこと、いろんな細かい話を始めた。

尋問、陳述書、嘆願署名、それから、それから。なにをしたらいいんだろう。なにをしたらクマさんを取り戻せるんだろう。

それから数日して、牛久のクマさんからわたしに、電話があった。


いつものように、ミユキさんは仕事だったから、わたしはひとりで家にいた。

「マヤちゃん、オレ、考えたけど、マヤちゃん、ショーニンはしなくていい」

電話の向こうで、クマさんが言った。

「ショーニン？」

「マヤちゃん、裁判出て、話すと、びっくりすることがあるかもしれないだろ。だから、ショーニンはやらなくていい」

クマさんがなにを言いだしたのかわからなくて、答えに詰まった。裁判に出て話すと、びっくりすることがある？

「あ、裁判の証人を、やらなくていいってこと？」

「そう。恵先生の質問に答えるだけ、それは、だいじょうぶだけど、入管の質問にも答えるだったら、だいじょうぶばない」

久しぶりの「だいじょうぶばない」を聞いて、ちょっと懐かしかった。クマさんの造語だ。間違いだって知ってからも、クマさんは使ってる。

「なんで、だいじょうばないと思うの？」

「オレは何度もやられてる。ミユキさんも、東京入管に来たときにやられた。オレはすごくつらかった。オレだけじゃなくて、ミユキさんもやられた。つらかった」

「やられるって、なにを？」

「質問は、変なことを聞くよ。びっくりするようなこと。ぜんぜん、そんなこと考えてなかったこと。それで、びっくりする。そうすると、もっともっと変なこと聞く。そして、オレがとても悪いことを考えて、悪いことをしたようになる」

「それは、お母さんも言ってた。でも、マヤが入管法違反したわけじゃないからさ、マヤが悪いことしたみたいには、ならないんじゃないかな」

「わからない。なにを聞くか、わからない。とても、意地悪なことを聞く。変なことを聞くだろ。え、そんなことない、そんなことしてない、そんなこと考えてない、と思うだろ。それを言うだろ。でも、その意地悪なことは、聞かれただけで、すごく傷つく。とても心が苦しくなる。違うよと言っても、心にとても痛い、痛みが残る」

クマさんは、ひと言、ひと言、引っ張り出すように話した。

「マヤちゃん、証人をしなくていいよ」

クマさんはもう一回、言った。

「オレは、いい。慣れてる。それに、大人だから、だいじょうぶ。だけど、マヤちゃんは、まだ高校生だから、だいじょうぶばない。どうしてそんなことを聞くんだって、嫌だって、怒る気持ちと、悲しい気持ちと、びっくりする気持ちと、いろんな気持ちがあって、心がとても傷つく。どこからパンチがとんでくるかわからない。心をパンチされるみたい。終わってからも思い出して、心がとても痛い。そんなの、子どものときに、しなくていい。オレはつらい。だから、しなくていい。オレはこんなところにいて、マヤちゃんを守れない」

なんて答えたらいいかわからなかった。（あいつ、ええかっこしいだからさー）。昔、ナオキくんが言った言葉を思い出した。（マヤちゃんちはさ、お母さんと二人、女ばっかりだからね。オレが守る的な？）。

「ありがと」

と、わたしはようやく言った。

「申請しても、採用されないかもしれないって、恵先生は言ってたよ」

「シンセー？　サイヨー？」

「やりたいって言っても、裁判官がダメですって言うかもしれないんだって。でもさ、マヤはやりたいんだよ」

こんどは、クマさんが黙った。

「家族みんなで暮らしたいって、それだけなのに、それがこんなにたいへんなんて知らなかった。お母さんとクマさんの結婚が嘘だって言われちゃうなんて、なんでだか、どうしてもわかんない。だから、できることがあったら、全部するって決めたの。イヤなこと、言われるかもしれないけど、きっとぜんぜん平気じゃないと思うけど、だけど。でもさ、もし、証言して、裁判官がそれを聞いてくれて、クマさんを日本から追い出しちゃいけないって判決書いてくれたらさ、イヤなこととか言われても、ふふん、あんなの、どうでもいいやって、思えるよ。裁判に勝ったら、マヤもがんばったもんなって、きっとすごく誇らしい気持ちになると思うから」

「ホコラシイ？」

「自分のこと、エライって思えるじゃん」

クマさんは少しだけ笑った。

ハムスター先生に頼んで、わたしは「証人申請」というのをしてもらうことにした。裁判官に、証人として認めてもらわなきゃいけないから、陳述書ももう一回、先生といっしょに練り直して、家族いっしょに暮らしたいという気持ちを訴えた。

もし裁判に勝てなかったらというのは、考えたくなくて口に出さなかった。もし自分がやれること全部やれないで負けたらとか、全部やったのに負けたらとか、そういうことは絶えず頭に浮かんで、そのたびに、考えないようにして打ち消した。

　それから、嘆願署名を集めるためになにをすればいいか、ナオキくんといっしょに考えた。そして、十一月のよく晴れた日曜日に、ナオキくん発案の「スリランカ料理の会」を決行した。小春日和っていうんだって、物知りのナオキくんが言った。

　いちびこ保育園の園長先生に頼んで、ホームカミングデーに、ブースを設営させてもらったのだった。園庭に設営したブースの脇に、ペレラさんのキッチンカーが入った。ペレラさんには群馬までお願いに行った。東日本大震災でボランティアをして以来、移動式キッチンの可能性に目覚めたペレラさんは、店舗の他に移動販売にも力を入れていて、わたしたちの話を聞くと二つ返事で車を出してくれたのだった。

　ペレラさんのカレーは園庭をすごくいい香りで包んだ。スリランカカレープレートは、出血大サービス、一食二〇〇円！　もちろん、食べた人全員が署名してくれたわけじゃないけど、クマさんブースへの宣伝効果は抜群で、ホームカミングデーにやってきた人の多くが、ブースを覗いてくれた。

　園長先生は、クマさんのことを知っている卒園生や、そのママたちに積極的に声をかけてくれた。クマさん、毎年、運動会に参加しててよかったよ！　それから、ミユキさんのいまの園の同僚の先生たちや、ナオキくんの友だちもやってきた。

　クマさんのことを友だちに話すのはかなり勇気がいったんだけど、やいちゃんとルリぽんと、部活の先輩にも話したら、みんな喜んで来てくれて、うれしかった。中学のときの、美術部の顧問の柏木先生が家族連れであらわれた。仕事の合間を縫って、ハムスター先生も来てくれた。

ナオキくんの友だちの中に、ひとり、特別大人っぽい感じの人がいて、その人は小型のビデオカメラを持ってきた。料理とか署名の紙とか、わたしが描いた立て看板とか、カラフルなキッチンカーとか、保育園の園庭の遊具なんかを、とてもていねいに撮影していた。

テントを張ったブースの中では、ナオキくんとその友だちが、この日のために大急ぎで、でも、いっしょうけんめい作ったショートムービーが上映されていた。クマさんがどういう人なのかを紹介して、署名してくださいと訴える内容のものだ。

ナオキくんの家で、事前にこのムービーを見せてもらったとき、スリランカの風景が映っていたのにとてもびっくりした。

「どうしたの、これ、撮影してきたの？」

「まさか。ネット上のフリーコンテンツを拾ったんだよ。すごくきれいなところだよね、スリランカって。海岸にお日様の光があたる光景が最高だよねって、ソエダくんとも言ってたんだよ」

ソエダくん、というのが、ビデオカメラを持ってきた友だちの名前だった。

　クマさんは、こんなに美しいところから遠い日本にやってきたんだなあと、あらためて思った。そして日本語を勉強して、車の整備の仕方も勉強して、ミユキさんと出会って、日本で生きて行こうと決めたっていうクマさんの物語が、とても短いムービーの中にまとめられ、山形の雪の中ではしゃいで笑っている写真で終わってた。そして、「クマラさんの在留資格を求める嘆願書に署名をよろしくお願いします」というテロップが流れる。

　ブースの中は、ちょっと腰かけられるようになっていて、ペレラさんからスリランカカレープレートを受け取って、食べながらムービーを見ていく人も多かった。ブースの出入り口のところにも長テーブルと椅子を置き、ここには署名用紙を置いた。名前と連絡先だけを何人かが並べて書ける用紙の他に、クマさんとの思い出を書いてもらうコメントシートも置いておいた。

　ほとんどが知り合いのコメントだったけど、中には子どもが卒園して何年も経っているのに、クマさんのことを思い出して、なつかしいエピソードを書いてくれたお母さんもいた。コメントを読んで、わたしとミユキさんはうるうるしてきた。

「クマラさんは、いちびこ保育園の人気者でした。運動会や芋ほり会などのイベントで活躍していた姿をいまも覚えています。いつも子どもたちにやさしくしてくれて、よく遊んでくれました。クマラさんがわたしたちの隣人として、いつまでもこの国で幸せに暮らせるように願っています」

署名用紙の文面は、ハムスター先生に相談しながら、ナオキくんが作った。

「法務大臣殿

クマラさんの在留資格を求める嘆願署名

私たちは、M・P・R・A・H・クマラさん（一九八八年生まれ、スリランカ国籍。以下、クマラさん）が、家族と日本で生活できるように、在留資格を求めます。

クマラさんは二〇〇六年に来日してから十二年間、まじめに学校に行き、就職し、働いてきました。クマラさんには日本人の妻がいます。その妻の子である中学生の娘と三人で、仲良く暮らしていました。でも、勤め先が倒産して失業したのをきっかけに、在留資格を失ってしまいました。

クマラさんと日本人の妻の交際期間は六年間に及びます。二〇一六年に婚約し、二〇一七年には結婚していますが、日本政府は二人の婚姻を真正なものと認めず、クマラさんは退去強制の命令を受け、現在は入国管理局に収容され、精神的にも肉体的にも追い詰められています。

どうか、この家族がいっしょに安心して暮らすという望みをかなえられるよう、クマラさんに在留許可を与えてください。」

その日のうちに集まった署名だけで八十筆くらいあり、何人かが用紙を持ち帰って、後で送ってくれたから、全部で二百筆以上になった。ナオキくんとソエダくんは、ブースで上映したムービーに、新しく撮影した風景などを加え、コメントを編集して別の動画を作った。コメントを出した人の顔は映さず、名前も出したくない人は出さない方針で、クマさんの写真がメインだった。

それをナオキくんは、限定公開でネット上にアップした。信頼できる人にだけシェアできる設定で、オンライン署名も好調に数字を重ねて行った。

第三回口頭弁論があったのは終業式の日だったから、午後一時半からの開廷に滑り込みで間に合った。学校から制服で直行すると、ナオキくんも来ていた。

その日は十二月二十五日で、わたしたちはみんな、一年前のクリスマスのことを考えずにいられなかった。婚姻届が受理されて、新しい戸籍謄本のミユキさんの「婚姻」欄にクマさんの名前が記載され、それを持って入管に届ければ在留資格がもらえると思って、ワクワクしながらクマさんを送り出した。あの日以来、クマさんは帰って来ない。

傍聴席には、ミユキさんとナオキくんとわたしの三人だけ。ハムスター先生は一人なのに、被告代理人席はこの日も三人、後ろにも一人いて、多勢に無勢だったけど、いつものことながら我らがハムスター先生は意気軒高って感じだった。

書類をめくる音が静かな法廷に聞こえて、「甲○号証と甲○号証を取り調べます」とか「陳述します」とか「原本ですね」とか、よくわからないけど重要と思われる会話が交わされた。ハムスター先生と訟務検事は、発言のたびにかわるがわる立った。

裁判長がハムスター先生に質問した。

「人証申請されていますが、これは」

「はい、原告、原告妻、その長女です」

「被告、ご意見は」

裁判長は顔を上げて、訟務検事の女性の方を向いた。ボブヘアの訟務検事は立ち上がり、裁判用語みたいなので答えた。

「本件は主要な事実関係に争いがある事件ではないので、不要と思料します」

「原告、いかがですか」

「被告におたずねしますが、陳述書で供述している事実関係に争いはないとおっしゃるんですか？　被告答弁書では原告と妻の婚姻の真実性に疑いがあると主張されているわけですよね。なのに、原告が原告尋問、証人尋問によって立証しようとしていることを、不要とはどういうことですか？　原告の主張事実をすべて認めると。こういう解釈でよろしいですか？」

訟務検事がイヤそうに答えた。

「違います。事実関係に争いがあるのではなく、婚姻の真実性に関しては原告の主張と評価が違うと申し上げているのです」

「裁判長！」

ハムスター先生がまた立ち上がった。

「裁判長、原告と妻の婚姻の真実性は、本件の重要な争点です。そして、ある婚姻が真実であるかどうかは、細かい事実のディテールに注目する以外に判断のしようがありません。婚姻の真実性を、婚姻当事者の話を聞かずに判断するって、いったいどういうことですか！　ぜひ、原告本人はもちろん、妻とその長女の話を直接聞いていただく必要があります！」

ハムスター先生は両手を目の前の机について身を乗り出し、よく通る声で一気にそれを言うと、どん、と腰を下ろした。

裁判長は、被告席に目で問いかけた。訟務検事は不愉快そうに立ち上がった。

「仮に尋問をするとしても、原告だけで十分であり、妻や、ことに、高校生である妻の長女の尋問は不要と申し上げておきます。裁判所の判断にお任せしますが」

こちらはまるで機械みたいにスッと座り、顔を横に逸《そ》らした。ハムスター先生は、睨みつけるような目を向けた。

裁判長は少し考えて、両隣の裁判官と少し言葉を交わした。そして、

「合議します」

と言うと立ち上がり、三人の裁判官はみんな後ろの扉から外に出て行った。

横を見るとナオキくんが、眼鏡を外してハンカチで拭きながら、いつもは眼鏡で隠れている目をぐりぐり回転させた。（なに、これ、すごくない？　ドラマ見てるみたいだよ！）と、その目は言っていた。

少しすると三人の裁判官は席に戻ってきて、なにごともなかったかのように、そこに座った。

「原告、原告妻の奥山ミユキさん、妻の長女の首藤マヤさんの尋問を採用します」

裁判長はサラッと言うと、間髪を入れずに次の質問に移った。原告席のハムスター先生の口元が緩んだのがわかった。あとで聞いたら、机の下でガッツポーズしてたらしい。でもすぐに、裁判長に答えて立ち上がった先生は、また被告側の訟務検事に嫌な顔をされることになった。

原告は収容中ですね、と、裁判長はハムスター先生に訊いたのだった。

「牛久での収容はすでに八ヶ月、その前の東京入管で二ヶ月、収容令書による収容を含めますともう一年になります。被告に要請します。原告の体調は深刻な状態ですし、早急に仮放免していただきたい。そうすれば、原告を牛久から移しての、東京入管で

の出張尋問をしなくてすみます」

「仮放免の時期についてここで申し上げることはできません」

「どうでしょう、裁判長。いっそ、証人尋問も同じ日に東京入管で行っては？　同日、同法廷で行ったほうがいい。個別に行うよりも、家族の、婚姻の真実性を判断するたしかな法廷になりうると考えますが」

「前例がありません」

裁判長が静かに答えた。

ハムスター先生がなにを言っているのかさっぱりわからなかったが、ようはこういうことだった。

収容されている人が裁判で証言に立つときは、東京地裁などの法廷じゃなくて、入管の中に特別法廷が設置される形になるらしい。そして、牛久は遠すぎるから特別法廷は東京入管に設置されるのだ。収容者は裁判のときだけ、品川の東京入管に移される。そして、裁判官や弁護人や訟務検事も東京入管に出向いて尋問をすることになる。だけど、証人、つまりミユキさんとわたしはふつうに東京地裁で証言するわけだから、同じ裁判なのに尋問日が二日に亙《わた》ることになる。ハムスター先生が言うには、「婚姻の真実性を判断するためには、原告も証人も同じ日に同じ法廷で尋問したほうがいい」。だから、クマさんを仮放免して東京地裁に行けるようにすべきだとまず言ったのだった。そして、もしもそれができないなら、わたしとミユキさんの尋問も品川の東京入管での特別法廷にしたらどうかと訊《たず》ねたのだ。

「前例がない」と裁判長が答えたので、ハムスター先生は引き下がって言った。

「では、東京入管での尋問を前提に日程を入れていただき、原告が仮放免されたら本法廷での尋問ということになりますね」

裁判長は少し顎を引くようにしてうなずいて、両隣の裁判官と確認するように目を合わせたが、訟務検事はつんと澄ました顔をしていて、感情を表に出さなかった。

それから裁判長はしばらく書類をめくっていて、ちょっと困った顔をした。

「原告の申請された尋問時間ですが、もう少し短くなりませんか」

そのあとは、裁判長とハムスター先生、それに訟務検事の女性が、尋問の時間の長さについてのやりとりをした。

本人尋問九十分は長すぎる、とか。

しかし、通訳が入りますので、とか。

それでももう少し短めで、とか。

反対尋問も同程度の時間を、とか。

アメ横で値切り交渉するみたいな感じで、最終的に、クマさんの持ち時間は主尋問（ハムスター先生の質問）六十分、反対尋問（訟務検事の質問）六十分、そしてミユキさんは三十分ずつ、わたしが二十分ずつと決まった。

そのやりとりを聞いているうちに、だんだん心臓の鼓動が激しくなってきた。あ、わたし、裁判で証言するんだ、と思ったら、とてつもなく遠いところに一人で来てしまったみたいな心細さが襲ってきた。

最後に、いつものように裁判長は、日程の調整を始めた。今回、違ったのは、クマさんの尋問期日と、わたしとミユキさんの尋問期日、二日間を決めなくてはいけなかったことだ。クマさんの尋問は、翌年二月の二十一日に決まった。東京入管で行われる尋問、わたしとミユキさんは傍聴に行けるんだろうか。

「証人尋問はこの法廷で、三月一日金曜日午後一時でいかがでしょう」

ハムスター先生は、ミユキさんが短くうなずくのを確認して言った。

「はい。お請けできます」

「お請けできます」

訟務検事も答えた。裁判長が続ける。

「もし、原告が仮放免されたら同日同時間に原告尋問もいっしょに行いたいのですが、時間は確保できますか？　つまり、三月一日の一時から五時までを確保していただきたいのですが」

ハムスター先生がまたミユキさんの方を見てから答えた。

「はい。わかりました」

後ろの席にいた入管の人が資料を見てから、訟務検事の耳元で何か囁《ささや》いた。

「確保します」

と、訟務検事が言った。

「双方、ほかに何もなければ」

そう言って、裁判長は左右を確認した。

「本日はこれで閉廷します」

ハムスター先生が、例の、キャスターつきの大きな荷物を引きずって法廷から出てきた。すごくうれしそうな顔をしていた。

「尋問、採用してもらえたね！ マヤちゃんの話も聞いてもらえるよ！」

逆にわたしは、証言台に立つのが現実になって、がちがちに緊張してきて、うれしくもなんともなかったんだった。

「採用されないこともあるんですか？」

と、ナオキくんが訊ねた。

「あるよ！ 入管訴訟では尋問なしで結論が出されること、すごく多いんだよ。非常に残念なことだと思うけどね。尋問が採用されたってことは、裁判官が聞く耳を持ったってことだから、ラッキーサインだ」

　わたしはポケットからクマさんのスマホを出して、カレンダーを開いた。

「あ、三月一日、学年末考査だ」

「うわ。試験の真っ最中に裁判？」

「十二時から始まる四時限目のやつは受けられないな」

「試験の日では休めないんじゃないの？」

　ミユキさんが心配そうにする。

「平気。最終日だし。先生に話して、追試扱いにしてもらうからさ」

「僕は試験の中日だ。マヤちゃんの尋問、見たかったな。がんばってね」

　ナオキくんが残念そうに言った。

　ふと横を見ると、ハムスター先生がいない。

　あれ、どこへ行ったんだろうと思ったら、ハムスター先生はキャスターつきバッグに両手を預けたまま、おなかでも痛くなったみたいに座り込んでいた。

「先生、どうしたんですか？」

　あわてて、ミユキさんが声をかけた。

「しまった！　尋問が採用されたので有頂天になっていて、マヤちゃんの休みの日にしてもらうのを失念していた。よりによって試験の真っ最中に尋問を入れてしまうとは！」

さっきまでの、スキップでもしそうなハムスター先生が、ごめん、ごめん、日を変えてもらおうと、苦しそうに言う。

「だけど、先生のせいじゃないですよ、わたしがその日でいいって言ってしまったから。マヤだって、あんた、隣にいたんだから、試験なら試験と言ってよ！」

ミユキさんがフォローに回っても、先生は座り込んだままだ。

「いや、高校生なんだから、それはこちらで確認しておくべきだったんです。いや、大失敗だ。申し訳ない。どうするかな。いまから連絡して」

「いいですよお、だいじょうぶですってば。最終日だし、四限はテストないかもしれないし。どうせ追試かもしれないんだから」

「マヤ、どうせ追試ってどういうこと？」

「え？ まあ、それはさ、いろいろあるわけよ。先生、四限、テストなかったら、このまんまでいいですよね。最終日は三限までだったような気がする。ちょっと待って」

「だけど、尋問があるとなると、試験勉強に身が入らないんじゃないかな」

「だいじょうぶ。身が入ったこと、ないんで」

「そうだよねえ。マヤちゃんが試験に身を入れてるのは、あんまり見たことないよね」

「ぜんぜん、平気ですってば」

「僕も追試にしてもらって、見に来ようかなあ。マヤちゃんの尋問なんて、一生に一度くらいしか見れないでしょう」

「だめだ、ナオキくんはちゃんと試験を受けて！」

わたしはクマさんのスマホで学校のホームページにアクセスし、四限にテストがないことを確認した。それで、わたしとミユキさんの尋問は三月一日に確定した。

それから、わたしたちは尋問の前にやる「リハーサル」についてハムスター先生に聞き、そんなものがあるのかと驚き、そして、その「リハーサル」の日時を決めた。

「恵先生、今日はクリスマスだから」

ミユキさんがプレゼントを差し出した。

「心ばかりですが。ナオキくんにもね」

ミユキさんとわたしの共同制作による、手作りスマホケースだ。ハムスター先生のには、黒地にわたしがゴールドで描いたハムスターの絵、ナオキくんのは、お気に入り、『文豪ストレイドッグス』の中島敦をモチーフにした。二人ともいまでも使ってるから、喜んでくれたんだと思う。

「嘆願署名はどう？」

ハムスター先生が訊ね、

「バッチリです！」

と、ナオキくんが答えた。

でも、じつはこの嘆願署名は、ちょっとした事件を引き起こした。

「マヤちゃん、どうしよう。嘆願署名の動画が、変なことになってる」

ナオキくんが消え入りそうな声で電話してきたのは、一月の半ばごろだった。

わたしはナオキくんとの電話を切って、動画サイトを見に行って絶句した。動画のコメント欄が、ヘイトスピーチみたいな投稿で埋まってたから。

ナオキくんがＳＮＳにアップした嘆願署名は、センスのいいムービーが人気で視聴数が増え、署名のほうも筆数を重ねた。動画サイトには「限定公開」で上げていて、友だちから友だちへしかシェアされない設定だから、爆発的ってわけにはいかなかったけど、着実にいろんな人に見てもらえて、動画には好意的なコメントがついた。

それが数日前から、急に視聴がすごく多くなり、もちろん、署名の数も増えた。

「すごい。この調子なら、千超えるかもな」

ナオキくんは自信を深め、わたしも、数字が増えてくのはうれしかった。こんなにたくさんの知らない人が、クマさんを応援してくれるなんて！

ところがそれが、たった一晩で変わった。視聴数は増えるのに署名数は増えず、そのかわりにひどいコメントがいっぱいついた。

書くの、イヤなんだ。きみに見せたくない。見るだけで、つらくなる。前に、クマさんが「心をパンチされる」って言ってた。そういう感じ。だけど、なにがあったかわからないだろうから、少しだけ。

退去強制令が出てるってことは犯罪者なんだろ、とか。

日本が豊かだから縋《すが》りついて帰らない人を税金でこれ以上養えません、とか。

一刻も早くここから出て行け、とか。

外国人はテロリスト、とか。

ハムスター先生が連絡をくれて、署名はもういいから、すぐに動画を削除しなさいと言って、ナオキくんはそうした。そして、とても落ち込んだ。

友だちの友だちの誰かが、善意で自分のフェイスブックかなにかにURLをアップしたらしい。おかげで視聴数も署名数も飛躍的に伸びたんだけど、それが、誰か知らない、外国人が大嫌いな人の目に留まってしまったってことみたいだ。

「落ち込む必要はないよ。きみらは、よくやった。たくさんの人が署名してくれた。共感してくれた人のほうが多いだろ。妙なコメント書いてるやつは、一人でいくつも書いてるんだ。数が多く見えても、じっさいはそんなに多くないよ」

ハムスター先生がなぐさめてくれたけど、ナオキくんはなかなか立ち直らなかった。署名集めは最初からナオキくんが中心になってたし、動画とそのアップに関してもいっしょうけんめいやってくれてた。それなのに、失敗したみたいに感じて、つらかったんだと思う。

わたしは、書き込みそのものに打ちのめされた。クマさんを知らない人が応援してくれたことがうれしかったけど、一方で、クマさんを知らない人が、こんなにもクマさんを憎んでて、クマさんといっしょに生きていきたいと思ってるミユキさんやわたしをものすごく軽蔑して、憎んでるってことが、こわかった。もちろん、誰か知っている人に憎まれたら、それもとてもつらいだろうけど、顔の見えない人たちの悪意が自分に向けられてると感じることの恐怖感は、それとはたぶんまた別のおそろしさだ。電車に乗ってても、たとえば教室に座っていても、この中の誰かがわたしのことを強烈に憎んでるかもしれないと思うと、身がすくんでしまう。

ミユキさんは、

「自分の顔も名前も出せない、臆病な人たちの書き込みなんか、いちいち気にしてたら体がもたない」

と言った。でも、あれはかなり、空威張りっぽいところがあったと思う。

ただ、いつまでもこの件でショックを受けてはいられなかった。というのは、別のまた、びっくりするようなことが起こって、我が家は大騒ぎになったからだ。

十五　大仏を見上げる

「もしもし、奥山さん？　お母さんのほう？　それともマヤちゃん？」

　夜、ハムスター先生から電話があった。

「マヤのほうです」

「そうか。この時間は、お母さんはまだ仕事だったね。じゃあ、連絡がついたら僕に折り返してくれるように言って」

「なにか、あったんですか？」

「うん。クマさんが、また倒れた」

　クマさんの血圧は、ずっと高めだった。降圧剤は一時的にもらって飲んでたけれど、しばらくすると、また睡眠薬と鎮痛剤だけになったらしい。あいかわらず、薬を飲まないと眠れない状態は続いていた。

　ただ、クマさんはクマさんなりに、心を落ち着かせたり、運動をしたり、高いバナナを買って食べたりして、なんとかしてバランスのいい生活を取り戻そうと努力はしてた。妻に「壊れないで」と懇願されて。

だけど、その日の夕方に、ちょっとした事件が起きた。一月の終わりのことだ。

クマさんの同室に、ベトナムの男の人がいた。クマさんはその人を、ティエンと呼んでいた。クマさんより後に来た人だった。とてもおとなしい、やさしい性格だったし、まだ二十歳そこそこくらいの、ほんとに若い人で、そしてあまり日本語が上手じゃなかった。言葉も通じないのに、クマさんとその人は仲良くなった。

その人は、技能実習生として日本にやってきて、どこかの工場で働いていたんだけど、すごく少ない賃金で、ほとんど休みもなく働かされ、たいへんな思いをした。暴力を振るわれたこともあったらしい。クマさんとティエンさんの会話は、とてつもなく片言の日本語と、フリータイムにときどき会うほかのベトナム人の日本語を通してだから、あまり詳しいことはわからなかったが、クマさんは、ティエンさんがどういう経験をしてきたか想像がついて、とても同情し、ハムスター先生を紹介したいとまで言っていた。

ティエンさんは、工場での仕事があまりにつらいので逃げ出した。そして、知り合いのつてを頼って別の仕事に就いたけど、不法就労で逮捕されて、退去強制処分になって、収容された。技能実習生は、転職ができないシステムになっているらしい。だけど、日本に来るときに莫大《ばくだい》な借金を背負ってくるから、お金を稼がないと帰るに帰れない。ミユキさんに言わせると、「苦界に身を沈めるみたいな」感じになるらしい。もちろん全員がそうじゃないけど、ひどい境遇にいる実習生は少なくないのだと、あとでハムスター先生が教えてくれた。

　ティエンさんは、クマさんたちの部屋に来て、だんだん打ち解けて、少しずつ話もするようになった。でも、国に帰されてしまうのをとてもこわがっていたし、なにより借金のことで胸を痛めていて、心がとても不安定になっていたらしい。

　それが、ある日、急に別の部屋に移されることになった。理由はクマさんにもわからないという。ティエンさんは嫌がって、部屋の隅にうずくまって動かなくなった。職員の人が、無理やり立たせて連れて行こうとしたけど、すごくこわがって抵抗した。クマさんたち同室のみんなは、かわいそうになってしまって、ようやく気持ちが安定しかけたところだから、このまま同じ部屋に居させてあげてくれ、みたいなことを職員の人に口々に訴えた。

　だけど、次の瞬間、なにがどうなったのか、制服の職員たちが十人くらい、ドドドドッと入ってきて、ティエンさんを押さえつけて、無理やり引っ立てるようにして連れ出そうとした。

　それで、クマさんの頭に血が上った。

「嫌がってるでしょう！　やめて！」

近づいた職員に突き飛ばされて、ティエンさんのことですっかり興奮してしまったクマさんは、どうもそこでスゥッと意識を失ったらしい。

制服の人たちがものものしくティエンさんを引っ立てて行った後に、目を剝《む》いて倒れているクマさんを、同室のイラン人のジャファルさんが見つけた。

その日、入管はティエンさんのことで大騒ぎになっていたから、職員を呼んでも誰も来ない。それで困ってジャファルさんはまたハムスター先生に電話した。ハムスター先生が激怒して入管に連絡を取りガンガン怒って、そうしてまた、クマさんは担架で別室に運ばれていった。

「嫌だけど、夜中じゃ、なんにも動かないと思います。救急車を呼んでも前回と同じになる可能性が高い。明日いちばんで、また入管にねじ込みます。頭に来た！　その、ベトナム人実習生も気になるが、とにかくクマさんの体が心配ですね」

　わたしたちはまた眠れない夜を過ごしたんだけど、じつはこれが、きっかけにもなったのだった。

「入管から連絡がありました。クマさんを、仮放免するそうです。保証金は五十万と言ってきましたがどうしますか。けっこうな額だとは思いますが、出せますか？　保証金なので、在留特別許可が下りれば返還されます。保釈金のようなものです」

ハムスター先生からミユキさんに電話があったのは、クマさんが再び倒れてから少し経った日のことだった。

「いつですか？　いつ、仮放免してもらえるんですか？」

「保証金を支払えるということであれば、僕から入管に連絡して日にちを決めます。今日が木曜日だから、土日が入るけど月曜日には。ただ、保証金を減額する交渉をするとなると、仮放免は少し先になります」

「払います。なんとかします。一日も早く解放してください。お願いします」

「わかりました。また連絡します」

わたしは学校にいて、終業後にミユキさんから入ったＬＩＮＥを見て知った。

「クマさん、仮放免出た‼　月曜朝九時」

それを見て、体全体が、塩を振られたナメクジみたいに溶けていくような感覚があって、ぼーっとしたまま立ち上がれなくなった。

「クマさん、出てくる」

それだけ、ナオキくんに送った。ナオキくんからは少しして、

「マジか！　すげえ。やった！」

という返事が来た。

ティエンさんのことを考えると胸が痛むけど、クマさんはとにかく、二度目の血圧二〇〇越えで、ハムスター先生が怒りに怒って、「殺す気か！」と入管の人を怒鳴りつけたのも功を奏したのかもしれない。もちろん、あの一件がなくても、クマさんの体調にはかなり問題があり、もしも尋問の直前にでも倒れて裁判に差し支えるようなことになってはまずい、という判断があったとも考えられる。収容されてから、一年と少しが過ぎていた。

仮放免になるクマさんを迎えに行く許可をもらいに職員室に行くと、担任の佃先生は困った顔をして、首藤が行かなくてもお母さんが行くんだろ、そんな欠席理由、聞いたことないからなあ、と言った。アホかよ佃。だから、当日は熱を出すことにした。

それがどんなにすごい日だったか、わかってもらえるといいんだけど。

暖かい日だったんだよ。二月の頭でまだ春はずっと先だったのに、その日はまるで春一番が吹いたみたいだと言われた。よかった。クマさんは寒いのが苦手だから。

朝はいつもより早く起きて、わたしとミユキさんはいっしょに炊いた鶏の手羽元と、即席の甘酢をからめたキャベツとニンジンをおべんとう箱に詰め、水筒には甘いミルクティーをたっぷり入れた。

ハムスター先生の話では、九時に行っても、クマさんはすぐには出て来なくて、保証金の振り込みやらなにやらがあるから、会えるのは十一時くらいになるんじゃないかってことだった。だから、帰りの常磐線の中かなんかでおべんとうを食べることにしようと、ミユキさんと二人で決めて、クマさんの喜ぶ顔を思い浮かべながらせっせと準備したんだった。

牛久駅から、タクシーに乗った。

けっこう、お金がかかるんだけど、ハムスター先生がそうしたほうがいいと言ったので、東日本入管センターに乗りつけて、そのままタクシーに待ってもらった。仮放免の手続きは、すんごくややこしくて、受付で用件を言うと、振込用紙を渡されて、保証金を払ってきてくださいと言われる。「払ってきてください」って変な感じ。入管で、その場で払うんじゃないんだよ。

その振込用紙を持って、タクシーに乗って、隣町の銀行で保証金を入金してこなきゃダメなのね。その銀行が「日本銀行代理店」になってるからなんだそうで、国にお金を支払うには、とにかく日銀代理店じゃなきゃダメで、それはふつうに銀行振込ってやつで送ったりはできないってことらしいよ。五十万円もの現金をバッグに入れてるミユキさんはガチガチに緊張しちゃってた。

ひきつった顔をしてタクシーに三十分くらい乗ってお金を払いに行って、用紙に判

子を押してもらって、入管センターに戻ってきて、その判子を見せると、ようやく、

「じゃ、待合室で待っててください」

と言われて、それで一時間くらい待つわけなの。結局、十一時はとっくに過ぎたころ、職員さんといっしょに、小さくなっちゃったクマさんがあらわれた！

クマさんに抱きついて、ミユキさんが泣いた。わたしも気がついたら涙が目からこぼれてた。そう、クマさんもね。

迎えに来たタクシーの運転手さんまで、少しもらい泣きした。牛久駅から入管、入管から隣町の銀行、銀行から入管という移動に全部つきあってくれて、しかも一時間後にもう一度来てくれたので、その間に運転手さんは、すっかり家族のストーリーを聞かされていた。

「あんたがた、べんとう食べるなら、大仏さんの公園にでも行ったら？　あたしもあそこらへんで昼めしに蕎麦《そば》でも食うからさ。近くだし、メーター倒して待っててあげるよ。今日は、春みたいにあったかいからね」

タクシーが近づいていくと、真っ青な空を背負った牛久大仏が見えてきて、そのデカさと言ったら、どうしたらいいかわからないくらいで、さっきワアワア泣いたわたしたちは、笑い転げた。鎌倉の大仏が掌に乗るくらいなんだって！　どうしてこんな巨大な大仏さんが、建っちゃったんだろ。敬虔《けいけん》な仏教徒であるクマさんは、仏様を笑

うなんて不謹慎という態度を取ってたけど、タクシーを降りて正面から百二十メートルの巨仏を目にすると、

「デカい！」

と言って笑い出した。それから神妙にお祈りを始めた。クマさんが笑ったのを見て、わたしはもう一回、泣きそうになった。

広々した芝生のテーブルの上でおべんとうを広げた。風が吹いていて、おべんとうを包んでいたナプキンが、はたはたひらめいた。水筒で押さえておかないと、飛んで行ってしまいそうだった。空がとても青くて、わたしたちはまるで、ピクニックに訪れたなかよしの家族みたいだった。

平日の昼のことで、観光客はそんなに多くなく、それでも旗を立てているツアーグループや、年配のカップルなんかが通り過ぎたけど、クマさんがほぼ一年もの間、窓のない収容所にいたなんてことに、もちろん、誰も気づくはずはなかったし、気づいたら腰を抜かしたかもしれない。こんなに近い場所にあるのに、観光名所と収容所は、パラレルワールドみたいに存在していた。

クマさんはすっかり食が細くなっていて、小さなビリヤニおにぎりを二個と手羽元を一本しか食べなかった。

「昨日、みんながサヨナラパーティーした」

ぽつん、とクマさんが言った。

「ジャファルがパンと牛乳とチョコレートスプレッドでケーキ作った」

「ケーキ？　ケーキも作れるの？」

「作れる。お湯を沸かすポットで」

「天才だね、ジャファルさんは」

「おいしかった？」

「うん。みんなお祝いしてくれた。でも、ジャファルはあそこにもう三年いる。そして、ティエン」

そう言って、クマさんは下を向いた。

大仏さんの中には入らないで、外から見上げただけで帰ることにした。

「帰ろうね」

と、クマさんが言ったからだ。どんなに、家に帰りたかっただろう、と思った。


クマさんがとうとう家に帰ってきた。

ふと見るとそこにクマさんがいるので、それだけで、わたしとミユキさんはついつい笑ってしまう。おかしいから笑うんじゃなくて、なんだろうね、この気持ち。

翌日、血圧が心配だから病院に行ったほかは、なにもしないで過ごした。焼きそばや餃子《ギョーザ》やチキンカレーなどなど、好物を出したけど、あまり食べないクマさんを、心配したり、質問攻めにしたり。

入管ではアルコールが禁止だけど、みんな飲みたいから、食事のときに出るパイナップルを溜めておいて、発酵させてお酒を作ったつわものがいた話とか（でも、それがバレて、デザートにパイナップルが出なくなっちゃったらしい）、大活躍の電気ポットでヨーグルトを作れると聞いて、クマさんもやってみた話とか（まあまあ、ちゃんとできたけど、めんどくさくなってやめた）、嘘っこ紙幣を作ってポーカーをやってたら、熱くなってケンカしちゃう人がいた話とか。弱ってはいるけど、おかしい話が好きなのはあいかわらずで、いろいろ話してくれた。おかしい話じゃなければいっぱいあったと思うけど、そういうのは話したがらなかった。

わたしたちが迎えに行った日にいっしょにいた入管の職員さんを、クマさんは「ＡＫＢ48」と呼んでいた。クマさんが最初に高血圧で倒れたときから、心配してときどき声をかけてくれてた人なんだそうだ。なんで「ＡＫＢ48」なのかっていうと、入管の職員さんはみんなアルファベットに数字を組み合わせた札を服につけてて、名前がさっぱりわからないからだそうで、その人のつけてた札が「ＡＫＢ48」に似てたから、クマさんがあだ名をつけたらしい。ただ、まあ、その人以外の職員には、いい思い出はないみたいだったけど。ティエンさんを十人くらいの職員で押さえつけて、担ぎ上げて連れ出したときのことを思い出すのが、とてもつらそうだった。

週末にはナオキくんが遊びに来た。

翌週の頭に、ミユキさんといっしょに、お酒を持ってハムスター先生の事務所にお礼に行った。ゆっくり休んで。裁判、がんばりましょう、と先生が言った。

そのあと、病院で撮ったＣＴの結果を聞きに行った。そしてショックなことに、ＣＴで腫瘍が見つかって、入院しなきゃならなくなってしまった！

クマさんの高血圧には理由があって、副腎というところに小さな腫瘍ができて、それが悪さして血圧が上がっていた。

ただ、その腫瘍は多くの場合良性で、手術で取ることができ、再発の可能性も低いという。ともかく、検査のために入院が必要と言われて、クマさんはまたもや、ボロアパートから引き離されることになった。

病気が治るのはいいことだから、この際、手術でも入院でもしてもらいましょう！と母娘は思ったわけだけど、目の玉が飛び出すとか腰を抜かすとか、そういう感じのことが起こったのは、治療にかかるお金がものすごい金額とわかったときだ。

それは、常識外れの高額医療だったのではなくて、保険診療してもらえなかったからだ。

これはこれで、ものすごくややこしい話になる。

クマさんは、前は会社員だったので、小さな会社だったけど社会保険（健康保険）に入っていた。でも、それは失業とともに失効してしまって、もしかしたらその時点で国民健康保険に切り替えるという手があったのかもしれないけど、クマさんはそれどころじゃなかった。ミユキさんがクマさんの失業を知ったのは、ずいぶんあとだったし、もう、いろんなことがたいへんすぎて、とりあえず健康なクマさんの保険のことなんか、誰も考えもしなかった。

だけど、収容中にクマさんは病気をして出てきたわけだから、そして、治療費はけっこうな額だったわけだから、とうぜん、保険をどうしよう！　って話になる。さあ、こっからがたいへんだ。

ミユキさんは、病気したあと、夜間専門の保育所を見つけて就職した。勤務時間帯が遅いから、お給料じたいは昼の仕事より少し高いんだけど、ちっちゃい無認可園で、いちびこ保育園みたいにしっかりしてなくて、じつはミユキさんは非正規職員という扱いになっていた。それで、ミユキさんは国民健康保険に切り替えていた。ついでにわたしも、国民健康保険になった。

きみにこんなこと説明するのもどうかなと思うけど、まあ、いちおう、説明しておく。社会保険と違って国民健康保険には「扶養」っていう考え方がない。だから、ミユキさんが世帯主でも、わたしみたいな子どもは「扶養家族」でタダってわけにはいかなくて、お金を払って国民健康保険に加入する形になる。そのぶん、いちびこ保育園で働いていたときより、保険料は割高になるけど、それはまあ、仕方がない、よしとしようということになってた。というか、ミユキさんがそうしていた。

さて、じゃあ、クマさんはどうするってことになって、それはほかに選択肢もないし、国民健康保険に入ってもらいましょうってことになったわけ。保険料は、世帯収入と世帯人数で決まるから、ミユキさんが電卓を叩いて計算したところでは、月額三千円くらい高くなるはずだった。それはそれでうちの家計には痛いけど、背に腹は代えられない。

なんて、思ったんだけどそれが甘かったんだよ。

ミユキさんが区役所に手続きに行ったら、衝撃の事実が発覚した。

「在留資格のない外国人は、国民健康保険には加入いただけません」

窓口の女性はそれだけ言うと、無情にも次の人の番号を呼んだ。

「ちょ、ちょっと待ってください。じゃ、そういう人はどういうのなら入れるんですか?」

ミユキさんはまた番号札を取って呼ばれるまで辛抱強く待ち、かぶりつくみたいにして窓口に寄って行って訪ねたが、窓口の女性はにべもなく、

「それはわかりかねます。在留資格のない方はご加入いただけません」

と、繰り返した。

ミユキさんが青くなってこの話をしたとき、なにがなんだか、よくわからなかった。けど、事と次第がわかってくると、わたしにもそれがたいへんな事態だと呑み込めてきた。つまり、健康保険に入れないってことは、入院や手術の費用が「全額自己負担」になる。ふつうはみんな国民健康保険なり会社の社会保険なりに入ってるから「三割負担」なんだけど、それが「十割負担」になっちゃうってことなわけ。それならまだいいほうで、保険外の診療だと「自由診療」ってことになっちゃって、一・五倍か二倍の料金をふっかけられる。「十割」どころか「十五割」「二十割」負担になってしまう！　クマさんの腫瘍には手術が必要で、治療費の全額は、百万は軽く超えるだろうと言われていた。

「在留資格のない外国人は国民健康保険に入れない」というのを、前に、麻衣子先生から聞いたことがあったような気がしてきた。そのときは、あまり頭に入ってこなかったんだけど、ふいに、わたしはハヤトの前歯に空いた大きな穴を思い出した。

超痛い時は氷を顔にくっつけて我慢してれば、ぜったいに虫歯は自然に治るって、ハヤトは言った。

そんなわけない。あれは、歯医者に行けない理由があったんだよ！

クマさんを病院に送り届けた晩、ミユキさんは鶴岡のおばあちゃんに電話した。

「そんなこと言ったってしょうがないでしょう！　連絡が来て、四日後に五十万円用意しろっていうんだから！」

ミユキさんの声のトーンが上がり、あ、また始まったよ、と、わたしは思った。おばあちゃんと話すと必ずケンカになる。

「もういい。わかりました。さようなら」

こわい顔で電話を切ったミユキさんに、なにがあったか聞くと、しばらく仏頂面をしたあとで、言いにくそうに話し出した。

「治療費のことを、相談しようと思ったんだけど、仮放免の保証金の五十万はどうしたのかって聞かれたから、つい、カードローンで借りたって正直に答えちゃって」

「カードローンだったの？」

「だって、ないものはないじゃない」

「それで、おばあちゃん、何て？」

「いざってときのために、少額でも毎月、貯蓄型の保険を掛けておけって、あれほど言ったじゃないか、とか言うからさ」

「しょうがないじゃない。おばあちゃん、生保レディなんだから」

「そうだけど、うち、余裕ないもん。いま、そんなこと言われてもさ」

おばあちゃんは、いつだって「いま、そんなこと」言っちゃうタイプだし、ミユキさんはおばあちゃんのそういう言葉に、まったく耐性ってものがない。

だけど、それから何日かして、なんと鶴岡のおばあちゃんはとつぜん上京した。そして、風呂敷に包んだ封筒を、スッとミユキさんに差し出したのだった。

「あたしの葬式代さと思って、掛けでおいた終身保険さ解約したなや。死んでからあんたさやったたって、感謝してもらわいねがらの。いま、それ必要だば使うもんだ」

ミユキさんはびっくりして封筒の中身を確認し、そして神妙な顔をした。

「お母さん、ありがとう」

「あいや、いい響きだのう。もう一回言ってみぃ」

おばあちゃんは照れ隠しに、威張るみたいに胸を反らした。

「お母さん、どうもありがとう」

「マヤちゃんも言ってみぃ」

「おばあちゃん、どうもありがとう」

おばあちゃんは、ふふんと笑った。

おばあちゃんは、その日、ボロアパートに一泊し、クマさんには退院したらゆっくり会うと言って、鶴岡に帰って行った。

クマさんが退院したのは、二月の終わりのことだった。あのまま入管センターにいたら、検査入院もなく、病名も知らずに、体調不良のまま尋問日を迎えていたのかと思うと、おそろしい。ハムスター先生は、裁判所に連絡して尋問の日を変更してくれた。わたしの期末考査の日にうっかり尋問を入れちゃったことを、「ミスった！」とすごくすまながってくれてたこともあり、尋問日は春休みに延期された。

　手術は二ヶ月ほど先になるし、それまでは降圧剤を飲んでふつうの生活をしてていいということだった。降圧剤はよく効いて、悩んでいた頭痛が消えたらしい。お医者さんは、クマさんが飲んでいた睡眠薬と鎮痛剤を「もう飲んじゃダメ」と言ったそうだ。

　尋問の三日前に、わたしたちはハムスター先生の事務所に「リハーサル」に行った。

「入院、たいへんだったね」

　と、ハムスター先生は声をかけた。

「入院はたいしたことないけど、お金かかっちゃって。保険診療してもらえないから」

「え？　だって、ミユキさん、事業所で社会保険に入ってるんでしょ？」

「わたし、仕事内容はバリバリ正規といっしょなんだけど、非正規職員なので、健保は国保なんです」

「えー？　それは違法だよ。週三十時間以上働いてたら、正規か非正規かは問わず、社保には入れなきゃいけない」

「そうなんですか？」

「経営者が保険料を払いたくなくて、言い逃れしてるんじゃないかなあ。だって、それじゃすごい額になるでしょう」

「母が援助してくれて、なんとか。それに、入院は快適だったみたいです。ね？」

クマさんはにっこりした。入管収容に比べると、天国みたいだったらしい。

「調子は？　眠れてる？」

こんどは頭を横倒しの8の字に揺らした。

「ミユキさん、耳のほうは？」

「いまはもう、だいじょうぶです」

「よかった。夫婦して満身創痍《そうい》だけどね」

ハムスター先生は苦笑した。

裁判の「リハーサル」って、なにをするんだろうと思ったら、わたしとミユキさんには、ほんとにお芝居の台本みたいな「想定問答集」が手渡された。

「クマさんには通訳がつきます。だから、いったん通訳のシンハラ語を聞いてから、クマさんもシンハラ語で答えてください。日本語では答えないで」

「裁判官が住所や氏名を確認します。『間違いはありませんね』と聞くから、『間違いありません』と答えてください」

ハムスター先生はてきぱき指示した。

「それから、宣誓ってわかるかな。嘘をつきませんって誓いの言葉を言います。紙が渡されるからね、それを読んでください。クマさんは、それもシンハラ語です」

「まず、僕の質問から始めます。あとで、じっさいにやってみましょう」

「次に入管の方からの質問があります。必要なら僕がもう一回質問します。たまに、裁判官からも何か聞かれることがあるけど、あわてずに答えてください」

「入管の質問には、なるべくはっきり答えてください。わからないことは、わかりませんと言えばいい。正直に答えて、嘘はつかないで。クマさんが入管法に違反したことをどう考えているかと聞かれたら、クマさんもミユキさんも、それは申し訳ないと思っていますと、しっかり謝ってください。意地悪な質問をされても、取り乱したりカッとなったりしないように」

「やっかいなのは、入管の質問なんです。何を聞かれるかわからないから。おそらくは、クマさんが家を出て、二人が別居状態になったころのこと、いったんもう結婚はしないのかもしれないというところまで行って、だけど、やっぱり結婚した。このあたりのことを、しつこく、しつこく、突いてくるだろうと思うんです。僕のほうの質問も、ある程度、それに予防線を張るようなものになってる」

ハムスター先生は少し休もう、と言って、事務員の小川さんにお茶を頼んだ。

想定問答集を脇に置くと、ハムスター先生は、組んだ手を大きな事務机の上に置いて、順繰りにわたしたちの顔を確認するように見た。そして言った。

「ところでね、クマさん。練習に入る前に、もう一度しっかり聞いておきたいんだ」

クマさんは大きな目を上げた。

「どうして失業したことをミユキさんに言わなかったか。どうして、いなくなったりしたのか。僕がしっかり知っておかないと、入管とちゃんと戦えないから」

クマさんは、困って下を向き、それから絞り出すように話し始めた。

「四月に社長さんに、会社やめる、もう来ないでと言われて、すぐ結婚のことを考えましたから。ミユキさんは六月、楽しみにしてた。ヤバい、結婚できない、早く仕事見つけて。そればっかり思った」

「仕事のない状態で結婚したくなかった、ミユキさんの収入に頼りっぱなしの結婚はできないと思ったってことだよね？」

「はい、そうです」

「ミユキさんに、その事情を話そうとは、思わなかった？」

「ミユキさんが、がっかりする。それに心配すると思いました。日本人にはわからない。仕事なかったら、結婚できない。簡単ではないです。給与証明、いると思った」

「えっ？　結婚に給与証明？」

ミユキさんは隣でとつぜん声を上げた。

「だけど、ペレラさんはそんなことは」

コーヒーを淹れに近くまで来ていた弥生先生が、ミユキさんの動揺を見てハムスター先生に声をかけた。

「そういう話なら、うちのナンバーワン行政書士に話に入ってもらっては？」

ハムスター先生は、あ、そうだね、と言って、ついたての向こうに声をかけた。

「忽那先生、すみません、ちょっと教えてもらってもいいかな？　手の空いたところでいいから」

「だいじょうぶですよ。いま行きます」

奥から立朗先生の声がした。弥生先生がマグカップを手にして説明してくれた。

「弁護士より、行政書士のほうがよく知ってるの。資格の更新とか変更のためにどういう書類が必要かってことはね」

ハムスター先生が、ついたての向こうからあらわれた立朗先生に訊ねた。

「配偶者ビザの申請のとき、所得証明とか、納税証明とか、必要だよね？」

「そうですね。つけますね」

「無職だと、配偶者ビザは不許可？」

「とは限りません。でも、それが理由で不許可になることもあり得ます。僕の依頼者が無職の場合は、その理由と、日本人配偶者のしっかりした経済状態や実家の援助なんかを、入管にていねいに説明します」

　ハムスター先生は、腕組みした。

「なるほどね。結婚そのものと配偶者ビザの取得は別個のものです。結婚は二人の意志があればできる。でも、配偶者ビザを得るのは、それほど簡単ではない。そのことを、ミユキさんは、当時はまだよく知らなかった。結婚といってミユキさんがイメージしたのは婚姻届、クマさんが頭に浮かべたのは配偶者ビザだったわけだよね」

　クマさんは、悩むように頭を傾けた。

「結婚は、したい。でも、もし、帰りなさいと言われたら。心配でした。仕事があったら、帰りなさいと言われない。だから、結婚よりまえに、仕事と思いました」

　ミユキさんはちょっとキッとなってクマさんのほうに顔を向けた。

「なんで、帰りなさいなんて言われるのよ。あのころなら、正規のビザだってあったし、まじめに就活してたでしょ。いっしょに暮らしてて、婚約もしてるのに。どうして」

「入管は、婚約、関係ない。仕事ない、帰りなさい。仕事、小さい会社、給料少ないし、帰ったら？　そういうこと、言うよ、ほんとに。ミユキさん、知らないだけ」

「まあまあ、二人、揉めないで」

ハムスター先生が仲介に入り、気の毒そうに立朗先生がフォローした。

「配偶者ビザ申請では、結婚の安定性を見られるので、失業してると、いったん帰ってと言われて、出国準備のビザになってしまう可能性はあります」

わたしたちはみんなモヤモヤを抱えたけど、クマさんが就職にこだわったわけは、なんとなくわかった。それと、ミユキさんに失業のことを言わなかったわけも。失業のせいで結婚そのものが危うくなると思いつめたそのころのクマさんの心情を考えると、能天気に六月の結婚式のことだけを考えてたミユキさんとのギャップは埋めようがない。

「別居は、わたしのせいです」

ミユキさんが話し出した。

「失業のことを隠してたので、そんなだいじなことも話し合えないなんて、結婚する自信がないとか言っちゃって。でも、なんでこんなめんどうなことになるのよーっていう、恨みがましい気持ちがあったし、在留資格のことはほとんどわかってなかったから、話し合おうって言われてもどうなってたか。婚約指輪を返しちゃったから、彼は家にはいられなかったんです」

ハムスター先生は腕組みを解いた。

「わかった。事情がよくわかりましたよ。ここは反省会の場じゃないからね。そういういろんな事情を乗り越えて、いっしょに生きて行こうと思っている二人の結婚の真実性を、裁判で明らかにしましょう。じゃ、ちょっと、練習してみようか」

それからわたしたちは、想定問答に沿って尋問の練習をした。

十六　バーの中で

自分の人生に、裁判なんてもんが登場するなんて、ほんのちょっと前まで、考えてみたこともなかったよ。だけど尋問の日は、ほんとうにやってきた。そしてもちろん、わたしが自分で望んだことだった。

法廷をバー（ＢＡＲ）って言うんだって、麻衣子先生が教えてくれた。法廷と傍聴席を分ける木の柵から来た言葉らしい。裁判所の法廷みたいな厳格な場所と、お酒を飲ませる場所の名前がいっしょというのはちょっと不思議。でも、酒場にもやっぱり木の柵があったからバーと呼ばれるようになったらしい。

何を着ようか悩んだあげく、結局、制服にして、東京地裁に行った。少し早めに着くと、ナオキくんがいた。

「あ、マヤちゃんも制服？　僕もだよ。高校生らしく見えて、いいかなと」

ハムスター先生は、わたしたちに法廷での注意事項を話してくれた。そして、

「じゃあ、マヤちゃんは控室に。事務官さんが呼びに来るから、心配しないで」

と言った。わたしは軽く衝撃を受けた。

「リハーサルのときに話したでしょう。証人はほかの証人の尋問を聞くことができないルールがあってね。自分の番まで別室にいるんだよ。自分の証言が終わったら、バーを押して傍聴席に行っていいからね」

そんなこと、聞いたっけ？

「傍聴は任せて。メモ取っとくから」

ナオキくんが小さなノートをかざした。

わたしは法廷の隣のちっちゃな控室で、たったひとりで待たされることになった。窓もない部屋にひとりぼっちで、急にものすごく心細くなり、こんなところでわたし、なにしてんだろうと思って、家に帰りたくなってきた。

そのときに、ほんとにふいに、あのときの気持ちがよみがえった。病院のリノリウムの床が蛍光灯で緑色っぽく見えて、お母さんの病室にたどり着くまでの廊下が寒くって、すごく遠く感じられたこと。不安になって振り返ると、廊下の向こうにクマさんがいて、両手を振ったり、体をヒョコヒョコ動かしたりして、ずっと励ましててくれたこと。お母さんに会えて、だいじょうぶすぐ退院するからと慰められて、少しだけホッとして病室を出て、クマさんのところまですべりながら走ったこと。

そういうことを今日、話すんだよ、わたしは。

わたしは深く息を吐いた。あいかわらずひとりぼっちで、部屋は少し寒かった。

隣の部屋では開廷が宣言され、ミユキさんがバーの中に入り、宣誓が行われていた。

わたしたちの長い一日が始まった。


ハムスター先生は、二人のそもそもの出会いから聞きはじめた。ミユキさんは、震災のボランティアで出会ったこと、翌年に商店街で再会して、つきあいが始まったことなどを、リハーサル通りに話し始めた。

「クマラさんがはじめて結婚したいと言ったのはいつでしたか？」

「再会して間もなくです」

「あなたはどう答えましたか？」

「子どもが小さいから再婚するつもりはないと答えました」

「その話をした後も、クマラさんとの交際は続きましたね。それはなぜですか？」

「彼を友人として大事に思っていました」

「友情が恋愛に変わったのはいつですか？」

「いつ、というのは正確には自分でもわかりません。友人であり、恋人でもあるような存在だったと思います。ただ、結婚にはなかなか踏み切れなかったんです」

「それはどうしてですか？」

「やはり、子どものことを考えました。娘が受け入れてくれることがいちばん重要でしたが、まだ小さかったので難しいかなと思っていました」

「クマラさんといっしょに暮らし始めたのは、いつごろですか？」

「二〇一五年です。四年前です」

「きっかけはありましたか？」

「その年のはじめに、わたしが病気をして入院しました。彼はそのとき、すごくサポートしてくれました。それ以前から、娘の面倒もよく見てくれていましたが、わたしが入院したときは、泊まりこんで娘の食事の世話までしてくれて、娘もほんとうの父親のように信頼していましたので、同居は自然な流れだったと思います」

「このとき、結婚を意識しましたか？」

「そうですね、でも、とにかくわたしが病気でしたので、体を治すのが先でしたし、そこまで結婚にはこだわりませんでした」

「それは、再婚したくなかったという意味ではないんですね？」

「法律上の結婚の前に、いっしょに暮らして、娘ともいっしょに、そういう生活をしようという決断でした。ただ、その共同生活の先に、この先もいっしょにいたいという気持ちがあって、結婚という形になるのかなと、漠然と考えていました」

「結婚をせかされたことはありますか？」

「ありません」

「結婚を決めたのはいつですか？」

「二〇一六年の四月に、プロポーズされて承諾しました」

「そのとき、ビザの話は出ましたか？」

「一切、出ませんでした」

「ビザは意識していなかった。結婚の決め手になったものはなんですか？」

「やっぱり、機が熟したというか、共同生活の中で思いも深まっていましたし、交際四年の間に培った愛情がありました。体も回復してきて、娘ももう、すっかりその生活を受け入れてくれていたので、断る選択はありませんでした」

「あなたの家族は結婚に賛成でしたか？」

「娘はとても喜んでくれました。母が、外国人との結婚は難しいのではないかと、最初のうちは反対していました。でも、いまは応援してくれています」

「お母さんが応援してくれるようになったきっかけはありますか？」

「はい。彼と娘と三人で実家の鶴岡に遊びに行って、その後、母と彼は文通するようになり、とても仲良くなりました」

「裁判長、甲三十四号証を示します。ミユキさん、あ、奥山さん、これは何ですか？」

「母が彼に送った手紙です」

「日付はいつのものですか？」

「二〇一七年二月十九日です」

「最後のところ、読んでもらえますか？」

「『お葉書《はがき》どうもありがとう。娘は最初の夫を病気で亡くしています。あなたも、身体だけはだいじにして、元気でいてください。奥山マツコ』」

「マツコさんは、あなたのお母さんですね？　その方は今日、ここにいますか？」

「はい。傍聴席の、弁護士さんにいちばん近い列の壁際に座っています」

（おばあちゃんが来るなんて知らなかったよ！　リハーサルになかったし、控室に一人でいたから、自分の尋問が終わって席に着くまで気づかなかった）。

「婚約が二〇一六年四月ですが、じっさいに結婚したのはいつですか？」

「二〇一七年の十二月です」

「もっと早く、結婚する予定でしたか？」

「はい、二〇一七年の六月に結婚するつもりでした」

ここでミユキさんが緊張するのがわかったと、後でナオキくんが話してくれた。

「結婚が延期になったのはなぜですか？」

「彼が失業し、このままでは結婚できないと思い込んで、延期しようと言いました」

「その後、二人は一度、結婚を取りやめています。それはなぜですか？」

「彼は、ひとりで抱え込んで、必死で就職活動をし、内定がもらえず疲れていました。ある日、問いただしたら、失業を隠していたことがわかり、わたしはショックを受けて、一度、お互いによく考えようと言って、婚約指輪を返してしまいました」

「でも、結局、結婚している。これはどうしてそうなったんですか？」

「離れている間に、彼はすごくたいせつな人、家族でいなきゃだめなんだと強く感じたからです。わたしを心配させまいとして失業したことを言えなかった彼の思いもわかりましたから、わたしから連絡して、会って、結婚しようと言いました」

「確認しますが、もう一度結婚しようと思ったのは、愛情に基づいてですね？」

「もちろんです」

「乙十五号証を示します。入管であなたが口頭審理を受けたときの調書です。あなたは『なぜ結婚したのか？』と聞かれ、『夫のビザ取得のためです』と答えています。このやりとりはありましたか？」

「ありました」

「さっきあなたは、ビザのためではなく愛情に基づいての結婚だと言いました。どちらが本当なんですか？」

「愛情です。友だちに、結婚すれば彼はビザが取れる、そうすれば、彼は日本に安定して滞在できると聞きました。彼に日本でわたしと結婚生活を続けてもらうためには、ビザが必要だと思いました。それは、わたしが彼を愛しているからです」

「調書には、そういったことは書かれていませんが、口頭審理で話しましたか？」

「話しました。でも、話したことを全部書いてもらえたわけじゃないです」

「あなたは、特別審理官の問いに『愛情に基づいて結婚した』と答えたのに、調書には書いてくれなかった、ということですね」

「その通りです」

「尋問を終わります」

　こっからなんだよ、法廷が凍りついたのは。ハムスター先生の顔がぴくってゆがんだんだ、と、ナオキくんは後に話してくれた。主尋問が終了し、訟務検事が立ち上がって、ミユキさんにこう問いかけたときのことだ。

「最初に、あなたのご主人のお名前を教えてください。フルネームでお願いします」

　フルネーム？

「ええと、マ、マ、ええと、ちょっと待って。ふだん、クマさんと呼んでて。マ、マクマ、マクマナッハラ、パッ、パッティ」

「ご自分の夫の名前をフルネームで言えない、ということでよろしいですか？」

「スリランカの名前は長いんです！」

「わかりました。一部は言えるがフルネームは言えない。そうなると、ご主人のスリランカのご家族の名前も言えないですよね」

「お姉さんがアヌラーで、お姉さんの夫がアシャンタ」

「フルネームでは」

「それは」

「言えない。それはさておき、ご結婚をされた。この時点でご主人にビザがないことを、あなたは認識していましたか？」

「はい、知ってました」

「ビザのない外国人は日本にいてはいけないということはご存知でしたか？」

「あ、でも条件がそろえばいてもいいと」

「基本的には、ビザがなければ日本にいられないと認識していましたか？」

「基本的には、はい、そうですね」

「一度、破談になってますね。婚約指輪を返したと。なぜ返したんですか？」

「彼が失業したことを話してくれなかったので、信頼関係が揺らいだというか」

「在留資格のない外国人とは結婚できないから別れたんじゃないんですか？」

「そういうふうには思ってなかったです。それよりも失業を隠されてたことがショックだったんです」

「そう。隠されてた。あなたは彼と愛情を培ったと証言しましたが、彼は非常に重大なことを言わなかった。乙十五号証、調書には、『嘘をつかれた。裏切られたと思った。ショックで、もう結婚はできないと思って別れました』と。これは間違いない？」

「表現は違いますが、大意としては、そういうことを言ったかもしれません」

「それなのに、結婚した。それは『夫のビザのため』ですよね？」

「それは違います。愛情に基づいた結婚のために、ビザが必要だった。そう言ったのに、書いてもらえなかったんです！」

「調書には『ビザがないことが非常に気になった。ビザのための結婚だと言われても仕方がありません』とある。あなたはこの調書を読み聞かされ、間違いないと判子まで押しています。愛情云々《うんぬん》が書かれていないなら、なぜ署名捺印したのですか？」

「朝十時から始まって、終わったのは夜の八時だったんです！　娘も待ってるし、書き加えてくださいなんて言う余裕は」

「愛する夫のために口頭審理を受けていたのに、もう十時間だとか疲れたとか娘のために帰りたいとか、そんなことで捺印してしまったのですか？　結局、あなたにとっての真実は、調書に載せなくてもよいものだったということですね？」

「でも、わたし、夫を愛してるのは当然のことだし、言わなくても、それに」

「次の質問に行きます。さきほどの尋問でも、あなたのご病気と彼のサポートが同居や結婚のきっかけとおっしゃいました。サポートとは具体的に、どういうことですか？」

「娘の面倒をよく見てくれましたし、じっさい、あのときわたしは働ける状態ではなかったので、経済的にも支えてくれました」

「経済的なサポートが、結婚の決め手になったということですか？」

「そうではなくて、経済的な支えも含めて、彼の愛情が決め手になりました」

「ところが彼は失業した。経済的な支えはなくなる。お二人が破局した理由は、彼の経済的サポートがなくなったからではありませんか？」

「さっきも言いましたが、失業のことを隠してて、信頼関係が揺らいだからです」

「調書には『結婚すればビザが取れる、そうすれば彼は転職などにも有利になるので、仕事も見つけやすいと友人に聞きました。それで結婚することにしました』とあります。これは認めますね？」

「友人にそう聞いたことは事実です。でも、それが、結婚の目的ではありません」

「経済的なサポートが婚約の決め手であり、失業が別離の理由であるならば、結婚してビザを取得すれば彼の経済的サポートが復活すると考えたのではありませんか？」

「裁判長！　被告代理人は憶測を重ねて誘導しています！」

ハムスター先生が見かねて声を上げた。

　裁判長が注意する前に、顔色一つ変えずに訟務検事の女性は言った。

「質問を変えます。あなたは彼と長く暮らし、娘さんとも絆があったと言いますが、彼の嘘によって、破局している。また同じような心境に陥るのではないですか？」

「それはないです。彼は、仕事を見つけてからすべて話そうと思っていたんです。夫のその気持ちが理解できたので、これからは強い愛情で結婚生活を続けていくつもりです」

「ご主人は、現在、違法に滞在し、しかも仕事がない。これからどういう仕事につくか、安定した収入が得られるかもわからない。ご主人、病気もされてるんでしたよね。治療費も相当かかりますよね。これで、結婚の安定性が見込めると思えますか？」

「夫はまじめな人なので、元気になったら仕事も見つけてくれると思います。夫婦で助け合って、愛情をもって、信頼関係を築けると思ったから結婚したんです」

「あなたは再三、愛情や信頼関係を口にしますが、ご主人はどのような意図で結婚したと認識していますか？」

「夫もわたしとの愛情に基づいた結婚生活を強く希望しています」

「彼は失業し、オーバーステイで滞在していた。しかも、在留資格があった時期には結婚せず、在留資格を失ってから、あなたがたは結婚している。なぜですか？」

「子どもが小さかったり、わたしが病気したり、いざ結婚しようと思ったら、彼が失業して、タイミングが悪かったんです」

「交際、五年半くらいですか。結婚するチャンスはいくらもあったはずです。在留資格がないのに結婚するのではなく、本国にいったん帰って、新しいビザで再入国した後に結婚するということだって、じゅうぶん選択肢としてはありえたのに、なぜあえて在留資格がない状態で結婚したのですか？」

「彼が就職を焦っている間に在留期限が切れてしまい、友人が、結婚することによって在留資格が得られると言って」

「ご友人のお名前は？」

「ペレラさんです」

「ペレラ氏。スリランカ人のご友人が、結婚でビザが得られると言ったんですね。わかりました。尋問を終わります」

訟務検事は落ち着き払って座った。

裁判長に、再主尋問はありますか、と促されて、ハムスター先生が立ち上がった。

「あなたが病気をされて、クマラさんが経済的にもサポートしてくれたという話がありましたが、これはいつのことですか？」

「入院後に同居を始めた、二〇一五年二月か三月ごろのことです」

「全面的にクマラさんの収入に頼っていた、ということですか？」

「あ、それは、違います。退職金もあったし、失業給付も受けてたし。ただ、退職して治療に専念というのは、彼の精神的、物理的サポートなしにはできなかったなと」

「クマラさんは現在、病気なのですか？」

「はい。副腎に腫瘍があります」

「それは治療できるものですか？」

「はい。手術すれば治ると聞いています」

「現在、在留資格がなく、保険診療が利かないとなると、治療費も非常にかかるわけですが、これはどうするつもりですか？」

「それは、母が自分のために掛けていた保険を解約して用立ててくれました」

「ご家族のサポートがあるわけですね。もう一つだけ。ビザのための結婚ではないかという質問が被告代理人からありました。あなたはそれを否定されていますね？」

「はい」

「夫のクマラさんはどうだったんでしょう？　ビザのための結婚だったのか？」

「逆です。結婚のためのビザです」

「でもね、被告代理人がさっきから言っているように、クマラさんはたしかに、オーバーステイという状況で結婚しています。なぜクマラさんを信用できるのですか？」

「それはやはり、今まで七年間いっしょにいて、彼を信頼しているからです」

「これはね、率直な気持ちを聞かせてください。彼がビザのために結婚しようとしていると疑ったことは一度もない？」

「ありません。もしそうだとしたら、彼はビザを失う状況になるときに、早く結婚してくれって言ったと思うんです。でも、そうしないで、とにかく就職して自分でビザの問題をなんとかしてから、わたしと結婚したいと思ったがために、こうなっているわけで、彼はビザのためにわたしを利用しようと思ったことがないと思います」

「終わります」

これらはみんな、ナオキくんのメモをもとにあとから再現したことで、わたしはもちろんそのとき、ミユキさんの証言を聞いていない。

法廷にはルールがあって、証人はほかの証人が証言するのを聞いていてはいけないらしい。ほかの人の証言に影響されたり、口裏を合わせることになってしまったりするのを避けるためなのだそうだ。

けれど、あとでミユキさんの証言のことを聞かされたとき、わたしはそれを見てなくてほんとうによかったと思ったのだった。だって、そんな激しいものを見せられたら、おそろしくて証言なんかやめてしまいたくなったにきまってるから。

ともあれ、わたしは隣室でなにが起こっているか知る由《よし》もなく、ただただ緊張してひとりぼっちの時間を過ごしていたのだった。

控室のドアが開いて、法服を着て眼鏡をかけた男の事務官さんが顔を出した。

「はい、時間ですよ。ついてきてください」

なんだかわからないけれど、わたしはその人の後ろについて歩き出した。

「リラックスしてね。深呼吸して」

そう言われて、法廷に案内されたけど、できるわけないよ、深呼吸なんて！

震える声で宣誓し、尋問がスタートした。

「クマラさんとの関係を説明してください」

「わたしは奥山ミユキの長女です。クマさんは、義理の父になります」

「あなたが、お母さんの恋人としてクマラさんを紹介されたのはいつですか？」

「小学校四年生のときです」

「あなたがクマラさんをたいせつな家族と思うようになったのはいつからですか？」

「強く印象に残っているのは、小六のときです。母が緊急入院したのですが、一人では病院に行けなかったんです。クマさんは、ずっと手を握っていてくれました。病室へは一人で行きましたが、見守ってくれていて、いっしょに家に帰り、母の入院中は家に泊まって家事もしてくれました」

「あなたが家に泊まってほしいと言った？」

「母がわたしの面倒を見てと頼んでいたようですが、わたしにも希望を聞いてくれたので、わたしからお願いしました」

「お母さんが入院したとき、どんな気持ちでしたか？」

「ずっと母一人子一人で育ったので、母を失ったらどうしようと不安でたまりませんでした。でも、クマさんがいたので、一人ではないと自分に言い聞かせました」

「甲三十二号証を示します。こちら原本ですので、少し大きいですが」

ハムスター先生は額を掲げた。

「これはあなたが描いた絵ですね？」

「はい、そうです」

「いつ、何のために描いたものですか？」

「二〇一七年に、中学生向けの絵画コンクールに出品した絵です」

「佳作を取った。何を描いていますか？」

「課題が『ハピネス』だったので、前の年の、母とクマさんの婚約のときをモチーフの一つにしました」

「甲三十三号証の一、同じく十八を示します。これらはどういうものですか？」

「小さいころから、メモ用紙に描いていた、絵日記のようなものです」

「甲三十三号証一の絵はいつ、何を描いたものか、説明してください」

「二〇一二年にはじめて会った日に話してもらったスリランカ民話を絵にしました。会った日の一週間か二週間後くらいに描いたんだと思います」

「甲三十三号証十八の絵は、いつ、何を描いていますか？」

「二〇一七年冬の結婚パーティーです」

「あなたは、このメモ用紙に家族のいろいろな思い出を描いているんですか？」

「そうです。ときどき、いまも描いています」

「ここに字も書いてありますね。読み上げてもらえますか？」

「二〇一七年十二月十日　結婚パーティー@ポルキリ」

「それは誰が書いたものですか？」

「母が書いています」

「お母さんは、あなたが描いている絵に、いつも解説をつけているんですね」

「はい。小さいころから、ずっとそうしています」

「裁判長、絵だけではなく、家族の歴史がわかる、手書きの日付と解説をぜひ、確認していただきたいです。次に、甲三十八号証を示します。法務大臣宛ての嘆願署名です。これは、あなたが企画したものですか？」

「はい、わたしと、クマさんをよく知る幼なじみと二人で立ち上げたものです」

「その幼なじみの名前を教えてください」

「野々宮直樹くんです」

「今日、法廷に来ていますか？」

「母の後ろに制服で座っています」

「なぜ、この署名運動を立ち上げたんですか？」

「クマさんを送還しないでほしい、家族としていっしょに日本にいてほしいと思って、自分たちにできることはないか、考えました」

「クマラさんとお母さんは、婚約した後で一度別れていますね。そのとき、あなたはそのことをどう感じていましたか？」

「とても悲しかったです。でも、きっと仲直りしてくれると思っていました」

「結婚が決まって、どう思いましたか？」

「すごくうれしかったです。ちゃんとした家族になれたんだ、と思いました」

「すぐあと、クマラさんは入管に収容されました。これはどう感じていましたか？」

「とても──」

つらかったです。

そう、ハムスター先生の想定問答集には書いてあった。それで、そう言うつもりだったんだけど、とつぜん頭の中にパーッと、受験のころのしんどかった日々や、痩せさらばえたクマさんの姿が蘇ってきて、喉を塞いだ。頰に涙が伝い、わたしはハンカチを忘れていることに気がついた。つああったえす、みたいな声が口から洩《も》れた。

「あなたにとってクマラさんはどういう存在ですか？」

ハムスター先生が次の質問をし、わたしは少し呼吸を整えてから答えた。

「たいせつな、かけがえのない家族です」

先生は、こちらを見て深くうなずいた。

「最後に」

ハムスター先生はわたしの目を覗き込んだ。しっかり自分の気持ちを話して。リハーサルのときに、先生が言った。

「裁判所にこれだけは聞いてもらいたいということがあれば、言ってください」

はい、と、言ったとたんに、頭の中がまっしろになった！　ハムスター先生がまたこっちを向いて、目で合図して促した。

「日本で、クマさんと日本に、家族で暮らしたいので、クマさんがいられるように、ど、どうか、お願いします。離れないで。離れてたときは、ずっとずっとつらかったので、日本に、いてもらいたいです。クマさんを追い出さないでください。家族の絆を断たないでください。バラバラにしないでください。お願いします」

原稿を用意してたのに！　控室で練習してたのに！

ハムスター先生が尋問を終えた。

かわりに訟務検事が立ち上がった。

「さきほど、あなたはクマラさんといっしょに、お母さんの入院先を訪ねた、小六のときですね、それがクマラさんを家族のような存在として意識したきっかけとおっしゃった。間違いありませんか？」

「間違いありません」

「このときのお母さんの病気は、命にかかわるようなものでしたか？」

「いいえ、そうではないです。甲状腺の病気で、薬を飲めば日常生活ができます」

「そのとき、あなたは何歳でしたか？」

「十二歳です」

「いま、あなたは何歳ですか？」

「十六歳です」

「いま、お母さんが同じように入院したとして、一人で病院に行けると思いますか？」

「え？　はい、いまなら、行けます」

「十二歳のあなたには必要だったサポートも、十六歳のあなたには必要ではないと思いませんか？」

困惑して言葉が出てこない。訟務検事は、おそろしいことに、にっこり笑った。

「高校二年生の女子にとって、父親が四六時中そばについていなければならない場面というのは、わたしにはなかなか思いつかないのですが」

ハムスター先生が立ち上がった。

「被告代理人は自分の意見を述べています」

訟務検事は質問を変えた。

「あなたはクマラさんの収容中、クマラさんとどうやって連絡を取りましたか？」

「おもに電話です。学校が休みのときには、面会に行きました」

「いま、仮放免中のクマラさんとは、どうやって連絡を取りますか？」

「いまは、いっしょに暮らしています」

「でも、離れているときもあるでしょう？　ＬＩＮＥなんかも使ったりする？」

「はい。ＬＩＮＥはよく使います」

「スカイプみたいな、オンラインのビデオ通話などは、使ったことありますか？」

「クマさんのお姉さんのアヌラーがカナダにいるので、アヌラーの家族とは、そういうのをやったことがあります」

わたしがそう答えると、訟務検事の女性は、うれしそうにうなずいた。

「カナダに。それではクマラさんがスリランカに帰っても、そうした手段を通じてコンタクトが取れると思いませんか？」

わたしはまた困惑してしまう。

「コンタクトは取れるかもしれないけど」

「長い収容期間、電話以外ほぼコンタクトできない状況でも、絆が失われなかったのだから、原告がスリランカに帰国しても、それであなたの言う『家族の絆』が失われることはないのではありませんか？」

「だって、収容のときは、ほんとに、会えなくてすごくつらかったんです」

「スリランカに会いに行けばいいのでは」

「そんな。そんなにすぐに行けるとこじゃないと思います！」

わたしの抗議には耳をかさず、訟務検事は手元の資料をめくった。

「あなたは、首藤マヤさんですね？」

「はい、そうです」

この質問と、ミユキさんへの質問で、彼女はナオキくんから「名前フェチ」というあだ名をつけられることになった。

「お母さんは奥山ミユキさん。苗字が違いますね。どうしてですか？」

「首藤は、死んだ父のものです。母は旧姓に戻したのですが、わたしはそのままにしています」

「なぜですか？」

ハムスター先生がジャンプするように立ち上がった。

「裁判長！　いまの質問は本件の争点とまったく関係がありません」

訟務検事はけだるそうに耳に髪をかけた。

「争点との関係はあります」

「代理人は関係を明らかにしてください」

と、裁判長が言った。

「質問は原告と証人の関係性を明らかにするためのものです」

「質問を続けてください」

訟務検事がわたしのほうを向いた。

「どうしてあなたはお父さんの姓を使い続けることにしたのですか？」

「ずっと首藤マヤだったし、この苗字が気に入ってるし」

「姓が家族の絆だからでは？　つまり、お父さんは首藤幸次さんだけ、という気持ちがあるからではないですか？」

「あの、よくわかりません。質問の意味が」

そう言いながら弁護士席を見ると、ハムスター先生が眉間にしわを寄せている。

「さきほど、クマラさんはあなたにとってどんな存在かという質問に、あなたは、父親であるとはおっしゃらなかった。証言中も、お父さんとは呼んでいませんね？　クマラさんはたしかにお母さんの交際相手で、あなたにとっても年の離れた友人のような存在かもしれないが、あなたにとってクマラさんは父親ですか？　父親は首藤幸次さんなのではないですか？」

「被告代理人は、証人をいたずらに困惑させています！」

「どちらかを」

ハムスター先生とわたしの言葉が重なり、裁判長がわたしの目を見て言った。

「続けてください」

「どちらかを選ばなきゃいけませんか？　父はわたしが三歳のときに死にました。それからずっと、母子家庭です。だから、母子家庭で育ってない人にとってお父さんてなんなのか、よくわからないんです。わたしにとっては、死んだ父はずっとお父さんだけど、そばにいないし、声も聞けないし、触れることもできません。でも、かすかに覚えてて、わたしにはお父さんです。クマさんは、小学生のわたしも中学生のわたしも高校生のわたしも知っていて、そばにいてくれて、触れることができて、声も聞けます。わたしにとって、とてもたいせつな存在で、母の結婚相手です。そういう人を、お父さんと言うんじゃないかと思うんです。ふつうの家のお父さんとちょっと違うかもしれないけど、お父さんと呼ばずにクマさんと呼んでるけど、死んだ父も、クマさんも、どちらもわたしにとっては父親なんじゃないかと思います」

言い終わると裁判長が訟務検事に、続けますか？　と聞き、訟務検事がちょっと不愉快そうに、終わりますと言った。

とても長い時間が流れたような気がした。もう、早くここから出たい、法廷の外に行きたいと思った。早く傍聴席に座りたい。そしてとても、喉が渇いていた。

裁判長から再主尋問をするかと聞かれたハムスター先生は、わたしの気持ちを読んだみたいに、すまなそうに言った。

「もう一つだけ。ええと、いまの反対尋問を聞いて、どう思いました？」

遠慮するな、言っちまえ、みたいな顔を、ハムスター先生はしている。

「ちょっと、つらかった、です」

「あなたは、クマラさんに頼まれて、今日、証言をしているのですか？」

「違います」

「あなたが証言することについて、クマラさんはなんて言いました？」

「反対しました。証言しなくていいって」

「それはなぜだとクマラさんは言っていましたか？」

わたしはまたハムスター先生を見た。その目はまた、言っちゃえよ、と言っていた。

「びっくりするようなことを聞かれて、つらいからって。傷つくからって。高校生がそんな思いをしないでもいいって」

「クマラさんに反対されたのに、証人になったのは誰の意志ですか？」

「わたしです。わたしは自分の意志で、証人になることを決めました」

「それはどうしてですか？」

「クマさんに日本にいてほしいからです。クマさんに在留許可を与えてくださいと、裁判官に自分で言いたかったんです」

「尋問を終わります」

　ばくん、ばくんと、心臓が鼓動するのが、自分の耳に強く聞こえた。ふと気になって、ハムスター先生の隣のクマさんを見ると、拳を目に当てて涙を拭っていた。とにかくどうにかして証言席を離れて、ハムスター先生に指示された木の柵を押して傍聴席に出た。いちばん前の通路側にミユキさんがいて、こっそり小さくわたしの腕を叩いた。一つ置いて奥におばあちゃんがいた。やさしい顔でうなずいてくれた。その後ろの列に座っていたナオキくんが、右隣の椅子を叩き、口を、やったじゃん、という形にパクパクさせた。わたしはヘナヘナとその隣に座り込んだ。

　裁判長が十分間の休廷を宣言した。おばあちゃんは、出てこなかったけど、ミユキさんとナオキくんとわたしは廊下に出た。わたしはバッグから水を出して口に含んだ。

「あの人さあ、被告のほうの眼鏡の女の人、名前フェチだよね。マヤちゃんにも苗字のこと聞くし、お母さんにもクマっちの名前全部言えとかムチャぶりするし」

　と、ナオキくんが言った。

「あああああ」

　ミユキさんがとつぜん呻《うめ》きだした。

「知ってたのに。知ってたのに。いきなり言われたから、ど忘れしたのよ！　発音はしてなかったけど、牛久に面会に行く度に全部名前書いてたんだもん。口惜しい！　書かせてくれれば書けたのに！」

「マヤだって、裁判官に言いたいこと、もっとちゃんとしたの、考えて練習もしてたのに、証言台に立ったら全部忘れた！」

　母娘がそれぞれ、自責の念でうーうー苦しみ出したので、ナオキくんはすごく困って助けを求めるように周囲を見まわした。

「あ、上原さん！」

　廊下の向こうから歩いてきたのをナオキくんが呼び止め、ミユキさんが挨拶した。

「来てくださったんですね」

「後ろのほうで傍聴を。お疲れさまでした。お二人とも、しっかり話されて。たいへんでしたね。あとは、ご本人ですね」

「あの人、知ってるんですか？　あの、入管の、尋問してる眼鏡の女の人」

ナオキくんが訊ねた。

「あ、ウラベ？　ウラベユミコ？　そんなによくは知らないけど、まあ、一応」

「どんな人かなあ。まあ、マジメというか、入管マインド全開のというか、順調に出世していくタイプだよね」

上原さんは答えた。

入管マインドもわからなければ、どんなタイプが出世するのかもいま一つわからないわたしたちには、わりかし謎の情報だったけど、なんとなくあまり魅力的な感じはしなかった。

短い休廷時間が終わった。

「上原さん、隣に座ってくださいよ」

なぜだかナオキくんは上原さんを引っ張ってきて、上原さん、ナオキくん、わたしは、同じ列に腰を下ろした。

休廷時間が終わって戻ると、法廷の雰囲気が少し変わっていた。三人の裁判官はまだ席についていなくて、証言席の隣に外国人の男の人が座っていた。後ろ姿だからよくわからないけれど、クマさんと同じくらいの年齢じゃないかと思う。

ハムスター先生はクマさんに、

「しゃべるのは、あそこ。マヤちゃんがさっき座ってたところだからね。答えるときは、こっちを見ないで、裁判官のほうをちゃんと見て、シンハラ語で答えてね」

と言った。

少しして、裁判官が現れて、法廷の再開が宣言されると、クマさんはハムスター先生に促されて、証言席に移った。

「それでは原告本人の尋問に入ります。通訳の方は宣誓を」

そう、裁判長が言って、法廷の中の人がみんな立ち上がった。証言席の隣の人が、宣誓をした。そうか、この人は通訳なんだ、とわかった。通訳の宣誓が終わると、みんないったん腰を下ろした。

「原告本人として、これから証言していただきますが、その前に宣誓してください。宣誓をした上で嘘の供述をしますと過料の制裁をうけることになります」

通訳の人はそれをシンハラ語に訳し、クマさんは、はい、わかりましたと答えた。

「それでは宣誓書をお渡ししてください。原告はそれを読み、最後にご自身の署名を読み上げてください」

一枚の紙がクマさんに渡され、もう一度わたしたちは全員、起立した。クマさんは紙に書かれたものを、わたしの知らない言葉で読み上げた。

「良心に従って真実を述べ、何ごとも隠さず、偽りを述べないことを誓います」

そう、通訳の人が言った。わたしが宣誓したのと同じ言葉だ。

「マハマラッカラ　パッティキリコララーゲー　ラナシンハ　アキラ　ヘーマンタクマラ」

クマさんの口からその長い名前を聞くのは、はじめてではなかったけれど、何年ぶりだろうかと思った。

宣誓が終わり、みんなが席についた。

ハムスター先生が立って、小さく咳ばらいをした。

「では、原告代理人、恵から質問をします。甲四十二号証を示します。陳述書です。サインがあります。あなたのものですか？」

「はい」

クマさんが答え、通訳が訳した。

「あなたが内容を吟味し、間違いがないことを確認したうえで署名捺印したものに相違ありませんか？」

「はい、その通りです」

「あなたが日本に来たのは、いつ、何歳のときでしたか？」

「二〇〇六年、十八歳のときです」

「ご両親はスリランカにいますか？」

「いません。わたしの両親は二人とも、わたしが十六歳のときに亡くなりました」

「スリランカに家族はいますか？」

「いません。姉と姉の夫はカナダにいます」

「他にご兄弟や親戚はありませんか？」

「叔父がいますが、年を取っています」

「あなたの家族のうち、日本にいるのは誰ですか？」

「妻と、娘、そして妻の母がいます」

「娘さんは、妻の連れ子ですね？」

「娘は妻と前夫の子どもです」

「娘さんはあなたをなんと呼びますか？」

「クマさん」

と、クマさんが言った。

「あなたと娘さんはどんな関係ですか？」

「愛情のある関係です。わたしにとって、娘は妻と同じようにたいせつです」

「妻のお母さんとはどんな関係ですか？」

「わたしたちは手紙を交換します」

「さきほどの尋問で、お母さんがあなたの病気の治療費を負担しているとわかりましたが、それを聞いてどう感じましたか？」

「とてもありがたい、申し訳ない気持ちです。早く、恩返しがしたいと思います」

「あなたがスリランカに帰れない理由はなんですか？」

「日本に家族がいるからです。家族といっしょに日本で生きていきたいです」

「あなたはオーバーステイ、超過滞在によって入管法に触れてしまったわけですが、このことをどう感じていますか？」

クマさんは苦し気に声を絞り出し、通訳の人は淡々と訳した。

「日本の法律に反する行動をしたことを、深く、後悔しています」

「どうして、なにが理由で、オーバーステイになってしまったんでしょう？」

「失業したあと、必死で仕事を探しましたが見つからなくて、オーバーステイになってしまいました」

「あなたが婚約したのは、オーバーステイになる前、まだ就労のためのビザを持っていたころですね？」

「はい、そうです」

「失業した後も、ビザの期限は切れていなかったんですね？」

「ビザの有効期限はありました」

「そのころ、就労ビザから配偶者ビザに切り替えようとは思わなかったんですか？」

「仕事を持っていないと、配偶者ビザをもらうのは難しいと思っていました」

「どうしてそう思いましたか？」

「友人の情報やネット情報などで、配偶者ビザの申請には収入や納税の証明が必要だというものを見たからです」

「あなたからミユキさんに、配偶者ビザが必要だから結婚してほしいと言ったことはありますか？」

「それはありません」

「あなたは、結婚するには、つまり、配偶者ビザを取得するには、まず、仕事を見つけて収入を得なければならないと考えていたんですか？」

「はい、その通りです」

「失業して、必死で仕事を探した、と言いましたね。なぜ必死だったんですか？」

「家族を安心させたかった。家族の生活を安定させなければならないと考えたからです。そして、仕事がなければ結婚できないと思っていたからです」

「しかし、仕事は見つからなかった。あなたとミユキさんは、一度別れていますね？これはどうしてですか？」

「妻との関係が、少し、うまくいかなくなったからです」

「なぜうまくいかなくなったんですか？」

「失業や就職活動のこと、ビザのことなどを、妻に率直に話すべきだったのですが、うまく話すことができなかった。お互いに、少し、気持ちが動揺するというか」

通訳の男性はシンハラ語で何かをクマさんに訊ねてからこう言った。

「すれ違いがありました」

「別れてから、なにをしましたか？」

「必死で仕事を探しました」

「それはどうしてですか？」

「結婚したかったからです」

「もう少し理由を説明してください」

「仕事を見つけたら、もう一度プロポーズするつもりでした。別れたくなかった。仕事さえあればと必死でした」

「そうして必死で就職活動をしている間に、ビザの期限が切れたんですね？」

「はい、そうです」

「オーバーステイになってしまうことは、心配ではなかったのですか？」

「心配でしたが、もしかしたら次の面接で仕事に就けるかもしれないと、目の前の就職活動にばかり気持ちが行っていました」

「そのあとに、あなたがたは結婚していますね。それはどういう経緯でしたか？」

「妻が結婚しようと言ってくれました」

「そのとき、ビザの話は出ましたか？」

「出ました。まず婚姻届を出して、それを持って入管に相談に行くのがいいと、友人に言われたと、妻が話してくれました」

「オーバーステイのことも含めて、入管に報告し、今後を相談するつもりだった？」

「はい、間違いも認めて、ビザをくださいとお願いしようと思っていました」

「あなたは品川駅で逮捕されているのですが、なにをしようとしていましたか？」

「入管に相談に行く途中でした」

「それを警察官に話しましたか？」

「はい。入管に在留資格の相談に行くので、行かせてくださいと言いました」

「あなたが入管に出頭申告する権利を侵害して、警察官は逮捕したんですね？」

「裁判長！」

訟務検事の女性がスッと立ち上がった。

「誘導尋問です。原告は出頭申告とは言っていません」

ハムスター先生は、ムッとした表情を隠そうともせずに反論した。

「裁判長、法務省はオーバーステイの外国人に出頭申告を奨励しています。『在留特別許可に係るガイドライン』でも、自ら入国管理官署に出頭することを、在留特別許可判断の積極要素としています。出頭申告という用語は知らなくても、オーバーステイの外国人が過ちを認めて在留資格の相談に行くと言ったら、それは出頭申告を意味します。原告に出頭申告の意志があったか否かは、本件の核心に係わる事項です」

「代理人は尋問を続けてください」

と、裁判長が言った。

「あなたはさきほど、仕事がないと配偶者ビザがおりないのではないかと心配した、と言いましたね。入管に相談に行こうとしていたとき、その心配はしませんでしたか？」

「そのときはもうオーバーステイになっていましたから、他に方法はないと思いました。それに、日本人と結婚しているスリランカ人の友人から、結婚しなさい、それから入管に相談に行きなさい、そうすればだいじょうぶだと言われていましたので、そう信じることにしました」

「このとき、夫婦二人で入管に出頭することは考えませんでしたか？」

「いまから考えると、妻と二人で行くべきでした。結婚は二人のことだから、二人でお願いに行くべきでした。ただ、そのときは、在留資格のことだからと、一人で行くことしか思いつきませんでした」

「今日は、ここに、あなたの妻と、その娘であるマヤさんが証人として来ていましたね？　それをどう思いましたか？」

クマさんはなにか言おうとして、急に黙った。それからまた口を開いたけど、よく聞き取れなかったらしい通訳の男性がシンハラ語で問い返した。クマさんはようやく、少し長く答え、通訳の男性がそれを訳した。証言席のクマさんは裁判官の方を向いているから、それがどんな顔で語られたのかは、わたしたちにはよく見えなかった。

「妻にも娘にも、ほんとうに申し訳ないと思っています。自分のために、ここで証言させたのがつらいです。そんなことを、経験させたくありませんでした。申し訳ないと思っています。自分のことで、裁判でも、収容の間も、心配させ、迷惑をかけてしまった。それがとてもつらいです」

「この先、仕事や在留資格のことで困ったらどうしようと思いますか？」

「まず、妻とよく相談して、弁護士さんにも相談して、ぜったいに法律を守ります。妻と娘に二度とこんな思いをさせたくありません。わたしは妻と娘といっしょに、日本で暮らしていきたいです」

「終わります」

ハムスター先生が席につき、訟務検事がゆらりと立ち上がった。

（超がついたか、ゾーンに入ったかって感じだったよね、あのウラベさんていう、名前フェチの人）と、後になってナオキくんが形容した。たしかに、反対尋問に立った訟務検事の女性は、わたしのときより一回り大きくなったみたいな感じだった。

ウラベさんは落ち着いた声で、こんなふうに尋問を開始した。

「まず、あなたが日本に来た経緯について伺います。最初に日本に来たのはいつで、なにが目的でしたか？」

「二〇〇六年、日本語を勉強するために、日本語学校に入学しました」

「日本語学校のあと、自動車専門学校を経て整備士になられた。留学のそもそもの目的も、日本で仕事をすることでしたね？」

「日本で自動車に関する技術を学び、仕事に就こうと思っていました」

「卒業して、自動車整備の会社に就職された。つまり、留学ビザから就労ビザに切り替えたわけですね」

「はい、そうです」

「技術・人文知識・国際業務という、就労を目的としたビザをお持ちだったわけですが、これが失職によって、更新できなくなった。間違いありませんね？」

「間違いありません」

「就労ビザをお持ちであるあなたが、なんらかの事情で仕事を辞めることになったときには、失職後十四日以内に入管に届け出なければならない。これ、決まりなんですけれども、届け出ましたか？」

「届け出ていません」

「なぜ、届け出なかったのです？」

「その規則を知りませんでした」

「知らなかった！　入管法第十九条の十六に定められているんですよ」

「すみません。わかっていませんでした」

「となるとですね、会社が倒産して失職したなどの場合、六ヶ月の特定活動ビザに切り替えて就職活動を行うことができるのですが、あなたはこれを申請しましたか？」

「いいえ、していません」

「していない！　失職の届出もしていないのだから、特定活動ビザの申請もしていないでしょうね。特定活動ビザを取得していれば、週に二十八時間以内のアルバイトをするための資格外活動の申請もできますが、とうぜん、これもしてないですね？」

「やっていません」

　わたしは不安になって、隣に座ったナオキくんの制服の袖を握った。ここまで訟務検事の言ったことは、なに一つ、わたしたちが聞かされていないことだった。クマさんのうなだれた首が肩に埋もれていくように見えた。

「入管を、なにか冷酷非情な組織のように勘違いされている方も多いんですが、オーバーステイにならないように、いくつものオプション、いくつもの救済策を準備しているんですよ。それをご存知なかった。調べようともしなかったとは、ご自分で、怠惰だとは思われませんか？」

「すみませんでした。知りませんでした。とにかく仕事を見つけなければと、それしか考えていませんでした」

「なるほど。失職した段階で入管に相談しようとは、思われなかったのですね？」

「それは考えませんでした」

「それなのに、配偶者ビザが取れるから結婚しようと奥さんに持ち掛けられて、そのことに関しては、入管に行って相談しようと、そう思ったわけですね？」

「友人が、婚姻届を持って入管に相談しに行きなさいと言ったので、そうしました」

「結婚すればビザが取れると、スリランカ人の友人に言われて、こんどは、相談さえすればなんとかなると思ったわけですか。ご自分でも少し、都合のいい考えだとは思われませんか？」

「裁判長！　いまの質問は不相当な誘導であり、制限されるべきです！」

ハムスター先生が、たまりかねたように声を上げたけど、訟務検事の女性は、そのまま話し続けた。

「さて、さきほど主尋問の中で、出頭申告という言葉が出ましたが、この言葉をあなたはいつ知りましたか？」

「日本語のその言葉を知ったのは、逮捕された後だったと思います」

「入管で相談しようと思ったということでしたね。原告代理人によればこれは出頭申告だということでしたが、あなたは入管に行こうとした日、出頭申告に必要な書類を所持していましたか？」

「古い在留カードやパスポート、戸籍謄本などを持って出ました」

「出頭申告には必要な定型の書類がありますが、それを所持していましたか？」

「持っていませんでした」

「さらに伺いますが、あなたは失職後に働いていますね？」

「はい、働きました」

「それはどんな仕事ですか？」

「現場の、解体現場の仕事です」

「それが不法就労に当たることはご存知でしたね？」

「仕事がなかったので、アルバイトをする必要がありました」

「さきほども言いましたが、アルバイトをするには資格外活動許可が必要です。あなたは許可を得ていましたか？」

「得ていませんでした」

「さっきの質問に答えてください。不法就労だと知っていましたね？」

「はい。日本のルールに反する行為をしたことを、非常に申し訳ないと思っています」

クマさんが、どんどん小さくなっていくみたいだった。わたしは叫び出したい気がしたけど、もちろん、そんなことはできないとわかっていたし、なにを叫んだらいいのかもわからなかった。

「正直に答えてくださいね。あなた、オーバーステイも、そんなに悪いことだと思っていなかったんじゃないですか？」

待ってよ！　オーバーステイ、オーバーステイって、九月までビザはあったんだし、お母さんと結婚するのだって、それなりに時間もかかったんだよ！　それで三ヶ月、オーバーステイになっちゃったのに。わたしたちを心配させないために、小さな家族を守るために、クマさんはバイトしてたんだよ！　もっといい方法があったのかもしれないけど、それを知らなかったことは、結婚を否定され、家族を取り上げられ、強制的に母国に送還されて、五年間上陸してはならないと言い渡される罰を受けるほど悪いことなんだろうか？　オーバーステイした期間の三倍以上もの間、収容所に閉じ込められた上に？

「オーバーステイはいけないと知っていましたが、就職して家族と生活を続けたいという気持ちのほうが強かったのだと思います。いまは反省しています」

「乙二十号証です。あなたが一時、身を寄せていた、スリランカ人夫婦、サウィマンさんとナヤナさんも、やはりオーバーステイでした。彼らが出頭申告して出国命令を受け、帰国したことをご存知ですか？」

クマさんは、ハッとして顔を上げた。

「知りませんでした。収容中に、連絡がとれなくなりましたので」

「あなた自身にも、そういうオプションはあったんですよ。いったん帰国するというオプションがね」

「裁判長、原告は品川駅で逮捕され、出頭申告の機会を失っています。出国命令制度で出国する選択肢はありませんでした」

ハムスター先生がお腹から声を出した。上原さんからナオキくんとわたしにメモが回ってきた。

〈出国命令は、オーバーステイを自分で申告して帰国を希望した外国人が収容されずに出国する制度。日本に入国できない期間も一年と短い〉

ウラベ訟務検事は平然と続けた。

「あなたは、いくつもある入管の制度を、知らない、わからないといって使わなかった。調べようという気もなかったんでしょう。会社が倒産してやむなく失業、家族のために必死で仕事を探しているうちに、期限切れでオーバーステイになり、友人に説得されて結婚、配偶者ビザの申請のために品川に行ったところで不運にも職質に遭い、逮捕された。そう、原告は主張されているのでしたね？」

「はい、そうです」

「乙八号証を示します。調書で、あなたは、『社長が、会社を閉める、もう、来なくていい、あなたはクビだと言いました』と言っています。間違いありませんか？」

「間違いありません」

「もう一度聞きます。社長さんが、もう来なくていい、あなたはクビだと言った。これはたしかですね？」

「はい」

「裁判長！　重複質問です！」

ハムスター先生が、苦々しい表情で異議をとなえた。

「重ねて伺っているのには理由があります。裁判長、ここで乙二十四号証を弾劾《だんがい》証拠として提出します」

その場の空気が、急に張りつめたものに変わったのを感じた。

「これは、原告が会社に対して出した『退職届』です。さきほど原告は、自分はクビになったと二回認めました。代理人からは繰り返しだと抗議もありました。しかし、これ、本人が自分の意志で『退職届』を書いている。クビではありません。原告は、自分の意志で会社を辞めたのです。原告の供述は、虚偽であります！」

ダンガイショウコ？

ウラベ訟務検事が、叩きつけるようにそう言った。上原さんからナオキくんに、またメモが回ってきた。

〈証人の供述の信用性を争うための証拠で、尋問開始時点では未提出のものを弾劾証拠と言う〉

そこに、ナオキくんの字でちっちゃく書き足しがあった。

わたしは胸をおさえた。

〈なんか、ちょっとヤな展開だね〉

「就労ビザで在留資格を得ながら、自らその根拠となる職を放り出した。となれば、資格該当性がなくなるわけですから、自ら在留を放棄したのと同じ。帰国が当然なのですよ。自分でこの退職届を書いたんでしょう？　よく見て。記憶にあるでしょ？」

「記憶にはありますが」

と言ってから、通訳の人は一拍置いて、

「解雇されたのは本当です」

と、言った。

「いやいや、『退職届』を出しているので、あなたは解雇されたのではありません。確たる証拠です。なんらかの理由で仕事が嫌になり、放り出したのでしょう？」

「違います」

「日本人パートナーもいたし、結婚すればなんとかなると思っていたのでは？」

「違います」

「でも、失職がパートナーにバレて、家を追い出された。どうしたらいいかわからないうちにオーバーステイになってしまったんでしょう？」

「仕事を探していました」

「そうしたら、結婚で配偶者ビザが取れるという情報を聞きつけた別れたパートナーが結婚してくれると言い出した。渡りに舟だったわけですよね。違いますか？」

「違います」

「入管のルールを守る気がハナからなく、仕事は自ら放り出し、オーバーステイも意に介さず、結婚でビザが取れるならと安易に飛びついた。家族を愛しているとおっしゃるなら、こんないい加減なことはできないはずです。いかがですか？」

「な！」

叫び出しそうになったミユキさんの腕を、おばあちゃんがぎゅっとつかんだ。

そのあとに、訟務検事がなにを聞いたのか、覚えていない。よくわからない間に反対尋問が終わってた。隣のナオキくんも呆然《ぼうぜん》としてて、メモが途中で止まってる。

覚えているのは、ハムスター先生がゆっくり立ち上がり、再主尋問を開始したことと、背を丸めてうなだれていたクマさんが顔を上げたことだ。

「あなたは入管法について、誰かに教えてもらったことがありますか？」

「すみません。ありません」

「在留資格の更新は、行政書士などに頼まず自分でしていたんですよね？」

「はい」

「その中で、入管法や退職時の手続きについて説明を受けたことがありますか？」

「すみません。ありませんでした」

「退職した後に、入管に相談に行かなかったのはなぜですか？」

「すみません。思いつきませんでした」

「相談に行ったら、親切に対応してもらえたと思いますか？」

クマさんは、ハムスター先生の、言っちゃえ、みたいな表情を見てから答えた。

「入管に行くのはこわかったのです」

「それはなぜですか？」

「在留資格の更新のときは、いつもお金の書類を出していました。会社の決算書とか、課税証明書などです。足りないと、取り直して来てと言われます。そして、その書類を見て、ビザを出さない、帰りなさいと言われることもあります」

「じっさいに、帰りなさいと言われたことがありますか？」

「専門学校を卒業する年に、就職しようと思った小さな会社がありました。でも、給料が安くて、工場が古くて、入管からビザを出せないと言われました」

「それは、あなたが勤めていた会社に入る前？」

「はい。最初の就職をする前です」

「入管に行くと、母国に帰りなさいと言われる恐怖があったんですね？」

「はい。入管は、お金を見て、在留資格を決めると思いました。だから、失業したと言ったら、すぐ帰りなさいと言われると思って、こわかった。それより早く新しい就職先を見つければと思ったのです」

「あなたのまわりに、ビザや就職のことを相談できる人はいましたか？」

「いませんでした」

「ミユキさんに相談しなかったのはどうしてですか？」

「心配させたくなかった。そして、説明することが困難だと思いました」

「なにを説明するのが困難だと思った？」

「日本人は、入管のこと、在留資格のことを、なにも知らない。それらをすべて説明するのは困難だと思ったのです」

「でも、ミユキさんに話さなかったから、かえって心配させたんでしょう？」

クマさんは黙って下を向いた。

「どうですか？」

「いまは、話しておかなければならなかったと思っています。ほんとうにすみませんでした。みんなが不幸になりました。それはすべて自分のせいです」

クマさんの細い肩がふるえていた。そんなに謝らなくたっていいのに。

わたしは前に座っているミユキさんの肩が盛り上がってきているのにも気がついた。

これはお母さんが、怒ってる証拠だ。ミユキさんはきっと頭の中で、「わたしは不幸になんかなってない、クマさんのせいで不幸になんか、ぜんぜんなってない！　なってたとしてもそれは、クマさんのせいなんかじゃない！」と、叫び倒してるだろうと想像した。

ミユキさんは誰かに、あなたは不幸だと言われるのが大嫌いなんだから。

「これから先、もし、似たようなことがあったら、誰に相談しますか？」

「妻に。そして、恵先生に相談します」

ハムスター先生はうなずき、何か考えるようにして、次の質問を続けた。

「乙二十四号証の『退職届』、これを書いたとき、その場にいたのは誰ですか？」

「社長と自分です」

ハムスター先生は、また、数回うなずいた。

「社長さんとあなたと、二人っきりだったわけですね。そのときの状況を説明してほしいんだけど。この紙は、自分で書いて持って行った？」

「社長に呼ばれました。会社を閉める、クビだからもう来ないでと言われ、その紙にサインしなさいと言われました」

ナオキくんの隣で、上原さんがふぅ、と息を吐いたのが聞こえた。ハムスター先生が腕を組んでちょっとの間、眉間にしわを寄せて目をつむったのが見えた。それからなにか、迷いを吹っ切るみたいに目を開いて、まっすぐ、通訳の男性のほうを見た。

「通訳さん、ここ、日本語でお願いします」

「え？　あ、日本語で？」

通訳の男性が一瞬とまどったのがわかった。

訟務検事の女性が、異議を唱えたいのか机に手をかけて腰を浮かすような動作をしたけれど、ハムスター先生の意図を読みかねたのか、中途半端な姿勢のままなにも言わなかった。ハムスター先生は続けた。

「『イッシンジョウノツゴウニヨリ』、この言葉だけ日本語でお願いします。『イッシンジョウノツゴウニヨリ』とは、どういう意味ですか？」

　通訳の男性のシンハラ語に、わたしの聞き取れる日本語が混じった。

「すみません。わかりません」

「あなたは意味がわからないままに『一身上の都合により退職します』という紙にサインしたのですか？」

「すみません。ほんとうにすみません。わかりませんでした」

　クマさんは右手で頭を抱えるような姿勢になり、とても苦しそうに答えた。

「社長さんは意味を説明しなかった？」

「仕事を辞めるときに、必ずサインしなければならない、日本の習慣だからみんなやる、と言いました。サインしなければ、次の仕事を探すこともできないから、サインして判子を押しなさいと言いました」

「あなたは、この書類が、自己都合退職を意味するとは知らずに、クビになって失職する場合の事務的な手続きだと説明されて、サインしたのですか？」

　通訳さんの言葉を、身をかがめて聞いていたクマさんは、聞き終わると反射的に背筋をびくんとさせた。そして、通訳さんになにか質問し、その説明を聞きながら、頭の上にやった手を胸に当てたり、また頭にやったりを繰り返した。あきらかにクマさんは、びっくりしていたのだ。その時点までクマさんは、自分がなににサインしたか、知らなかったんだろう。

「はい、そうでした。社長さんは、みんなするから、あなたもしなさいと言いました」

とうとう、クマさんは、まっすぐ前を見つめてそう言った。

ハムスター先生が、大きく息を吐き、裁判長の方に向き直った。

「裁判長！　お聞きの通りです。原告は意味を理解せずに署名捺印しました。この『退職届』は無効です！」

傍聴席からため息が漏れた。ナオキくんが拳骨《げんこつ》をつくって、わたしの二の腕あたりをつっついた。思わず掌をグーにして、わたしとナオキくんは拳を合わせた。

ハムスター先生は話し続けた。

「わたしは労働事件を多く手がけていますので、こうした事例はほんとうによく見かけます。解雇すれば解雇予告手当を支払わなければならないし、争われる可能性もあるので、それを避けるために『退職届』を書かせる。わたしは先日、別の事件、ほぼ同じ事例で、『退職届』の無効を勝ち取りました。被告代理人はこの『退職届』を提示し、勝ち誇ったように、原告の証言は虚偽だと言いました。虚偽！　虚偽とはなんのことでしょう。外国籍の原告が日本語の難解な言葉に不慣れなのをいいことに、意味も説明せず『退職届』に署名捺印させた雇用主の行為をこそ、われわれは虚偽と呼ぶべきなのではありませんか。それを根拠に原告の証言を虚偽と決めつけるようなことは」

訟務検事が立ち上がった。

「裁判長！　原告代理人は長々と意見を述べております」

裁判長がハムスター先生に注意を促した。

「代理人は質問してください」

「あ、はい」

ハムスター先生は視線を正面の訟務検事に向け、ウラベ訟務検事は目を逸らした。

一拍置いて、ハムスター先生は尋問を再開した。

「失礼しました。クマラさん、あなたは自分から会社を辞めようと思ったんですか？」

「違います。そんなことはありません。クビになって、ほんとに困ったんです」

「終わります」

ハムスター先生の顔がうっすら赤い。

それからあとは、不思議な時間だった。裁判長の左隣に座った若い男の裁判官が、わたしからも少し、と前置きして、

「原告は、難民該当性はないんでしたね？」

と言い、ちょっとして、言葉を換えた。

「原告はスリランカに帰国しても、迫害されたり、逮捕されたりする危険はないですね？」

「それは、ありません」

なんでそんなことを聞くんだろうと、おなかの奥がざわざわした。

最後に髪の毛を後ろでまとめた女性裁判長が静かに訊ねた。

「原告は、証人二人の証言の際、泣いておられましたが、なぜ泣いたんですか？」

よく聞き取れなかったのか、通訳の男性は少し自信なさそうに、こう言った。

「妻と娘に、つらい、思いをさせた」

クマさんの肩が震え、声に嗚咽《おえつ》が混じった。訳してくださいと、裁判長が促す。通訳の男性は、とまどいがちにこんなふうに言った。

「……愛しています。……わたしは妻を、妻と娘を愛しています……愛しています。繰り返してますが、訳しますか？」

十七　きみの名前

その日、法廷は、次回の口頭弁論の日程調整をして閉廷した。次の法廷は二ヶ月後で、判決が出るのはまたその二ヶ月後か三ヶ月後だという話だった。

「あの訟務検事の女の人が、クマさんの失敗をあれこれ言い立てて、退職届を出してきたときは、もうダメだと思いました」

と、ミユキさんは言った。

「ああ、あの弾劾証拠ね、あれはびっくりした。労働事件やってる弁護士じゃなきゃ、あれ、切り返せないんじゃないの？　相手が恵って、ウラベ女史にとっては不運だったね」

「上原さん、どっちの味方なんですか！」

ナオキくんが笑った。

「入管にとっては嫌な相手だって知ってて推薦したのはぼくだからね」

「じゃ、狙い通りだったんだ！」

「しかしなあ、入管はオーバーステイにならないための救済策をいくつも用意していますって、あんなことをよく言えるよな。発熱で在留資格の更新が一日遅れただけの人に退去強制令を出して、平気で長期収容する組織なんだけど」

「え？　一日遅れただけで？」

「しかも発熱で？」

わたしとナオキくんとミユキさんは、ショックを受けて黙った。クマさんは憔悴しきっていて、はじめから会話に加わっていなかった。

「まあ、みなさん、ほんとによく答えられてて。いい判決が出るといいですね」

上原さんが、慰めるように言って、話題を戻した。

「手ごたえはあったと思う。裁判官から補充尋問があるのは、悪いことじゃないんだ」

と、ハムスター先生が言った。

「でも、変なこと聞いてましたよね。スリランカに帰国しても平気か、みたいな」

ナオキくんが口をとがらせた。

「あれは変だったな、たしかに。まるで、送還が前提みたいな質問で」

そう言ってから、ミユキさんの顔を見て、まずいと思ったのか、上原さんは、

「若い裁判官が、なんでもいいから、なにか聞かなきゃならんと思ったんじゃない？最後の裁判長の質問は、よかったよ」

と、言いなおした。

すると、ハムスター先生は、

「焦った、あれには。本来、僕が聞くべき質問なんだ。しまったと思った」

と渋い顔をした。

「え？　どうしてですか？」

「ああして聞いておけば、尋問調書に泣いたという事実が残るでしょう。もちろん、その理由も。本来、原告の代理人がやるべき仕事なんだよ」

「でも、いいじゃないですか、裁判長がやってくれたんだったら」

「かえっていいんじゃないの？　裁判長が聞いてくれたほうが印象に残るし」

ナオキくんと上原さんが、なんだかちょっと漫才の掛け合いみたいな感じだった。

久しぶりにクマさんに会ったおばあちゃんが、かなり難解な庄内弁でいっぱい話しかけ、クマさんはいっしょうけんめい、ありがとうございますとか言っていた。

尋問日が終わると、わたしたちはみんな少し、気が抜けたみたいな感じになった。

少しして、クマさんが手術のために再入院した。副腎にできた腫瘍を摘出する手術だった。おへその下に小さな穴を開けて、カメラと鉗子《かんし》を入れて切除するんだそうで、大々的な開腹手術ではないから、傷の治りも早いと聞いた。

クマさんは、麻酔をかけます、と言われてから一人ベッドで目覚めるまでの記憶がまったくないらしい。看護師さんは親切、ベッドも清潔で最高だと言っていた。

第五回口頭弁論は五月の半ばだった。

さすがにこの日は学校を休めなくて、ミユキさんとクマさんだけが出かけた。

クマさんは原告席、ミユキさんは傍聴席の裁判官の真ん前に座ったが、

「いい判決を出してくださいって、いっしょうけんめい、目で訴えてね」

と、ハムスター先生に言われていたので、二人とも祈るような気持ちで裁判官を見つめていたらしい。

家に帰ったミユキさんが話してくれた。

「あのね、陳述の前にひとこと言わせてくださいって、恵先生が言ったの。それがすごくよかったの。これは、東京の片隅の、小さな家族の小さなケースです。でも、この裁判は、日本の社会に根を下ろして生きて行こうとする外国籍の人々に対する国の姿勢を問うものですって。それから、家族を引き裂いてしまうことによって、憲法で定められた婚姻の自由と幸福追求の権利を、国が個人から奪うことができるのかを問うものですって。どうか、この家族の未来に目を向けて、公正で温情ある裁定をして

いただきたいと思います、だったかな。ちょっと違うかもしれないけど、そういうようなことを言って、それでお母さんはじーんと来て、傍聴席で泣いちゃった」

その場面が目に浮かんだ。

それを聞いている女性裁判長や、とっても不愉快そうにしている訟務検事のウラベさん。そして、あの裁判所の、法廷の空間のことを思い浮かべた。緊張した尋問、うなだれたクマさんの細い後姿、思わず叫び出しそうになったミユキさんを。

「判決はいつになったの？」

「判決日は、八月の八日だって」

「ちょっと先だね」

「そうね。裁判て、長くかかるもんだね」

「でも、夏休みだ。ナオキくんといっしょに、判決聞きに行けるな」

長かった裁判に決着がつくと思うと、すごくヘンな感じがした。「五分よりはいい戦いをしたと思ってる」と、ハムスター先生は言ったけど、なにしろ勝率二％だから。二ヶ月以上も待たされるのは、奇妙な感じだった。結果を早く知りたいような知りたくないような妙な感じ。

そんな宙ぶらりんで奇妙な時間に、わたしはナオキくんとあの話をした。

ナオキくんとわたしは、高二の夏を迎えていた。夏休みに入って、わたしたちはいっしょに『天気の子』を観に新宿に出かけ、帰りに東急ハンズに寄って、それから、サザンテラスのあたりをぶらぶらした。

「マヤちゃん、あのね、僕、判決聞きに行けなくなっちゃった」

とつぜん、ナオキくんが言った。

「え？　どうしたの？」

「オーストラリアの高校と交換留学の制度があって、応募しててね、二週間の語学研修に行けることになっちゃって」

「すごいじゃん！」

「それが八月の頭からでさ。判決は聞きたかったのにな」

「聞いたらすぐ知らせるよ。勝つかなあ。勝てればいいけど。あの若い裁判官がヘンなこと聞いたし。あーあ、ぞわぞわする！」

灌木《かんぼく》を囲むブロックに腰を下ろして、ナオキくんが訊ねた。

「ねえ、マヤちゃん。裁判のとき、ハムスター先生が証拠で出してた、スリランカの民話の絵って、やさしい猫？」

「あ、うん。そう。覚えてる？」

「覚えてるよ。象のタクシー会社も、いたずらっ子のクマラの話も、みんな覚えてる。

だけど、あれは少しヘンな話だよね？」

「ああ、猫のやつ？　そう。すごくヘン」

「親を猫に殺された子ねずみが、猫に窮状を訴えるんだよね。それを聞いた猫が、後悔するんだよ。そして、自分にも子どもがいるから、いっしょに育てるって」

「そう。それで、三匹の子ねずみと三匹の子猫が、仲良く兄弟のように育ちました。おしまい」

「裁判のときに思い出して。そのあとずっと考えてたら、この話はマジョリティとマイノリティの話に思えてきた」

「マ？」

「やめてよ、マヤちゃん。知らないとか言わないでよ。多数派と少数派って意味だけどね、ちなみに」

「知っとるわい」

　まあ、ちょっと知識が曖昧ではあったが、とにかく、ここは「知ってる」ってことにしておいた。ナオキくんは話を続けた。

「元の話がどうだとか、スリランカではどう話されているとか、そういうことは一切知らないから、勝手な解釈だけどね」

「どっちが多数派なの？　ねずみの方が数は多そう」

「いったん、猫とかねずみの属性は頭から外そう。殺すとか食べるとか物騒な話も置いといて。猫が多数派、ねずみが少数派。で、多数派はそれまでずっと、少数派のことは無視して生きてたわけ。殺すとか食べるというのは、少数派の権利を認めないとか、そういうことの比喩だと考える」

「なんか難しい話になってきた感じするけど、まあ、いいや。続けて」

「だけどあるとき、ねずみの真摯な訴えに耳を傾けた猫が気づくんだよ。そして変わるんだ。そういう話に思えてきた」

「だけど猫だよ。ねずみを食べるのは、しょうがないんじゃないの？」

「だからさ、猫ならばねずみを食べるものだ、ねずみを食べるのは猫のアイデンティティーだという呪縛から、猫自身が解放される物語だと読めない？」

「ううう、ちょっとまだ、あんまり」

「どういう例を出したらいいかな。たとえば、猫が男で、ねずみが女だと置き換える」

「男と女で、男が多数派ではないでしょ」

「そうだね。だからこの場合のマジョリティの意味は、多数派というより、強者、社会的に地位が高く権力を握っている層っていう感じになるかな。で、女が、ねずみがね、訴えるんだよ。いままでどんな目に遭って来たかってことを。それで男はね、猫だけど、それ聞いて、わかるんだよ。悪かったって、言うの。きみの娘には、もうこんな思いはさせないって。僕の息子と同じように育てるって。そう言うんだよ」

「民話の中では、お母さんはもう死んじゃってるの。訴えるのは三匹の子ねずみ」

「そうそう。だからね、おっさん猫に、三匹の娘ねずみが訴えるわけさ。そうすると、おっさん猫は、いままで悪かったなって、泣くんだよ。たしか、泣くよね？」

「うん、猫、泣いてた。たしか泣いた」

「それで、きみたちを、ぼくの息子と同じように育てるよって、言うんだよ！」

「なに、もう、ナオキくん！　それって、めちゃくちゃいい話じゃん！」

　ナオキくんによる解説は、どこか心に訴えるものがあったけど、一つだけ気になったこともあった。

「だけど、そしたら、その猫は、やさしい猫じゃないよ。やさしいとかじゃない。まともな猫とか、改心した猫とかだよ」

「そこは、僕が作った話でも、僕がつけたタイトルでもないから」

　そう言ったナオキくんは、でも少し考えて、つけ加えた。

「うん、まあ、そうだね。だいじなとこだよ、それ。これは、やさしさとか思いやりとかって話じゃない。タイトルつけるなら、猫の気づきとか、猫の覚醒《かくせい》とかだよね」

頭がよくて英語ができて理屈っぽいナオキくんは、「やさしい猫」にこのような珍解釈だか新解釈だかを与えて、メルボルンに旅立って行った。

　判決を待つ間の我が家の日々は、それなりに穏やかだったけど、すごく平和ってわけでもなかった。手術は成功して血圧も安定し、降圧剤を飲む必要もなくなったのに、仮放免で仕事もできないクマさんは日々手持ち無沙汰だったし、ときどき、収容のことをフラッシュバックさせて苦しんだ。

　とくに、なかなか仮放免の出ない友だちのことを考えると、自分だけ出てきてしまって後ろめたいみたいな、激戦の前線から一人だけ負傷して戻った帰還兵みたいな罪悪感に悩まされるようだった。

　仮放免では県をまたいだ移動が制限されるから、クマさんは大好きな鎌倉にも江の島にも行けない。ちょっとでも海が見られて気が晴れるならと、お台場や城南島に行ってみたりしたけど、人工的な建物が見える浜辺の風景は、どうも何か違うように思うらしかった。

　そんなふうにして、わたしたちは、八月八日を迎えた。

東京の最高気温は三十五・五度で安定の猛暑日だった。

判決が出るのは、午後一時半。わたしとミユキさんとクマさんは、午前中に東京駅に着くおばあちゃんを出迎えて、駅の中のレストランで中華料理を食べ、いっしょに丸ノ内線に乗った。東京はどこへ行っても人が多いと、おばあちゃんはぶうぶう言った。霞ケ関で降りて地上に出ると、照りつける日差しの中に裁判所が建っていた。

法廷に続く廊下で、ハムスター先生に会った。先生も口数は少なくて、二回ほどうなずいて、代理人席に入って行った。

傍聴席のドアを開けた。

この日クマさんは、原告席ではなく傍聴席に座った。判決がどんなものであっても、夫婦でいっしょに聞きたい、傍聴席に座ってはいけませんか、とハムスター先生に聞いて、いいと言ってもらったからだ。ミユキさんとクマさんは、裁判長の正面の席に座り、わたしとおばあちゃんはハムスター先生に近い、やっぱり最前列に腰かけた。その日はドアが何度か開いて、見たことのない人たちがぽつんぽつんと傍聴席に座りだした。スーツの男の人も何人かいた。上原さんが、ミユキさんたちの後ろの席に座った。

不思議なことに、いつもは三人から五人くらい陣取っている被告代理人席に、誰もいなかった。あの、ボブスタイルのウラベ訟務検事もいなかった。待たなくていいんだろうかと思っているうちに時間が来てしまった。

法服を着た三人の裁判官が入ってきて、その場にいた人がみんな立ち上がった。もう、何度目だろうと思いながら、わたしも立ち、礼をして座った。事務官の男の人が、事件番号を読み上げた。

「それでは開廷します」

髪を後ろでまとめた女性の裁判長が落ち着いた声で言った。

わたしの頭の中に、あの中国人の母娘の裁判が蘇ってきて、急にみぞおちが締めつけられるような感覚になり、吐きそうな、泣きそうな、妙な感じが喉元を圧迫した。たしか「主文」と言うのだ。「主文」に続けて、何が語られるのか。もし「原告の訴えを棄却する」だったら、それはあのときの中国人母娘の裁判のように、一瞬で終わってしまう。ほんとうに吐きたくなって、喉に手をやると、裁判長は口を開いた。

「主文」

と、裁判長が言った。わたしは思わず、目をつむった。

「一、東京入国管理局長が平成30年2月23日付けで原告に対してした出入国管理及び難民認定法49条1項に基づく異議申出には理由がない旨の裁決を取り消す。二、東京入国管理局主任審査官が同年同日付けで出した退去強制令書発付処分を取り消す。三、訴訟費用は被告の負担とする」

ミユキさんが息を呑むのが聞こえた。わたしとおばあちゃんは、手を握り合った。傍聴席に座っている人たちからも、小さく息が漏れてきた。紙にペンを走らせる音が、静かな法廷に響いた。

「それでは、判決の理由を簡潔に述べます」

　裁判長は静かに続けた。

「在留特別許可の判断は法務大臣等の裁量に委ねられているものであり、日本人の配偶者がいるという事情は必ずしも、保護されるべき当然の法的利益として考慮されるものではない」

「しかしながら、原告と原告妻が真摯な交際を経て、自然な愛情に基づいて婚姻に至ったという基礎的な事実は、本件訴訟の尋問時の原告と原告妻の証言によっても認められるものである」

「裁決行政庁は、安定し成熟した婚姻関係があったと評価すべき素地を評価せず、原告が在留資格取得目的で婚姻したにすぎないと誤認した」

「不法在留中の外国人が交際関係にある日本人と本邦で安定的な婚姻生活を送りたいとの希望から真摯な婚姻意思を持つことはあり得るものであり、在留資格の取得に向けた行動をとることが、真摯な婚姻意思の存在を直接に否定する事情とは言い難い」

「東京入管局長が本件裁決に際して下した判断は、その裁量権の範囲を逸脱し、濫用した、違法があるものというべきで、これを受けてなされた退去強制令書発付処分も違法であり、これらの取消しを求める原告の請求には、理由があると認められる」

　裁量権。いつか、上原さんがナオキくんとわたしに話してくれた、裁量権。「でかすぎる」と上原さんが言ってた裁量権が、それでも「範囲を逸脱した」と認められた。クマさんを日本から追い出そうとするのは、裁量権の範囲の逸脱で、濫用で、違法だって、裁判長がそう言ってる！

ぶわーっと体の力が抜けて、裁判所の椅子からさえ落っこちそうだったのに、みんなが立ち上がったから、あわてて立って、礼をした。ハムスター先生が左手の拳を、ぐっと握ったのが見えた。

クマさんはボーっとしていて、ミユキさんがその背をさすりながら、いっしょうけんめい、裁判長の言葉をかみ砕いて説明していた。

「次の裁判の傍聴の人たちが入って来ちゃったから、出ましょう」

そう、上原さんがミユキさんに言い、わたしたちは法廷を出た。

ハムスター先生がもらってきた判決文は、裁判長が読み上げた文章よりずっとずっと長いものだった。その中から先生は、こんな文章を見つけ出してくれた。

「原告とその妻は長期間にわたり、その関係を築いてきた。原告の失職時に気持ちのすれ違いから別居した時期があったとしても、原告らは真摯な交際と自然な愛情に基づいて婚姻意思を形成し、婚姻するに至ったことが認められ、その法的婚姻期間の短かさは、婚姻の真実性を消極評価するべき事情と認めることはできない。原告と原告の妻が互いへの愛情で結びついた関係にあることは、退去強制令書の執行による原告の収容時に、妻が頻回に面会に訪れていることから明らかである。さらに、本件訴訟の尋問時において、原告が自身にとっての妻の存在の重要性を語り、妻も原告への愛情を表現していること、また、原告らの関係が、原告妻と前夫の子によって歓迎、祝福されていることも、尋問時の原告妻の子の証言によって明らかである。これらの事情に照らせば、原告と妻の婚姻期間は婚姻の届出から本件裁決まで約二か月の期間にとどまり、原告と原告妻の間に子がいないとしても、本件裁決の時点において既に、真摯で安定し成熟した婚姻関係と評価すべき素地が十分にあったものと認められる」

　ハムスター先生は、わたしに笑いかけながら言った。

「わかる？　マヤちゃんの証言は、裁判所を動かしたんだよ。そう書いてあるよ」

　じわじわと、ついにやったんだっていう気持ちがおなかからこみ上げてきた。そうだ、ナオキくんに知らせてあげなくちゃ。メルボルンとの時差は一時間で、ＬＩＮＥメッセージを送るとすぐに返事が来た。

（おめでとう！　おめでとう！　そうなるってわかってたよ！　とうとう、ぼくらのヒーロー救出奪還作戦に勝利したね！）

　ぼくらのヒーロー救出奪還作戦だったとは、いままで気づいてなかったけど、とにかく、やった！　って気持ちが押し寄せて、みぞおちあたりが温かくなった。

　ミユキさんはぼろ泣きで、上原さんは笑っていて、クマさんとおばあちゃんが交互に、ちょっと癖のあるイントネーションで、ハムスター先生にお礼を言っていた。

この、クマさんの裁判は、新聞記事になったんだよ！　これはたいせつに、スクラップしてある。傍聴席にいた人の何人かは、ハムスター先生が声をかけた記者さんたちで、あの後、先生は会見を開いた。

わたしたちも記者会見するか聞かれたけど、それは恥ずかしいから断って、あとで動画をこっそり見た。会見が終わると、若い男の記者さんがハムスター先生に近づいてきて、

「恵先生って、動物事件専門だと思ってたけど、こういうのも担当されるんですね！　ぼく、ハムスター医療過誤訴訟のとき、記事書かせていただいた○○です。六月に、生活情報部から社会部に異動になったんですよ！」

と、とんちんかんな自己紹介をしたらしい。その人が書いた記事がこれ。


「婚姻二ヶ月でも安定し成熟した関係」

スリランカ人の退去命令、取り消す判決

偽装結婚の疑いがあるとして在留資格を得られず、オーバーステイで強制退去を命じられた東京都××区のスリランカ国籍の男性（31）が退去命令の取り消しを求めた訴訟の判決が八日、東京地裁であった。国は長く事実婚であった日本人

女性（39）とのじっさいの法的婚姻期間が二ヶ月と短い点、原告のオーバーステイ発覚後に婚姻届を提出した点などを根拠に「婚姻は在留資格取得目的」と主張したが、裁判所は「不法在留中の外国人が交際関係にある日本人と本邦で安定的な婚姻生活を送りたいとの希望から真摯な婚姻意思を持つことはあり得る」などと述べ、夫婦関係を認めて退去命令を取り消した。判決後に都内で会見した代理人の恵耕一郎弁護士は「退去強制に関する訴訟で勝利できるのは一～二％」と判決を評価した。スリランカ人男性は代理人を通して「これからは、家族いっしょに幸せに生きていきたい」と語った。

ちょっとピントのズレた見出しって気がしたけど、長い裁判が終わったのは、ほんとにうれしかった。だけど、判決のあとにも、いろいろあるんだ、これが。

判決後二週間以内は、相手が控訴するかもしれないから、手放しで喜んではいられなかった。相手は、あのウラベさんだし、負けたことにはすごく頭に来てるだろうし、ひょっとして高裁に控訴するんじゃないかと、わたしたちはすごく不安だった。

国は控訴をしなかった。八月二十二日に、クマさんの勝訴は確定した！

ハムスター先生はさっそく入管に電話して、早く在留資格を出しなさいとプレッシャーをかけてくれたんだっけ。それで一ヶ月後くらいに、ミユキさんとクマさんは品川の東京入管に出かけて行った。

　クマさんは「日本人の配偶者等」と印字してある、真新しい在留カードを手にした。入管に払い込んだ保証金の五十万円が返還された。そのお金をどうするの、と聞いたら、ミユキさんは、きっぱり答えた。

「着手金の残りとあわせて、恵先生に報酬をお支払いするの。もっといっぱい払いたいくらいだけど、せめて、分割じゃなく、耳をそろえてお渡ししたいから」

「だいじょうぶなの？」

「おばあちゃん資金がまだ少し残ってるし、わたしだって一応、貯めてたもんがある」

「こんどこそ、うち、お金なくなるね」

「そりゃ、すっからかんだよ。でも、クマさんもそのうち仕事見つけてくれるし、だいじょうぶ、なんとかなるって」

　そのときふと、頼りになるおばあちゃんなんかいなくて、カードローンの審査にも通らない人だっているんじゃないかな、と思った。ハヤトの顔が頭をよぎったから。家族全員が仮放免の人は、いったいどうやって保証金を出すんだろう。

　ともあれ、我が家にとって、それは記念すべき日だった。その次の休日に、念願の鎌倉行きを決行した。もう、海水浴客のいる季節ではなかったけど、小町通りは原宿かと思うような人の多さで、海岸通りはものすごい渋滞。でも、わたしたちはもちろん江ノ電で移動したし、クマさんの大好きな（牛久に比べると）ちっちゃな大仏は、微動だにせず待っててくれた。

ただ、困ったことに、帰りの電車の中でミユキさんが、気分が悪いと言い出した。ずーっと続いていた緊張が解けて、また持病が悪化したんじゃないかと思って、クマさんはものすごく心配した。それで、ミユキさんは翌日、かかりつけの病院に行ったんだけど、話を聞いていたベテランのおばあちゃん先生は、妙なことを言い出した。

「長いこと甲状腺専門医やってるけど、今日はちょっとスタイルを変えてみるわ」

それでその、ベテランの甲状腺専門医のおばあちゃん先生がなにをしたかというとね。ミユキさんにいつものようにベッドに横になるように言った。

ただし、ブラウスのボタンを全部開け、ジーンズのジッパーも開くようにって。そうして、いつもは喉のところに塗るゼリーを、ミユキさんのおなかにぐるぐると塗りつけ、超音波検査機を押し当てた。

「おやまあ」

と、そのおばあちゃん先生が言った。

「いたわよ、小さいのが。おめでとうございます！　でも、ちゃんと産婦人科に行ってみてもらってね」

そうなんだよ、そうなんだよ、そうなんだってば。

おめでとう！　その、ちっちゃいのが、きみなんだよ！

ミユキさんはもう妊娠はないだろうと思ってた。あまりにいろんなことがありすぎて、そんなことにかまってられなかったのもあるし、甲状腺に問題があると、ホルモンバランスが崩れるから、生理不順を引き起こすことも珍しくない。だから、生理が来なくても、それが妊娠かもしれないなんて、ミユキさんは考えもしなかったわけなの。

ミユキさんは気が動転して、なにがなんだかわからないまま、ふらふらしながら家に帰ってきた。出迎えたクマさんは心配して、わたしにしつこく、しつこく、早く帰れとＬＩＮＥメッセージを送ってきた。

帰れって言われてもね、バイトにも契約ってものがあるんだからと、鼻息荒く家に戻ってきたら、有頂天になったクマさんが、二年ぶりくらいに見るんじゃないのかなっていうような笑顔で、「パプリカ」を歌いながら、カレーを作ってたんだよ！

ミユキさんは産婦人科に行って、きちんと検査してもらい、妊娠十八週という診断をもらった。きみはすでに十三センチくらいに育っており、エコー写真には指をしゃぶってる姿がくっきり写っていた。

誰にも知られず、ただでさえストレスの多いミユキさんをつわりで困らせたりもせず、きみはひっそり、羊水の中で、家族の一員として成長していた。

ミユキさんとクマさんとわたしは、三人そろって「恵法律事務所」に報告に行った。振込のことと、在留資格のことと、赤ちゃんができましたっていうことを。

ハムスター先生はすごくびっくりして、それから大喜びしてくれた。

「もっと早く妊娠がわかってたら、裁判に有利だったりしましたか？」

ミユキさんが尋ねると、先生は、ちょっと肩をそびやかした。

「裁判で争うのは、退去強制令が出た時点の判断の正否だからね。特別有利とも言えないな。だけど、ほんとに勝っててよかったよ！　赤ちゃんのためにもね」

日本人配偶者との間に子どもがいるかどうかは、在留資格を認定するときの重要な要素だけど、きみがミユキさんの胎内に宿ったのはたぶん五月の終わりくらいだから、お父さんの裁判には貢献していない。でも、ハッピーな我が家に生まれてくることにはなったよね。判決が確定したころはちょうど、ママの気持ちを赤ちゃんが感じ取るようになる時期だったはずで、母親が幸せだと胎児も幸せなんだって。小さい男の子のお母さんでもある、弥生先生が教えてくれた。

クマさんは、ジャファルさんとティエンさんに会いに行ってくださいと、ハムスター先生に頼み込んだ。それで、少し先のことになるけど、ハムスター先生がティエンさんの、麻衣子先生がジャファルさんの代理人弁護士を引き受けてくれた。先生たちがいくらで仕事を受けたのかは、クマさんにもまったくわからないそうだ。

お礼を言って引きあげて、ＪＲの駅に向かって歩いていたら、後ろから、

「マヤちゃーん！」

と、呼ぶ声がした。

振り向いたら、麻衣子先生が駆けてくる。挨拶に行ったとき、事務所に麻衣子先生はいなかった。出先から戻って、わたしたちがたったいま駅に向かったと聞いて、わざわざ走ってきてくれたのだった。

「マヤちゃん！」

息を弾ませて、麻衣子先生が言った。

「ハヤトが、おめでとうって。メグちゃんが裁判勝ったって話したら、マヤの父ちゃんザイトク取れたのかよ、すげえじゃん、おめでとうって言っといてって」

忙しい弁護士を平気でメッセンジャーに使って、と麻衣子先生は笑った。わたしはハヤトの笑顔を久しぶりに思い浮かべた。

在留資格を得ても、クマさんはすぐに元気にはならなかった。一年以上の収容生活は、クマさんの中の何かを、壊してしまったから。収容前のクマさんと収容後のクマ

さんは、何かが決定的に違った。

それでも妊娠がわかってから、変化があった。落雷で折れた幹から枝が伸びてくるみたいだったかもしれない。ある日、一つだけ持ってるスーツを着て、クマさんは一人でどこかへ出かけて行った。

クマさんの訪問先は、わたしたちが住む町からそう遠くないところにある、一軒の小さな自動車整備工場だった。

そこは専門学校を卒業するクマさんに、はじめて内定をくれた会社だったそうだ。瀬沼さんという初老の男性が一人でやっている整備工場で、学校に来ていた求人票を頼りに訪ねていくと、とても親切にしてくれた。クマさんはそこで働きたいと思った。

内定をもらって、就労ビザの申請に入管に行くと、あれこれたくさん書類を出せと言われた。社長さんは外国人を雇うのがはじめてだったから、こんなに面倒なものかと驚いたけど、それでも厭《いと》わず用意してくれた。でも、個人経営の小さな工場で、設備も古いし、こんなんじゃビザは出せないと言われて、クマさんは就職を断念するしかなかった。裁判の尋問のときに、その工場のことを思い出したんだそうだ。

社長の瀬沼さんは、いまはすっかり白髪になっていた。そして、スリランカ人のクマさんのことを、覚えてたんだって。

社長さんは奥さんを亡くし、娘さんは結婚して孫もいて、いつ工場を閉めようかと思ってるのに、お客さんが止めさせてくれないんだと言った。工場は相変わらず古かったけど、社長さんの腕を信頼していい顧客がついていた。だから、誰かいっしょにやってくれて、いずれお客さんを引き継いでくれる若い人がいないかと思った時期もあったけど、見つからなかったと、訪ねてきたクマさんに言った。

「オレを雇ってくれませんか？」

と、クマさんは訊いた。

「就労ビザがおりないよ」

社長さんは忘れていなかった。

「ビザはあるんです。経験もあります」

クマさんはにっこり笑った。

次の月曜日、クマさんは瀬沼モータースにミユキさんを連れて行った。就職のことを勝手にひとりで決めてしまうなんてことは、もう、できなかったから、クマさんはミユキさんにすべて話していた。

瀬沼さんは笑って言った。

「十年近く前になるか。ほっそい、人なつっこい男の子でね。不思議に気が合ったもんだから、外国の人だけど、いっしょに仕事してみようかと思ったんだよ。そうですか。結婚したの。びっくりしたな。思い出して、また来てくれるなんて、うれしかったよ。人間、ご縁てものはあるんだね」

その男の子の十年になにがあったか、かいつまんで聞かされた瀬沼さんは、途中から腕を組み、相槌のかわりにときどき首を上下に振って、静かに聞いていたそうだ。そうして聞き終わると言った。

「子どもが生まれるんじゃあ、たいへんだ。そうなるとうちも、もうひと頑張りしなくちゃなあ」

クマさんは次の日から瀬沼モータースに通うようになり、スリランカ・コミュニティに声をかけて、新規顧客の開拓も始めた。

赤ちゃんが生まれたら、さすがにボロアパートは狭すぎるし、身二つになるとかえって動けなくなるからと、家族は引っ越しを考え始めた。

きみはもしかしたら、わたしがミルクティーを飲みながらこれを書いていて、ミユキさんはトラックの脇で、いらいらしながらわたしを待ってると、思ってるかもしれないね。あれは、わたしが思い立ってこれを書き始めた日で、あれからもう、ずいぶん時間が経ってる。

あのアパートで、いろんなことがあったよ。わたしは人生のほとんどを、あそこで過ごした。字を覚えたのも、はじめての友だちを作ったのも、失恋したのも、みんなあそこだった。狭い部屋の隅々に、思い出が転がってる。ベランダにあるぶかっこうなランドリーラックにも、がんばって自分の場所にした押し入れにも、玄関と台所を仕切る壁とその柱にも。それに、アパートの近くの、あのジャングルジムのある公園で、ものすごく重大なことがいろいろあったんだった。それを忘れたくなくて、書き留めておくことにしたんだよ。

わたしたちは、ミユキさんとクマさんが再会した商店街に近いエリアの、古い木造一戸建てを借りることになった。小さいけど、一階は水回りとリビングダイニングがあって、二階に部屋が二つある。三畳半のスペースは、まるまる、わたしの個室になった。押し入れのことを考えると、ものすごく出世したって感じ。いつか、わたしが家を出たら、この部屋はきみのものになるんじゃないかな。いまのところ、二階のもう一つの部屋がミユキさんとクマさんの寝室で、きみのベビーベッドも置くことになる。

ときどき、ミユキさんの目立ってきたおなかに向かって、クマさんがわたしの知らない言葉をつぶやく。それはたぶんシンハラ語で、やさしくきみに話しかけてる。クマさんは、自分の故郷の言葉が、赤ちゃんにならわかるはずだと思っているみたいだ。それを見てたら、自分の中に、はじめて持つ奇妙な気持ちが芽生えた。

きみとわたしでは、クマさんとの関係は違うよねと思って、そう、軽い嫉妬に襲われたの。ものすごい嫉妬ではない。小さい、ちょっとさみしい、みたいな。経験したことのない気持ちだった。

だけど、仕方なくない？

わたしはクマさんのDNAをもらってない。でも、クマさんからもらってるものは、何かあるよ、たぶん、きっと。それに、わたしにも、生まれてくるのを楽しみに待ってくれたお父さんはいたんだもの。

きみの名前は、すぐに決まった。まだ、ミユキさんのおなかの中にいる間に。きみが恥ずかしがってなかなか足の間を見せず、男の子か女の子かわからないうちから。クマさんの長い名前の中から、一つだけもらって「アキラ」。そして漢字はね、「光」と書くんだよ。珍しい読み方だよね。

はじめてクマさんと会った日に、教えてもらった。「スリランカ」は「光り輝く島」っていう意味だって。きみは、クマさんからその「光り輝く島」で生きてきた人たちの遺伝子をもらうでしょう。だから、光と書いて、アキラと読む名前になった。ちなみにアキラって言葉はサンスクリット語から来てて、「賢者」とか「勇気」なんて、意味があるんだって。

最近、わたしはクマさんを、「父ちゃん」と呼ぶようになった。ほんとは、きみの名前が省略されてて、「アキラの父ちゃん」って意味なんだけど。

ミユキさんの呼称は「お母さん」だったんだけど、いつのまにかそれも「母ちゃん」に変わった。

クマさんはまだ「母ちゃん」とは呼ばず、「ミユキさん」と呼ぶことのほうが多いけど、ミユキさんはきみが生まれてもいないのに、「父ちゃん」を連発してる。

きみを中心にして、わたしたちはそれぞれ役割を見つけた。この呼び方は、家族のチーム感を高めてる。ミユキさんとクマさんも、ときどきわたしを「姉ちゃん」と、呼ぶんだよ。不思議。ちょっとみんなで、ゲームしてるような感じ。

クマさんは瀬沼さんから、白い屋根にオレンジ色のボディカラーの、中古の軽自動車を譲ってもらった。

「これ、クマちゃんに、似合うだろ」

と、瀬沼さんは言ったらしい。

たしかに、クマさんとオレンジ色の車は、なんでだかとてもよく似合う。

あれほど車が好きなのに、考えてみたらクマさんはずっと、自転車に乗ってた。はじめての自家用車がうれしくてたまらないみたいで、新車でもないのに休日はしょっちゅう洗ってる。

ミユキさんは、出産日の一週間前まで仕事をしていた。夜間の勤務中は子どもたちを寝かせておけばいいし、体力を使わないから妊婦向きだと言うのだけれど、帰りが遅くなるのをクマさんはいつも心配して、毎晩、お迎えに車を走らせるようになった。歩いた方がいいのに過保護だよと言いながら、ミユキさんもまんざらでもない様子で、ほんとにつきあいはじめのカップルか新婚夫婦みたいに、二人はできるだけいっしょにいようとしてた。まるで、あの、離れ離れになってしまった時間を、なんとか取り戻そうとするみたいに。

高齢出産だからと帝王切開を選択して、病院の決めた手術日に合わせてミユキさんは入院した。そのときも、クマさんはミユキさんを壊れ物みたいにだいじそうに、オレンジの車の後部座席に乗せて、安全運転で病院まで運んで行った。

きみは、二〇二〇年の二月十四日、バレンタインデーの日に、この世界に登場した。

出産日は、クマさんだけが駆け付けた。大喜びで送ってくれた写真は、なんだかよくわからないぼんやりしたもので、じつはちっともかわいくなかった！

だけど翌日、新生児室で見た、水色のベビー服を着て足に名前の輪っかをつけたきみは、その、もぞもぞと手足を動かす仕草も、どこか哲学的で神妙な寝顔も、この世のものとは思えないくらい、かわいかったよ。まだ、クマさんの掌に乗っちゃうくらい小さくて、おっぱいをもらうために全身全霊を込めて泣いていた、あの赤ちゃんはほんとうに、美しかった。

あと、なにを書いたらいいんだろう？

きみとミユキさんを迎えに行った日、信号待ちの交差点でクマさんが、

「姉ちゃん、ありがとな」

って言ったこと？　わたしが軽いグーパンチで返したこと？

おばあちゃんが鶴岡からやってきて、大騒ぎした日のこと？

きみが歩けるようになったら、みんなでスリランカに行こうと話してること？

知ってる？　姉ちゃんは将来、アニメーターになりたいなと思ってて、ナオキくんは弁護士を目指すことにしたらしいよ。

父ちゃんからもらった大きな目で、きみはときどき天井を不思議そうに見回す。何かがそこにいると思ってるみたいに。

きみは、自分の目で見て、自分の耳で聞いて、その小さな手で何かをつかまえることを始めているから、このへんでもう、書くのをやめようと思う。知りたかったら、いつでも聞いて。まだしばらく姉ちゃんは、きみのための記憶係をやってもいいよ。

これはみんな、きみが生まれる前の、家族の物語。だから、きみには知っておいてほしいと思ってる。

わたしたちがどんなふうにして家族になったか。そしてその小さな家族を守るために、なにをしたかを。

ベビーベッドの上のきみにそっと小指を差し出すと、きみは小さな手を伸ばして、わたしの指を握る。

ようこそ、わたしの小さい弟！

わたしたちの光。

新しい家族。

了

謝辞

本書を執筆するにあたり、専門知識のアドバイスをいただき、著者の細かい質問に丁寧に答えてくださった、指宿昭一さん、潤間拓郎さん、木下洋一さん、駒井知会さん、柳原由以さん、にしゃんたさんに、心より、謝意をお伝えいたします。庄内弁に関しては、山形県鶴岡市立図書館の今野章さんにご教示いただきました。入管収容については、サファリ・ディマン・ヘイダルさんにお話を伺いました。そして、お名前を記すことを控えますが、取材に応じて自らの体験を語ってくださった方々のご協力がなければ、この小説は完成を見なかったでしょう。深く御礼申し上げます。

著者

参考文献

●書籍

『ルポ　入管』平野雄吾著　ちくま新書（２０２０）

『使い捨て外国人　人権なき移民国家、日本』指宿昭一著　グリームブックス　株式会社朝陽会（２０２０）

『ふたつの日本』望月優大著　講談社現代新書（２０１９）

『ふるさとって呼んでもいいですか——６歳で「移民」になった私の物語』ナディ著　山口元一解説　大月書店（２０１９）

『外国人をつくりだす——戦後日本における「密航」と入国管理制度の運用』朴沙羅著　ナカニシヤ出版（２０１７）

『入管戦記』坂中英徳著　講談社（２００５）

『ブエノス・ディアス、ニッポン〜外国人が生きる「もうひとつの日本」〜』ななころびやおき（山口元一）著　ラティーナ（２００５）

『となりの難民　日本が認めない99％の人たちのSOS』織田朝日著　旬報社（２０１９）

『ある日の入管〜外国人収容施設は〝生き地獄〟〜』織田朝日著　扶桑社（２０２１）

『日本と出会った難民たち』根本かおる著　英治出版（２０１３）

『移民政策とは何か　日本の現実から考える』髙谷幸編著　人文書院（２０１９）

『スリランカを知るための58章』杉本良男・高桑史子・鈴木晋介編著　明石書店（２０１３）

『スリランカ現代誌　揺れる紛争、融和する暮らしと文化』澁谷利雄著　彩流社（２０１０）
『留学生が愛した国・日本　スリランカ留学生の日本体験記』Ｊ・Ａ・Ｔ・Ｄ・にしゃんた著　現代書館（２００２）
『日本で知った「幸せ」の値段　無一文の留学生が、大学の准教授になるまで』にしゃんた著　講談社（２０１２）
『日本で生きるクルド人』鴇沢哲雄著　ぶなのもり（２０１９）
『その虐殺は皆で見なかったことにした　トルコ南東部ジズレ地下、黙認された惨劇』舟越美夏著　河出書房新社（２０２０）
『軍政下奄美の密航・密貿易』佐竹京子編著　南方新社（２０１９）
『若手法律家のための民事尋問戦略』中村真著　学陽書房（２０１９）

●会報・冊子
『JAR ANNUAL REPORT 2018. 7–2019. 6』難民支援協会２０１８年度 年次報告
『在日クルド人の１９９０－２０２１』在日クルド人の現在２０２１実行委員会

●ホームページ
www.openthegateforall.org Open the Gate for All 移民・難民の排除ではなく、共生を
www.refugee.or.jp 認定ＮＰＯ法人 難民支援協会

●ドキュメンタリー

『オキュパイ・シャンティ～インドカレー店物語～』ビデオプレス（２０１６）

『Life on Foreign Land　異国に生きる』土井敏邦監督　浦安ドキュメンタリーオフィス（２０１２）

『バックドロップクルディスタン』野本大監督　バックドロップフィルム（２００７）

『東京クルド』日向史有監督　ドキュメンタリージャパン（２０２１）

●電子書籍

『スリランカ　シンハラ民話　Ⅱ　アンダレー』日本文　シラン　クレー／さし絵　ケェタバレー　ヤサッシー　くさか基金　ミーガハテンナ　スリランカ（１９８８）

『スリランカ　シンハラ民話　Ⅵ　やさしい猫』日本文　日下大器／さし絵　ウィンストンスルダーゴダ　くさか基金　ミーガハテンナ　スリランカ（１９８８）

解説

本間悠

「この本を注文したい」と書誌情報を見せて下さったのは、とある常連のお客様でした。

その方は、以前は海外中心の旅行代理店（それも有名な観光地に行くのではなく、比較的マイナーな珍しい地域が専門らしい）に勤めていて、仕事以外でも幾度も渡航された経験があり、外国人の友人も多くいらっしゃるとのこと。身にまとう洋服やバッグ、アクセサリーなどもどこかエキゾチックな雰囲気で、またそれがとても似合っている素敵なお客様です。

これは書店員あるあるだと思いますが、レジを通す本やお客様が注文して下さった本は、ものすごく魅力的に見えてしまうものです。ましてや注文して下さったのが、日頃から素敵だなと思っている方なら尚更。直感には素直に従うことにしているので、早速自分の分も取り寄せて読んでみた……これが、書店員である私と、その後ずっと大切な一冊として読み返すことになる『やさしい猫』との出会いでした。しかも、文庫化にあたって解説を任せていただけるなんて……！

私は一年に一回、その年に読んで一番面白かった本に贈る非常に個人的な文学賞〈ほんま大賞〉をやっています。『やさしい猫』を読んだのは、二〇二一年の秋のはじまり……九月か、十月の初めだったかと記憶していますが、読み終えて「今年のほんま大賞はこれだ！」と即決。残り数か月どれだけの本を読もうとも、もうこれ以上の作品には出会えないだろうと確信しました。

眩しさが降り注ぐような、圧巻のラストシーン。マヤちゃんが一体誰に向かって語りかけていたのかが明らかになった瞬間の多幸感ったら……！　特にクマさんが入管に収容されてから、幾度となく刺激され続け、弱り切った涙腺に留めの一撃。嗚咽《おえつ》を漏らさないように歯を食いしばって、「良かったね、本当に良かったね……！」と本を読み終えたけれど、このまま本を閉じてしまうのは何だかもったいない。もう少しこの世界の余韻に浸っていたいと思いながら、この解説に目を通して下さっている読者の皆さんには、きっと共感していただけるのではないでしょうか。『やさしい猫』、本当に、すっごく良かったですよね！

実は、こんなお話だと思わなかった（もちろんいい意味で！）というのが、初読み時の正直な感想でした。前述の通り私の本選びはほぼ直感で、あらすじすら読まないことが多いので、タイトルと装幀の印象からは想像もつかなかった展開に激しく心を揺さぶられました。

主人公・マヤちゃんの素直なまなざしで語られるのは、〝母親が外国人と恋愛・結婚したが、その人が入管に収容されてしまったので裁判を起こして普通の生活を取り戻すためにたたかうストーリー〟。

私は身近に外国人の知人・友人もおらず、パスポートすら持っていないので、彼らが日本でどんな暮らしをしているか、本書で語られるエピソードの一つ一つがまず新鮮でした。『やさしい猫』が発売された年の三月、名古屋出入国在留管理局に収容されていた女性が死亡するというニュースがありました。入管という場所があること、そこには何らかの事情で外国人が収容されていること、そして収容されている女性が体調不良を訴えても、満足に治療も受けさせてもらえず、衰弱して亡くなってしまったことを知りました。不勉強で恥ずかしいのですが、私の予備知識はそのくらいのものでした。理解ができないとも、理不尽だとも思いましたが、全くニュースの背景を理解していなかったので、その時点ではどこか自分とは別の世界のことのようにしか感じられず、それ以上詳しく知ろうともしませんでした。

『やさしい猫』を読んだことで、そのぼんやりとした認識がクリアになり、一気に自分事として迫ってくるような感覚がありました。私たちと同じように日本に暮らしていて、仕事をして、税金を納めて、大切な家族がいる外国人男性を待ち受ける、大きな落とし穴。

物語の面白さを追いかけているうちに自然と頭に入ってくる、外国人である彼らの生活と、その中で直面する差別や、制度上の問題。未知の世界を丁寧に解説してくれる親切さを兼ね備えたストーリーは、興味の導線としてうってつけでした。これは小説のとても良いところ。

入管問題や外国人差別についての新書やノンフィクションを手に取る人は、そもそもその問題に興味があり、積極的に学びたいと思っている読者に限定されますが、小説という形なら、はっきり言ってしまえばそのようなことに全く関心がなかった、私のような読者にも届きます。

私自身がほぼ知識ゼロからの『やさしい猫』だったので偉そうなことは言えませんが、知っているのと知らないのとでは世界の見え方が変わってくるでしょう。読む前は目に留まることのなかったニュースをクリックしてみたり、そうすることでまた違うニュースに気付くことができるようになったり。単純ですが、もし周りに困っている外国人がいたら、できる範囲で協力したいとも思います。そう、クマさんのために署名をした人々のように、きっとできることはあるはずだと。

役に立つとか勉強になるとか、意味がある・ないという観点で読書を推奨するのは少し気が引けますが、読み物としてとびっきり面白い上に学びがあり、視座を高めてくれる『やさしい猫』は、本当にスゴイ本だとしみじみ思うのです。実際に〈ほんま大賞〉受賞作として、売り場からたくさんの読者にこの本を届けてきましたが、「読めてよかった」という感想を一番多くいただいたのが『やさしい猫』かも知れません。

私は想像するのです。文庫になり、小さく、より可愛らしい姿になって売り場に並ぶ『やさしい猫』を。かつての私のように「なんだか面白そう」と何気なく手に取り、朝の読書時間にでも読もうかな、と購入していく一人の少女を。同年代のマヤちゃんの語り口はテンポが良くて読みやすく、もし私がマヤちゃんの立場だったらクマさんをどう思うだろうって想像したり、ミユキさんが倒れたところでヒヤヒヤしたり。ナオキくんいいやつだな〜私もこんな親友がほしい！と思ったり、ハヤトとのデートにドキドキして、前歯の穴に切なくなって。「ショーイン　トッスレバンマー」は、声をあげて笑ってほしい！　後半は、どうしてこんなことが……ってイライラしてしまうかも知れない。知らなかったルール、理不尽に思える仕組みに、きっと驚くんじゃないかな。この入管の人はどうしてこんなに意地悪な言い方をするんだろうと憤って、どうか、どうかこの家族が一緒に暮らせますようにって祈るような気持ちで裁判の行方を見守って、「あぁいい話だった！」って読み終えた時、きっと彼女の見ている景色は、少し変わっているんじゃないだろうか。友達と立ち寄ったファーストフードで働く外国人の店員さんが、学校で英語の授業を補助してくれるＡＬＴの先生が、少しだけ身近な存在になっていないだろうか。この人も日本で辛い思いをしたことがあるかななんて考えてみたり、どうして日本に来たのかな、彼らが住んでいた国はどんなところなのかなと、気になってくるかも知れない。冷蔵庫の片隅から練乳を発見して、甘い紅茶をいれてみるかも知れない。ＳＮＳで、外国人への誹謗中傷をしている書き込みが目について、暗い気持ちになったりもするだろう。そうして彼女は、『やさしい猫』になっていくんだろうって。

きっと変わる。私がそうだったように、この物語にはその力が絶対にある。本の姿をした鍵が、一人でも多くの読者の扉を開きますように。

（ほんま はるか／佐賀之書店店長）

『やさしい猫』　二〇二一年八月　中央公論新社刊

初出＝「読売新聞」
二〇二〇年五月七日～二〇二一年四月一七日（夕刊）連載

中公文庫

やさしい猫《ねこ》

2024年７月25日　初版発行

著　者　中《なか》島《じま》 京《きょう》子《こ》

発行者　安部 順一

発行所　中央公論新社
〒100-8152　東京都千代田区大手町1-7-1
電話　販売 03-5299-1730　編集 03-5299-1890
URL https://www.chuko.co.jp/

ＤＴＰ　ハンズ・ミケ
印　刷　大日本印刷
製　本　大日本印刷

Published by CHUOKORON-SHINSHA, INC.
Printed in Japan　ISBN978-4-12-207539-9 C1193

お-51-5
ミーナの行進
小川洋子
美しくて、かよわくて、本を愛したミーナ。あなたとの思い出は、損なわれることがない——懐かしい時代に育まれた、ふたりの少女と、家族の物語。谷崎潤一郎賞受賞作。
205158-4

お-51-6
人質の朗読会
小川洋子
慎み深い拍手で始まる朗読会。耳を澄ませるのは人質たちと見張り役の犯人、そして……。しみじみと深く胸を打つ、祈りにも似た小説世界。〈解説〉佐藤隆太
205912-2

お-51-8
完璧な病室
小川洋子
病に冒された弟と姉との時間を描く表題作他、デビュー短篇を含む最初期の四作収録。みずみずしい輝きを放ち、作家小川洋子の出現を告げる作品集。新装改版。
207319-7

か-61-2
夜をゆく飛行機
角田光代
谷島酒店の四女里々子には「ぴょん吉」と名付けた弟がいて……うとましいけれど憎めない、古ぼけてるから懐かしい家族の日々を温かに描く長篇小説。
205146-1

か-61-3
八日目の蟬《せみ》
角田光代
逃げて、逃げて、逃げのびたら、私はあなたの母になれるだろうか……。心ゆさぶるラストまで息もつがせぬ傑作長編。第二回中央公論文芸賞受賞作。〈解説〉池澤夏樹
205425-7

か-61-4
月と雷
角田光代
幼い頃暮らしをともにした見知らぬ女と男の子。再び現れたふたりを前に、泰子の今のしあわせが揺らいで……偶然がもたらす人生の変転を描く長編小説。
206120-0

か-85-1
僕とおじさんの朝ごはん
桂望実
無気力に生きる料理人を変えたのは、ある少年の決意と、秘密の薬の存在だった。真摯に生きることを拒んできた大人と、生死をまっすぐに見つめる少年の交流が胸をうつ感動長篇。
206474-4

か-85-2
たそがれダンサーズ
桂望実
下手だが熱いおじさん達と、なぜか無気力な講師。彼らが打ち込むのは男だけで踊る社交ダンス！　人生の景色が変わる、明日が輝く。爽快でときどき涙の物語。
207401-9

各書目の下段の数字はＩＳＢＮコードです。978－4－12が省略してあります。

か-57-1 **物語が、始まる** 川上弘美

砂場で拾った〈雛型〉との不思議なラブ・ストーリーを描く表題作ほか、奇妙で、ユーモラスで、どこか哀しい四つの幻想譚。芥川賞作家の処女短篇集。

203495-2

か-57-2 **神様** 川上弘美

四季おりおりに現れる不思議な生き物たちとのふれあいと別れを描く、うららでせつない九つの物語。ドゥ・マゴ文学賞、紫式部文学賞受賞。〈解説〉佐野洋子

203905-6

か-57-4 **光ってみえるもの、あれは** 川上弘美

いつだって〈ふつう〉なのに、なんだか不自由……。生きることへの小さな違和感を抱えた、江戸翠、十六歳の夏。みずみずしい青春と家族の物語。

204759-4

か-57-6 **これでよろしくて？** 川上弘美

主婦の菜月は女たちの奇妙な会合に誘われて……夫婦、嫁姑、同僚。人との関わりに戸惑う貴女に好適。コミカルで奥深い人生相談小説。〈解説〉長嶋　有

205703-6

か-57-7 **三度目の恋** 川上弘美

稀代のモテ男・生矢と結婚した梨子は、夢のなかで吉原の遊女や平安の女房に生まれ変わり……。『伊勢物語』をモチーフに紡ぐ、千年の恋の物語。〈解説〉千早　茜

207414-9

な-74-1 **三の隣は五号室** 長嶋　有

今はもういない者たちの日々がこんなにもいとしい。小さな空間の半世紀を驚きの手法で活写する、アパート小説の金字塔。谷崎潤一郎賞受賞。〈解説〉村田沙耶香

206813-1

な-74-2 **愛のようだ** 長嶋　有

四十歳にして初心者マークの戸倉はドライブに出かける。友人の須崎と、その彼女琴美とともに――。著者史上初「泣ける」恋愛小説。

206856-8

な-74-3 **今も未来も変わらない** 長嶋　有

四十代、シングルマザーの星子は小説家。恋に子育て、仕事にレジャー。その日常は盛りだくさん。笑いたっぷり涙も少し。大人が楽しむ物語。〈解説〉井戸川射子

207509-2